Tom Liehr wurde 1962 in Berlin geboren. Seine erste Veröffentlichung war eine Wandzeitung, die er in der siebten Klasse anfertigte, mit dem Namen «Rauhfaser quer». Schon in jungen Jahren schrieb er als freier Journalist für das P.M.-Magazin. Doch der eigentliche Startschuss seiner Autorenlaufbahn war 1990 der «Playboy-Literaturwettbewerb» (später «Gratwanderpreis»), bei dem er mit zwei eingesandten Geschichten die Plätze eins und drei belegte. Seitdem hat Tom Liehr acht Romane (unter anderem «Idiotentest», «Geisterfahrer» und «Leichtmatrosen») und zahlreiche Short Storys veröffentlicht. Daneben hat er als DJ und Rundfunkproduzent gearbeitet und führt seit vielen Jahren ein Unternehmen für Softwareentwicklung. Tom Liehr lebt mit seiner Familie in Berlin.

«Tom Liehr hat ein Händchen für Geschichten. Er erzählt mit Hingabe, leidenschaftlich, mit Liebe zum Detail und emotionalen Wendungen.» *(Westdeutsche Allgemeine Zeitung)*

Tom Liehr

NACHTTANKSTELLE

Roman

Rowohlt Taschenbuch Verlag

2. Auflage September 2015

Originalausgabe
Veröffentlicht im Rowohlt Taschenbuch Verlag,
Reinbek bei Hamburg, September 2015

Umschlaggestaltung und Illustration Felicitas Horstschäfer
www.felicitas-horstschaefer.de,
Agentur Susanne Koppe, www.auserlesen-ausgezeichnet.de
Satz Dolly PostScript bei
Pinkuin Satz und Datentechnik, Berlin
Druck und Bindung CPI books GmbH, Leck, Germany
ISBN 978 3 499 26982 0

Für Elisabeth

Nur weil du paranoid bist, ist noch lange nicht gesagt,
dass man es nicht auf dich abgesehen hat.

Will Self

ERSTER TEIL

EINS

Die vermutlich seltsamste Erfahrung, die ich während meiner überwiegend nächtlichen Arbeit an der Tankstelle machen durfte, fand tagsüber statt, an einem Wochenende, und nicht im Verkaufsraum der Tankstelle, sondern in einem sogenannten Wellnesshotel in Brandenburg – einem riesigen Schuppen mit Seezugang, Pornokanälen im Fernsehen und muffeligem Personal. Es handelte sich um ein Seminar, das der Konzern für die Tankstellenpächter veranstaltete und bei dem es darum ging, die Verkaufsräume der Tankstellenshops zu optimieren. Stundenlang referierten Konzernmitarbeiter, die im mittleren Management festhingen und schwitzend darauf hofften, ins höhere Management aufzusteigen, vor ihren PowerPoint-Präsentationen davon, wo man Schokoriegel, Chipstüten und Sechserträger zu platzieren hätte, damit sie von Leuten gekauft wurden, die eigentlich keine Schokoriegel, Chipstüten oder Sechserträger kaufen wollten. Die Referenten, die allesamt Doktortitel besaßen, warfen mit Scheinanglizismen, merkwürdigen Termini und vermutlich ad hoc erfundenen Neologismen um sich, um uns, die Pächter, davon zu überzeugen, dass man sich Gedanken darüber machte, wie wir unsere Umsätze steigern könnten. An Benzin verdienten wir eben kaum etwas – der Konzern dafür umso mehr –, und die Häuptlinge wollten uns glauben machen, dass unser Wohlergehen jemandem in den Chefetagen am Herzen lag. Was natürlich nicht stimmte. In meinem Fall war das völlig egal, denn ich war selbst überhaupt kein Tankstellenpächter, sondern im Auftrag und unter dem Namen meines Chefs dort, der diese Veranstaltungen – und eigentlich jeden Kontakt mit Menschen – verabscheute und mich deshalb für hundert Euro extra pro Tag zu diesen Seminaren schickte, von denen er zwei pro Jahr zu besuchen hatte, um seinen «Excelsior-Status» zu behalten.

Inwiefern sich dieser Status von anderen unterschied, wusste ich nicht genau, lernte aber an jenem Wochenende, dass es noch mindestens vier weitere gab, darunter «Classic», was nicht weniger bedeutete, als absolut nichtswürdig zu sein. «Classic»-Pächter waren beim Seminar unschwer daran erkennbar, dass sie sehr dünn gefüllte Plastiktüten mit Konzerngoodies erhielten, ihre teuren Drinks an der Hotelbar selbst bezahlen mussten und nicht, wie etwa die «Excelsior»-Pächter, per Daimler-Kleinbus am ersten Abend in den zwanzig Kilometer entfernten Landpuff geschippert wurden. Dort saß ich biertrinkend am Tresen, bis um vier Uhr morgens der Kleinbus die befriedigten Edelpächter wieder abholte, die, von mir abgesehen, allesamt ohne Skrupel «auf Zimmer» marschiert waren – Ehering hin oder her –, und schwätzte mit einer sehr interessanten, aber auch tendenzdepressiven Dame jenseits der vierzig, die das Geschehen organisierte, über bezahlten Sex, Frauen- und Männerschicksale, wobei ich versuchte, nicht in ihren gewagten Ausschnitt zu linsen, was ich aber nicht immer vermeiden konnte. Als ich, wieder daheim, Ulrike vom Wochenende erzählte, erwog ich kurz, sie anzulügen und einfach zu behaupten, auch Sex gehabt zu haben, aber das wäre zu billig gewesen und passte nicht zu mir, obwohl es mir die sehr vorübergehende Befriedigung verschafft hätte, nach unserem Beziehungsende wenigstens in einem Punkt die Nase vorn zu haben. Denn es gelang Rieke ebenso wenig wie mir, die soziale Lethargie zu überwinden und neue Freundes- und Bekanntenkreise zu erschließen. Ob sie das wirklich wollte oder nicht, war mir ohnehin ein Rätsel.

Das Absurdeste an diesem Wochenende waren aber weder

das unaufhörliche Bullshit-Bingo der Manager noch die Nacht im Bordell (zu meiner Ehrenrettung: Ich hatte bis zur Ankunft im Puff nicht gewusst, wo die Reise hinging), sondern die Erkenntnis, das selbst popelige *Tankstellen* Orte der Manipulation waren, deren Gestaltung gewieften Konzepten folgte, die einfache, unschuldige Menschen dazu bringen sollten, Scheiß zu kaufen, obwohl sie nur Diesel oder Super in ihre Twingos, Fabias oder Smarts füllen wollten. Ich empfand das als so deprimierend, dass ich, während ich in der letzten Reihe des Auditoriums saß und mir mit meinen geliebten Q-tips in den Ohren herumfuhrwerkte, ernsthaft darüber nachdachte, den schlecht bezahlten, allerdings meistens angenehmen Job gegen unbezahlte Samaritertätigkeiten in einem afrikanischen Schwellenland einzutauschen. Einer dieser Typen, ein verschwitzter Endzwanziger, dem sein teurer Anzug nicht passte, schwadronierte unaufhörlich davon, dass wir – die Pächter – es wären, die «diese Welt» gestalteten, indem wir Chipstüten nach oben und Tampons nach unten stellten («Die Frauen, die Tampons brauchen, würden sie auch finden, wenn sie *vergraben* wären. Tampons sind Selfselling-Products.»). Ich fand es einfach nicht okay, die Welt, *diese* Welt dadurch zu beeinflussen, dass man frittierte, gesalzene Kartoffelscheiben mit Wattestopfen vertauschte. *Diese* Welt sollte sich mit anderen Dingen befassen, fand ich, und keineswegs damit, ohnehin fettleibigen Twingo-Fahrern auch noch Chips und Dosencola aufzuschwatzen.

Gut, ich machte diesen Job ohnehin nur, um die Zeit bis zum Abschluss meiner Magisterarbeit zu finanzieren. Diese Zeit betrug nun schon sieben Jahre, was natürlich vor allem daran lag, dass ich wenig, eigentlich aber fast nie an der Arbeit schrieb, doch immerhin war im vierten Jahr mein betreuender Dozent gestorben, wodurch ich gefühlt letztlich erst drei Jahre arbeitete, denn der Wechsel hatte mich dazu gezwungen, die

Konzepte neu zu formulieren, die Thematik zu adaptieren und mir ziemlich grundsätzliche Gedanken darüber zu machen, ob ich überhaupt den Magister machen wollte. Auch dieser Prozess war noch nicht gänzlich abgeschlossen. Immerhin gab es einen, für den das tatsächlich galt, nämlich die Beziehung zu Ulrike, die gerne Rieke genannt wurde und bereits als Assistenzärztin arbeitete, obwohl wir zeitgleich angefangen hatten zu studieren. Unsere Beziehung hatte zehn Jahre hinter sich, davon zwei ziemlich gute – natürlich die am Anfang – und acht, in denen wir es beide nicht übers Herz gebracht hatten, dem jeweils anderen zu erklären, dass die Luft längst raus war, sich eigentlich aber nie so richtig drinnen befunden hatte. Rieke war mäßig attraktiv, prinzipiell recht liebenswert und sehr intelligent, zu meinem zweifelhaften Glück ebenso entscheidungsscheu wie ich – und exakt so an mich geraten wie ich an sie, nämlich zufällig und ohne jede Leidenschaft. Wir hatten uns gelangweilt und eher nachlässig nach jemandem gesucht, der ein Mindestmaß an gesicherter Abweichung von der Langeweile bot. Das hatte anfangs funktioniert, ohne je Begeisterung auszulösen, und dann hatten wir uns so sehr daran gewöhnt, dass Alternativen gleich welcher Art zu spekulativ wurden. Als Rieke einen mittelmäßig bekannten Popstar – den Schlagersänger Marius Goldstein, dessen Name mir allerdings nichts sagte – in der Ambulanz verarztete und er sie anschließend um ihre Mailadresse bat, endete die Beziehung, zwar nicht dadurch, dass Rieke in eine neue mit dem Popstar eintrat, der sich nicht meldete, sondern aufgrund ihrer Erkenntnis, überraschenderweise doch noch marktfähig zu sein, wie sie es nannte (ich hatte diese Angelegenheit bis dahin nie als *Markt* begriffen). Das Beziehungsendgespräch war kurz, wir wollten Freunde bleiben, die wir eigentlich nie gewesen waren, und lebten weiter zusammen in der gemeinsamen Wohnung, weil der

Popstar keine Mail schrieb und wir beide Besseres zu tun hatten, als einen bequemen Status quo gegen einen ungewissen Status quoquo einzutauschen.

Eigentlich war das Gespräch sogar recht amüsant. Ulrike sah mich länger nachdenklich an, nachdem wir festgestellt hatten, dass es besser wäre, damit aufzuhören, so zu tun, als würden wir noch etwas füreinander empfinden, und dann sagte sie: «Ich musste mir übrigens am Anfang deinen Schnauzer wegdenken. Den fand ich widerlich.»

«Ich eigentlich auch, aber mir fallen Trennungen schwer. Immerhin ist er ja längst weg.»

Sie lächelte. «Und deine Haarfarbe. Dieses Graublond. Oder dein schmales Gesicht, das zuweilen etwas hart wirkt. Ich habe dann oft an Brad Pitt gedacht.»

Ich stutzte. Prominentennamen blieben mir nie lange im Gedächtnis, aber dieser sagte mir etwas. «12 Monkeys» hatte ich sieben- oder achtmal angeschaut, ohne den Film je wirklich verstanden zu haben. Bei «Donnie Darko» hatte ich es mindestens zwei Dutzend Male versucht, aber da spielte Pitt nicht mit.

«Der hat doch eine ziemlich seltsame Gesichtsform», merkte ich an. «So ein bisschen neandertalermäßig.»

Rieke nickte. «Ich finde ihn trotzdem attraktiv.»

«Deine Haarfarbe mochte ich übrigens auch nie so richtig. Nicht rot, aber auch nicht richtig unrot. Außerdem sind deine Haare irgendwie … ich weiß nicht. Struppig. Nein, nicht struppig. Hart. Manchmal fast strohig.»

«Kompakt», sagte sie.

Ich nickte. «Und deine Brustwarzen. Ich weiß, viele Männer mögen sehr große Brustwarzen. Aber mich …»

«Törnen sie ab?», half Rieke aus.

«Kann man so sagen.» Riekes Brustwarzen sahen aus wie Spiegeleier.

«Dieser Leberfleck, den du da an der Hüfte hast, dieser leicht erhabene», fuhr sie fort.

«Ich denke schon seit Jahren darüber nach, den entfernen zu lassen.» Das gehörte zu den vielen Dingen, über die ich seit Jahren nachdachte. Das mochte ich, lange über *konkrete* Dinge nachdenken.

«Scheußlich. Ich habe jedes Mal eine Gänsehaut bekommen, wenn ich ihn aus Versehen berührt habe.» Rieke schnaufte fröhlich. «Und wie du deinen Kopf hältst. Du schiebst ihn so seltsam vor, fast wie ein Geier. Als würdest du versuchen, mit dem Kopf zuerst irgendwo anzukommen.»

«Und du bist oft nicht richtig feucht geworden. Eher ein wenig klebrig.»

«Was vielleicht an dir gelegen hat.»

«Kann sein. Aber warum hast du dann nicht einfach ‹Jetzt nicht!› gesagt?»

«Ich weiß nicht. Vielleicht, weil ich dich mag. Dir nicht weh tun wollte.» Sie pausierte kurz, nahm einen Schluck Rotwein. «Sex ist ein sehr kompliziertes Szenario. Man kann es jemandem sagen, wenn er mal nicht so gut aussieht oder ein bisschen riecht oder so. Wenn es ums Vögeln geht, riskiert man sofort gravierende Verletzungen. Die Schmerzschwelle ist niedriger.»

Ich nickte, auch, weil sie das Wort «Vögeln» zum ersten Mal seit Jahren benutzte, und stellte mir vor, Rieke hätte ab und an Dinge wie «Du machst mich gerade nicht an» oder «Hey, ich will ihn einfach nicht in mir haben» gesagt. Natürlich hätte ich sofort bei mir nach Fehlern gesucht. Meistens wurde ich dort ja auch fündig.

«Das war nett von dir», erklärte ich deshalb, meinte es aber nur teilweise.

«Von dir ja auch. Ich habe schon gemerkt, wenn du eigentlich nicht wolltest.»

«Ich auch», gab ich zu.

«Du hast immer so ein besonders konzentriertes Gesicht gemacht. Vielleicht hast du dir andere Frauen vorgestellt.»

«So wie du dir andere Männer, ja.» Allerdings hatte ich nie an spezielle Frauen gedacht, sondern eher an *Situationen*.

«Es ist kompliziert», sagte sie abermals, dann lachte sie befreit. Nach ein paar Sekunden stimmte ich ein.

«Es ist vorbei», sagte ich.

«Vorbei», wiederholte sie.

Wir umarmten uns und drückten uns lange. Es war eine wohltuende Berührung, so ganz ohne all die Implikationen.

«Ich fand deinen Namen auch immer ein bisschen unattraktiv», erklärte sie. «*Uwe*.»

«Ulrike ist aber auch nicht viel besser.»

«U und U», sagten wir gleichzeitig. Und dann, wieder lachend: «Das Double-You.» Wie auf unserem Anrufbeantworter, als wir noch einen besessen hatten, und einen gemeinsamen Telefonanschluss. Danach wurde ich kurz melancholisch, aber wirklich nur kurz.

«Deinen Humor», sagte Ulrike noch. «Den habe ich immer gemocht.»

Zwischen «immer» und «gemocht» hatte sie eine kleine, fast nicht bemerkbare Pause gemacht, also hatte sie vielleicht «geliebt» sagen wollen. Ich musste schmunzeln, als mir das auffiel, andererseits hörte ich dieses Lob zwar häufiger, fand mich selbst aber nicht sehr humorig. Jedenfalls versuchte ich nicht, witzig zu sein. Menschen, die das taten, die pausenlos nach Pointen suchten und auch Opfer in Kauf nahmen, um andere zu unterhalten, mochte ich überhaupt nicht.

Ich kaufte Wurst, Gemüse und natürlich meine geliebten Q-tips, Rieke Brot, Kaffee und den ganzen Rest, wir schauten gemeinsam «Tatort», schliefen aber getrennt (Ulrike im

Doppelbett und ich auf dem Klappsofa im Wohnzimmer) und lösten – als einzige faktische Markierung des Beziehungsendes – das gemeinschaftliche Konto auf, mehr technische Gemeinsamkeiten gab es längst nicht mehr, vom Schild an der Tür und dem Mietvertrag abgesehen. Wir kochten seltener zusammen und suchten Kontakt zu Bekannten, die nicht mit uns als Paar befreundet waren, was nicht viel weniger langweilig war als die Alternative. Tatsächlich geschah einfach nichts, außer dass wir nicht mehr alle drei Monate unbefriedigenden Sex miteinander hatten. Immerhin hatten wir beide bis zum Schluss versucht, dieses Ritual mit einer gewissen Achtsamkeit und Würde auszustatten, es nicht auf einen Termin zu reduzieren, den man absolvierte, um erneut die Frist anzutreten, aber das misslang zumeist. Wir waren sexuell irgendwie von Anfang an nicht kompatibel. Rieke war erschütternd passiv im Bett, zeigte nie an, was sie mochte und was nicht, reagierte aber immer unterschiedlich – mal kiekste sie, wenn ich mit der Zunge an ihrem Kitzler herumwurschtelte, mal blieb sie in der gleichen Situation steif und still wie ein tiefgekühltes Fischstäbchen. Meine Bemühungen, das sanft zu thematisieren, versandeten wie der Inhalt eines Buddelförmchens in der Sahara. Vor Rieke hatte ich Sex gemocht und auch hin und wieder das Gefühl gehabt, ihn zur Zufriedenheit meiner jeweiligen Partnerin zu praktizieren, aber über die zehn Jahre hinweg erstarben sowohl dieses Gefühl als auch die Erinnerungen daran, was mich letztlich zu der Schlussfolgerung führte, schlecht im Bett zu sein und das auch auf ewig zu bleiben. Über die Folgen für mein Selbstbewusstsein dachte ich irgendwann nicht mehr nach.

Eigentlich, zugegeben, dachte ich generell wenig über solche eher abstrakten Probleme nach. An meinem achtunddreißigsten Geburtstag, den wir zusammen mit gemeinsamen und getrennten Bekannten feierten, die allesamt nicht begriffen, dass wir kein Paar mehr waren (weil es einfach keine erkennbaren Indizien dafür gab), erschlug mich die Erkenntnis, plötzlich achtunddreißig zu sein, wie es eine zentnerschwere Steinplatte mit einer Ameise tut, ohne dass die Ameise eine Chance hat, der Steinplatte adäquat entgegenzutreten. Ich hätte genauso gut fünfzig, siebzig oder neunzig werden können, es hätte keinen Unterschied gemacht. Schlimmer noch als diese Erkenntnis – die Hälfte ist definitiv vorüber – aber war die Perspektivlosigkeit der ganzen Sache. Zehn Jahre hatte ich mit Ulrike verbracht, ohne eine Vorstellung davon zu haben, wo das hinführen sollte, und als es zu nichts mehr führte, kam mir plötzlich mein gesamtes Leben ziemlich scheiße vor. Nein, eigentlich nicht scheiße, sondern vakuumesk. Scheiße stinkt wenigstens und hat eine gewisse Konsistenz, mein Leben war geruchlos und besaß die Dichte von Helium.

Aber es war vorbei. Wir lebten miteinander, ohne unsere Leben zu teilen, und man hatte mich eines existenziellen Aspekts beraubt, der mich vor allem davon abgelenkt hatte, dass es keine anderen Aspekte gab. Mein Magister – übrigens in Kunstpädagogik und Psychologie – war jedenfalls keiner, zumal inzwischen erstens die Frist ablief, in der ich diesen Abschluss überhaupt noch bekommen könnte, ich mich zweitens für beide Gebiete ohnehin kaum interessierte und drittens nicht wusste, was ich mit dem Abschluss anfangen sollte. *Kunstpädagogik und Psychologie*. Man könnte genauso gut Albanisch und Planwirtschaft studieren. Ein paar Kommilitonen, die ich allerdings immer seltener traf, nannten solche Abschlüsse «Master Hartz Four».

An diesem denkwürdigen Mittwochmorgen, Rieke hatte die gemeinsame Wohnung längst in Richtung Ambulanz-Frühschicht verlassen, lag eine «Morgenpost» auf dem Frühstückstisch, neben den – immer noch liebevoll drapierten – beiden Toasts, dem Nutellaglas, meinem Kaffeebecher und der Butterschale. Sie hatte die Seite mit den Wohnungsanzeigen aufgeschlagen und eine Haftnotiz mit der Aufschrift «Schau's dir einfach mal an. U.» draufgeklebt. Wie so oft, wenn ich Haftnotizen sah, wünschte ich mir, einmal selbst eine dieser simplen und großartigen Erfindungen zu machen, die die Welt, *diese Welt*, zwar nicht auf den Kopf stellten, ihr aber etwas gaben, ohne denen, die diese Erfindung nutzten, allzu viel dafür abzuverlangen. Ich *liebte* Haftnotizen. Es gab einige solcher Dinge, die ich wirklich sehr, sehr mochte. Fernbedienungen für Fernseher – Fernseher selbst demgegenüber fand ich eigentlich nicht so toll. Zentralverriegelungen an Autos: Geil. Oder Heckscheibenwischer. Ich verstand nicht, warum der Mensch, der Frontscheibenwischer entwickelt hatte, nicht sofort auf die Idee gekommen war, auch welche hinten am Auto anzubringen, und nahm an, dass es seinerzeit vielleicht einfach noch keine Heckscheiben gab. Ich fand Höschenwindeln (und übrigens auch Tampons) einfach phantastisch, obwohl ich kein Kind hatte und auch keines plante, weder mit Rieke noch mit einer anderen Frau (Monatsblutungen bekam ich natürlich auch keine). Und Kugelschreiber. Briefkästen. Kippfenster. Solche Sachen. *Akkuschrauber*. Akkuschrauber hielt ich für legitime Gottesbeweise. Bei meinen eher seltenen Versuchen, mich handwerklich zu betätigen, gaben mir Akkuschrauber das Gefühl, der Aufgabe gewachsen zu sein.

Und nun klebte da dieser gelbe Zettel, über «Mietwohnungen – Angebote». Ich strich Butter auf die präzise uwekonform getoasteten Scheiben – ich mochte Toast kalt, schon etwas durchgehärtet, und nur am Rand goldbraun –, verteilte die haselnussgroße Flocke Haselnusscreme darauf und studierte einige der Anzeigen. Meine letzte Wohnungssuche lag sehr lange zurück. Rieke hatte die gemeinsame Wohnung ausgewählt, begutachtet und mir anschließend den Mietvertrag vorgelegt. Ich erinnerte mich nicht mehr daran, wie das genau ablief, meinte, hin und wieder in langen Schlangen angestanden zu haben, um mir Dreckslöcher anzuschauen, für die sich händeringend Großfamilien bewarben, die darin höchstens gestapelt Platz gefunden hätten. Aber das war in den frühen Neunzigern gewesen oder so. Möglich, dass es inzwischen schlimmer war. Ich fand den Gedanken unattraktiv, es auszuprobieren. Ich wollte mich nicht verändern. Veränderung bedeutet, dass man Halbgutes für Ungewisses opfert.

Dennoch strich ich, eher dem Zufallsprinzip folgend, ein paar Wohnungen an, nachdem ich gedanklich mein Budget überschlagen hatte. Rieke hatte wohlhabende Eltern, die sie unaufhörlich bezuschussten, und sie verdiente bereits ordentlich Geld, sehr viel mehr als ich an der Tankstelle, wo ich offiziell Minijobber war und die Sonderschichten – fünfzig Prozent der Arbeitszeit – in bar bezahlt bekam, neun Euro pro Stunde, was mir permanent ein schlechtes Gewissen und panische Angst vor dem Finanzamt verursachte, das ich für nicht weniger als allmächtig hielt. Dadurch hatte ich achthundert Tacken pro Monat, zuzüglich BaföG, das ich wunderbarerweise – als Darlehen – noch bekam, ohne zu wissen, warum überhaupt, und einer seltsamen Rente, die ich dem frühen Tod meines Vaters zu verdanken hatte. Unterm Strich knapp tausendeinhundert Euro. Eine Wohnung in Neukölln, anderthalb Zimmer, zweiter Stock, Vorderhaus, zentralbeheizt, ohne Balkon, Laminatboden, war für fünfhundert warm im Angebot, also rief ich an. Einfach so. Noch während ich dem Freizeichen lauschte, fand ich mich überraschend entscheidungsfreudig für einen Mittwochmorgen, der sich üblicherweise kaum von irgendeinem andern Morgen unterschied. Höchstens von Sonntagmorgen, weil ich samstags nach der Nachtschicht noch irgendwo trinken ging und sonntagabends nicht arbeiten musste. Trinkengehen und Ausschlafen mochte ich, aber ich mochte auch, das nur einmal pro Woche zu tun. Sonst wäre ich längst Alkoholiker. Biertrinken löste in mir oft den Wunsch aus, nie wieder damit aufzuhören.

«Kauzig», sagte eine Altmännerstimme.

«Fiedler», antwortete ich und musste ein Lachen unterdrücken, denn ich fand es amüsant, einen Nachnamen zu tragen, der zugleich ein Adjektiv ist.

«Ja», sagte Kauzig.

«Ich rufe wegen der Wohnungsanzeige an.»

«Heute Abend um neun, oder die Wohnung ist weg. Sie haben eine Minute», erklärte Kauzig.

«Was?», fragte ich zurück.

«Jetzt haben Sie nur noch fünfundfünfzig Sekunden.»

«Bin um neun da.»

Ich stand um drei Minuten vor neun in der Neuköllner Weisestraße vor der angegebenen Hausnummer. Viel war nicht zu erkennen, denn es war Oktober und dunkel, um mich herum suchten Menschen in PKW aus der unteren Mittelklasse oder der oberen Unterklasse oder irgendeiner uninteressanten Scheißklasse nach Parkplätzen, die es hier kaum gab. Im Erdgeschoss des Nachbarhauses siedelte eine Kneipe, gegenüber ein Spätkauf, drum herum befanden sich sehr ähnlich aussehende, fünfstöckige Mietshäuser. Es roch nach Herbst und dem Dung von Neukölln. Ich kannte den Bezirk, weil Tante Gertrud hier gewohnt hatte, bis vor drei Jahren, als sie sich, zweiundsiebzigjährig und mit einer unguten Diagnose konfrontiert, aus dem dritten Stock gestürzt hatte, um fortan, mit Krebs *und* Querschnittslähmung, in einem Heim, das eigentlich ein Hospiz war, dahinzuvegetieren. Ich nahm mir vor, Tante Gertrud mal wieder zu besuchen, als eine mir bekannte Altmännerstimme fragte:

«Fiedler?»

«Jo», antwortete ich automatisch.

«Dann mal los», sagte Herr Kauzig. Er war verblüffend jung, vielleicht Mitte fünfzig, aber dick und klein, schloss die quietschende Haustür auf, schaltete die schwachbrüstige Flurbeleuchtung ein und stolperte mir voran in den zweiten Stock. Kauzig trug Sandalen, dazu weiße Tennissocken, Jogginghosen und darüber offenbar einen blau-weiß gestreiften Bademantel. Während er die Treppe hochstieg, erklang dazu das Gerassel eines großen Schlüsselbundes, das er in der rechten Hand trug. Möglich, dass Kauzig sämtliche Häuser in der Straße gehörten.

Die Wohnungstür war schwergängig, der Geruch in der dahinterliegenden Wohnung, die so schwach beleuchtet war wie das Treppenhaus, irgendwie indifferent, diffus. Muff, sicher Schimmel, Reinigungsmittel. Der Vormieter hatte gerne mit Knoblauch gekocht und ein Aquarium besessen. Ich trat nahe an die Tapete heran und konnte dennoch kein Muster erkennen. Es gab einen kleinen Wohnraum mit zwei hohen, aber schmalen Fenstern, ein noch kleineres Schlafzimmer mit nur einem hohen, schmalen Fenster, eine winzige Küche ganz ohne Fenster und ein schlauchförmiges Kabuff, in dem sich ein Miniwaschbecken, ein seitlich angebrachtes Hängeklo und eine winzige Duschtasse ohne Vorhang oder Ähnliches befanden. An seinem jenseitigen Ende gab es einen Schacht – vermutlich über der Speisekammer –, der zu einem kleinen Fenster führte, das man mit einer langen Metallstange öffnen und schließen könnte.

«Bezugsfertig», stellte Kauzig fest.

«Denkbar», antwortete ich und versuchte herauszufinden, ob es sich bei dem Material unter meinen Füßen um Auslegeware, verschlissene Teppiche oder doch nur vergessene Zeitungen handelte. Jedenfalls war es *kein* Laminat.

«Ein Schnäppchen», sagte Kauzig. «Die Gegend boomt.»

«Absolut.» Im Schlafzimmer hing ein Kruzifix an der Wand. Ich stellte mir einen knoblauchessenden, christlichen Aquaristiker vor, der hier kürzlich im Alter von hundert plus an Schimmelvergiftung gestorben war.

«Wir können gleich den Vertrag machen.»

«Absolut», wiederholte ich, schritt mutig ins Badezimmer und betätigte die Klospülung. Ein seltsames Geräusch erklang, ansonsten tat sich nichts.

«Das wird natürlich noch gemacht.»

«Natürlich.»

«Haben Sie Verdienstbescheide? Die Bestätigung Ihres vorigen Vermieters, dass Sie die Miete immer pünktlich bezahlt haben? Eine Schufa-Auskunft?»

«Jederzeit», behauptete ich. *Schufa-Auskunft?* Welche Hölle musste man aufsuchen, um die zu erhalten?

«Drei Kaltmieten Kaution. Sparbuch. Keine dieser Kautionskassen, keine Bürgschaften. Am liebsten Bares.»

«Klar.»

«Und? Wollen Sie?»

Ich ging in die Knie und schob meine Hand über den Fußboden. Vielleicht handelte es sich tatsächlich um Auslegeware, aber irgendwas blieb an meinen Händen kleben. Ich strich es an meiner Hose ab.

«Habe ich Bedenkzeit?»

Kauzig sah auf die Uhr. «Zwölf Stunden. Ab jetzt.»

Dann schob er mich aus der Wohnung, schloss ab und sprang erstaunlich behände die Treppen herunter. Im Leben würde ich keine fünfhundert Euro monatlich dafür bezahlen, dieses Loch zu bewohnen. Keine vierhundert, keine dreihundert, keine zweihundert, keine hundert, keine null Euro. Eher würde ich noch jahrelang dabei zusehen, wie Rieke auf eine Nachricht ihres Popstars wartete. Der sie seltsamerweise um die Mailadresse gebeten hatte. Bei jeder entsprechenden Gelegenheit mühte ich mich damit ab, das Ätt-Zeichen zu malen, und es misslang mir immer. *Ich* hätte sie um ihre Mobilfunknummer gebeten. Aber ich war ja auch kein Schlagersänger, den man kennen konnte, wenn man wollte. Ich war Uwe Fiedler, der einen blöden Namen, eine blöde Haarfarbe und einen erhabenen Leberfleck hatte, der an einer Tankstelle arbeitete, seine Magisterarbeit vor sich herschob und versuchte, sich auf die Vorteile des Prinzips «Stagnation» zu konzentrieren. Dessen beste – einzig gute – Zeit fast zwanzig Jahre zurücklag, als er für ein paar Monate Schlagzeuger der mittelerfolgreichen Punkband Lädsda Ville gewesen war.

Draußen fühlte ich mich irgendwie unwirsch und nicht dazu in der Lage, zur U-Bahn zu marschieren und den Heimweg zu finden. Ich betrachtete die Häuserfassaden und dann die Kneipenbeschilderung links von mir. «Nette's Ecke» hieß die Pinte im benachbarten Erdgeschoss, obwohl sie sich nicht an einer Ecke befand. Das stimmte mich empathisch, also drückte ich die quietschende Holztür auf und stand Sekunden später in einem rauchnebeligen Raum. Obwohl ich das Rauchen an und für sich eher ablehnte, mochte ich den Geruch von Zigaretten, wofür ich keine Erklärung hatte. Bonnie Tyler sang von der totalen Herzeklipse, mit zusammengekniffenen Augen konnte ich ein paar Männer am Tresen erkennen, den ich also ansteuerte, um auf einem wackeligen Hocker Platz zu nehmen und abzuwarten, was nunmehr geschehen würde. Was geschah, war mir seit der siebten Schulklasse nicht mehr passiert, als ich Christiane Filz zum ersten Mal gesehen hatte – das Mädchen, von dem ich damals angenommen hatte, dass ich mein gesamtes Leben mit ihr verbringen wollte, und auch die ganze Zeit danach, falls es eine solche gab. Christiane Filz markierte bis zu diesem Moment das absolute und unerreichbare Ideal für mich, denn für Christiane Filz existierte ich damals und vermutlich auch heute noch nicht, sie dafür umso mehr in meiner Wahrnehmung. Fünf Jahre hatte ich hauptsächlich mit Versuchen verbracht, ihre Aufmerksamkeit zu erregen, was mich in sehr viele peinliche Situationen, ihr aber keinen einzigen Schritt nähergebracht hatte. Christiane Filz küsste den sportlichen Ingo aus der Neunten und ließ sich gerüchteweise vom baumlangen Norbert aus der Nebenklasse die Brüste befummeln, aber Uwe Fiedler interessierte sie ebenso wenig wie die Gülle auf den Feldern hinter der Schule. Letztlich fand ich es bis zu diesem Zeitpunkt irgendwie schön, eine Christiane Filz in meinem Kopf zu lieben, aber dann trat ebendiese Erscheinung aus dem Raum hinter dem Tresen, kam zwei Schritte auf mich zu, musterte mich kurz und völlig desinteressiert, um dann «Was darf's sein?» zu fragen. Ich hätte gerne einiges geantwortet, beließ es aber vorerst bei der Bitte um ein Bier. Was wohl aus Christiane Filz geworden war? Sie hatte Richterin oder Rechtsanwältin werden wollen, und vermutlich hätte ich im Netz etwas über sie gefunden, obwohl sie sehr wahrscheinlich nicht mehr Filz hieß, sondern von und zu Gerstenfeld oder so – oder irgendwas mit einem Doppelnamen, wie die meisten Juristen. Aber ich unterließ die diesbezüglichen Versuche, weil der Traum schön war, wie er war. *Gewesen* war. Bis jetzt.

Da mich die Erscheinung ignorierte, wie sie das offenkundig mit allem tat, das nicht unmittelbar mit ihrem Job zu tun hatte, konzentrierte ich mich während der folgenden zwei Stunden darauf, den Gesprächen meiner Tresennachbarn zu lauschen. Dadurch fand ich immerhin heraus, dass die Frau

Jessy hieß oder genannt wurde, und außerdem, dass sich der FC – welcher auch immer – auf dem absteigenden Ast befand, dass alles immer teurer wurde und das Leben grundsätzlich ziemlich scheiße war. Die Gästefluktuation in Nette's Ecke war nicht sehr hoch. Es schien mir, als würden diese mittelalten und durchschnittlichen Männer um mich herum am frühen Abend einkehren, um dann bis zum Feierabend durchzuhalten, woraufhin sie wieder anfingen, sich auf den nächsten Abend zu freuen, aber nicht sehr, sondern eher so, wie man sich über einen Sitzplatz in der überfüllten und stinkenden U-Bahn freut. Was mich verblüffte, war, dass sie die hübsche Jessy kaum beachteten, es aber ein großes Hallo gab, als gegen halb elf eine ältere Dame eintraf, die ziemlich verlebt aussah, kaputte Zähne hatte und einen übelriechenden Hund mitbrachte, was man trotz des Qualms wahrnehmen konnte, und die von den sieben, manchmal acht, manchmal sechs Männern am Tresen unaufhörlich und offenbar im Rahmen eines seltsamen Wettbewerbs zu einem Drink nach dem anderen eingeladen wurde. Diese Frau hieß Rita und genoss das Geschehen sichtlich. Ich beobachtete Jessy und bekam das Gefühl, dass sich eine Panzerglasscheibe zwischen ihr und uns befand.

Sie war vielleicht Mitte, Ende zwanzig, sehr schlank und fast so groß wie ich, also über eins achtzig, hatte lange, dunkelbraune Haare und ein etwas längliches, jedoch sehr schönes Gesicht, wie ich fand. Sie war nicht geschminkt, was ihre dunklen Augen betonte, trug die Haare zu einem Zopf gebunden, hatte eine enge Bluse und einen kurzen Rock an, wodurch man ihre schönen, langen Beine sehen konnte, die in durchsichtige Strumpfhosen gehüllt waren. Die Turnschuhe ließen Jessy jünger erscheinen, wenn man nur den unteren Teil ihres Körpers ansah, aber aus etwas größerer Entfernung entstand durch die Sneakers ein irgendwie unstimmiges Bild. Jessys Gesichtsausdruck war monoton, nämlich völlig emotionslos, und sie hob oder senkte die Stimme nicht, wenn sie etwas sagte oder fragte, ganz egal, wie stark die Hintergrund- und Umgebungsgeräusche waren: Sie forderte Konzentration ein.

«Und du?», krähte mir eine Frauenstimme – die von Rita – ins Ohr, während ich Jessy beobachtete, die Gläser ausspülte, mit sehr routinierten, effizienten Bewegungen, ohne dass sie der Tätigkeit besondere Aufmerksamkeit widmete.

«Bitte?», fragte ich zurück und lehnte mich weg. Rita hatte mir ins Ohr gespuckt.

«Von dir gibt's nichts oder nicht?»

«Wofür?»

Jetzt hatte ich ihre Hand auf der Schulter, eine sich bewegende Hand, die etwas wie Massage versuchte. Eine Hand, auf der ich Altersflecken und Falten sah.

«Du bist ein Hübscher», behauptete Rita.

«Danke», sagte ich. Vermutlich hatte sie sogar recht, quasi im Kontext.

«Wir sollten was zusammen trinken. Ich bin die Rita.»

«Ich weiß», antwortete ich.

In diesem Augenblick lehnte sich Jessy vor, aber nur ein ganz klein wenig, kaum zu bemerken. Sie *lächelte*. Ein derart seltsames Lächeln hatte ich noch nie gesehen. So muss ein Selbstmordattentäter lächeln, im Moment der Bombenzündung, dachte ich.

«Rita, ich habe dir gesagt, dass ich dich hinauswerfe, wenn du nicht damit aufhörst, die Gäste zu belästigen.»

«Belästige ich dich?», fragte mich Rita lautstark, obwohl der Abstand zwischen ihr und mir im Zentimeterbereich lag, da sie ihn nach meinem Wegrücken gleich wieder verkürzt hatte, und spuckte mir dabei abermals ins Ohr. Ich steckte den rechten Zeigefinger hinein und bemühte mich, den Speichel zu beseitigen. Ich wischte den Finger an der Hose ab, versuchte mich an einem Schmunzeln in Ritas Richtung und nickte dann langsam und möglichst freundlich.

In diesem Augenblick hörte die Musik auf, es war plötzlich sehr still in Nette's Ecke. Rita musterte mich, dann nickte sie ebenfalls, lächelnd, und sie zog sich etwas zurück.

«Das hier», sagte sie und drehte ihren Kopf ein wenig. «Das hier, lieber Freund, hast du noch vor dir. Also sei nicht so arrogant.»

Ich deutete ein Kopfschütteln an. «Arroganz liegt mir fern. Es ehrt mich auch sehr, dass Sie den Kontakt zu mir suchen. Ich bin jedoch an derlei zur Zeit nicht interessiert.»

Rita öffnete den Mund, schloss ihn und öffnete ihn abermals. «Was bist du denn für einer?», krakeelte sie anschließend. «*Es ehrt mich auch sehr*. Du sprichst genau wie die da.» Sie ließ ihren Kopf leicht in Richtung Zapfanlage schlenkern.

«Halt die Fresse, Rita», sagte Jessy, was wie einstudiert klang. «Sonst schmeiße ich dich raus. Ich sage das nicht noch einmal.»

Rita zuckte zusammen, sah zu mir, zur Bedienung, zu den Herren um uns herum, die das Geschehen fasziniert beobachteten. Dann hob sie beide Hände.

«Ist ja schon gut. Ich muss ja nicht mit jedem trinken.»

«Genau», sagte ich lächelnd. «Zuweilen liegt der eigentliche Genuss im Verzicht.»

«Was?»

«Halt die Fresse, Rita», wiederholte Jessy, wobei sie ein frisches Bier vor mir abstellte. «Geht aufs Haus», sagte sie. Und dann, nach einer kurzen Pause: «Ich heiße Jessica.»

Da die Frage «Und du?» mitschwang, antwortete ich: «Uwe. Leider.»

«Wieso leider? Ist doch okay. Namen bedeuten sowieso nichts.» Dabei lächelte sie wieder, oder zeigte eine Mimik, die einem menschlichen Lächeln wenigstens ziemlich nahekam. Etwas stimmte nicht mit dieser Frau.

Ich schwieg, erstens, weil ich nicht ihrer Meinung war, denn ich hielt Namen für Etiketten, deren Inhaltsbeschreibung man sich nach und nach anpasste, ganz automatisch und völlig unvermeidbar. Aus einem Harald würde nie jemand werden, den andere «besonders cool» nennen, und ein Jens würde es nie zum Popstar bringen. Aus Haralds wurden stellvertretende Filialleiter von Banken und aus Jensen wurden höchstens Proktologen. Als Uwe war man irgendwo dazwischen. Zweitens und vor allem jedoch war ich von einer Sekunde zur anderen von der Vorstellung gefangen, Jessy könnte in diesem Augenblick dabei sein, mich auf ihre originelle Art *anzumachen*. Diese Vorstellung war faszinierend und äußerst erregend. Deshalb konzentrierte ich mich auf das Bierglas und seinen Inhalt. «Stimmt schon», nuschelte ich noch, mich an die Frage erinnernd und direkten Blickkontakt mit Jessy meidend.

Eine weitere Gruppe mittelalter, durchschnittlicher Männer betrat Nette's Ecke und okkupierte einen runden Tisch, wo man umgehend Skatutensilien sortierte, Runden orderte, ohne sich zum Tresen umzudrehen, und also Jessica beschäftigte. Einzig Rita schaffte es, kurz die Aufmerksamkeit der Skatspieler auf sich zu ziehen, weil sie «Hier ist es so trocken» in deren Richtung krähte.

Ich holte mein Smartphone aus der Tasche, schlenzte mit einer, wie ich meinte, lässigen Daumenbewegung den Freigabecode auf den Touchscreen und tat fortan so, als wäre wichtig, was ich da machte. In meiner Mailbox tummelten sich die Spammer, bei Facebook, Googleplus und Twitter betrieb man, wie üblich, verschärften Kommunikationsnihilismus. Während ich mir die belanglosen Nachrichten und «Statusmeldungen» durchlas, was ich immer sehr akribisch tat, spürte ich, wie die beruhigende Wirkung dieser Tätigkeit einsetzte. Die Tatsache, dass Millionen Menschen Kommunikation rein um der Kommunikation willen betrieben, sich also der Kommunikation völlig unterordneten, stimmte mich stets auf seltsame Weise zuversichtlich. Ich verstand das Konzept zwar nach wie vor nicht, und ich hielt mich auch damit zurück, aktiv einzugreifen, aber die Wirkung dieser Belanglosigkeitenbörsen verebbte nie. Menschen saßen vor Computern, oft vor mobilen Computern, die sie verwendeten, während sie anderen Menschen gegenübersaßen, und teilten mit, was sie taten (etwa anderen Menschen gegenübersitzen) und warum. Unabhängig davon, dass diese Systeme dafür geschaffen waren, etwas über Leute zu verraten, taten sie das auch unmittelbar. Ich empfand es als angenehm, zu wissen, dass vielen Menschen so unwichtige Dinge so wichtig sein konnten, weil es das Tier in ihnen schlafen ließ. Die wichtigste Aufgabe des Konstrukts, das wir «Zivilisation» nennen, besteht darin, das Tier im Menschen schlafen zu lassen. Wenn ich so oft wie möglich klickend Beifall spendete, trug ich vielleicht dazu bei, diese Leute von schädlichen Tätigkeiten abzulenken. Redete ich mir jedenfalls ein.

So verging eine Stunde, vielleicht sogar zwei. Jessy stellte mir gelegentlich ein neues Bier hin und musterte mich dabei mit einem tatsächlich leicht ironischen Blick, die Skatspieler reizten lautstark und donnerten Karten auf den Tisch, als würde das die Kartenwerte erhöhen, und die Runde um Rita schob die Verantwortung für den nächsten Ritadrink von einem zum anderen. Jessica zapfte, auf Facebook meldeten Mitbürger, mit denen ich «befreundet» war, dass sie heute achthundert Meter im Park gerannt waren oder die neue Höschenwindelnwerbung und den letzten «Tatort» besonders blöd fanden. Ich klickte auf «Gefällt mir», wann immer mir die Möglichkeit geboten wurde, und fühlte mich als Teil von irgendwas. Zwei- oder dreimal sah ich, dass Rieke eine Meldung gepostet hatte, die letzte verkündete, dass ihre Nachtschicht nunmehr endete, was mir auch gefiel, obwohl ich nicht verstand, wem sie das verkündete. Mir jedenfalls nicht, denn ich verwendete für all diese Dienste das Pseudonym «Frank Meier», womit ich einer von mehreren Hundert war, was weder Ulrike noch andere Bekannte zu stören schien, denn alle bestätigten meine Freundschaftsattacken unter diesem Pseudonym fast ohne Verzögerung. Das taten auch wildfremde Menschen, denen ich über die verschiedenen Systeme algorithmengenerierte Anfragen zukommen ließ, wodurch ich immer tiefer in die solideren Regionen der Netzwerke geriet. Meine Profile wurden vom unscharfen Foto eines ehemaligen Soap-Schauspielers geschmückt, das ich irgendwo kopiert und anschließend verfremdet hatte, und die sonstigen Angaben zu meiner virtuellen Person – etwa über kulturelle Interessen – entstammten diversen Bestenlisten oder waren einfach der oberste Eintrag der entsprechenden Auswahl.

Während dieser Beschäftigung verdrängte ich jeden Gedanken daran, dass Jessica möglicherweise versucht hatte oder immer noch dabei war, mich anzumachen. Ich ging dreimal aufs Klo und sah dort sehr lange in den Spiegel. Spiegel mochte ich eigentlich nicht, weil man darin nie wirklich sich selbst sah, sondern oft nur, was man sehen wollte. Dennoch meinte ich nach jedem Spiegelcheck, im Vergleich zur sonstigen Nette's-Ecke-Population im Vorteil zu sein, was diese Jessicasache betraf. Wahrscheinlich aber gab es überhaupt keine Jessicasache.

Plötzlich war es zwei Uhr morgens.

Jessy läutete die letzte Runde ein, nahm Bestellungen entgegen, nickte mir – vielsagend? – zu und machte sich daran, die Kaffeemaschine zu reinigen. Zwischen meiner letzten Bestellung und ihrer Ausführung klickte ich zweiundfünfzigmal auf «Gefällt mir» und gefiel mir dabei.

Sie hatte sich selbst ein Bier gezapft und prostete mir zu.

«Und du? Was machst du jetzt?», fragte sie.

«Schlafen gehen», schlug ich vor.

«Gute Idee», sagte sie und lächelte wieder. «Wohnst du in der Nähe?»

«Noch nicht.»

«Aber ich.»

Ich nickte langsam und ließ die Botschaft bei mir ankommen. Im gleichen Augenblick verengte sich mein Sichtfeld.

«Scheiße», sagte ich langsam und musste mich bereits darauf konzentrieren, ein so einfaches Wort zu sagen. «Kannst du mir bitte ein Taxi rufen?»

ZWEI

Eine nicht therapierbare chronische Erkrankung ist wie ein Charaktermerkmal: Sie ist da und bleibt es auch, Punkt. Menschen, die daran leiden, können sich davon keine Auszeit nehmen, sie haben kein normales Zweitleben ohne Erkrankung, sondern nur dieses eine *mit*. Ihr Schicksal ist untrennbar mit der Krankheit verbunden, was man manchmal vergisst oder verdrängt, wenn man es mit solchen Menschen zu tun hat, sie sieht oder erlebt, dabei geht es den Betroffenen genau umgekehrt: Sie haben vergessen, wie es wirklich ist, ohne Krankheit zu sein. Dieser Zustand der Krankheitsfreiheit entwickelt sich allmählich zu einem diffusen Traum, zu einer Lebensbeschreibung, die nichts mehr mit der Realität zu tun hat. Es ist unmöglich, die Krankheit abzustreifen, und sei es auch nur für ein paar Minuten. Man kann sich lediglich daran gewöhnen – und versuchen, seine Erfüllung abseits davon zu finden. Wer sehr viel Glück hat, leidet, wie ich, nur an einer unregelmäßig ihre Symptome zeigenden chronischen Erkrankung, wodurch ich zwar leidensfreie Zeiten kannte, in diesen aber häufig Panik vor Krankheitsattacken hatte, die jederzeit auftreten konnten.

Ich hatte eine chronische Migräne, die vermutlich genetisch bedingt war. *Ha, nur eine Migräne!*, höre ich da schon die Spötter rufen, aber das Scheißwort für diese Scheißkrankheit ist nicht umsonst so scheiße, als hätte sich irgendein Grieche in der Vorzeit den Namen für eine besonders doofe und nutzlose Göttin ausgedacht: Migräne, die unansehnliche, außereheliche Halbtochter der Mnemosyne, Göttin der Defäkation und des Stuhlbluts, gezeugt bei der Kopulation mit einer dumpfgrauen männlichen Teichunke.

Ich *hasste* sie.

Gut, sie war keine tödliche Bedrohung, und meistens war ich frei von Symptomen.

Aber ich hasste sie trotzdem.

Meine Migräneanfälle kündigten sich ungefähr eine Stunde vor ihrer Klimax dadurch an, dass sich mein Sichtfeld von außen nach innen langsam verengte und die Farbwahrnehmung plötzlich nicht mehr stimmte – aus Gelb wurde ein helles Grün, Blautöne begannen, ins Lilafarbene zu tendieren, woraus kurz vor dem eigentlichen Anfall fast reine Schwarzweißsicht wurde, durchzogen von wabernden, konzentrischen Kreisen, als würde ich auf eine reflektierende Wasseroberfläche blicken, in die gerade ein Stein geworfen worden war. Zeitgleich schien alles um mich herum lauter zu werden, was vor allem höhere Tonlagen anbetraf. Nach dieser Ouvertüre setzte ein drückender Kopfschmerz ein, halbseitig – immer nur links –, der schnell stärker wurde und auch noch beim tausendsten Mal den Wunsch auslöste, mir selbst den Schädel aufzusägen und die linke Gehirnhälfte herauszureißen. Ich konnte mir nicht vorstellen, dass es schlimmeren Schmerz geben könnte. Aber Schmerz ist ja ohnehin nur subjektive Signalinterpretation, wie mein Arzt zu erklären pflegte, also erstens nicht vergleichbar. Zweitens blieb ein Rätsel. Mein Neurologe – ich mochte diese Wendung, «mein Neurologe» – sagte gerne «erstens» und nie «zweitens». Dr. Peter war ein herziger schwuler Mittsechziger, der unaufhörlich Mentholpastillen lutschte, um gegen seinen Mundgeruch anzukämpfen, und der während längerer Untersuchungen von seinem Lieblingsthema schwätzte, nämlich Campingurlaub. Dr. Peter besaß ein riesiges Wohnmobil, mit dem er, seine beiden Labradorrüden, ein Kater namens Apate und ein Hundert-Liter-Süßwasseraquarium schon ganz Europa, das nördliche Afrika und halb Asien bereist hatten. Dr. Peter kannte beinahe jeden Campingplatz westlich des Urals. Ich beneidete ihn ein wenig darum, sich auf zwei Gebieten – Neurologie und Campingurlaub – so gut auszukennen, denn ich konnte nicht einmal auf *ein* Fachgebiet verweisen.

In der Stunde vor dem eigentlichen Anfall, manchmal etwas mehr, oft etwas weniger, hatte ich Zeit, mir ein paar Ibus oder Thomapyrins oder beides einzuwerfen und schnellstmöglich nach Hause zu eilen, wo mir nichts blieb, als den Schub in einem dunklen, ruhigen Raum in leiser Qual abzuwarten. War ich irgendwo unterwegs, ging es darum, rasch ein Taxi aufzutreiben, denn ein Auto konnte ich dann nicht mehr steuern, geschweige denn, mich dem Dschungel des öffentlichen Nahverkehrs aussetzen, um anschließend Hotel- oder Schlafzimmer abzudunkeln, alle Kommunikationsendgeräte abzuschalten, noch etwas Aspirin zu nehmen und still zu leiden, für einen Zeitraum, dessen Länge ich immer erst danach erfuhr, denn während der Anfälle fehlte mir jedes Zeitgefühl. Dr. Peter hatte mir hin und wieder härtere Präparate verschrieben, darunter auch Betablocker, aber deren Nebenwirkungen verängstigten mich. Aussicht auf Heilung gab es nicht. Immerhin, behauptete Dr. Peter unermüdlich, könnte erstens völlig unvorhersehbar Besserung eintreten. Solche Fälle seien ausgiebig dokumentiert. Ich hoffte darauf, auch Eingang in solch ein Dokument zu finden. Die Vorstellung, keine chronische Migräne mehr zu haben, schien mir paradiesischer als jede andere.

Etwas hatte sich immerhin gebessert, seit ich bei Dr. Peter in Behandlung war. Ich wusste nicht nur sehr viel mehr über Zeltplätze, Fäkalientanks, Anhängerlasten, Gaskocher und solche Dinge, die ich sicherlich irgendwann nutzbringend verwenden könnte, obwohl mich diese Form der Freizeitgestaltung kaum reizte – er hatte mich auch im Hinblick auf die Erkrankung mit wertvollen Tipps ausgestattet. Sein wichtigster hatte gelautet: «Erstens. Meiden Sie Stress.»

Mein Leben war zu diesem Zeitpunkt nicht sehr stresslastig, von der Arbeit abgesehen. Vor der Tankstelle, also in der Zeit von Dr. Peters Tippgabe, hatte ich in einem Callcenter gearbeitet, als vermeintlicher Hotlinemitarbeiter von insgesamt vier Softwarefirmen, die Finanzbuchhaltungsprogramme und ähnliches Zeug herstellten, sich aber keinen eigenen Kundenservice leisten konnten oder wollten. Als Mitglied der Farbengruppe meldete ich mich abwechselnd – je nach Ziel des Anrufers – mit den Namen Schwarze, Rote, Blaue oder Grüning. Es gab außerdem noch die Handwerkergruppe (Schreiner, Tischler, Schrauber, Bauer), die Monarchengruppe (König, Kaiser, Prinz, Herzog), die Gartengruppe (Baume, Blume, Strauch, Erdmann), eine Tiergruppe (Adler, Löwe, Bär und Rehberg) und wunderbarerweise die Musikergruppe (Trommler, Sänger, Flöter und – leider – Geiger, aber nicht Fiedler), zu der ich eigentlich gehört hätte, aber es gefiel mir, meinen richtigen Namen nicht verwenden zu müssen. Meistens meldete ich mich mit «Schwarze», denn die Programme des fraglichen Herstellers waren offenbar äußerst fehleranfällig und schwer zu bedienen. Gesehen hatte ich sie nie. Unsere ersten beiden Fragen hatten standardmäßig zu lauten: «Haben Sie in die Dokumentation geschaut?», und «Läuft bei Ihnen die aktuellste Version der Software?». Verneinte der Anrufer eine dieser beiden Fragen, was häufig geschah, zumal der Anbieter, für den Herr Schwarze scheinbar arbeitete, praktisch im Tagesrhythmus Updates veröffentlichte, wurde er gebeten, eben ins Handbuch zu schauen oder die Software zu aktualisieren. In allen anderen Fällen bekam er eine sogenannte «Ticketnummer», unter der sich angeblich bald ein Techniker melden würde. Das geschah aber frühestens nach dem dritten Anruf. Dass es bei den vorigen Malen nicht klappte, hatten wir im Telefonat Computerfehlern zuzuschreiben.

Unsere Gesprächspartner waren oft sehr ungehalten und beschimpften uns regelmäßig. Einige schienen es sogar für die Hauptaufgabe der Hotline zu halten, sich Beschimpfungen anzuhören, übrigens nicht selten sehr persönlicher Art. Man mutmaßte am Telefon über meine allgemeine, technische oder mentale Kompetenz, über mein Aussehen oder mein soziales Umfeld, unterstellte mir beispielsweise Fettleibigkeit oder Obdachlosigkeit. Es war mir verboten, darauf zu reagieren, stattdessen hatte ich stoisch nach schriftlicher Anweisung zu handeln, zudem schleppte ich wohl Altlasten mit mir herum, von denen ich nichts wusste, denn ich war in der Chronologie des Callcenters bereits der siebte Schwarze. Vermutlich war es dieser Punkt, der mich stresste, denn im Callcenter begannen oft Migräneanfälle, ungefähr zwei pro Monat.

Die Arbeit in der Tankstelle, die ich nach Dr. Peters Tipp annahm, war zwar schlechter bezahlt, aber abgesehen von Jugendlichen, die das Jugendschutzgesetz auszuhebeln versuchten, ein paar Dieben und den üblichen Alkoholikern war sie durchaus friedlich, vor allem nachts, wenn ich die Tür zum Shop absperren und mit den Kunden über eine Gegensprechanlage kommunizieren konnte, woraufhin ich ihnen dann ihre Bifis, Zigarettenschachteln, Wodkaflaschen und das Wechselgeld über ein Schubladensystem zukommen ließ. Wenn kein Kunde kam, las ich in den Magazinen, deren Vielfältigkeit mich verblüffte. Allein zum Thema «Camping» gab es ein gutes Dutzend, die ich ausgiebig studierte, um mit Dr. Peter, während er wieder einmal meine Gehirnströme maß, fachsimpeln zu können. Außerdem las ich viel über Aquaristik. In Dr. Peters mobilem Süßwasseraquarium schwammen zwar nur gebärfreudige Guppys und ein paar Neons, aber er hörte nach meinem Gefühl gerne zu, wenn ich ihn über Neuerungen bei der Filtertechnik und per Smartphone fernsteuerbare Temperaturregler informierte. Im Gegenzug schlug er mir vor, auch ein Aquarium zu kaufen, da das eine nachweisbar beruhigende Wirkung hätte. Diesem Tipp folgte ich allerdings nicht, denn Ulrikes Eltern besaßen ebenfalls ein großes Süßwasseraquarium, dessen unangenehmer Fäulnisgeruch alle anderen Aromen im Haus überdeckte. Einige Male hatte ich mich, während wir Riekes Eltern besuchten, minutenlang vor das Aquarium gesetzt und die Fische beobachtet, daran aber nichts Beruhigendes gefunden. Die armen Viecher, die offenbar unaufhörlich einen Ausweg suchten, deprimierten mich eher.

Leider reichte der Jobwechsel nicht aus, um die Migräne ganz und gar kaltzustellen. Die Anzahl der Anfälle reduzierte sich zwar drastisch, aber ich lernte, dass Stress viele Erscheinungsformen kennt. Konflikte jeglicher Art standen ganz oben auf meiner persönlichen Liste. Besonders unangenehm und migräneträchtig war es für mich, jemandem etwas zu schulden. Trafen Rechnungen ein, setzte ich mich sofort hin und füllte eine Überweisung aus, die ich spätestens am nächsten Tag in den Briefkasten meiner Bankfiliale warf. Ich wollte niemand sein, der anderen Probleme bereitet; schon Gedanken daran stimmten mich missmutig und verursachten ein Gefühl der Wertlosigkeit. Ebenso wenig mochte ich es, Systemen ausgesetzt zu sein, die mir etwas unterstellten, etwa den Personenkontrollen an Flughäfen. Während der gemeinsamen zehn Jahre hatten Ulrike und ich ganze zwei Flugreisen absolviert, insgesamt vier Migräneanfälle auf meiner Liste, zwei beim Hinflug und zwei beim Rückflug. Schon das Betreten der Abfertigungshallen versetzte mich in Panik, und je näher ich dem würdelosen Abtasten kam, dessen Botschaft lautete: «Wir vertrauen Ihnen nicht und unterstellen Ihnen das Schlimmste», umso größer wurde sie. Einzig Riekes Gegenwart war es zu verdanken gewesen, dass die Reisen nicht im Chaos geendet hatten. Vor Ort – Spanien, Italien – hatte es mir recht gut gefallen.

Eine Bankkarte besaß und verwendete ich nur, weil es inzwischen faktisch alternativlos war; die Banken dünnten ihre Filialnetze bis zur Homöopathie aus. Ich besaß eine Baseballkappe ausschließlich zu diesem Zweck, also um mich vor den Blicken der omnipräsenten Überwachungskameras zu schützen, während ich Geldautomaten bediente und mich, über das Display gebeugt, beim Eingeben der Geheimzahl mehrfach vertippte, weil ich es nicht erwarten konnte, den Aufnahmebereich der Kameras wieder zu verlassen.

Und jetzt saß ich abermals im Taxi, blinzelte ununterbrochen, kaute Ibuprofentabletten, um sie anschließend trocken herunterzuschlucken, und dachte an Jessica, die mich, wenn ich das noch richtig wahrgenommen hatte, mit einem sehr, sehr merkwürdigen Blick verabschiedet hatte. Ich hockte hinten und sah zwischen den Vordersitzen hindurch auf die Straße. Der Taxifahrer musterte mich im Rückspiegel. Ich wusste nicht, ob ich ihm das Fahrziel genau genug genannt hatte, aber es war mir nicht mehr möglich, das zu überprüfen. Nachtlichter huschten vorbei, der Straßenbelag glänzte, ich wünschte mich in noch intensivere Dunkelheit und Ruhe, aber der Taxifahrer hörte lautstark einen Nachrichtensender, ohne dass ich dazu in der Lage gewesen wäre, ihn darum zu bitten, das Radio auszuschalten. Wir erreichten das Ziel, ich reichte mein Portemonnaie nach vorne, was der Mann wohl mit einem Satz quittierte, in dem das Wort «Säufer» vorkam, ich stieg aus, fiel hin, kämpfte mich durch die Haustür und hoch in den dritten Stock, wo mir nach einigen Minuten erfolgloser Versuche, das winzige Schloss mit dem riesigen Schlüssel zu öffnen, Rieke aufmachte, mich unterhakte und in mein Zimmer schleppte. Dort fiel das Gewicht eines Mondes auf meinen Schädel und knipste mich einfach aus.

Als ich wieder zu mir kam, war mein erster Gedanke, dass ich unbedingt die Wohnung in der Weisestraße mieten müsste.

DREI

Mein Chef hieß Dietrich Langmann, war Ende fünfzig und ein lupenreiner Menschenhasser. Er war recht groß und ein wenig grobschlächtig, hatte schmutzig graue, schüttere Haare und einen breiten, fleischigen Mund, der von Inseln stoppeliger, zigarrengelbgrauer Barthaare umgeben war, die weder zu wachsen noch je geschnitten zu werden schienen. An der linken Stirnseite besaß Langmann ein flächiges, erhabenes Muttermal in der Form von Albanien. Er trug hellbraune Anzüge mit Weste, dazu hellbraune Hemden und Ledersandalen mit Lochmuster. Dietrich Langmann ging und stand immer ein wenig vorgebeugt, und er lachte niemals.

Neben mir gab es an der Tankstelle selbst zwei weitere Angestellte, außerdem arbeiteten zwei ungarischstämmige Männer in der kleinen, schmierigen Werkstatt, die zum Betrieb gehörte und sich neben dem Verkaufsraum befand, weshalb die Luft dort meistens eine Kopfnote aus Schmierölaromen aufwies, verbunden mit dem Altmännergeruch von Langmanns billigen Zigarren, die er heimlich im Büro hinter dem Shop rauchte, vor allem, wenn er soeben ein erfolgreiches Geschäft hinter sich gebracht hatte. Die Ungarn waren überwiegend damit beschäftigt, den Fahrzeugen der zumeist recht alten Menschen, die ihre Autos Langmann für Inspektionen und Kleinreparaturen anvertrauten, die Reifen abzunehmen und gegen gleiche, aber sehr viel ältere Versionen auszutauschen, die sie von einem Schrottplatz holten, welcher wiederum einem Spezi von Langmann gehörte, der ihm wie ein zweieiiger Zwilling ähnelte. Es hätte mich nicht überrascht, zu erfahren, dass die beiden im selben Stasigefängnis als Aufseher tätig gewesen waren.

Übergab mein Chef dann das vermeintlich reparierte oder inspizierte Fahrzeug an den Kunden, stellte er sich daneben, setzte ein Stirnrunzeln auf und merkte an, dass er mit diesen «Glatzen» keinen Kilometer mehr fahren würde. Daraufhin kauften die Kunden dann ihre eigenen Reifen als gute gebrauchte zurück. Das Prinzip funktionierte faktisch ausnahmslos.

Für Langmann waren alle Frauen Fotzen und alle Männer Ziegenficker, was auch für sein Personal galt. Nicht selten trat er an den Kassentresen, hinter dem ich saß, und merkte an, dass «die Fotze an der vier Diesel tankt, obwohl ihre Schüssel ein Benziner ist», dass «der dusselige Ziegenficker mit dem BMW das ganze Wasser vorbeigießt» oder dass «die Ziegenficker in der Werkstatt schon wieder Drogen nehmen». Sehr wahrscheinlich wurde ich in meiner Abwesenheit also auch so genannt. Mein Chef redete zum Glück nicht viel und ließ sich unterm Strich auch selten an der Tankstelle blicken, und wenn er es tat, schloss er sich in seinem Büro ein, das für sämtliche Mitarbeiter Sperrgebiet war (er nannte das «Noggoärrja» – seine englische Aussprache war nicht sehr gut) und in Langmanns Abwesenheit verriegelt blieb. Die beiden Mechaniker, deren Namen ich nicht kannte, beherrschten das Reifenwechselgeschäft perfekt ohne ihn, wobei sie wahrscheinlich einen Gutteil der Einnahmen in die eigene Tasche steckten, denn ich bonierte solche Maßnahmen in der Regel nicht. Den Kunden, die ihre eigenen Reifen kauften, wurde zumeist angeboten, die «Schnäppchen», die man zufällig gerade auf Lager hätte, cash und ohne Fragen zum Eh-Kah weiterzugeben, wenn die Käufer auf Rechnungen verzichteten. Dieser «Einkaufspreis» lag nur marginal unter dem, den wir für einen Satz fabrikneuer Reifen berechnet hätten. Auch dieses Angebot wurde fast ohne Ausnahme angenommen, zu Langmanns Vorteil, denn letztlich hätte es Belege für den Ankauf der «guten gebrauchten» geben müssen, aber dieser Ankauf existierte ja überhaupt nicht.

Wenn ich im Shop saß und dabei zusah, wie ein Muttchen konsterniert neben ihrem Uralt-Polo stand und nickend den Ausführungen Langmanns lauschte, um anschließend ihr schmales Rentengeld für bereits erworbenes Eigentum hinzublättern, hatte ich ein so schlechtes Gewissen, dass ich Migräneanfälle befürchten musste. Ich schämte mich unendlich dafür, Bestandteil dieses Geschäftsmodells zu sein, von dem ich zu meiner Entschuldigung erst im zweiten Monat erfahren hatte, und auch noch die Scheinchen zu akzeptieren, die mir Langmann für die illegale Mehrarbeit zusteckte. Allerdings hatte ich keine Wahl, denn ebenfalls im zweiten Monat, als mir der Chef zum zweiten Mal ein paar Scheine übergab, sagte er: «Fiedler, bei der ersten Geldübergabe lief die Videoüberwachung mit. Sie sind damit offiziell und nachweisbar Steuerbetrüger. Maximal fünf Jahre Knast, zwischen lauter Ziegenfickern, die gerne auch mal Studenten rannehmen. Vergessen Sie das nie. Ich baue auf Ihre Loyalität.»

Ich vergaß es nicht, ganz im Gegenteil. Mit der Zeit schaffte ich es zwar, die Angst davor zu verdrängen, dass ein Sonderkommando der Steuerfahndung in Ulrikes und meine Wohnung einfallen und mich in Handschellen abführen würde, aber die Gewissheit, Langmanns zweifelhaftem gutem Willen ausgeliefert zu sein, blieb eine ständige Belastung, eine lauernde Bedrohung wie meine Migräne. Natürlich verursachte seine unsubtile Eröffnung auch direkt einen Anfall, und ich musste sogar ein paar unbezahlte Urlaubstage nehmen, um anschließend wieder auf die Beine zu kommen; ärztliche Atteste für «solchen Firlefanz wie Kopfschmerzen» akzeptierte Langmann einfach nicht. Danach gelang es mir, das mögliche Ungemach relativ weit hinten in meinem Bewusstsein einzusortieren. Dabei half es mir, dass ich den Job an der Tankstelle eigentlich sehr mochte, von den Betrügereien und Dietrich Langmann abgesehen, natürlich. Ich begegnete dort vielen Menschen, darunter auch einigen sehr netten, durfte hilfsbereit sein und nahm die Dankbarkeit gerne entgegen. Ich wechselte Scheibenwischerblätter, half beim Tanken, maß Reifenluftdrücke und Ölstände, hielt Türen auf und trug kleine Tüten mit überteuerten Konserven, gekauft vor allem von älteren Menschen, die die langen Öffnungszeiten der Supermärkte noch nicht mitbekommen hatten, zu alten, aber sehr gepflegten Autos, wo ich sie in blitzsaubere Kofferräume lud. Nicht wenige dieser älteren Kunden informierte ich trotz schlechten Gewissens meinem Chef gegenüber, dass die Lidl-Filiale im nahe gelegenen U-Bahnhof sogar samstags bis Mitternacht geöffnet wäre, außerdem am Sonntagvormittag.

Der Unterschied zum Callcenter hätte nicht größer sein können. Während ich dort quasi unaufhörlich beschimpft worden war, gab man mir hier sogar Trinkgeld, lächelte mich an und nannte mich «netter junger Mann». Natürlich wusste ich, dass für die älteren Damen alles ein junger Mann war, was noch ohne Rollator vorankam, aber ich genoss es trotzdem sehr. Ich flirtete ohne Hintergedanken mit jungen Frauen, scherzte mit den Kunden, empfahl Zeitschriften und führte viel Smalltalk zu den Themen, aus denen die Presse Schlagzeilen gemacht hatte. Und des Nachts hatte ich so wenig zu tun, dass es mir manchmal peinlich war, dafür auch noch bezahlt zu werden. Wie hatte Franz Kafka, den ich ziemlich verehrte, mal geschrieben? «Mein Dienst ist lächerlich und kläglich leicht. Ich weiß nicht, wofür ich das Geld bekomme.»

«Du bist ein Vollidiot», sagte Rieke, als ich mit ihr beim Frühstück wieder einmal über den Job sprach. «Dieser Naziwichser kann dir überhaupt nichts. *Er* ist der Betrüger.»

«Ich bin ein Steuerhinterzieher», antwortete ich leise und konzentrierte mich auf die Form der Nussnougatcremelocke.

«Quatsch. Du musst das Geld nur bei der Steuererklärung angeben. Und zwar im *kommenden* Jahr. Wie will dieser Typ denn nachweisen, wie viel du eingesteckt hast?»

«Er hat Videos davon», sagte ich gepresst. Das Wort Steuererklärung fürchtete ich.

«Pah!» Sie schnaufte. «Er hat Videos von irgendwas. Und er verkauft alten Menschen ihre eigenen Räder. *Solche* Leute werden im Knast rangenommen!»

Ich sah sie an, Ulrike echauffierte sich gerne, ihr Gerechtigkeitssinn war so stark ausgeprägt wie mein Wunsch, niemandem etwas zuleide zu tun. Das war neben der Angst vor dem nächsten Migräneanfall meine größte Sorge: Jemanden schlecht zu behandeln, der anschließend darunter litt.

«Ich weiß nicht», sagte ich schwach. «Außerdem bin ich jetzt Mitwisser.»

«Weil dich dieser Mann erpresst.»

«Vielleicht hat er das ganz anders gemeint?», schlug ich vor.

Ulrike stöhnte. «Wie war das noch?» Sie grübelte kurz. «*Fünf Jahre Knast, vergessen Sie das nicht.* Richtig?»

Ich nickte.

«Wie soll man das falsch verstehen? Der Typ ist ein Betrüger *und* ein Erpresser.»

«Aber die Arbeit ist schön.»

«Schön?», schrie sie fast. «Es ist eine Tankstelle! Du bist fast vierzig, du bist beinahe Akademiker, und du arbeitest an einer *Tankstelle*. Das ist, als würde ich Heftpflaster aus dem Bauchladen verkaufen.»

«Da sind viele nette Menschen.»

«Nette Menschen gibt es überall. Und Arschlöcher wie diesen Langhans.»

«Langmann», korrigierte ich.

«Scheiß drauf. Mensch, Uwe, die Stadt quillt vor Galerien über, Lehrer werden gesucht, selbst Psychologen finden inzwischen Anstellungen, notfalls in irgendwelchen Personalabteilungen. Und du arbeitest an einer *Tankstelle.*»

Darauf wusste ich wenig zu antworten. Also eigentlich hätte ich darauf einiges zu antworten gewusst, aber diese Antworten hätten gelautet: Die Menschen, die in Galerien einkaufen, ängstigen mich, und Kunsthandel ist letztlich legalisierter Betrug. Lehrer sind unaufhörlich Anfeindungen ausgesetzt, werden im Internet gemobbt, und die Kinder von heute sind hochtechnisierte Tyrannen, gegen die man sich nicht wehren darf (und, in meinem Fall, auch nicht *will*). Und außerdem, ehrlich, bevor ich in einer Personalabteilung arbeite, wandere ich nach Sri Lanka aus. Davon abgesehen und nur unter uns: Psychologie ist nichts als ein großer Bluff.

Aber diese Antworten hätte Ulrike nicht akzeptiert. Deshalb zuckte ich nur die Schultern und sagte: «Es ist eine Übergangslösung.»

«Dein gesamtes verdammtes Leben ist eine Übergangslösung!», brüllte sie. Dann stand sie auf, ging nach draußen und kehrte gleich wieder zurück. Sie trug ihren Mantel, denn die Ambulanz wartete. «Um ehrlich zu sein», sagte sie, wieder leiser. «Ich kenne dich seit über zehn Jahren, aber ich verstehe nicht, was am Ende dieses Übergangs stehen soll. Weißt du das eigentlich selbst?»

Vielleicht, dachte ich schweigend, während Ulrike zur Tür hinausstampfte, sollte ich mit ihr nicht mehr über solche Sachen reden. Schließlich waren wir kein Paar mehr.

Stattdessen besuchte ich an diesem Vormittag, an dem ich mich für die Wohnung in der Weisestraße und damit ein Domizil in der Nähe der wunderbaren und mysteriösen Jessica zu entscheiden hatte, meinen einzigen Bekannten aus der Jugendzeit, mit dem ich noch Kontakt hatte: Fred «Freddy» Runkelmann. Er war in meinem Alter, wir kannten uns von der Grundschule, hatten uns während der Oberschule aus den Augen verloren und dann zufällig auf einer Messe getroffen, auf der ich als «Steward» an einem Infostand arbeitete und Messebesuchern Pläne reichte, darunter eines Tages Fred Runkelmann, der mich sofort wiedererkannte, während ich minutenlang erfolglos versuchte, seinen Namen mit Erinnerungen zu verbinden. Wir bereuten es umgehend, uns so lange nicht gesehen zu haben – er allerdings mehr als ich, denn unsere Schnittmenge war im geopolitischen Vergleich in etwa so groß wie Andorra.

Freddy zeigte deutliche Alterungserscheinungen; sein Haaransatz war bereits stark zurückgewichen, seine Kinnhaut faltig und ein bisschen labbrig, außerdem waren Nase und Ohren bei ihm schon ziemlich gewachsen. Aber all das passte zu seinem leicht fülligen, gemütlichen Körper, den er wenig pflegte und so ganz anders behandelte als die Dinge, die er in seinem Geschäft verkaufte. Freddy hatte Maschinenbau studiert, wenn ich mich recht erinnerte (Studium war kein Gesprächsthema zwischen uns), aber seine große Leidenschaft galt dem sogenannten Slotcar-Racing, zu Deutsch: Carrera-Modellrennbahnen (das durfte man in seiner Gegenwart aber nicht so nennen). Er besaß einen großen Laden, der bis unter die Decke mit diesem Spielzeug gefüllt war, und im Keller direkt darunter hatte er eine riesige Rennbahn aufgebaut, an der an den Wochenenden Spätjugendliche und Familienväter ihre Autos herumflitzen ließen – in einer Geschwindigkeit, die mir jedes Mal (zwei Nachmittage hatte ich insgesamt dort verbracht) Ehrfurcht einflößte. Freddy ging in diesem Geschäft, das zugleich sein Hobby war, gänzlich auf. Mit Frauen, die auch eher nicht zu seiner Stammkundschaft gehörten, hatte er wenig am Hut, aber eigentlich galt das generell für Menschen, außer sie mochten Modellautorennbahnen oder waren, wie ich, aus unerfindlichen Gründen nett zu ihm.

«Schau mal», sagte er zur Begrüßung, wobei er grinste – und schwitzte. Freddy schwitzte bei jeder noch so kleinen Anstrengung, eigentlich aber auch ohne. «Ein 132er Maserati A6 GCS, Special Edition.» Er hielt einen glänzenden Acrylquader hoch, in dem sich ein Modellauto befand. «Praktisch brandneu. Ungefahren. Locker vierhundert Mäuse wert.» Freddy gehörte zu den Leuten, die noch Begriffe wie «Mäuse» verwendeten, was ich sympathisch fand. «Für nur einen Grünen abgeschossen. Hammer, oder?»

«Hammer», wiederholte ich brav und nahm den dargebotenen Acrylquader vorsichtig aus Freddys Händen. Das fühlte sich nicht an, als wäre es vierhundert Euro wert. Eine Monatsmiete in der Weisestraße. Fast.

«Willste mal fahren?»

«Ach, Freddy», antwortete ich. Schon richtig, dass ich nicht viel Sinnvolles mit meinem Leben anfing, aber Spielzeugautos im Kreis fahren zu lassen, das überschritt sogar meine Bereitschaft, Zeit totzuschlagen. Zudem konnte ich mit dem Publikum, das sich in seinem Keller versammelte, praktisch nichts anfangen: Slotcar-Autisten. Sie hielten die reale Welt für ein Paralleluniversum, das sie zu betreten genötigt waren, wenn sie ihre Hobbyräume verließen, um schnellstmöglich in diese zurückzukehren. Einmal hatte ich einen gefragt, welchen Film er zuletzt im Kino angeschaut hatte. «Kino? Da sind mir zu viele fremde Leute», hatte er geantwortet. Dann hatte er seine Aufmerksamkeit wieder dem Rennauto gewidmet, das in Lichtgeschwindigkeit auf Freddys Bahn kreiste, ein weißer Schatten, der lediglich ein hochtönendes Zischgeräusch von sich gab.

Während der Mann das Auto beobachtete und auch steuerte, oszillierte sein Daumen auf dem Geschwindigkeitsregler, wie ich das von Kids in der U-Bahn kannte, die sich gegenseitig Kurznachrichten schickten. Immerhin, diese Leute – mein Kumpel eingeschlossen – demonstrierten eine Leidenschaft, die mir völlig unbekannt war und die mich in gewisser Weise faszinierte, wenigstens interessierte. Die Dinge, für die *ich* echte Leidenschaft entwickelte, konnte ich an den Fingern einer vollständig fingeramputierten Hand abzählen. Ich hielt es eher mit gemäßigtem Engagement. *Nicht übertreiben* war eines meiner Mottos. Davon hatte ich insgesamt vier, drei davon hatte ich von meinem Vater übernommen.

Freddy nahm mir die Neuerwerbung wieder vorsichtig ab und stellte sie in ein Regal.

«Was läuft?», fragte er dabei.

Ich erzählte vom kleinen Streit mit Rieke. Von der Wohnung in Neukölln. Von Jessica. Es erleichterte mich etwas, das jemandem zu erzählen, auch wenn ich auf die Brücke, die uns verband, nichts geschickt hätte, das mehr als eine Feldmaus wog.

«Mmh», machte er, möglicherweise meiner zaghaft formulierten Position zustimmend, vielleicht aber auch nur, um mir zu verstehen zu geben, dass er zugehört hatte. Während ich erzählte, frickelte er nämlich an seinem Computer herum. Das war seine zweitliebste Beschäftigung. Natürlich trug er außerdem sein futuristisches Smartphone-Headset, das er «Borg-Implantat» nannte – eine treffende Bezeichnung, denn er nahm das Zeug kaum häufiger ab als seine echten Körperteile. Freddy war ganz Techniknerd und außerdem nostalgischer Trekkie; er hasste es, dass keine Raumschiff-Enterprise-Serien mehr, dafür aber «lahme Kino-Spin-offs» gedreht wurden, grüßte Stammkunden mit dem Vulkanier-Fingerspreizen und hatte eine Software auf seinem Rechner, die es ihm erlaubte, verbale Kommandos wie «Computer! Textverarbeitung öffnen!» abzugeben, was eine sehr angenehme weibliche Stimme mit Sätzen wie «Gerne, Liebling» quittierte. All das war einerseits liebenswürdig, andererseits aber auch erschütterndes Symptom seiner Einsamkeit. Ich stellte mir gelegentlich vor, ein Geheimdienstmitarbeiter zu sein, der Fred Runkelmanns seltsame Online-Tätigkeiten zu überwachen hätte – vielleicht sah er sich manchmal Pornos an, googelte aber überwiegend nach Spielzeugautos und kommunizierte mit seinen Kunden in einer Geheimsprache, die keine war. Für einen Geheimdienstler sicherlich kein sehr erfrischendes Objekt: Jemand, der offenbar nach Mysterium roch, vielleicht aber nur nach sozialer Verarmung müffelte.

Ich hielt Computer für nützlich, aber auch sehr merkwürdig, und zwar nicht erst seit meinem Job im Callcenter. Nach meiner Überzeugung taten sie überwiegend Dinge, um die man sie nicht gebeten hatte. Ihre größte Eigenart bestand darin, genau das zu verheimlichen. Gelegentlich rief ich auf meinem Computer den «Task-Manager» auf und erfuhr dadurch, dass etwas, das sich «Leerlaufprozess» nannte, neunundneunzig Prozent der Systemressourcen beanspruchte. Das war, wie ich dann jedes Mal dachte, eine Metapher für mein eigenes Leben.

«Der Job ist schon suboptimal», sagte Freddy schließlich ins Klicken seiner Maustasten.

Bevor ich antworten konnte, was ich genau genommen aber überhaupt nicht vorhatte, ergänzte er: «Du könntest für mich arbeiten.» Dabei grinste er.

«Ach, Freddy», sagte ich abermals, legte ihm aber freundschaftlich eine Hand auf die Schulter. Es rührte mich, dass er das so unermüdlich anbot, wie er mich von seinem Fachgebiet zu begeistern versuchte, aber die Vorstellung, Spielzeugautos an Menschen zu verkaufen, die noch lebensunfähiger waren als ich, blieb reizlos. Ebenso die Vorstellung, stundenlang an Freddys Rennbahn zu stehen, um Kindern zu erklären, warum nur ihre Väter spielen durften. Da sortierte ich lieber Chipstüten um. Außerdem gruselte mich die Vorstellung, mehr als ein paar Stunden pro Monat mit meinem ehemaligen Schulkameraden zu verbringen.

Wir unterhielten uns noch eine Weile, wobei mich Freddy im letzten Drittel des Gesprächs mit der Idee überraschte, ein Grundschul-Klassentreffen zu veranstalten, was ich für vollständig absurd hielt. Ich erinnerte mich zwar dunkel an ein paar Namen – Vornamen – aus dieser Zeit, verspürte aber wenig Lust darauf, diese Leute wiederzusehen. Glücklicherweise hatten Freddys Ideen die Halbwertszeit von blutigen Steaks in Löwenmäulern. Er würde sie vergessen haben, noch bevor ich den Laden verließe.

Wir waren keine Freunde. Für diesen sehr kategorischen Begriff hatte ich ohnehin keine Verwendung, war nicht dazu in der Lage, ihn mit Sinn zu füllen. Ich verstand nicht, was ein Freund war, tat, erwartete oder leistete, kannte nur ominöse Umstände wie jenen, dass man wohl Geheimnisse teilte, die über kurz oder lang Erpressungsmaterial liefern würden, oder die Tatsache, dass dies soziale Adeln, diese Erhebung in einen anderen Stand, zuweilen mit Ritualen einherging, sich aber nicht messerscharf von allen anderen Zuständen – etwa «guten Bekannten» – unterschied. Es war wie mit dem Begriff «Fellatio», den ich zuerst als Jugendlicher gehört hatte, wonach ich lange Jahre vermutete, es handle sich um ein italienisches Wort für die Abhäutung von Pelztieren.

Eine Stunde später stand ich wieder vor dem Laden. Leider hatte sich heute dieses nostalgisch-beschaulich-behagliche Gefühl nicht eingestellt, das mich sonst überkam, wenn ich Freddy traf, verbunden mit der Gewissheit, dass es immer noch sehr viele Leute gab, denen schlicht egal war, was Trends oder Hypes an neuem zivilisatorischem Druck bereithielten. Ich nahm an, dass Freddy auf seine Art glücklich war, was aber meiner Meinung nach zu einem Gutteil auch daran lag, dass Fred Runkelmann «Glück» auf sehr eigene Weise definierte – und jeden Blick über den Tellerrand dieser Definition mied. Ich verfügte tatsächlich nicht über eine solche Definition. Glück war nach meinem Verständnis keine absolute Kategorie, sondern bezeichnete einen ziemlich willkürlich festgesetzten Zufriedenheitslevel, der stark von äußeren Parametern abhing. Leute bezeichneten sich zum Beispiel als glücklich, wenn sie zufällig gerade keine Geldsorgen hatten. Das empfand ich als absurd, weil erst die Menschen Geldsorgen überhaupt erfunden hatten. Wenn Menschen dazu in der Lage waren, solche Markierungen selbst festzulegen, bestand nach meinem Dafürhalten keine Notwendigkeit, sich ihnen unterzuordnen. Ein Glückszustand, den ich halbwegs nachvollziehen konnte, war jener, der sich einstellte, wenn man verliebt war und das Objekt der Verliebtheit das Gleiche empfand. Aber ich hielt das nicht wirklich für Glück. Und außerdem stellte ich in diesem Augenblick fest, dass ich wohl ein bisschen verliebt war, denn als ich an die seltsame Jessy aus Nette's Ecke dachte, stellte sich jenes Gefühl ein, dass ich für Verliebtheit hielt: Meine Gesichtshaut wurde warm, Konzentrationsschwierigkeiten setzten ein.

Freddys Laden befand sich in der nördlichen Sonnenallee, also auch in Neukölln. Bei meiner Entscheidung für oder gegen das Wohnloch in der Weisestraße könnte ich das als Pluspunkt werten. Wir könnten uns, dachte ich, gelegentlich nach Freddys Feierabend in Nette's Ecke treffen, vorausgesetzt, ich hätte keine Nachtschicht an der Tankstelle. Darüber sinnierte ich, als ich die etwa dreihundert Meter zum U-Bahnhof Hermannstraße abmarschierte, stellte mir vor, neben Freddy am Tresen zu sitzen und unauffällig Jessica zu beobachten.

Während ich so grübelte, schloss ich zu einem älteren Herrn auf, der leicht gebückt ging, eine Jutetasche mit beiden Händen hinter dem Rücken hielt und kurz an jedem der orangefarbenen Mülleimer stoppte, die in unregelmäßigen Abständen an Laternenmasten oder jenen von Straßenschildern angebracht waren, um sich zuerst flink umzuschauen und dann einen Blick in den Abfallbehälter zu werfen. Ich verlangsamte meinen Schritt – ich hatte ohnehin nichts vor, die Schicht begann erst um vier Uhr nachmittags –, um ihn genauer beobachten zu können. Er war sauber gekleidet, seine wenigen hellgrauen Haare wirkten gepflegt, seine schwarzen Halbschuhe waren zwar schon ziemlich abgetragen, aber auf Hochglanz poliert. Jetzt hielt er an einem Mülleimer länger inne, sah sich abermals etwas verschämt um, ohne mich jedoch zu bemerken, und streifte einen Gummihandschuh, den er aus der Hosentasche gezogen hatte, über die rechte Hand. Dann griff er beherzt in das Abfallbehältnis und förderte drei leere Flaschen zutage, die er erst ausschüttelte und anschließend in seiner Jutetasche verstaute. Seine Bewegungen waren erstaunlich schnell und routiniert. Plötzlich war der Gummihandschuh wieder verschwunden, aber ich hatte nicht bemerkt, wie.

Ich hatte keine Ahnung, wie hoch der Pfandwert von Leergut war, denn Rieke kümmerte sich um derlei, schließlich hatte sie ein Auto und ich nicht. Ich nahm jedoch nicht an, dass der Mann an diesen drei Flaschen mehr als zwanzig Cent verdienen würde.

Augenblicklich packte mich elementarer Weltschmerz, den ich von mir kannte, den ich ebenso hasste wie die Migräne – und gegen den ich ebenso wenig tun konnte. Ich konnte und wollte es nicht verstehen, gar akzeptieren, in einer Welt, in einer Gesellschaft zu leben, in der Menschen zu so etwas genötigt waren. Meine stark ausgeprägte Empathie (ich arbeitete erfolglos daran) bewirkte, dass ich mich in diesen Mann versetzte, seine Demütigung empfand – und die Perspektivlosigkeit seines Tuns. Wahrscheinlich, dachte ich, hatte er lebenslang gearbeitet, unermüdlich, verlässlich, immer pünktlich, und ohne auch nur einen Tag krankzufeiern. Und jetzt, mit Ende sechzig, wie ich schätzte, war er gezwungen, im Abfall herumzuwühlen, um seine schmale Rente mit Flaschenpfand aufzubessern. Natürlich gab es auch alternative Szenarien – der Mann konnte ein mehrfach verurteilter Sexualstraftäter sein, ein notorischer Betrüger, jemand, der davon gelebt hatte, andere ins Unglück zu stürzen, aber die andere Variante war die wahrscheinlichere. Ich bemerkte, wie ich unbewusst nach der Geldbörse in meiner Gesäßtasche fingerte, sogar, den Blick auf den Bürgersteig vor meinen Füßen gerichtet, bereits ausrechnete, was ich dem Mann schenken könnte, ohne mir selbst weh zu tun oder ihn über Gebühr zu beleidigen, als ich ihn fast über den Haufen rannte. Im letzten Moment wich ich ihm aus, aber etwas ging zu Boden – die Jutetasche –, und wir beide lauschten auf das leise Klirren, das trotz der enormen Verkehrsgeräusche gut zu hören war.

Dann fixierten mich die wasserhellen Augen des alten Mannes kurz, aber nur sehr kurz. Er sah nach unten, was ich auch tat.

«Ich bitte um Verzeihung», sagte ich höflich, sogar etwas erschüttert. «Ich war wohl unaufmerksam.»

«Das ist nur Müll», antwortete er, wobei er mich wieder anschaute. «Müll», wiederholte er leise, eher zu sich selbst. Er bückte sich und hob die Jutetasche auf, kippte die Scherben in den Abfallbehälter, aus dem er kurz zuvor die Pfandflaschen gezogen hatte.

«Tut mir leid.»

«Kein Problem», behauptete der Mann. Er hatte eine angenehme Stimme. Vielleicht ein ehemaliger Radiomoderator oder ein Synchronsprecher. Vielleicht aber auch jemand, der hätte Radiomoderator oder Synchronsprecher werden können, von seinen Eltern aber in eine Fleischerlehre gedrängt worden war. Fleischer gab es nicht mehr viele – so richtige Metzger, die halbe Rinder oder Schweine geliefert bekamen und sie zu Schnitzeln, Steaks und Wurst verarbeiteten, um die Produkte frisch an der Theke feilzubieten. Ich betrachtete den alten Mann und konnte mir gut vorstellen, dass er lebenslang Blutwurst hergestellt hatte, bis der Supermarkt nebenan den Laden mit seinem unter Schutzatmosphäre verpackten, tendenziell gammligen Industriefleisch vernichtet hatte.

«Was war Ihre Arbeit?», fragte ich impulsiv.

«Bitte?»

«Was haben Sie getan, tagsüber, früher?»

Er zog die Stirn kraus. «Dieses und jenes», erklärte er langsam, aber ohne erkennbaren Widerwillen, wobei er mich skeptisch musterte. «Ich habe Chemie studiert und das Studium dann abgebrochen, weil ich mit einem Freund eine Kneipe eröffnet habe. Die war schnell wieder pleite. Danach habe ich alles Mögliche gemacht. Zuletzt war ich Sargträger, aber mein Rücken.»

Aber mein Rücken, wiederholte ich gedanklich.

«Und Sie?», fragte er, bevor ich seine Mitteilung kommentieren konnte.

«Äh. Ich», stotterte ich, ein wenig überrascht. «Äh, ich studiere. Kunstpädagogik und Psychologie.»

Er lachte. Auch sein Lachen war angenehm. «Sie sehen nicht aus wie ein Student», erklärte er. In meinen vermutlich fragenden Gesichtsausdruck ergänzte er: «Ich meine, Studenten sind meistens jünger. Mit Verlaub.»

Mit Verlaub. Ich konnte nur nicken.

«Ich schiebe es wohl ein wenig vor mir her. Ich arbeite an einer Tankstelle.»

«Das ist reizvoll, ich verstehe das gut», sagte der Mann, während wir beide in Richtung U-Bahnhof weitergingen, ohne uns verabredet zu haben. Ganz selbstverständlich nahm er die Untersuchung der Mülleimer wieder auf. «Ich wollte mich eigentlich auch nie entscheiden müssen. Ich meine, dafür, lebenslang etwas Bestimmtes zu tun. Deshalb habe ich damals über die Entscheidung, das Studium zu unterbrechen und die Kneipe zu eröffnen, auch nicht lange nachgedacht. Eigentlich sogar überhaupt nicht.» Er pausierte, zog den Handschuh aus der Tasche und sammelte zwei Flaschen ein. «Chemie hat mich ohnehin nicht interessiert. Ich war zwar ganz gut darin, aber es war auch schrecklich langweilig. Allein die Vorstellung, auf ewig Chemiker zu sein. Die Kneipe war viel spannender.»

«Ich verstehe», behauptete ich.

«Und dann war ich plötzlich sechzig. Schlagartig. Zwanzig Jobs und drei Ehen später, vielleicht sogar mehr. Jobs, meine ich, nicht Ehen.» Er lachte wieder, ein ziemlich entspanntes Lachen, wie ich fand. «Manchmal habe ich sehr gut verdient, manchmal reichte es kaum für die Miete. Jetzt reicht es für überhaupt nichts mehr.»

«Sie haben eine angenehme Stimme. Ich könnte mir gut vorstellen, dass Sie Filme synchronisieren oder Hörbücher sprechen oder so.»

Er blieb stehen und sah mich verblüfft an. «Ehrlich?», fragte er.

Ich nickte, obwohl ich mich mit derlei nicht auskannte. Augenblicklich erahnte ich die Gefahr, dass der Mann meinem Laienrat folgen und sich in eine weitere erfolglose Karriere stürzen könnte. Andererseits war *alles* besser als das, was er derzeit tat.

«Mmh», machte der alte Mann, während er eine Flasche halb aus einem Mülleimer zog, kurz betrachtete und wieder fallen ließ. Jägermeister. «Interessanter Gedanke», sagte er dann lächelnd. «Warum nicht?»

Wir trennten uns. Er ging in Richtung Kotti, ich wollte zur U-Bahn. Mein Angebot, die kaputten Flaschen zu ersetzen, lehnte er energisch ab. «Danke für die Idee», sagte er stattdessen. «Vielleicht ist es nicht zu spät für so etwas.»

«Vielleicht», sagte ich.

Vielleicht, dachte ich, während ich die Offerte eines am U-Bahn-Eingang postierten Cannabishändlers, mich für nur einen Zwanni mit dem Vorrat für zwei Wochen zu versorgen, höflich ablehnte, vielleicht ist es nie zu spät für irgendwas, solange man am Leben ist. Die entscheidende Frage aber lautete: Was zur Hölle ist *irgendwas?*

Ich telefonierte unterwegs kurz mit Herrn Kauzig, den ich darüber informierte, dass ich das Mietangebot in Erwägung zog, mich aber unmöglich so kurzfristig entscheiden könnte, weshalb er mich bitte, insofern das möglich wäre, über die Nichtmehrverfügbarkeit der Wohnung in Kenntnis setzen möge. Er gestand mir einen weiteren Tag Bedenkzeit zu, betonte aber mehrfach, dass die Nachfrage außerordentlich sei. Ich beglückwünschte ihn dazu, was er mit einem merkwürdigen, etwas mürrischen Knurrgeräusch quittierte und dann die Verbindung unterbrach.

Da ich noch etwas Zeit hatte und mich in der Gegend befand, entschloss ich mich spontan, Tante Gertrud zu besuchen. Das Palliativpflegeheim «Abendlicht» logierte in einem vierstöckigen Haus in der Mainzer Straße, das meinem potenziellen Domizil ähnelte. Im Erdgeschoss befanden sich der Empfang, Küche, zwei Behandlungszimmer und einige Gemeinschaftsräume, und in den drei Stockwerken darüber warteten die

Insassen auf den Tod. Tante Gertrud, die eine Halbschwester meiner Mutter war, lag in ihrem elektrisch verstellbaren Bett und starrte einen Röhrenfernseher an, auf dem, wie ich mit nur einem Blick erkennen konnte, eine dieser intellektamputierten Scheindokumentationen lief, in denen Laiendarsteller Lebenssituationen von Asozialen nachstellten. Warum so etwas produziert wurde, war mir ein Rätsel. Oder warum sich Menschen so etwas anschauten.

«Uwe», sagte sie leise, aber überrascht und erfreut.

«Tante Gertrud.» Ich setzte mich auf den Drahtstuhl neben ihrem Bett. Es roch nach Putzmitteln und Medikamenten. Auf ihrem Nachttisch stand eine Tasse Tee, auf dessen Oberfläche kleine Kalkinseln schwammen. Gertrud war Mitte siebzig, kahl von der überflüssigen Strahlentherapie, wirkte aber recht frisch. Ihr rundes Gesicht wies einen rosafarbenen Teint auf. Jetzt lächelte sie.

«Nur noch ein paar Wochen, höchstens zwei Monate.»

«Oh.»

Sie bewegte die linke Hand mühevoll ein Stück über das Bett, griff eine Fernbedienung, die dort lag. Ein Elektromotor surrte, Tante Gertrud wurde in die Sitzhaltung bewegt. Sie lächelte weiter. Am rechten Arm hatte sie einen Zugang, auf der jenseitigen Bettseite stand ein Gestell, an dem mehrere Beutel hingen, die mit dem Zugang verbunden waren.

«Du kannst dir kaum vorstellen, wie sehr ich mich darauf freue, dass diese Scheiße bald vorbei ist.»

«Das kann ich tatsächlich nicht», sagte ich ehrlich und griff nach ihrer linken Hand. Sie erwiderte meinen Händedruck erstaunlich kraftvoll. Der linke Arm war, vom Kopf abgesehen, der einzige Körperteil, den sie noch bewegen konnte.

«Es gibt einen Namen dafür, dass man kurz vor dem Ende noch einmal so gesund wirkt», erklärte Tante Gertrud, als hätte sie meine Gedanken gelesen. «Aber ich habe ihn vergessen. Ist ja auch egal.»

«Stimmt», sagte ich. Was nutzte es, diese Bezeichnung zu kennen?

«Deine Mutter war letzte Woche hier.»

«Oh», wiederholte ich. Meine Mutter lebte, soweit ich wusste, in der Nähe von Hamburg. Ich hatte sie nicht mehr gesehen, seit sie meinen Vater, meinen Bruder Bernd und mich verlassen hatte – vor fünfundzwanzig Jahren. Gesprochen hatte ich seitdem auch nicht mehr mit ihr.

Tante Gertrud grinste. «Sie hofft wohl auf eine kleine Erbschaft. Die dusselige Kuh.»

Ich sah meine Tante an und forschte nach Gefühlen in mir, während ich an meine Mutter zu denken versuchte, von der ich ein Foto von vor dreißig Jahren besaß, das ich aber schon lange nicht mehr angeschaut hatte. Aber da war nichts. Die Gedanken an sie ließen mich im Wortsinn kalt. Für Tante Gertrud empfand ich Mitgefühl, und ich freute mich mit ihr darüber, dass ihr Leiden bald ein Ende hätte. Ich wusste, dass sie sich den Tod schon sehr lange wünschte, aber niemand respektierte diesen Wunsch, von mir vielleicht abgesehen – für das Hospiz war sie bares Geld wert. Welche anderen Verwandten oder Freunde noch mit ihr Kontakt hatten, wusste ich nicht.

«Da sie meine Schwester ist, sogar nur meine Halbschwester, gibt es keinen Pflichtteil.» Sie zog die Stirn kurz kraus, was sie erkennbar anstrengte. «Bitte sag ihr nicht Bescheid, wenn ich gestorben bin. Ich möchte, dass sie schmort.»

«Geht klar», sagte ich. Auf diese Idee wäre ich sowieso nicht gekommen. Der Gedanke, meine Mutter auf Gertruds Beerdigung zu treffen, gruselte mich, sogar noch stärker als der Gedanke, überhaupt auf eine Beerdigung zu gehen.

Ich hielt weiter ihre Hand, während wir schweigend dabei

zusahen, wie sich die Laienschauspieler anbrüllten. Dann begann ein Werbeblock; Gertrud zog ihre Hand weg, die meine vorher rhythmisch gedrückt hatte. Sie sah mich an. Gut möglich, dass mir ein paar Tränen die Wangen herunterkullerten.

«Sei nicht traurig», bat sie mit fester Stimme. «Ich hatte ein geiles Leben.»

Ich musste lächeln. Ältere Menschen verwendeten dieses Adjektiv nicht sehr häufig.

«Warum bist du nie aus Neukölln weggezogen? Ich meine, du hättest gekonnt, oder?»

Das war gemutmaßt; ich wusste wenig über ihre wirtschaftlichen Verhältnisse.

Sie nickte. «Weil es meine Heimat ist. Leute fragen, ob und warum man immer in Berlin gewohnt hat, aber Berlin ist keine Stadt, sondern besteht aus lauter Dörfern. Neukölln war immer *mein* Dorf. Wilmersdorf oder Friedrichs... dingsbums.»

«Friedrichshain», half ich aus.

«Genau. Das war für mich genauso weit weg wie Hannover oder Hamburg.»

«Verstehe», murmelte ich.

«Ich möchte nicht, dass du wiederkommst», sagte sie dann. «Das macht es schwerer, liebe Menschen zu sehen, verstehst du?»

«Ja», behauptete ich, aber ich konnte mich natürlich nicht in Tante Gertrud versetzen, oder in diese fürchterliche Situation. Ich küsste sie auf die wächserne Stirn, die nach der medizinischen Hautcreme roch, die Ulrike auch verwendete.

«Tschüs, Tante Gertrud», sagte ich.

«Wir sehen uns.» Dann lachte sie leise.

Janine übergab mir die Tageskasse und rechnete rasch mit mir ab. Janine war Ende vierzig, hasste ihren Namen, wie sie gerne mitteilte, und machte diesen Job nur, weil sie mit ihrem Ehemann, den sie vor sechsundzwanzig Jahren geheiratet und der sie vor drei Jahren verlassen hatte, einen Ehevertrag abgeschlossen hatte, blind vor Liebe und naiv wie eine junge Adelige. Der Ehemann hatte gut verdient, während sich die ausbildungslose Janine um das Haus, den Garten und die drei Kinder (und außerdem – auf sehr zärtliche Weise – den Logopäden des Drittgeborenen) kümmerte. Kurz nach Janines fünfundvierzigstem Geburtstag hatte sich ihr Gatte auf eine Azoreninsel verabschiedet, wo er mit einer straffen, jungen, portugiesischen Frau lebte, die, wie Janine vermutete, noch einen Tick naiver als die ehemalige Ehefrau war.

Ich sprach nie viel mit Janine, weil mich ihr Selbsthass deprimierte, aber manchmal war es einfach unvermeidlich, und dann kippte sie diesen Selbsthass kübelweise über mir aus. Sie suchte verblüffenderweise nicht bei sich selbst nach Fehlern. Sie war ganz Opfer. Ich widersprach ihr nie, weil ich das für aussichtslos hielt, aber ich versuchte manchmal, ihr ein bisschen Optimismus zu vermitteln. Immerhin war sie möglicherweise noch marktfähig, wie ich kurz zuvor bei Ulrike gelernt hatte, aber Janine begegnete meinen Bemühungen, ihr diese Option nahezubringen, mit gehöriger Skepsis. Gut möglich, dass die Nachfrage nach etwas fülligeren Frauen Ende vierzig, die unaufhörlich dem Ehemann und einem besseren Leben nachtrauerten, eher bescheiden ausfiel. Janine und mein Chef hätten ein interessantes Paar abgegeben, dachte ich gelegentlich – Dietrich Langmanns Exo- und Janines Automisanthropie. Ich wusste nicht, ob Langmann verheiratet, liiert oder wenigstens mit jemandem befreundet war, von seinem Schrottplatzspezi abgesehen, konnte mir das aber kaum vorstellen. Und natürlich war der Gedanke absurd, die beiden zu paaren, aber sie verfügten tatsächlich über einige Gemeinsamkeiten. Allerdings machte ich den Fehler nicht, Janine das vorzuschlagen – vermutlich hätte sie gewalttätig reagiert. Janine war ziemlich kräftig. Ich hatte sie einmal dabei beobachtet, wie sie einen Komplettsatz Räder trug und dabei nicht den Eindruck großer Anstrengung erweckte.

An Donnerstagen war mittelstarker Betrieb. Montage und Dienstage verliefen meistens ruhig, mittwochs und donnerstags nahm der Kundenstrom etwas zu, um am Wochenende seinen Höhepunkt zu erreichen. Die Kundenfrequenz, die ich für heute zu erwarten hatte, lag bei vier bis acht pro Stunde, anfangs mehr, ab zwanzig Uhr stark abnehmend. Seit der Verlängerung der Ladenöffnungszeiten – immerhin schon vor ein paar Jahren – kauften, wie Dietrich Langmann gerne zähneknirschend erklärte, die Fotzen und Ziegenficker auch spätabends bei Aldi. Der Hauptumsatz bestand aus Automatenkaffee, Zigaretten, Süßigkeiten, Zeitschriften und Alkoholika. Jeder dritte Kunde tankte.

Langmanns Tankstelle lag an einer vielbefahrenen Hauptstraße in Schöneberg, zu der jedoch die schmale Seite des Grundstücks wies, und somit auch die Schmalseite der Bebauung. Die Fassade des Shops und der Werkstatt zeigten in Richtung Nebenstraße, auf der auch tagsüber nicht viel los war, vom Geknalle der herabfallenden Kastanien im Herbst abgesehen. Nicht zuletzt aus diesem Grund war die Tankstelle schon Schauplatz diverser Überfälle gewesen, weil man eben nicht von der Hauptstraße aus ins Geschäft blicken konnte. Zum Glück war das vor meiner Zeit gewesen; irgendwann hatte die Versicherung Langmann genötigt, nachts für höhere Sicherheit zu sorgen, durch Gegensprechanlage, Warenschublade und verschlossene Türen. Überflüssig zu erwähnen, dass mein Chef prinzipiell kein Freund von Investitionen war. Wenn es nach ihm gegangen wäre, hätten wir noch mit mechanischen

Kassen aus der Nachkriegszeit boniert, Umsätze in einem dicken Buch handschriftlich notiert und Kreditkarten, die er fast so sehr hasste wie Menschen («Diese Dinger sollten nicht Kredit-, sondern Schuldenkarten heißen. Die Fotze, die das erfunden hat, sollte in der Hölle schmoren»), wenn überhaupt, dann in mechanischen Schiebereinrichtungen über knittrige Belege gezerrt. Immerhin konnte ihm niemand verbieten, seine Buchhaltung an einem fünfundzwanzig Jahre alten Computer zu erledigen, der im muffigen Hinterzimmer stand und noch immer mit DOS lief, weshalb das Systemdatum alle paar Monate auf den ersten Januar 1990 zurückgestellt werden musste. Wobei «Buchhaltung» kein ausreichend präziser Begriff für das ist, was Langmann an der geheimnisvollen und sehr lauten Maschine tat. «Ambulante Bilanzfälschung» traf es besser – vermutlich war Langmanns Steuerberater auch so ein Stasiknastspezi.

Im Sommer bis zwanzig, zwischen September und April bis achtzehn Uhr blieb die Shoptür geöffnet, danach hieß es: Headset überstülpen und Tore zu, Augen auf die zwei schwach auflösenden Schwarzweißmonitore der Videoüberwachung – auch eine Auflage der Versicherung. Zusätzlich gab es direkt unter der extrem billigen Computerkasse einen Alarmknopf, den auszuprobieren mich reizte, seitdem ich dort arbeitete, aber es hatte noch keine bedrohliche Situation gegeben. Wenn ich dann so auf dem mäßig bequemen Schreibtischstuhl hinter der Kasse saß, das am rechten Ohr drückende und immer nach den vorigen Trägern müffelnde Headset auf dem Schädel (vom Speichelgeruch des Mikrophons unter meinem Kinn ganz zu schweigen), spielte ich ein wenig mit meinem Smartphone herum, las hin und wieder in einem Buch oder stöberte durch das Zeitschriftenangebot, das die angeblich so darbende Branche für jede noch so abseitige Interessengruppe bereithielt. Ich mied Yellow Press und Männermagazine, aber den Rest gab ich mir vollständig, von der Anglerzeitschrift bis zum Blatt für Zootierfreunde. Wir hatten sogar zwei religiöse Zeitschriften im Angebot, die aber immer vollständig remittiert wurden. Die Tagespresse ignorierte ich. Meine Arbeitsabende, die meistens um Mitternacht endeten, waren tatsächlich vergleichsweise kurzweilig.

Manchmal, wenn ein besonders interessantes Auto vorfuhr, stand ich auf, stellte mich an die Schaufensterscheibe und schaute mir den Wagen an. Ich besaß zwar eine Fahrerlaubnis, aber keinen PKW, und ich wollte auch keinen haben, weil ich Autos für äußerst gefährlich hielt und mit der Vorstellung, durch einen Moment der Unachtsamkeit oder einen Fehler im Fahrzeug jemanden zu verletzen, gar zu töten, nicht zurechtkam. Ich war sicher auch kein sehr angenehmer Beifahrer, worüber Rieke gerne einige Anekdoten erzählte, denn es gelang mir nie, diese Ängste vollständig beiseitezuschieben. Die technische Entwicklung machte das nur schwerer. Heutzutage wurden Autos von Rechnern und damit von Software gesteuert, und ich kannte mich in diesem Bereich zwar nicht sehr gut aus, wusste aber, dass Software, die Sensorendaten verarbeitete, überwiegend *riet*. Mein Smartphone konnte – theoretisch – Gesten auswerten, ohne dass ich den Touchscreen berührte, und es sollte dazu in der Lage sein, zu erkennen, ob ich ihm Aufmerksamkeit widmete oder nicht. In der Realität hielt mein Telefon so einiges von dem, was in meiner Jackentasche vor sich ging, für gestische Befehle (weshalb es in meiner Jackentasche Anrufe tätigte, Mails abrief und noch so einiges mehr), und wenn ich im Sommer eine Sonnenbrille trug, schaltete es den Bildschirm einfach gleich wieder aus, wenn ich ihn aktiviert hatte. Das tat es auch, wenn ich jemandem ein Foto zeigen wollte, diesem Jemand also mein Telefon reichte. Die Bordcomputer von modernen Autos gaben vor, Fahrbahnen, Ampeln und Straßenschilder zu erkennen, aber eigentlich suchten sie nur nach Kontrasten zwischen benachbarten Pixeln. Die Vorstellung, mich auf diese Raterei zu verlassen, gruselte mich noch mehr als die, auf eine Beerdigung zu gehen.

Andererseits übten Autos eine gewisse Faszination auf mich aus. Diese gewaltigen, tonnenschweren, hochkomplexen Maschinen, die man mit sanftem Druck auf ein Pedal dazu bringen konnte, wie eine abgefeuerte Gewehrkugel eine Schneise in die Natürlichkeit zu schlagen, und mit einem anderen dazu, von mehreren hundert Kilometern pro Stunde auf null in ein paar Augenblicken zu verzögern. Und ich mochte die Ästhetik, vor allem die akustische. Ein Stammkunde, der alle zwei Wochen donnerstagabends tankte, fuhr einen zwanzig Jahre alten Chrysler Grand Cherokee mit einem 6-Liter-V8-Motor, der einen das Wort «Ökologie» verhohnepipelnden Verbrauch hatte, aber auf so angenehme Art voll- und wohltönend blubberte, dass ich den Kunden nach dem Tanken oft nach draußen begleitete, nur, um beim Starten des Motors lauschen zu können. Das hörte sich an, als würde ein dezent muskulöser Mensch durch irgendeine nebensächliche Körperbewegung demonstrieren, zu welcher Gewalt beispielsweise sein Trizeps fähig wäre. Natürlich machten Trizepse keine Geräusche, aber wenn sie dazu in der Lage wären, würden sie sich vielleicht wie dieser Jeep anhören.

Und deshalb blickte ich auf, als an diesem Abend gegen halb neun ein Auto vorfuhr. Es klang nicht nach der voluminösen Sechs-Liter-Maschine des Stammkunden, sondern eher genervt energisch, wie ein Säugling, der schon eine halbe Stunde lang nach Muttermilch kräht und langsam die Schnauze voll hat. Ein Porsche. Ein Neunelfer. Turbo, nahm ich an. Einmal hatte ich in solch einem Auto gesessen, vor zehn oder fünfzehn

Jahren, nach einem eher nicht so spannenden Gymnasialklassentreffen, als mich Robert Latsch, der während der Schulzeit – wie ich – zu den unscheinbaren Typen gehört hatte, in seiner Karre mitgenommen hatte, wobei er mir davon erzählte, dass ihn amerikanische Immobilienfonds irgendwann äußerst reich machen würden. Ziemlich reich wäre er jetzt schon, führte er aus, wobei mich das Wort «ziemlich» irritierte. Keine Ahnung, ob er die Fonds rechtzeitig abgestoßen hatte.

Der Porsche, der neben Zapfsäule sechs hielt, war brandneu. In Robert Latschs Auto hatte mich das Motorengeräusch schon nach wenigen Augenblicken genervt, weil ihm jede Subtilität abging, wie bei einem Bodybuilding-Poser. Trotzdem stand ich auf und schaute nach draußen. Weinrot, mutmaßte ich – die Beleuchtung war nicht sehr gut, weshalb man nachts die Augen redlich zusammenkneifen musste, um auf den Monitoren noch etwas zu erkennen. Ein Mann entstieg dem Geschoss, in einer so lässigen und selbstverständlichen Bewegungsabfolge, dass ich augenblicklich Ehrfurcht verspürte. Autos und alle anderen Dinge, mit denen man seinen Körper umgibt, von Kleidung bis zu Häusern, können zu einer quasi-organischen Ergänzung der eigenen Persönlichkeit werden – oder Fremdkörper bleiben, zu denen man Nähe nur vortäuscht. Bei diesem Mann war es so, als würde er vorübergehend eine symbiotische Beziehung aufgeben. Er stellte sich neben das Auto, klinkte den Zapfhahn ein und zündete sich eine Zigarette an.

Und zündete sich eine Zigarette an.

Natürlich ist das alles Blödsinn, was man in Kinofilmen sieht – brennende Fluppen können Benzin nicht entzünden. Die Temperatur einer glimmenden Kippe reicht dafür nicht aus. Trotzdem war eine Zigarette zu rauchen, während man tankte, so verboten, wie Nazis nett zu finden. Ich verharrte in Schockstarre, überlegte, was ich tun könnte, beschloss aber ziemlich schnell, nichts zu tun. Der Mann rauchte, der Mann tankte, dann schnippte er die Kippe weg, verschloss den Tank und kam recht gemächlich auf die Shoptür zu. Die sich natürlich nicht öffnete, denn es war kurz vor halb zehn.

«Hier, bitte», sagte ich. Die Anlage übertrug meine Mitteilung auf mehrere Lautsprecher, die über den Schaufensterscheiben angebracht waren.

Er kam zum Schalter. Mein Alter, schätzte ich, obwohl ich sonst solche Schätzungen mied, denn ihre Überprüfung führte oft zu irritierenden Ergebnissen, meistens zu meinen Ungunsten. Er trug einen Anzug, der auf unauffällige Weise kostspielig wirkte. Sein Gesicht war dezent gebräunt, er lächelte freundlich, seine mittellangen Haare waren schick frisiert, seine ansonsten wohlgeformte Nase wies einen ganz leichten Knick nach links auf. Ich musste an einen Schauspieler denken, dessen Name mir aber nicht einfiel, dafür aber ein Filmtitel – irgendwas mit Ocean. Doch schon der Gedanke an Schauspieler war falsch; dieser Mann spielte nichts. Er griff in die Innentasche seines Jacketts und hatte kurz darauf mehrere Kreditkarten und ein Bündel Bargeld in der Hand. Ich besaß keine einzige Kreditkarte und Bargeld auch nie bündelweise.

«Hören Sie mich?», fragte er lächelnd.

Ich nickte.

«Ich möchte eigentlich noch Zeitschriften kaufen», sagte er.

«Ja», antwortete ich. «Und welche?»

«Ich weiß nicht.» Er grinste.

Und so lernte ich Dominik Matuschek kennen. Nach ein paar Augenblicken öffnete ich die Tür, um ihn einzulassen, danach schritt er die Zeitschriftenregale ab, nahm hin und wieder ein Magazin in die Hand, legte es aber jedes Mal gleich wieder zurück. Etwas später stand er vor mir.

«An so etwas hatte ich eigentlich nicht gedacht», erklärte er.

«Wir haben keine Pornos», sagte ich. «An Autobahnraststätten vielleicht. Aber an Tankstellen in der Innenstadt eher nicht mehr.»

«Schade», sagte er. Dann zog er ein kleines iPad aus der Tasche. «Ich lese ohnehin fast nichts mehr, das auf Papier gedruckt ist. Aber man sollte, wenn man auf sein Image achtet, mit vernetzten Computern nichts tun, das auch nur im Kontext mit Sex zu tun hat.»

Er hatte es geschafft, einen Satz zu sagen, in dem die Worte «Computer» und «Sex» (und «Kontext») vorkamen, ohne dass es idiotisch klang. Ich mochte den Mann.

«Aber Sie mögen Pornos?»

Er lachte. «Nein. Aber ich bin neu in der Stadt, erst heute angekommen, und bevor ich in ein Bordell gehe oder mich in eine Kneipe setze, in der ich niemanden kenne, schaue ich mir lieber inspirierende Bilder an und lasse meine Vorstellungskraft spielen.»

Pornographie wirkte auf mich nicht inspirierend, weil es mir nie gelang, den *Kontext* zu ignorieren, aber ich fand irgendwie sympathisch, was der Mann sagte. Außerdem erinnerte er mich nicht nur an diesen Schauspieler, sondern an eine andere Person, doch ich bekam die gedankliche Verbindung nicht zustande.

«Ich habe um Mitternacht Feierabend und gehe dann noch in eine Pinte in Neukölln. Nichts Besonderes, eher das Gegenteil davon. Aber wir könnten dort zusammen ein Bier trinken.»

Ich sagte das einfach so und war erst überrascht, als ich das letzte Wort ausgesprochen hatte.

«Eine nettes Angebot», sagte er und nickte gemächlich.

Nettes. *Nette's Ecke.* Eigentlich hatte ich nicht vorgehabt, heute dorthin zu gehen. Aber manchmal geschehen Dinge, und dann muss man es ihnen auch erlauben.

«Es geht nicht um Macht oder Potenz, sondern um *Kontrolle*», sagte er, als wir knapp anderthalb Stunden später in seinem Auto saßen und in Richtung Neukölln fuhren. «Möglichkeiten gehen immer mit Verantwortung einher, auch sich selbst gegenüber.» Der Motor schnurrte laut, aber er brüllte nicht, klang wie ein hintergründiger Kommentar. «Es ist so leicht und auch verlockend, ständig zu demonstrieren, wozu man in der Lage ist, aber der Reiz liegt in der Dosierung – und in der Option. Macht ist wie ein Versprechen, das andere abgegeben haben. Man muss ihm nicht folgen.»

Die Ampel vor uns, in etwa fünfzig Metern Entfernung, schaltete auf gelb. Dominik gab Gas, eine halbe Sekunde später befanden wir uns in einem anderen Universum.

«Ich verstehe», behauptete ich und forschte in mir nach Migränesymptomen. Gleichzeitig fühlte ich mich so wohl wie schon lange nicht mehr.

Ich war nie im klassischen Sinne abergläubisch gewesen, hielt also nichts von monochromen Katzen, die den eigenen Weg nicht kreuzen durften, oder von Sprossengeräten, unter denen man nicht hindurchschreiten durfte, weil das angeblich Unglück oder Pech einbringen würde. Ich bevorzugte meine ganz persönlichen nichtkausalen Korrelationen, die ich selbst und relativ beliebig konstruierte, also Zusammenhänge zwischen augenscheinlich nicht zusammenhängenden Vorfällen. Eigentlich auch eine Art Aberglaube, meiner Meinung nach jenem aber haushoch überlegen, denn ich stellte ihn nie auf den Prüfstand. Meiner Auffassung nach lag genau darin die Brillanz dieses Modells. So überlegte ich mir beispielsweise morgens, bevor ich die Haustür öffnete, um nach draußen zu gehen, dass es ein schöner Tag werden würde, wenn ich zuerst einen weiblichen Menschen sähe, und ein nicht so schöner, wenn es ein Mann wäre (oder umgekehrt, ich hatte da keine geschlechterspezifischen Präferenzen – es hing in erster Linie von meiner Laune und in zweiter von puren Zufällen ab). Ich nahm durchaus zur Kenntnis, was dann geschah, ob ich also Männlein oder Weiblein traf, vergaß es aber dann wieder, bevor ich die Vermutung verifizieren konnte. Dadurch gab ich dem Orakel die Chance, sich völlig unbeeinflusst zu betätigen, und ich war der festen Überzeugung, dass es aus genau diesem Grund funktionierte. Die Auswahl des persönlichen Vorhersagemerkmals erfolgte, wie ich annahm, unter Zugrundelegung einer statistischen Gleichverteilung. Ich wählte keine Orakel, die für mich günstiger wären, wie etwa die Querung der Kreuzung durch einen pink-grün-gemusterten Reisebus, während ich auf das Umschalten der Fußgängerampel wartete, als Hinweis auf unschöne Erlebnisse, oder das Aufgehen der Sonne zum vorhergesagten Zeitpunkt als das Gegenteil davon.

In diesem Augenblick, als ich neben Dominik Matuschek in dessen Porsche saß und die Welt um uns herum als verschwommenen, nachtgefärbten Schleier wahrnahm, fühlte ich mich frei genug, um vor mich hin zu orakeln. Das nächste Taxi, das ich sähe, beschloss ich, würde darüber Auskunft geben, ob es eine gute Idee gewesen war, diesen Mann in mein Leben zu lassen. Wäre es frei, hätte ich es nicht tun sollen, und wäre das Leuchtschild auf dem Dach unbeleuchtet, war die Begegnung eine Bereicherung. Ein Fortschritt. Etwas Positives.

Matuschek überholte kurz darauf einen gelbweißen Daimler, der ein paar Dutzend Meter vor uns aus einer Parklücke geglitten war. In dem Moment, als ich begriff, dass es sich um ein Taxi handelte, schaltete der Fahrer das Schild auf dem Dach ein.

Also beides.

Er parkte den teuren Wagen nicht ein, sondern stellte ihn einfach in der zweiten Reihe ab, direkt vor der Kneipe. Als ich ihm die Adresse genannt hatte, hatte er mich kurz amüsiert-überrascht angeschaut. Hinter uns hupte es, aber Dominik ignorierte das.

«Man muss Zeit nach dem persönlichen Wert kalkulieren», sagte er und grinste dabei. «Wenn ich hier eine halbe oder ganze Stunde nach einem Parkplatz suche, was nicht eben unwahrscheinlich ist, verliere ich mehr Geld, als ich für Abschleppkosten und Verwarnungen bezahlen muss.»

«Aha», sagte ich nur und überlegte, wie lange ich an der Tankstelle arbeiten müsste, um die geschätzt zweihundert Euro fürs Abschleppen plus Verwarnungsgeld und Pipapo auszugleichen. Aber ich hatte ja nicht einmal ein eigenes Auto. Gleichzeitig bedauerte ich alle Autofahrer, denen Matuscheks Porsche nun im Weg stand.

«Interessanter Laden», sagte er und zog die Tür auf. Wir hörten, wie ein Schlagersänger beklagte, dass sieben Fässer Wein manchmal gefährlich sein können. Ich hielt diese Botschaft für redundant, seit ich das Lied zum ersten Mal gehört hatte – vor über zwanzig Jahren, vielleicht sogar dreißig. Roland Soundso. Prinz, König, Kaiser, Gott. Ich wusste es nicht.

In diesem Augenblick begriff ich schlagartig die Gefährlichkeit der Situation. Der Mann, mit dem ich Nette's Ecke soeben betrat, war nicht nur extrem selbstbewusst, vermutlich vermögend und außerdem eloquent, er sah auch noch aus wie ein griechischer Gott. Wäre *ich* Jessy und käme dieser Typ mit Uwe Fiedler in die Kneipe, würde ich Uwe Fiedler wie Rita oder einen ihrer Getränkebezahler behandeln. Ich hätte nur noch Augen für den Gott.

Es war noch stärker verraucht als gestern, ich kniff die Augen zusammen, erkannte, dass der Tresen voll besetzt war. Dominik steuerte einen Tisch daneben an, wobei er grinsend nickte. Ich sah Rita, die soeben angesetzt hatte, etwas zu sagen, nun aber mit offenem Mund in unsere Richtung starrte. Hinter dem Tresen war niemand. Wir setzten uns.

Vor einigen Jahren hatte ich in einem Musikmagazin, wenn ich mich recht erinnerte, einen Bericht über ein sehr obskures Geschlechterexperiment gelesen, aber ich erinnerte mich nicht mehr daran, warum ausgerechnet ein Musikmagazin darüber schrieb. Ein Sexualforscher hatte die Eltern eines eineiigen männlichen Zwillings, dessen medizinisch notwendige Beschneidung in einem Desaster – nämlich Amputation – geendet hatte, dazu genötigt, das nunmehr ohne primäre Geschlechtsmerkmale ausgestattete Kind umoperieren zu lassen und als Mädchen großzuziehen, um seine These zu beweisen, dass spezifisches Verhalten allein das Ergebnis der Sozialisation ist, völlig unabhängig von Chromosomen und sonst welchem biologischen Schnickschnack. Auch nach dem Selbstmord der armen Seele, Jahrzehnte später, hatte der Forscher behauptet, den Beweis für seine originelle Theorie erbracht zu haben. Immerhin teilte die wissenschaftliche Welt seine Erkenntnisse nicht, aber fraglos war ein Schicksal vernichtet worden.

Während Dominik neben mir saß und sich selbstbewusst umschaute, als wäre er in einem Zoo, was in gewisser Weise der Wahrheit entsprach, musste ich an diese Geschichte denken. Ich überlegte, ob ich auch zu einem charismatischen Gewinnertyp geworden wäre, hätten meine Eltern nicht dieses ... *Experiment* mit mir und meinem Bruder veranstaltet, sondern uns stattdessen jeden Wunsch von den Augen abgelesen, uns jederzeit gefördert und ansonsten allen denkbaren Luxus in den Po gepustet. Dieser Gedanke war natürlich absurd, und mir lagen solche Was-wäre-wenn-Abstraktionen eigentlich fern, aber aus irgendeinem Grund drängte sich die Frage dennoch auf, was wahrscheinlich daran lag, dass Jessy jede Sekunde aus dem Raum (Küche? Abstellkammer? Lager? Drogenlabor? Falschgelddruckerei?) kommen könnte, um Dominik Matuschek und mich zu bewirten, was unvermeidlich zur Folge haben würde, dass sie sich in meine Begleitung verliebte. Matuschek zündete sich eine Zigarette an und hielt mir das Etui entgegen, ein schlankes, teuer aussehendes Etwas aus Metall – vermutlich Titan, Platin oder teurer (poliertes Mondgestein etwa). Erstaunlich, dass es noch Leute gab, die Zigaretten aus Schachteln in Etuis umsortierten.

Tatsächlich besaß ich auch ein Etui, das sich sogar zu diesem Zeitpunkt in der Innentasche meiner Jacke befand. Es gehörte neben der Notration Kopfschmerztabletten zu den Gegenständen, deren Vorhandensein ich gewissenhaft prüfte, bevor ich das Haus verließ, während ich gerne mal vergaß, auf Hausschlüssel und Brieftasche zu achten. Das flache, längliche Schächtelchen aus Plastik enthielt Q-tips, denn ich war wattestäbchensüchtig. Ich liebte es innig, mir damit in den Ohren herumzubohren, obwohl auf der Verpackung idiotischerweise davor gewarnt wurde und auch Ulrike unermüdlich darauf hinwies, dass mit dieser Sucht die Gefahr einer Schwerhörigkeit einherging. Immerhin war das Risiko vergleichsweise gering und undramatisch, weshalb ich es für akzeptabel hielt. Mein Vagusnerv quittierte die sanfte und selbstverständlich vorsichtige Stimulation mit einem ganzkörperlichen Wohlgefühl, das ich schon wieder vermisste, wenn ich ein soeben gebrauchtes Stäbchen im Papierkorb versenkt hatte. In Tankstellennächten verbrauchte ich manchmal ein Dutzend davon, und vermutlich war meine Angst davor, im richtigen Moment keines mehr zu haben, mit der jener Raucher vergleichbar, die nachts um drei in Schlappen und Jogginganzug zur Tankstelle kamen, um eine Schachtel zu kaufen, obwohl sie die noch verfügbaren fünf Zigaretten vor dem unmittelbar bevorstehenden Schlafengehen wohl nicht mehr rauchen würden. Die Packungen, in denen

Wattestäbchen verkauft wurden, waren zu groß für meine Jackentasche, weshalb ich dieses Schächtelchen besaß, das ich Dominik Matuschek zu zeigen für einen Augenblick in Erwägung zog, was ich aber gleich wieder verwarf.

Ich schüttelte, sein Zigarettenangebot verneinend, höflich den Kopf und versuchte mich an einem Lächeln. In diesem Moment wurde im schwachen Lichtschein, der durch die sich öffnende Tür hinter dem Tresen drang, die Silhouette einer Frau sichtbar. Schlank. Groß. Lange Haare. *Jessy*. Die Silhouette verharrte kurz und kam dann seitlich hinter der Bar vor, sich auf den Weg zu unserem Tisch machend. Drei, zwei, eins.

Ich war erst verblüfft, denn Jessica war plötzlich sehr viel älter als gestern noch. Dann sagfragte die Frau mit rauer Stimme: «Die Herren?»

Auf meinem Smartphone befand sich eine App, mit der man Fotos von Menschen durch ein paar Filter jagen konnte, wonach die Menschen auf den Bildern dreißig, vierzig Jahre älter aussahen. Dieses Programm besaß ich, weil es mir irgendwann irgendwer als «superlustig» empfohlen hatte. Doch mich verstörte diese Spielerei. Ich hatte probeweise ein Foto von mir und eines von Ulrike filtern lassen. Mein zukünftiges Bild ähnelte Dietrich Langmann, Rieke wurde interessanterweise attraktiver.

Obwohl die Ähnlichkeit frappierend war, konnte das nicht Jessy sein.

«Sie sind nicht Jessy», sagte ich.

Die Frau lachte und schüttelte dabei den Kopf. «Nein, wahrlich nicht. Jessy ist meine Tochter. Ich bin Nette. Anette.»

Bevor ich antworten konnte, sagte Matuschek: «Hallo, Nette. Ich hätte gerne für uns beide zwei der besten Drinks, die diese Lokalität zu bieten hat.»

Nette nickte langsam, musterte mich aber dabei.

«Waren Sie gestern hier?», fragte sie.

Ich nickte.

«Uwe?»

Ich nickte weiter, war aber verblüfft.

«Jessy hat von Ihnen erzählt. Sie sind plötzlich weggerannt.»

«Weggerannt?», fragte Matuschek und zündete sich eine neue Zigarette an, aber nicht an der alten, die er geschickt im Aschenbecher ausdrückte, sondern mit seinem Benzinfeuerzeug, das aussah, als wäre es so viel wert wie ein Mittelklassewagen.

«Ich hatte einen Migräneanfall. Ich habe chronische Migräne», erklärte ich. Dabei fühlte ich mich seltsam wohl, denn erstens hatte sich soeben das Risiko, meinen neuen Schwarm gleich wieder zu verlieren, in Luft aufgelöst. *Und zweitens hatte Jessica ihrer Mutter von mir erzählt.* Meine Ohrläppchen wurden warm.

«Aha», sagte Nette.

«Grüßen Sie Jessy bitte von mir?», bat ich. «Mir ist das sehr peinlich, aber ich kann nichts gegen die Anfälle tun.»

«Ich überlege es mir», sagte sie lächelnd und widmete sich Matuschek. «Die besten Drinks?»

Er grinste und nickte. Wölfisch und sympathisch zugleich. Ein faszinierender Mann. In diesem Augenblick wusste ich, an wen er mich erinnerte: Meinen Onkel Bruno. Der einzige Erwachsene, der mich in meiner Jugend mit einem gewissen Respekt behandelt hatte. Auch jemand, der auf Konventionen geschissen hatte, sich selbst im Mittelpunkt sah – allerdings auf einem niedrigeren Level als mein heutiger Tischnachbar. Immerhin, dachte ich. Matuschek und Onkel Bruno hätten sich wahrscheinlich gemocht. Ich verspürte den Wunsch, Dominik von meinem Ziehvater zu erzählen.

«Unterschätzen Sie mich nicht», sagte Nette und sah meinem Begleiter fest in die Augen.

«Das», sagte er und hob dabei die Hände in die Luft, «liegt

mir fern. Andere zu unterschätzen ist ein Fehler, den ich mir schon vor Jahren abgewöhnt habe. Oder sie zu überschätzen. Ich schätze überhaupt nicht mehr.»

Die Wirtin lachte wieder, ein fast schmerzhaftes Lachen. Irgendwas in ihren Atemwegen musste gegen gewaltige Reibungswiderstände ankämpfen, so, wie es sich anhörte.

Während wir auf die Drinks warteten, plauderten wir. Tatsächlich wurde ich von Matuschek ausgefragt, auf durchaus subtile Weise, aber es störte mich nicht, ganz im Gegenteil – der Mann interessierte sich für mich. Nicht viele Menschen taten das, oder sie taten es auf eine Art, die ihre impulsive Missbilligung bestätigen sollte. Ich gehörte nicht zu den Leuten, über die man mehr erfahren wollte, um sie noch mehr zu mögen als durch den ersten Eindruck. Es war meistens genau umgekehrt.

«Das ist der Nettinator», sagte die Wirtin und stellte, unser Gespräch unterbrechend, zwei lange, tulpenförmige Gläser vor uns auf den Tisch, die eine türkisgrüne Flüssigkeit enthielten. «Ich mache das eigentlich nur für Freunde. Und, nein, ich verrate nicht, was da drin ist.»

«Grüne Wiese», sagte ich.

Anette zog die Stirn kraus. «Wir sind hier nicht auf Klassenfahrt», sagte sie und ging davon.

«Beeindruckend», erklärte Matuschek, nachdem er den ersten Schluck getrunken hatte. «Ich habe schon überall auf der Welt Cocktails getrunken, in Shanghai, New York, Harare, Dublin und Maputo, aber noch keinen wie diesen.» Er hob das Glas in Richtung Tresen, wo schwach erkennbar war, dass die Wirtin nickte. Maputo, dachte ich. Wo das wohl liegt?

Wir tranken noch drei Nettinatoren. Nach dem zweiten ging Matuschek aufs Klo, wo er ziemlich lange blieb. Als er zurückkehrte, schimmerten seine Augen, seine Nasenflügel flatterten. Er hatte gekokst, aber es störte mich nicht.

«Diese Mentaldackel», sagte er kopfschüttelnd, während er sich setzte und scheinbar in der gleichen Bewegung sowohl eine Zigarette ansteckte, als auch den Cocktail austrank.

«Mentaldackel», wiederholte ich und schmeckte dem Wort genüsslich nach. Ich verstand sofort, was er mit diesem Bild sagen wollte, und ich mochte es, das sofort zu verstehen.

«Da hing ein Aufkleber am Spiegel. *Have Sex, Hate Sexism.*»

«Aha.»

«Sexismus. Ein Begriff, den die feministische Bewegung geprägt hat. Er hat mit Sex nichts zu tun, es geht vielmehr um die Diskriminierung von Menschen aufgrund ihrer Geschlechterzugehörigkeit.»

«Frauenfeindlichkeit», soufflierte ich und war stolz darauf, das Wort noch aussprechen zu können. Der Nettinator wirkte. Er erhöhte die mentale Schalldämpfung.

«Genau. Die verdammten *Politisch Korrekten* aber führen ihre endlose Sprachideologisierung weiter. Diese Hirnfurzer. Sexismus ist in ihren Augen schon, wenn man einer Frau auf die Titten glotzt. Dabei sind Titten zum Glotzen da.»

«Verstehe», behauptete ich, an Riekes Brüste denkend. Spiegeleier. Anschließend schwieg ich eine Weile, was wenig störte, denn Dominik Matuschek sprach. Er sprach sogar unaufhörlich und ließ sich kaum unterbrechen, er plauderte und parlierte über tausend Themen, zwischen denen er hin und her sprang wie ein Floh zwischen Hundeköpfen, sah und kommentierte, ob es sich nun um Musikstücke handelte, die in der Kneipe liefen, die anderen Gäste, das Weltgeschehen oder was ihm sonst noch einfiel, vom Autobau bis zur Weltpolitik. Es war nicht so, dass er sich gerne reden hörte, sondern eher so, dass er gerne sprach – und die unumstößliche Meinung vertrat, etwas Relevantes zu sagen. Das tat er mit großer Verve, weshalb ich schließlich auch zu dieser Überzeugung gelangte. Irgendwann blickte er zum Tresen und hielt inne; ich versuchte, zu sehen, was er sah, konnte aber nur diese seltsame Anordnung von geschichteten Glastellern erkennen, auf denen man am Nachmittag oder vor Jahrzehnten Kuchenstücke präsentiert hatte – kaum vorstellbar, dass jemand in Nette's Ecke Gebäck oder Konditoreiprodukte verzehrte. Der Name für dieses Ding fiel mir nicht ein, es befand sich unter einer trübbraunen Plastikglocke, auf der jemand ein leeres Solei-Glas abgestellt hatte. *Etagere*. Verflucht, ja, Etagere. Was war ich stolz darauf, dass mir dieses Wort eingefallen war, aber ich bekam keine Gelegenheit, mit meinen Kenntnissen zu glänzen. Ein Bild flackerte durch meine Erinnerung, vier Kristallteller an einer goldverzierten Stange, auf einem dunkelbraunen Regal oder Sideboard in der Wohnung meiner Kindheit, geschützt und gepflegt von meiner Mutter.

«Wenn du ein Stück Torte bekommst, eines mit einer hinreißenden Praline als Dekoration, was isst du zuerst – die Torte selbst oder die Praline?», fragte er, sich zu mir beugend.

Ich mochte Torten nicht, aber ich verstand die Metapher, trotz der Nettinatoren. «Ich nehme mir immer wieder vor, die Praline zuletzt zu essen», sagte ich langsam, fast schon vorsichtig. «Aber meistens gebe ich mittendrin auf und schnappe sie mir dann.»

Er nickte heftig und grinste. «Da bist du in der Mehrheit, Glückwunsch.»

«Und du?» Mir war bewusst, dass ich seiner Inszenierung folgte, aber es war schön, Zuschauer zu sein, der gelegentlich Stichworte auf die Bühne werfen durfte, wie beim Improvisationstheater.

«Ich schütze das erste Stück vor dem Zugriff anderer und sehe mich nach weiteren um. Und etwas später esse ich dann *drei oder vier* Pralinen. Scheiß auf die Scheiß-Torte. Nur Pralinen rocken.»

«Das ist», ich hob die Hände und suchte nach einem passenden Wort, «ein wenig unmoralisch.»

«Pah!», blaffte er, wieder grinsend. «Moral ist für den Arsch. Eine Idee, für die wir uns zu entscheiden, mit der wir uns abzufinden haben, bevor wir auch nur ansatzweise verstehen, worum es in diesem Affenhaufen geht. Moral ist nur dafür da, stillzuhalten, gefügig zu machen, und an den meisten zugrundeliegenden philosophischen Konzepten hat mindestens ein nachweisbarer Vollidiot mitgearbeitet. Komm schon – Hegel, Kant, Nietzsche, sogar Platon, das waren doch alles Spackos, die an der eigenen Dürftigkeit gelitten haben, vom Vaterkomplex bis zur Analfixierung. Moral ist keine Kategorie, kein Naturgesetz, sondern ein verschissenes *Instrument*. Weshalb es jedem gestattet sein sollte, dem die eigenen Ideen entgegenzusetzen.»

«Die da wären?» Eigentlich wollte ich seiner Anmerkung zur Analfixierung entgegenhalten, dass er da wohl Freud meinte, der unterm Strich kein Philosoph gewesen ist, aber letztlich wussten wir, zugegeben, über all diese Typen wenig, Spinoza inbegriffen, den ich schätzte.

Er lächelte füchsisch. «Es gibt nur zwei Regeln, die man beachten sollte, wenn es nach mir ginge.»

Ich nickte auffordernd und nippte am Cocktail. Gut möglich, dass dieser radioaktive Isotope enthielt. Ich fühlte mich tatsächlich leicht verstrahlt.

«Erstens. Tue nur Dinge, die du auch ertragen würdest, täte man sie dir an.»

«Okay», murmelte ich, am Drink vorbei, während Udo Soundso akustisch darum bat, bitte mit Sahne zu servieren, was gut zu unserem Gespräch passte.

«Zweitens, die wichtigere. Mach, was immer du willst, tue immer und jederzeit alles, wonach dir gelüstet, aber lass dich verdammt noch eins *nicht erwischen*.»

Er hielt mir sein Glas entgegen, und ich stieß mit meinem an, bevor ich entscheiden konnte, was ich von alldem zu halten hatte.

Es entstand eine Pause, dann erzählte Matuschek von sich selbst.

Ich erfuhr, dass er Investments organisierte, aber er verriet mir nicht, welche genau und zum jetzigen Zeitpunkt. Eine Stunde später war ich mehr als nur angetrunken und sehr müde, wollte zwar eigentlich weitere Nettinatoren trinken und die Wirtin über ihre Tochter ausfragen, vertagte das aber aus Vernunftgründen. Matuschek und ich tauschten Telefonnummern aus, er stieg in seinen Porsche, der nach wie vor in der zweiten Reihe parkte, und ich kletterte in ein Taxi.

VIER

Während ich im zweiten Studienjahr zurechtzukommen versuchte, ohne nach meinem Verständnis bislang irgendetwas gelernt zu haben – außer über Schwalben, die laut quatschend über meinem Fenster nisteten –, trat Onkel Bruno eine halbjährige Tour durch die Welt an, schenkte mir zum Abschied aber ein elektronisches Drum-Set, an das man einen Kopfhörer anschließen konnte. «Du bist eigentlich ein cooler Typ», behauptete er, während wir an einem vernieselten Frühlingsabend vor dem Studentenwohnheim neben seinem hinreißenden und endteuren Oldtimer-Cabrio standen, und er meinte das vermutlich als Lob, was nichts daran änderte, dass ich gegenteiliger Meinung war. «Nur ein bisschen eigenartig. Und viel zu verkrampft. Daran musst du arbeiten.» Ich nickte brav, ließ mich auf die Stirn küssen, was eine kurze, schmerzhafte Melancholie aufkommen ließ, und winkte ihm nach, solange ich die im Wind flatternden blonden Haare sehen konnte. Aus dem halben Jahr wurden insgesamt fünf, die er mir gegenüber mit originellen, aber auch ziemlich knapp betexteten Ansichtskarten dokumentierte, die immer mit der gleichen Formel endeten: «Du schaffst das.» Das war eher ein frommer Wunsch als eine brauchbare Prognose. Ich fand's schade, ihn nicht mehr zu sehen, aber er hatte mir ungewollt etwas beigebracht, das ich für wertvoll hielt: Ich wollte nicht wie er werden. Diese Beliebigkeit und nach dem Gießkannenprinzip verteilte Energie kam mir absurd vor. Die Wahrheit musste anderswo liegen. Nur wo?

Im Steglitzer Studentenheim, einem nicht mal sehr großen, aber völlig unüberschaubaren Ameisenhügel aus struppigen Typen, verhuschten Frauen, gebückt umherschlurfenden asiatischen Gaststudenten, den üblichen Machern und den noch üblicheren Mitmachern, verfolgte ich die Strategie weiter, die ich schon an der Oberschule verwendet hatte. Ich hielt mich zurück und zog mein Zeug möglichst unauffällig durch, nickte Leuten zu, die mich grüßten, und tat so, als wäre ich wahnsinnig in Eile, wenn sie Gesprächsbedürfnis erkennen ließen. Ich kaufte nur die Dinge ein, die ich im fraglichen Moment benötigte, meistens für viel zu viel Geld an einer nahe gelegenen Tankstelle, die rund um die Uhr geöffnet hatte. Ich ernährte mich von Dosenravioli, Büchsensuppen und grausam schmeckenden Fertiggerichten, bei denen die Fotos auf den Verpackungen in etwa so viel mit dem Inhalt zu tun hatten wie Jahre später die Profile in Datingportalen mit den dazugehörigen Personen. Ich entdeckte Q-tips und das großartige, süchtig machende Gefühl, das sie hinterließen, nachdem ich sie in die Ohren gesteckt, dort vorsichtig ein paarmal gedreht und nach viel zu kurzer Zeit wieder herausgezogen hatte. In den Seminaren lernte ich unvermeidbar auch Frauen kennen, davon ein paar so gut, dass es hin und wieder zu geschlechtlicher Interaktion kam, die mir prächtig gefiel, aber da ich nie Anstalten machte, irgendwas davon zu intensivieren, blieb es bei Episoden. Den Wunsch, irgendeinen Menschen in mein Leben zu lassen, verspürte ich nicht. Aber ich beobachtete die anderen gerne.

Zu den wenigen Ritualen, die ich mir aneignete, gehörte es, zwischen den Seminaren und Vorlesungen die Mensa aufzusuchen. Ich tat das nicht, um dort zu essen, denn abseits der Gerüchte über Zubereitung und Zusammensetzung der Mahlzeiten bekam ich schon prämigränetische Anfälle, wenn ich den lauten, überfüllten Saal und die Schlangen an der Essensausgabe nur sah. Kurz nach der Trennung von meiner Mutter hatte unser Vater versucht, uns Kindern einen Gefallen zu tun, und mit Bernd und mir Urlaub auf einem Bauernhof gemacht, zu einer Zeit, als diese noch nicht mit komfortablen Urlaubswohnungen, luxuriösen Wellnessbereichen, Abenteuerspielplätzen und possierlichen Streichelställen ausgestattet waren. Der Hof, zu dem wir fuhren, lag irgendwo in Niedersachsen. Wir bewohnten eine zehn Quadratmeter große, dunkle Kemenate, in der außerdem Heerscharen von Insekten aller Art hausten, und das einzige Fenster wies zu einer riesigen Wellblechhalle, in der Schweine gezüchtet wurden. Von dort war rund um die Uhr infernalisches Geschreie und Gequieke zu hören, und wenn man die Halle betrat, was ich nur ein einziges Mal wagte, befand man sich gefühlsmäßig inmitten einer völlig aus den Fugen geratenen Massenpanik. Bevor uns der Bauer am Großereignis Schlachtung teilhaben ließ, worauf sich der stämmige, rotgesichtige Mann erkennbar freute, beendeten wir den Urlaub. Den Film «Das Schweigen der Lämmer» sah ich erst einige Jahre später, aber ich konnte das Trauma der FBI-Agentin Clarice Starling gut verstehen. Nur den Namen der Schauspielerin vergaß ich gleich wieder. Julie Irgendwas. Oder Jodie. Ja, Jodie.

Die Ähnlichkeiten der Mensa mit jener Schweinehalle waren zwar nicht übermäßig groß, für mich reichten sie aber, um mich dort unwohl zu fühlen. Ich ging sowieso nur hin, um die beiden langen Pinnwände zu betrachten, die beiderseits des Eingangs aufgehängt waren. Die vielen Zettelchen mit Gesuchen und Angeboten faszinierten mich, weil sie mir einen Eindruck von der möglichen Vielschichtigkeit des Daseins vermittelten, ohne dass ich dafür über die Maßen kontaktfreudig hätte sein müssen. Wohnungen, Mitwohngelegenheiten, Mitfahrgelegenheiten, Konzertkarten, Tonträger, Kinderwagen, Spielzeug, Bücher, Schmuck, Möbel, Haushaltsgeräte, Autos, Fahrräder, Theaterrollen, Workshops, Selbsterfahrungskurse, Schwangerenberatung, Ernährungskurse, Jobs, Ferienwohnungen, Kleidung, Bandmitgliedschaften, Lerngruppen für alles vom Musikinstrument bis zur ganzheitlichen Ölmassage, Aktmodelle, Briefmarken, Billardpartner, Skatspieler, Proberäume, Computer und Telefone. Mal sehr liebevoll gemacht, dann wieder nur fast unleserliche Kritzler auf einer Haftnotiz. Es gab Freundschaftsgesuche, Sprachkurse, Unterstützungsangebote bei Behördengängen, Werbung für Ferienfahrschulen und den alles beherrschenden Studienplatztausch. Oft vergaß ich die Zeit völlig, wenn ich vor diesem Quilt aus Bedürfnissen und Trennungswünschen stand, der mich glauben ließ, dass es immer jemanden gab, der das hatte, was man benötigte, und dass nichts verloren war, das man selbst nicht mehr brauchte. Das Leben als Kreislauf auf zweimal acht Quadratmetern. Also musste früher später auch das passende Angebot für mich darunter sein.

«Mach mal Platz», brummte jemand, dessen Raucharoma ich unbewusst längst wahrgenommen hatte.

«Gerne», widersprach ich mir selbst, denn ich las soeben die Annonce einer Biologiestudentin, die einen männlichen Menschen suchte, der «einfach nur so» manchmal an Sonntagnachmittagen neben ihr auf dem Sofa sitzen könnte, um «möglichst schweigsam» mit ihr fernzusehen. Der mit den vermeintlich sozialen Netzen aufkommende Kommentarwahn hatte diese Pinnwand natürlich noch nicht erreicht, sonst hätte an dieser Anzeige eine tapetenrollenlange Liste mit anzüglichen Schlaumeiereien gehangen.

Ich trat zur Seite. Ein fast würfelförmiger Endzwanziger mit streichholzkurzen Haaren in undefinierbarer Farbe und Händen so groß wie Atlanten entrollte ein A3-Blatt, kämpfte mit einer Tesarolle, bis er sie mir ungefragt in die Hand drückte und nickte. Ich zog einen Streifen ab, der sich natürlich zerknitterte, statt sauber abgetrennt zu werden, versuchte es abermals und lächelte stolz, als ich dem jungen Mann ein Stück Klebeband reichte. Er nickte ironisch anerkennend, ich wiederholte den Vorgang drei Mal, dann hing über ungefähr zwei Dutzend anderen Gesuchen das seinige:

Drummer gesucht. Du musst nicht viel können.

Acht Zentimeter hohe Edding-Buchstaben, darunter keine Abreißzettelchen wie bei den meisten anderen Annoncen, sondern nur eine Rufnummer, notiert offenbar per Kugelschreiber mit einem Oberschenkel als Unterlage.

«Ist das eine Eins?», fragte ich und wies auf die zweite Ziffer.

«Eine Sieben.»

«Und das? Eine Fünf oder eine Sechs?»

«Eine Drei. Kann man das nicht erkennen?»

«Eher nicht.»

«Scheiße.» Er machte Anstalten, den großen Bogen wieder abzunehmen.

«Du suchst jemanden, der Schlagzeug spielen kann?»

«Kennst du wen?»

Ich zwinkerte. «Ich kann alles nachspielen, was ich höre, und ich kann den Takt halten. Aber ich bin kein Drummer.»

«Das reicht», sagte der Typ und riss das Blatt wieder von der Wand, außerdem vier oder fünf andere Anzeigen. «Ich bin Pocke.»

«Uwe.» Ich sammelte den Kollateralschaden auf und pinnte ihn wieder an.

«Du willst vermutlich wissen, warum ich Pocke heiße.»

«Ja?», schlug ich vor, während ich spürte, wie meine Herzfrequenz deutlich anstieg.

Er zog sein Shirt hoch. Neben seinem Bauchnabel war eine tischtennisballgroße und -förmige Beule zu sehen, als befände sich tatsächlich dieser Sportartikel unter der Haut.

«Keiner weiß, was das ist, ist aber wohl gutartig. Geht nicht weg. Kommt wieder, wenn man es rausschneidet. Deshalb Pocke. Eigentlich heiße ich Stefan.»

«Uwe», wiederholte ich idiotischerweise.

«Weißt du, was Punk ist?»

Ich nickte vorsichtig. Tatsächlich war ich der Meinung, dass das niemand genau wusste.

«Dann vergiss es gleich wieder.» Er lachte, ein angenehmes Lachen, denn er hatte eine wohlklingende Stimme. Er musterte mich auf- und abwärts.

«Gut», sagte er.

«Was ist gut?»

«Mmh-mhh. Hinrich und ich. Wir sind nicht die Schönsten. Du wiegst das ein bisschen auf.»

Er sah mich dabei bemüht ernst an, aber ich erfuhr nie, ob es sich nur um Schmeichelei gehandelt hatte.

Stefan «Pocke» Friedrichs studierte Jura, sein Bassist Hinrich Informatik – und entsprach allen Klischees. Schlank, x-beinig, grobmotorisch, ein bisschen ungepflegt, immer unkonzentriert, in Mottoklamotten herumlaufend, deren Botschaften nur für seinesgleichen zu verstehen waren. Fiel jedoch das Wort «Computer» in weniger als hundert Metern Entfernung, straffte er sich automatisch, bekam einen strahlenden Gesichtsausdruck und wache Augen. Hinrich stammte aus Wyk auf Föhr und spielte verblüffend gut. Pocke konnte leidlich arrangieren, perfekt singen und mit seinen Pranken tatsächlich brauchbar Gitarre spielen, außerdem wusste er, wie man ein Schlagzeug bediente, aber nicht, wie man es spielte. Der vorige Drummer mit dem Spitznamen «Nudelsuppe» hatte soeben nach Heidelberg getauscht und konnte dort endlich Medizin studieren. Die Band hatte zwar noch keinen endgültigen Namen – bis zum Abgang meines Vorgängers hatte sie unter «Pockes Orchester» firmiert, was jedoch, von der Abkürzung abgesehen, niemandem gefiel –, aber sie verfügte über ein umfangreiches Repertoire, das vorwiegend aus recht originell verpunkten Fünfziger- und Sechziger-Schlagern bestand, dazu ein paar neuere Klassiker – Michael Holm, Christian Anders – und ein bisschen was von Heino. Da der Bandleader bei allen Proben eine Achtspur-Bandmaschine mitlaufen ließ, meistens, um das Material später abzumischen, auf CDs zu ziehen und unermüdlich an Plattenfirmen zu verschicken, gab es für mich genug «Zeug» (Pocke), das ich mir zu Hause anhören könnte, um zu proben.

Pockes Zimmer im Dachgeschoss seines Elternhauses – Vater Anwalt, Mutter Anwaltsgehilfin – sah aus wie die Kulisse eines Endzeitfilms, und es war absolut unbegreiflich, wie er in diesem Chaos irgendwas oder beispielsweise auch morgens sich selbst fand. Ging es jedoch um organisatorische Fragen, gar um Rechtliches, stand Stefan Friedrichs wie eine Eins, ließ sich kein Mikrogramm Butter vom Brot nehmen und agierte wie ein gewiefter, sechzigjähriger Winkeladvokat. Er machte keine Handschlagverträge, sondern nur schriftliche, von denen er immer ein paar selbstverfasste Ausfertigungen mit sich herumtrug – er liebte die Rechtswissenschaften und studierte das keineswegs nur, um die Kanzlei des Vaters zu übernehmen (aber auch, klar). Er war atomuhrpünktlich, hatte ein phänomenales Gedächtnis und Energie für zwei. In meiner Zeit mit der Band ging ein bisschen davon auf mich über, aber leider nur vorübergehend.

Ab dem Zeitpunkt, als mich Pocke engagiert hatte, galt meine größte Angst dem Moment des ersten Auftritts, weil ein Migräneanfall auf der Bühne den Gig ziemlich beeinträchtigt hätte. Zweifel daran, ein brauchbar spielendes Bandmitglied zu sein, hatte ich demgegenüber nicht. Die Arrangements waren vergleichsweise simpel, die Hauptarbeit lag bei Pocke, nur die extrem hohe Geschwindigkeit machte mir anfangs etwas zu schaffen. Im Durchschnitt verkürzten wir die Originale auf zwei Drittel, manchmal sogar auf die Hälfte, und verdoppelten gleichzeitig die Schlagzahl. Bei ohnehin ziemlich rasanten Songs wie «Ich will 'nen Cowboy als Mann» geriet das zur Schwerstarbeit. Für eine anderthalb Stunden lange Show schrieb Pocke über dreißig Titel auf die Setlist. Ich begann damit, morgens ein wenig zu joggen, um meine Kondition zu verbessern, und fand mich dabei schrecklich peinlich.

«Das klingt gut», sagte Stefan Friedrichs, als wir zwei Monate nach dem Mensa-Erlebnis die Bänder mit unseren letzten Proben anhörten. «Wir könnten es angehen, dich auf der Bühne auszuprobieren.»

Hinrich nickte, er sprach nicht viel. Von Bassläufen abgesehen verstand er nur Binärcode. Zustimmungen oder Ablehnungen brummte er meistens – langes Brummen für die Eins, also ja, kurzes für die Null.

«Okay», sagte ich tapfer.

«Open Stage. Tubular Tacobell. Samstag.» Bis dahin waren noch drei Tage.

«Okay», wiederholte ich. Das Tubular Tacobell war eine winzige Musikkneipe in der Kreuzberger Gneisenaustraße. Dank Onkel Bruno kannte ich den Laden. Vielleicht hundert, hundertfünfzig Leute passten da rein. Wenn welche zum Open Stage kamen, wo schließlich alles Mögliche passieren konnte, aber nicht musste: Zum Beispiel gute Musik.

«Wir brauchen einen neuen Namen», sagte Pocke. «Einen guten.»

Nach Pockes Definition machten wir IKEA-Punk, als einzige Band der Welt. IKEA-Punk hieß: Einfach und auch nicht besonders schön oder originell, aber praktisch. Also schlug ich vor, einen entsprechenden Namen zu suchen. «Smørrebrød», was alle erst gut fanden – Hinrich brummte eine Eins –, stammte leider aus Dänemark, wie Pocke im väterlichen Brockhaus ermittelte. Wir notierten skandinavische Vornamen auf einer Liste, die jedoch nicht sehr lang wurde (Björn, Sven, Jan, Sören), und Bezeichnungen von Möbelstücken aus dem Angebot von IKEA, die uns einfielen. Stefan holte ein dickes Buch über internationale Kochkunst aus der Küche, was zur Folge hatte, dass wir «Surströmming» eine Weile favorisierten, dann aber wieder zu unlustig fanden, weil nur wenige Menschen das verstehen würden.

«Es muss ja nicht echt sein», meinte ich. «Nur so klingen.»

Pocke sah mich an, nickte langsam. Sah zur Kellerwand, wo eine gerahmte Kopie der Examensurkunde seines Vaters hing. Bevor er zum Proberaum umfunktioniert wurde, hatte der Keller als Partyraum fungiert. Leute wie Pockes Vater hängten Urkunden in ihre Partykeller.

«Täsdamennd», sagte er und schrieb es auf, damit wir es verstanden. Hinrich brummte kurz.

«Lädsda Ville», schlug ich vor und krakelte es daneben. Pocke grinste, Hinrich codierte ein Ja.

In diesem Augenblick legte sich meine Angst, und ich begann, mich auf den ersten Auftritt zu freuen.

Tatsächlich war ich an jenem Samstagabend so weit von einem Migräneanfall entfernt wie sonst selten. Als wir im Kabuff hinter der Bühne saßen, zusammengepfercht mit zwölf anderen Menschen, die im Verlauf des Abends irgendetwas tun würden, das überwiegend nur sie selbst für Musik hielten, war ich selbstverständlich nervös und aufgeregt, wie auch Pocke und sogar Hinrich, obwohl beide bereits live gespielt hatten. Aber ich spürte sicher, dass diese Aufregung nicht zu einer Attacke führen würde. Ein schwer atmender, glatzköpfiger Endvierziger brachte Zettel mit den Abläufen; wir wären die Letzten.

Je länger wir warten mussten, umso entspannter wurde ich. Das Gefühl, das damit einherging, war mir bis dahin unbekannt gewesen – ich wusste, dass ich konnte, was ich gleich zu tun hätte, und ich freute mich darauf, das zu beweisen. Darauf, den Leuten unsere Musik vorzuspielen. Ihre Reaktionen zu sehen. Das Großartige daran war, dass ich in sicherer Entfernung auf der Bühne sitzen würde und einfach nur mein Zeug machen musste.

Der letzte Auftritt vor unserem – nach über zwei Stunden Wartezeit – dauerte nur zwei Minuten. Ein wild kostümierter Mittzwanziger, der zum Halbplayback Michael-Jackson-Songs zu intonieren versuchte, was aber im Buhen und Gejohle der knapp achtzig Leute unterging. Pocke schlug dem geknickten Typen auf die Schulter, als dieser ins Kabuff zurückkehrte. «Falsches Publikum», sagte er, sich am MJ-Imitator vorbeischiebend. «Kann passieren.»

Aber für uns war es das richtige.

Den Anfang des ersten Stücks – «Liebeskummer lohnt sich nicht», Siw Malmquist, 1964 – mussten wir nach ein paar Sekunden abbrechen, weil ich lampenfiebrig vergessen hatte, den Takt vorzugeben, und Hinrich deshalb den Einsatz verpasste. Ich hob entschuldigend die Schultern, glich meinen Fehler aus. Die Menschen vor uns waren erst ein wenig irritiert, aber schon den zweiten Refrain sangen sie lauthals mit.

Wir spielten dreißig Songs. Wir hätten auch sechzig spielen können. Der kleine Raum dampfte, man gab uns stehende Ovationen, und wir gewannen natürlich auch das schmale Preisgeld, kaum genug für die Biere danach – die davor wurden abgezogen. Als ich am Ende des Schneewalzers, der letzten Zugabe, die Sticks fallen ließ, fühlte es sich an, als hätte ich soeben Kontakt mit einem Paralleluniversum gehabt. Während des Auftritts hatte ich jeden Moment, jedes Detail, jedes in den ersten Reihen erkennbare Gesicht kristallklar wahrgenommen, die schwachen Bewegungen von Pockes mächtigem Rücken, Hinrichs Versuche, die Füße etwas unternehmen zu lassen, das Tanzbewegungen ähnelte, das Licht, das Echo unserer Musik, die Vibrationen der Felle.

Die folgenden sechs Monate waren die phantastischste Zeit meines Lebens. Wir spielten immer am Wochenende, tourten zweimal durch kleine Clubs der Republik, waren Support von mäßig bekannten Bands, bekamen schmale, aber anerkennende Besprechungen in Stadtmagazinen, wo man unsere Auftrittstermine mit einem Empfehlungssternchen zu versehen begann. Dann reagierte eine der Companies, die Pocke unermüdlich kontaktierte, ein etwas kleinerer, aber bekannter Laden. Wir spielten fünfzehn unserer Songs in einem winzigen Studio im Wedding ein, hörten dann anderthalb Monate lang nichts mehr, bis plötzlich eine Kiste mit CDs geliefert wurde. Ohne uns zu fragen, hatte man den Schneewalzer ausgekoppelt. Innerhalb weniger Wochen gab es Airplays, Journalistenanfragen, Radiotermine, Buchungen für etwas größere Auftritte oder Nachmittagstermine bei Festivals, einen verdammten Platz in den Charts. Wir hatten *Groupies*, und mit einigen hatte ich sogar intime Dates, meistens zur beiderseitigen Irritation – der schüchterne Hinrich demgegenüber schien vor allem auf diesen Effekt nur gewartet zu haben. Aber das ganze Drumherum interessierte mich unterm Strich wenig, und auch nicht die Tatsache, dass ich plötzlich Geld mit etwas verdiente, das auch noch Spaß machte. Nur diese anderthalb Stunden auf der Bühne. Heiliger Hecht.

Und dann kam das Ultimatum von Pockes Vater. Ein Gespräch wie nebenbei am Samstagmorgen, zu Schrippen und Frühstückskaffee auf der sonnigen Terrasse der Villa. Es ging um Reputation und den Ruf der Kanzlei. Um Stefans Zukunft und seine zukünftige Vergangenheit. Das Hobbyniveau hatte Dr. Dr. Jürgen Friedrichs hingenommen, aber einen *bekannten* ehemaligen IKEA-Punksänger wollten um den Zugewinn streitende demnächst geschiedene Eheleute in den späten Fünfzigern wahrscheinlich nicht als Anwalt haben. Vor allem nicht solche aus Berlin-Zehlendorf.

Wir gaben unser Abschiedskonzert vor tausendfünfhundert Leuten, und an *diesem* Abend spielten wir sechzig Stücke. Ab dem zwanzigsten liefen mir unaufhörlich die Tränen.

FÜNF

Nach dem nettinatorgetränkten Erwachen am nächsten Morgen oder Mittag – das war schwer abzuschätzen, denn durch die Rollläden drang nur diffuses Licht und ich hatte keine Uhr im Blickfeld – lag ich eine Weile auf dem Rücken und suchte nach Gründen dafür, aufzustehen. Mein Gehirn schien leicht beschädigt zu sein, jedenfalls funktionierte es offenbar nicht richtig, denn ich hatte eine Erinnerung daran, mehrmals in der Nacht oder am frühen Morgen den Vibrationsalarm meines Telefons wahrgenommen zu haben. Tatsächlich bekam ich fast niemals Anrufe. Ich kannte einfach nicht genug Leute, und die wenigen, die ich kannte, riefen mich selten an – und wenn, dann nicht am frühen Morgen. Meistens war es umgekehrt.

Ein möglicher Grund, jetzt aufzustehen, war also die Prüfung des Telefons. Außerdem hatte es wenig Sinn, liegen zu bleiben, weil ich ja wach war. Andererseits fühlte ich mich matt, also kein ausreichender Grund. Aber ich hatte Durst, sogar starken Durst – Grund Nummer zwei. Und ich hörte jetzt Stimmen. Eine davon konnte ich, trotz der vermuteten Mentallädierung, eindeutig Rieke zuordnen. Die andere war männlich. Das weckte auf merkwürdige Art mein Interesse, denn die Stimmen kamen aus unserem ehemaligen Schlafzimmer, in dem Rieke jetzt allein schlief. Seltsamerweise verspürte ich einen kurzen Anflug von Eifersucht. Grund Nummer drei: Herausfinden, mit wem Ulrike im Schlafzimmer zugange war. Und jetzt brummte mein Telefon wieder. Ich stützte mich auf und diagnostizierte noch in der Bewegung leichte Kopfschmerzen, ganz eindeutig alkoholbedingte. Ich bräuchte eine Paracetamol.

Obwohl das – in diesem Moment viel zu helle – Display meines Telefons in großen Buchstaben irgendwas anzeigte, musste ich mehrfach blinzeln, um es ablesen zu können. «Unbekannte Rufnummer» stand dort. Meistens ärgerte ich mich darüber, wenn eine Aussage durch eine solche Verkürzung zur Falschaussage wurde, denn die Rufnummer war sicher nicht unbekannt, nur nicht von der Software in meinem Telefon einem mir oder, genauer, dem gespeicherten Adressverzeichnis bekannten Kontakt zuzuordnen. Wäre sie tatsächlich unbekannt, würde niemals jemand diese Rufnummer verwenden können. Aber heute ärgerte ich mich nicht darüber. Ich schlurpste zwei Finger über das Display, hielt es gegen das Ohr, sagte «Hallo?», aber es passierte nichts. Ich probierte zwei weitere Gesten aus, während ich erwog, meine Bekannten zu bitten, mich doch häufiger anzurufen, dann kam die Verbindung zustande.

«Fiedler, ja?», krächzte ich. Anschließend hustete ich in meine rechte Faust.

«Bromfeld, Pflegeheim Abendlicht», sagte eine Frauenstimme. «Herr Uwe Fiedler?»

«Am Apparat.» Diese Formulierung verwendeten außer mir nur noch Menschen jenseits der sechzig.

«Ich habe leider eine traurige Nachricht für Sie. Frau Zweitenstein hat Sie als Angehörigen angegeben, der im Notfall zu informieren ist. Frau Zweitenstein ist letzte Nacht von uns gegangen.»

Von uns gegangen, wiederholte ich gedanklich. Was für ein Blödsinn. Tante Gertrud ist sicher nirgendwo hingegangen, sondern gestorben.

«Oh. Gut», sagte ich impulsiv.

«Gut?», wiederholte eine leicht konsternierte Frau Bromfeld.

«Ja», sagte ich, wollte der Dame aber nicht erklären, warum das so war.

Die Altenheimmitarbeiterin schwieg ein paar Sekunden.

Vielleicht dachte sie darüber nach, mit mir zu diskutieren, was mir nicht sehr gefallen hätte, und ihr wohl letztlich auch nicht.

«Frau Zweitenstein hat für den Sterbefall ausreichend Vorsorge getroffen. Sie müssen sich also zunächst um nichts kümmern. Ein Bestattungsunternehmen wird sich dann mit Ihnen in Verbindung setzen.»

«Danke», nuschelte ich, während ich aus der Mineralwasserflasche, die neben dem Klappsofa stand, ein paar Schlucke nahm.

«Es tut mir sehr leid», sagte sie, erkennbar irritiert wegen der Geräusche, die sie hören konnte.

«Das muss es nicht», antwortete ich, ein Rülpsen unterdrückend, und beendete die Verbindung. Danach ärgerte ich mich kurz darüber, unhöflich gewesen zu sein.

Ich saß anschließend noch eine kleine Weile regungslos auf dem Bett, starrte ins Halbdunkel und dachte an Tante Gertrud. Schade, dass mein Bruder Bernd sie nie kennengelernt hatte, denn die Beerdigung wäre sonst eine gute Gelegenheit, ihn zu bitten, nach Berlin zu kommen, was er nur ungerne tat, denn er mochte die Stadt nicht und vermied es außerdem möglichst, seine Familie zu verlassen, und wenn es auch nur für ein paar Tage war. Ich hatte Bernd zuletzt im Frühling gesehen, zu seinem sechsunddreißigsten Geburtstag, der auf seinem restaurierten Bauernhof in Niedersachsen stattgefunden hatte. Bernds Familienglück machte mich auf positive Weise neidisch, wenn es denn positiven Neid gab. Er hatte eine nette, fröhliche Frau und drei hinreißende Kinder, die er über alles liebte, was mich nicht wunderte. Manchmal, wenn wir telefonierten, was wir alle zwei Wochen taten, fragte mein Bruder, ob ich nicht bei ihnen wohnen wollen würde, was sogar einen gewissen Reiz auf mich ausübte, aber ich war noch nicht phlegmatisch genug. Tankstellen gab es in seiner Gegend auch, so viel wusste ich.

Doch der Rest von Impulsivität, der mir noch geblieben war, ließ mich zögern.

Die Tür zum Schlafzimmer ging auf. Die Deckenlampe wurde eingeschaltet. In der Zarge standen Ulrike und ein Mann. Ich blinzelte wieder. Nicht nur, weil es plötzlich hell war, sondern auch, weil mir einfiel, dass ich nackt auf dem Klappsofa saß.

«Hallo», sagte ich und hob eine Hand. Mit der anderen zog ich mir ein Stück Bettdecke über den Schritt.

«Das ist Uwe, mein Mitbewohner», sagte Rieke. *Mitbewohner*. Ich fühlte mich augenblicklich reduziert und fast wertlos. Aus zehn teilweise guten Jahren war Mitbewohnerschaft geworden. Ein rein geographisches Verhältnis, genau genommen. «Uwe, das ist Marius.» In ihrer Stimme schwang ein gewisser Stolz mit.

«Der Schlagersänger», stellte ich fest und versuchte dabei, nicht mürrisch zu klingen.

«Ich bevorzuge die Bezeichnung Unterhaltungsmusiker», sagte der Mann freundlich. Er hob die Hände. «Schlager sind ... *Schlager*.»

Er war schlank und nicht sehr groß, nur ein paar Zentimeter größer als Rieke, hatte kurze, sehr schwarze Haare (beziehungsweise extrem dunkelbraune, denn tatsächlich schwarze Haare gab es, wie ich mal gelesen hatte, nur bei Asiaten), blaue Augen und ein kantiges, aber sympathisches Gesicht. Er lächelte, wie diese Leute eben lächeln, die pausenlos Angst davor haben müssen, mit unvorteilhafter Mimik in der Zeitung oder wenigstens bei Facebook zu landen. Ich schätzte ihn auf Ende vierzig, also mindestens zwölf Jahre älter als Ulrike, was allerdings keine Rolle spielte.

«Ist Ihr Name eigentlich Ihr richtiger Name?», fragte ich.

«Marius?», fragte er lächelnd zurück.

«Nein, der Nachname.» Der mir nicht einfiel. Irgendwas mit Schmuck oder Metall.

«Goldstein? Nein, das ist ein Künstlername. Ich habe sorbische Eltern, mein echter Nachname würde sich auf einem Plattencover nicht so gut machen.»

«Verstehe», erklärte ich. Rieke grinste, der Mann lächelte weiter, und ich kam mir blöd vor. In diesem Augenblick beschloss ich endgültig, die Buchte in der Weisestraße zu mieten. Musste ja nicht für lange sein. Natürlich war mir klar, dass ich, wenn es keine zwingenden Gründe gäbe, die Wohnung wieder aufzugeben, wahrscheinlich bis zu meinem Lebensende dort hausen würde.

«Ich ziehe aus», erklärte ich. «Ich habe eine Wohnung gefunden.»

«Prima», sagte Ulrike. Und dann, an den Unterhaltungsmusiker gewandt: «Kaffee?»

Er nickte. Ich sagte: «Gerne», verspürte aber einen gewissen Missmut darüber, dass Ulrike meine Mitteilung so unbewegt zur Kenntnis genommen und die Kenntnisnahme mit der Kaffeefrage an den Schlagersänger verbunden hatte.

Etwas später saßen wir in der Küche, ich inzwischen in Jeans und T-Shirt. Marius Goldstein trug das Gleiche. Ulrike hatte einen Bademantel an, unter dem sie augenscheinlich nackt war, und wirkte gleichsam ... ordinär. Sie strahlte. Ich sah vor meinem geistigen Auge, wie der Unterhaltungsmusikermund ihre Spiegeleiernippel liebkoste, und fand das gleichzeitig amüsant und ein bisschen deprimierend. Derartig rasante Entwicklungen waren einfach nicht mein Ding.

«Tante Gertrud ist gestorben», sagte ich in das Schweigen. Ulrike und der Mann hielten Händchen unter dem Küchentisch.

«Oh», sagte Ulrike, und dann, nach kurzem Überlegen: «Gut.»

Sie hatte Tante Gertrud nicht gekannt, aber ihre jüngere Geschichte aus meinen Erzählungen. Ich nickte, auch, weil Ulrike genau das wiederholt hatte, was ich zur Altenheimmitarbeiterin am Telefon gesagt hatte. Es gab etwas, das uns verband, und das der Schlagersänger nicht einfach würde wegküssen können.

«Wie ist das so, als Unterhaltungsmusiker?», fragte ich, obwohl ich ein bisschen was darüber wusste, und überlegte, ob es wohl angemessen wäre, meine *Mitbewohnerin* zu bitten, ein paar Toastbrote zu toasten. Sie konnte das besser als ich, obwohl man nur ein paar Brotscheiben in den Toaster stecken und einen Hebel bewegen musste.

«Überwiegend recht angenehm», erklärte er. «Solange man Erfolg hat.»

«Verstehe», behauptete ich.

«Und wo ist die Wohnung?», fragte Rieke, an der Kaffeemaschine hantierend.

«In Neukölln.»

«Neukölln boomt», sagte Marius Goldstein. «Ich habe da gerade ein Mietshaus gekauft.»

«Vielleicht werde ich Ihr Mieter», mutmaßte ich.

Er zog die Stirn kraus. «Unwahrscheinlich. Die derzeit leerstehenden Wohnungen werden nicht vermietet, bei den anderen unterbreiten wir den Mietern Angebote. Wir sanieren und modernisieren. Das ist eine sichere Kapitalanlage.»

Ich nickte höflich und fragte mich, warum der Mann plötzlich von sich im Plural sprach. Dieses merkwürdige Wir, hinter dem sich Leute verschanzen, wenn sie etwas von großer Tragweite tun, dessen Verantwortung sie schreckt. Sicherlich freuten sich einige der Mieter nicht sonderlich darüber, plötzlich *Angebote* zu erhalten, obwohl sie einfach nur irgendwo wohnen wollten, bevorzugt da, wo sie es bereits taten.

«Verstehe», wiederholte ich brav.

«Und wann ist es so weit?», fragte mich Rieke.

«Das kann schnell gehen», orakelte ich, wobei meine Kopfhaut spannte.

Ich machte mir noch selbst ein paar Toasts und ging dann duschen, aber bei beidem kam ich mir bereits wie ein Eindringling vor. Gleichzeitig freute ich mich für Ulrike darüber, dass sie offenbar tatsächlich noch einen recht hohen Marktwert hatte, denn der Herr Unterhaltungsmusiker, obschon bereits nahe der fünfzig, hatte sicher viele Gelegenheiten, sich bei der weiblichen Gefolgschaft zu bedienen. Ich ging nicht sehr oft zu Konzerten, auch, weil ich große Menschenmengen nicht mochte, wenn ich mich mitten darin befand, vor allem aber, weil ich mich nicht gut genug mit aktueller Musik auskannte und selten das Bedürfnis verspürte, mir solche im Rahmen von Konzerten anzuhören, was mit viel Aufwand verbunden und recht unbequem war. Außerdem wurde ich regelmäßig schrecklich nostalgisch, wenn ich zu einer Bühne hinauf- statt von ihr hinunterblickte. Mein letzter Konzertbesuch hatte vor zwei oder drei Jahren mit Ulrike stattgefunden, und ich erinnerte mich weder an den Namen der Band, noch an die Art von Musik, die wir gehört und gesehen hatten – vermutlich Mainstreampop. Ich erinnerte mich aber durchaus an den Schweißgestank und das klaustrophobische Gedränge im Saal. Ich hatte pausenlos das Gefühl gehabt, kurz vor einer Migräneattacke zu stehen.

Nach dem Duschen prüfte ich, ob die nächtlichen Vibrationen meines Telefons nur von der Altenheimmitarbeiterin verursacht worden waren, was tatsächlich nicht der Fall war. Herr Kauzig hatte zweimal versucht, mich zu erreichen. Ich setzte mich auf meine verknautschte Bettdecke und rief ihn zurück.

«Fiedler», sagte ich. «Sie haben mich angerufen. Vermutlich wegen der Wohnung.»

«Vierhundertfünfzig», sagte er. «Warm. Ein halbes Jahr mietfrei als Gegenleistung dafür, dass Sie die Wohnung so übernehmen, wie sie ist. Was sagen Sie?» Er klang merkwürdig freundlich, fast unterwürfig.

«Vierhundertfünfzig», wiederholte ich.

«Vierhundertdreißig», entgegnete er. «Mein letztes Wort.» Sogar ein bisschen kleinlaut.

«Mmh», machte ich und fand mich irgendwie gewieft, was mich zugleich ein bisschen beschämte. Ich war versucht, ihm mitzuteilen, dass ich überhaupt nicht hatte verhandeln wollen, sondern dass es einfach zu meinen Eigenarten gehörte, etwas zu wiederholen, das andere gesagt hatten, um ein wenig Zeit zu gewinnen, hielt die Idee dann aber für doch nicht so schlau.

«Wir können auf den ganzen üblichen Kram verzichten. Wenn Sie wollen, machen wir noch heute den Mietvertrag. Nur die Kaution. Auf die muss ich bestehen.»

Fast hätte ich gefragt: «Aber Neukölln boomt doch?», aber ich verkniff mir auch das. Stattdessen ließ ich ihn, vor allem aber mich selbst noch ein paar Sekunden zappeln und sagte dann: «Okay, einverstanden.»

«Prima», sagte er rasch, was sich erleichtert anhörte. Wir verabredeten uns für den Nachmittag in einem Café an der Hermannstraße. Danach hatte ich ein schlechtes Gewissen. Sicher war die Wohnung die ursprünglich veranschlagten fünfhundert Tacken absolut wert.

Meine Geldbörse und damit meine Bankkarte erwiesen sich leider als unauffindbar. Ich grübelte minutenlang, wann ich beides zuletzt gesehen hatte, und erinnerte mich dunkel daran, dass Dominik Matuschek die Rechnung in Nette's Ecke übernommen hatte, weshalb ich nicht sicher sein konnte, das Portemonnaie bei mir gehabt zu haben. Für einen Moment überkam mich ein Schauer des Entsetzens, denn das wiederum bedeutete, dass ich die Angebote des öffentlichen Nahverkehrs möglicherweise ohne gültigen Fahrausweis genutzt hatte. Beim Schwarzfahren erwischt zu werden, das gehörte in eine ähnliche Angstkategorie wie ein Überraschungsbesuch der Steuerfahndung. Die Vorstellung, von den zivilen Kontrolleuren aus dem Zugabteil auf den Bahnhof geführt und dort umstellt zu werden, verursachte in mir schon seit jener Zeit gehörige Panik, als ich entsprechende Vorfälle erstmals beobachtet hatte – als Acht- oder Neunjähriger.

Also musste ich zu meiner Bankfiliale marschieren, wo man mich immerhin kannte und erkannte, um ausreichend viel Bargeld für die Kaution abzuheben.

Im Café Diyarbakır saß ich im Neonlicht zwischen lauter schwarzhaarigen, mittelalten Männern in schwarzen Hosen und weißen Hemden, die Kette rauchten und Tee tranken. Zuvor hatte ich einige Minuten vor der Restauration gestanden und per Smartphone geprüft, ob der fehlende Punkt auf dem zweiten «ı» ein Fehler war oder nicht (es war keiner). Es verstörte mich regelmäßig, wenn Menschen mit viel Aufwand Geschäfte eröffneten, an denen dann Schilder mit Schreibfehlern hingen, wie etwa in der Straße, in der Rieke und ich wohnten, nur ein Haus weiter: «Lindner Elektro Dienst. Vorort-Service.» Bei Herrn Lindner hatte ich bereits zweimal vorgesprochen, um ihn auf die falsche Getrenntschreibung im ersten und die sinnentstellende Zusammenschreibung im zweiten Teil hinzuweisen, aber der junge Mann hatte mich erst nur schweigend angestarrt und mir dann mit einem mürrischen Winken bedeutet, sein Geschäft auf dem kürzestmöglichen Weg zu verlassen.

Als Herr Kauzig jetzt hereingeschlurft kam, gab es ein großes Hallo, und er begrüßte viele Gäste per Handschlag. Meine Vermutung, dass er mit *einigen* Wohnungen in der Gegend zu tun hatte, bestätigte sich. Er gab mir die Hand und nahm mir gegenüber Platz, der Wirt brachte eine kleine Kaffeetasse und ein Wasserglas für ihn. Ich trank Cola, aber ohne Leidenschaft.

Mir war nichts Besseres eingefallen, Tee mochte ich nicht, Kaffee trank ich nur in mir bekannten Gaststätten, und Bier würde mein Körper nicht goutieren. Also nippte ich am gezuckerten Blubberwasser. In meiner Kindheit hatte ich mich nach Cola regelrecht verzehrt, weil sie von all meinen Mitschülern getrunken wurde, es bei uns jedoch keine gab, aber der Gegenstand der Sehnsucht erfüllte seine Verheißungen nicht.

Kauzig legte die Mietverträge auf den Tisch.

«Sind Sie eigentlich der Eigentümer?», fragte ich.

«Verwalter», entgegnete er knapp, wobei er sich eine bauchige, kurze Zigarre anzündete, die jenen ähnelte, die Dietrich Langmann bevorzugte.

«Mmh-mmh», machte ich und studierte den Mietvertrag ausführlich, als verstünde ich, worauf man achten müsste, wobei ich gegen das Gefühl ankämpfen musste, meinem Gegenüber wertvolle Zeit zu stehlen. Mein Vermieter wäre eine Liegenschaftsverwaltung mit Sitz in Marburg. Ansonsten machte der Vertrag einen guten Eindruck. Schöne Schrift, sauber ausgefüllt und diese Dinge. Außerdem fand ich den Hinweis auf die mietfreien sechs Monate. Ich wusste nicht viel über solche Sachen, hatte aber mal gelesen, dass man als Mieter sowieso der Stärkere ist, wobei mir jeder Gedanke daran, das in der Realität auszutesten, äußerst fernlag. Trotzdem stellte ich ein paar Fachfragen, die mir Rieke mit auf den Weg gegeben hatte. Ob es beispielsweise Nebenkostenabrechnungen gäbe, die man einsehen könnte.

«Die sind in der Miete enthalten. Sie zahlen eine Pauschale», knurrte Kauzig, tippte mit dem linken Zeigefinger auf irgendeinen Vertragsabschnitt und musterte mich dabei ein wenig abschätzig. Das missfiel mir, denn ich hatte ja geduscht, mich rasiert und trug sogar ein Jackett. Kauzig hatte weite, unförmige Anzughosen an, außerdem ein schmuddeliges kariertes Hemd mit einer Strickweste darüber. Seine Zigarre roch widerlich. Kauzigs Haare starrten vor Fett.

«Sie müssten mir bitte bestätigen, dass die Kaution zinsbringend angelegt wird.»

«Das ist eigentlich eine Selbstverständlichkeit, sogar gesetzlich vorgeschrieben», sagte er, setzte aber dann handschriftlich unter beide Ausfertigungen einen Vermerk, der wohl lautete «Die Kaution wird zinsbringend angelegt». Seine Handschrift war so schlecht, dass man auch «Die Kerstin wird zerstückelt abgefegt» hätte lesen können.

Ich unterzeichnete und überreichte ihm die Kaution in bar. Er gab mir eine Quittung und ein kleines Schlüsselbund.

«Willkommen in der Weisestraße», sagte er und lächelte dabei. Dann stand er auf, verabschiedete sich von ein paar Leuten und verschwand einfach. Seinen Kaffee musste ich bezahlen, was ich für angemessen hielt.

Während meines anschließenden Spaziergangs in Richtung Wohnung fand ich, dass ich in dieser Woche schon eine Menge erlebt hatte und ungewöhnlich aktiv gewesen war. Das war nicht der Uwe Fiedler, den ich kannte, aber vielleicht war dieser neue Uwe Fiedler ein besserer. Ich kaufte mir einen Döner, der erschreckend wenig kostete, aber auch erschreckend schmeckte. Auf dem kurzen Weg zur Herrfurthstraße kam ich an sieben weiteren Dönerbuden vorbei, außerdem an einem «99-Cent-Shop», zwei Spielhallen und vier Handygeschäften. Jeder zweite Erdgeschossladen stand leer. Unter einem Boom stellte ich mir etwas anderes vor, aber ich war ja auch nicht wirklich ein Spezialist für Booms.

Wenig später stand ich in meinem neuen Domizil, das heute keinen sehr viel besseren Eindruck machte als vorgestern. Ich nahm das erstaunlich massive Kruzifix von der Schlafzimmerwand, riss alle Fenster auf und setzte mich auf das Brett des

Wohnzimmerfensters, verspürte sogar einen Anflug von Besitzerstolz. Die Bäume – Buchen oder Kastanien oder so – hatten einen Gutteil ihrer Blätter bereits verloren, mein Blick war also fast unverstellt. Auf einem Balkon gegenüber tat sich etwas – die Türen gingen auf, dann trat Jessy ins Freie. Sie stützte die Hände aufs Geländer und sah sich um. Mir wurde sofort heiß. Es dauerte ein paar Sekunden, dann entdeckte sie mich. Ich hob die rechte Hand und winkte zaghaft. Jessy nickte vielleicht, drehte sich anschließend um und verschwand wieder. Es dauerte einige Momente, bis mein Herzschlag zur Normalfrequenz zurückgekehrt war. *Sie hatte ihrer Mutter von mir erzählt.* Rieke hatte ihrer Mutter erst von mir erzählt, als wir sie im zweiten Jahr unserer Beziehung zufällig beim Bäcker getroffen hatten. «Ach, das ist übrigens Uwe. Wir sind zusammen.»

Ich zog mein Telefon hervor und suchte in den wenigen gespeicherten Kontakten nach Ulrikes Schwager Werner, den, von der eigenen Frau abgesehen, niemand Werner nannte, weil er den merkwürdigen, aber von ihm selbst auch bevorzugten Spitznamen Tapetenpeter trug. Das lag daran, dass er seine Karriere als Anstreicher und Tapezierer in einem kleinen Geschäft dieses Namens begonnen hatte: «Tapeten-Peter» in Britz. Er war seit Menschengedenken mit Ulrikes älterer Schwester Monika verheiratet, die er in ihrer Abwesenheit «Alte Falte» nannte, was ein zwar zynischer, aber zutreffender Spitzname war

Monika war zwar nur sechs Jahre älter als Rieke, hatte jedoch Jahrzehnte ihres Lebens zuerst als Angestellte, dann als Betreiberin eines Solariums verbracht, zu dessen besten Kunden sie selbst gezählt hatte, bis die Branche unter Hautkrebs zu leiden begann. Monikas Haut ähnelte derjenigen der Grillhähnchen, die ich mir gelegentlich am Imbiss nicht weit von der Tankstelle entfernt holte – nicht selten mit äußerst schlechtem Gewissen, denn es war schlicht undenkbar, dass die Tiere artgerecht gehalten wurden, um knusprig gebraten für lumpige eins achtzig pro Hälfte verkauft zu werden. Inzwischen ging Monika einer Beschäftigung nach, die die Bezeichnung «Personal Coach» trug, was ich nicht mit Inhalten zu füllen in der Lage war. Ihre Versuche, es mir zu erklären, scheiterten regelmäßig, was vielleicht daran lag, dass mich die Betrachtung des Schlachtfelds, zu dem ihre Körperoberfläche geworden war, regelmäßig von allem ablenkte, was sie in ihrem hyperschnellen Berlinerisch von sich gab. Monika war die einzige mir bekannte Person, die diesen Soziolekt verwendete, und wenn mein Blick dann zu Rieke schwenkte, die immer die Hände zwischen die Oberschenkel steckte, während die Schwester sprach, wurde mir klar, dass es wahrscheinlich niemanden gab, der verstand, was sie sagte – ihre Coachingkunden und Tapetenpeter eingeschlossen. Der sie allerdings, soweit ich das beurteilen konnte, mit großer Hingabe liebte, nicht zuletzt deshalb, weil sie ihm immer noch die Treue hielt, obwohl dieses Wort nicht zu seinem aktiven Vokabular gehörte. Wäre Dominik Matuschek auf Werner statt auf mich getroffen, hätte er in der anschließenden Nacht sicher ein Dutzend Puffs kennengelernt, auf deren Böden Auslegeware lag, die Werner verlegt hatte, und einiges sonst noch.

Wir telefonierten kurz, er war gerade in der Nähe («Neukölln ist zur Zeit die Hölle. Ich könnte nur noch hier arbeiten. In echt.») und versprach, in einer Viertelstunde bei mir zu sein. Ich richtete mich auf eine gute Stunde Wartezeit ein, weil Tapetenpeters Uhren ganz anders gingen als die von normalen Menschen. Er hatte einen heftigen, aber liebenswerten Sprachfehler, weshalb er den Buchstaben «G» als «Ch» (wie in Kirche) und das «T» wie ein «K» aussprach. Wollte Werner «Teig» sagen, kam dabei «Keich» heraus. «Ich bin in einer Vierkelskunde in der Wohnunch», hatte er zu mir gesagt. Trotzdem verstand man ihn immer, im Gegensatz zu seiner Frau.

Tatsächlich klingelte es fünfzig Minuten später. Inzwischen hatte ich bei gut hundert Facebook-Beiträgen «Gefällt mir» geklickt, zwei Runden bei einem rätselhaften Ratespiel verloren und versehentlich einen Mobiltelefon-Virenscanner abonniert, den ich vielleicht sogar brauchte.

«Oi», sagte Werner nach einer kurzen Wohnungsbegutachtung. Er roch nach Rauch und Bier, was in seiner Branche wohl zum Berufsbild gehörte. Außerdem sah er selbst renovierungsbedürftig aus – schlechte Zähne, eingefallenes Gesicht, ungesund weißgelbe Haut, schütteres, dispersionsfarbiges Haar. Seine Gegenwart aktivierte meinen Beschützerinstinkt, quasi das Helfersyndrom, wozu, zugegeben, nicht sehr viel gehörte, aber wenn ich Werner sah, spürte ich es körperlich – ein Zucken in seine Richtung, mit dem Ziel, ihn zu umarmen und in eine bessere Welt zu zerren. Dabei mochte er seinen Job und sein Leben, was er – auch ungefragt – zu betonen nie müde wurde, doch ohne Zweifel war er dabei, sich zu ruinieren. Vielleicht wollte er zu Monika aufschließen, die wie fünfzig plus aussah und sich in meiner Smartphone-Älterwerden-App überhaupt nicht mehr veränderte.

«Viel Arbeit für den Tapetenpeter.» Er grinste und zündete sich eine Zigarette an. Inzwischen konnte man in der spärlich beleuchteten Wohnung fast nichts mehr erkennen, weil es draußen dämmerte, aber Werner war schließlich ein Profi. «Schlappe zwei Wochen, würde ich schätzen.»

«Klingt gut», antwortete ich, hätte mich aber über zwei Monate oder zwei Jahre mehr gefreut. Die Vorstellung, demnächst tatsächlich auszuziehen und allein zu wohnen, irritierte mich.

«Lass dir Zeit», setzte ich deshalb hinzu, bereute es aber umgehend. Wenn man Tapetenpeter in dieser Hinsicht freie Hand ließ, geschah einfach überhaupt nichts. Er vergaß den Auftrag sofort wieder.

«Ich habe gerade zufällig Kapazitäten», sagte er jedoch an der Zigarette vorbei, wobei er vom Rauch blinzelte. «Eigentlich könnte ich sogar heute noch anfangen.»

«Prima», gab ich zurück, ohne das so zu meinen. In diesem Augenblick wurde mir nämlich bewusst, dass ich tatsächlich im Begriff war, einen endgültigen Schlussstrich unter das Kapitel «Uwe und Ulrike» zu ziehen, dass ich erstmals seit über zehn Jahren völlig auf mich gestellt wäre, mich um alles selbst kümmern müsste und immerzu in eine leere Wohnung heimkehren würde, in der mich niemand erwartete – nicht einmal Fische in einem müffelnden Süßwasseraquarium. Ich dachte tatsächlich kurz – allerdings nicht besonders ernsthaft – darüber nach, mir doch noch ein kleines Bassin und ein paar Neons zu kaufen. Oder ein Zwergkaninchen. Die waren kuschelig und pflegeleicht, aber leider auch schrecklich doof. Immerhin könnte ich mir ein Weibchen kaufen, es Ulrike nennen und damit weiterhin zu einer Ulrike heimkehren. Nicht, weil ich Rieke vermisste oder sie immer noch liebte oder so. Sondern einfach, um die Veränderung klein zu halten.

«Wenn du mir einen Sechserträger besorgst, lege ich gleich los. Ich hab alles im Auto. Ein Fuffi Anzahlung okay?»

Als ich den Schein aus der Hosentasche zog – ich verteilte immer etwas Bargeld auf meine Hosentaschen, weil meine Brieftasche eher unregelmäßig gegenwärtig war –, zitterte meine Hand vor Aufregung. Wir gingen zusammen nach unten, Tapetenpeter zu seinem schäbigen Lieferwagen, der warnblinkend in der zweiten Reihe stand, und ich zum Späti gegenüber, wo es sehr wahrscheinlich Sechserträger gab.

Der Laden hieß Weise 24, obwohl er sich nicht in Hausnummer 24 befand, war in etwa so groß wie mein zukünftiges Wohnzimmer und erstaunlich gut besucht, was weniger an der auf den ersten Blick spärlichen Auswahl lag, sondern an den beiden Stehtischen neben dem Verkaufscounter, hinter dem eine zierliche Blondine in den Dreißigern stand, die Kopfhörer trug und nachdenklich die unschöne Decke des Raums – rauchgoldfarbene Styroporplatten – betrachtete, während ihr Kopf ein leichtes, rhythmisches Nicken andeutete. Einen der beiden Tische bevölkerten fünf sehr nachlässig gekleidete Endfünfziger, die auf Pilsatordosen einschwiegen, die sie mit den Händen umklammerten, während am anderen vier schwarzhäutige, junge Männer standen, die allesamt ihre Mobiltelefone schräg vors Gesicht hielten und lautstark auf Englisch in die Mikrophone schwatzten. Vor diesen Männern standen leere Schnapsgläser.

Ich schritt die durchhängenden Verkaufsregale ab und dachte dabei an das Tankstellenpächterseminar. Hier befanden sich die Tamponpackungen in Gesichtshöhe («Spontanartikel! Immer nur Spontanartikel in Gesichtshöhe!»), während die Chipstüten kaum zu entdecken waren, was auch für die von mir gesuchten Sechserträger galt. Ich fand sie schließlich zwischen dem Klopapier – einlagig, kein Recycling, chlorgebleicht – und einem leeren Karton, in dem sich mal Überraschungseier befunden hatten, allerdings warb der Karton für Eierinhalte, die meines Wissens seit mindestens zwei Jahren nicht mehr im Sortiment waren – Figuren zu irgendeiner längst wieder vergessenen Comicverfilmung. Der seit Jahrzehnten anhaltende Erfolg dieses Katze-im-Sack-Produkts war mir ein völliges Rätsel. Nach Janines Auskunft gehörten sie in der Tankstelle tagsüber zum begehrtesten Diebesgut, aber schon als Kind hatte ich es frustrierend gefunden, wenn mir jemand – meistens die Nachbarin von gegenüber, die mich merkwürdigerweise «Tobi» nannte – diese Dinger geschenkt hatte, die nur selten etwas wirklich Sinnvolles enthielten, während man Zeug, das man wirklich brauchte oder wollte, ganz einfach so hätte direkt kaufen können, ohne Überraschung, die meistens sowieso eine Enttäuschung war. Und die Schokolade schmeckte mir auch nicht besonders – ich war eher der Zartbittertyp.

Ich musste lächeln und griff nach dem Beck's. In diesem Geschäft durfte man noch selbst entscheiden, was man kaufen wollte, ohne jeden Manipulationsversuch.

Als ich schließlich die Aufmerksamkeit der Verkäuferin gewonnen hatte, was nicht ganz leicht war (hüsteln, winken, hüpfen), sah sie mich zuerst irritiert an und lächelte dann ebenfalls.

«Hallo», sagte sie, die Kopfhörer zum Hals herunterzerrend, und schon die kurze Äußerung ließ eine sehr angenehme Stimme erkennen.

«Hallo.»

«Nur das?»

Ich nickte. Die Frau tippte auf der Kasse herum, ohne dass diese darauf reagierte, und sagte dann: «Fünf Euro.» Ihre Stimme war wirklich sehr schön, beinahe melodisch. Wenn es Leute gab, die sich in Stimmen verliebten, wären sie hier am richtigen Ort.

«Sechs», antwortete ich. Sie errötete, was mir sofort peinlich war. Ich mochte es nicht, Menschen erröten zu lassen. Merkwürdigerweise musste ich in diesem Augenblick plötzlich an Tante Gertrud denken, obwohl es keinen situativen Zusammenhang gab und die Verkäuferin auch keinerlei Ähnlichkeit mit ihr hatte. Ich empfand also Scham, weil ich die junge Frau zum Erröten gebracht hatte, gleichzeitig Erleichterung darüber, dass Gertruds Leiden ein Ende gefunden hatte, und Verlustschmerz über ihren Tod. Keine Ahnung, welche mimische Veränderung das auslöste, aber die blonde Frau lachte.

«Alles okay?», fragte sie dabei.

«Ja, schon», behauptete ich.

«Ich habe dich hier noch nie gesehen.»

«Das mag daran liegen, dass ich noch nie hier war», antwortete ich, während ich erleichtert beobachtete, wie ihr Gesicht wieder Normalfarbe annahm.

Sie nickte schmunzelnd und legte dann die Stirn in Falten. «Du kommst mir trotzdem bekannt vor. Machst du was mit Musik?»

Jetzt war es an mir, zu erröten, denn die Antwort lautete zwar Ja im Präteritum, aber es war mehr als unwahrscheinlich, dass sie mich aus meiner Zeit als Schlagzeuger von Lädsda Ville kannte, die inzwischen achtzehn Jahre zurücklag und leider nicht sehr lange gewährt hatte. Möglicherweise dachte sie jedoch an Herwig Mitteregger, den Drummer der Achtziger-Deutschrock-Combo «Spliff», zu dem man mir in den Neunzigern hin und wieder eine gewisse Ähnlichkeit attestiert hatte. Allerdings hatte ich mich, wie man so schön sagte, in den Neunzigern auch geflissentlich gehenlassen, also Schnauz- *und* Vollbart getragen, meine Haare kaum gepflegt und auch sonst nicht auf mein Äußeres geachtet (was ich auch heute noch nicht sehr intensiv tat – zum Friseur beispielsweise ging ich nicht, sondern setzte mich mit Riekes Nagelschere in der Hand vor den Badezimmerspiegel). Die Verwechslung hatte ihren Ursprung vielleicht auch darin, dass Mitteregger weiter alterte, während niemand die Fotos aktualisierte, die von ihm in der Öffentlichkeit kursierten. Was machte der Mann überhaupt? Ich notierte mir gedanklich, gleich im Anschluss mein Smartphone zu konsultieren.

«Früher mal», antwortete ich leise. «Aber nicht sehr erfolgreich.» Das stimmte nur teilweise, aber ich hatte mich nie als erfolgstragend empfunden.

«Beatrice», sagte sie nickend, wobei sie mich beobachtete, als gäbe es eine zu erwartende Reaktion auf diese Namensnennung. Ich dachte sofort an diese Schauspielerin oder Kabarettistin, die mit diesem dicken, aber sympathischen Typen eine Fernseh-Sketchshow produziert hatte. Achtziger, vielleicht früher, vielleicht später – Erinnerung ist ein dünnes Eis. Einer von beiden war längst tot, vielleicht beide. Noch eine Suchanfrage für später.

Bevor ich der Versuchung erlag, ihren Namen zu wiederholen, brachte ich «Uwe» heraus.

«Hallo, Uwe», sagte sie und reichte mir tatsächlich die Hand. «Willkommen im Kiez.»

«Heuke noch?», fragte jemand hinter mir. «Das Zeuch wird nichk leichker.»

Werner war schwerer beladen, als man das bei einem Menschen mit nur zwei Armen für möglich halten sollte. Er trug seine Tapeziermaschine, einen Tapetentisch, zwei Eimer, einen Werkzeugkoffer, eine Kabeltrommel, ein Radio, drei Rollen Raufaser und zwei Plastiktüten mit verblichenem Aldi-Logo.

«Komme ja schon», antwortete ich und nahm das Wechselgeld.

«Ich bin nachher im Trutzburg. So gegen Mitternacht.»

Das Trutzburg kannte ich, wenigstens dem Namen nach – eine seit Jahrzehnten eingesessene und inzwischen legendäre Spontikneipe, auch in der Weisestraße. Betreten hatte ich den Laden allerdings noch nie.

«Weiß Ulrike, dass du hier flirtest?», fragte der Tapetenpeter.

«Wir sind nicht mehr zusammen», antwortete ich. Bis zu diesem Zeitpunkt hatte ich Beatrices Freundlichkeit nicht für Flirterei gehalten, was sich nun natürlich schlagartig änderte, weshalb sich meine Gesichtshaut wieder erwärmte.

«Echt?» Er war ehrlich verblüfft, obwohl wir Monika und ihn seit der Trennung ein halbes Dutzend Male getroffen und diese dabei mehrfach thematisiert hatten. «Seit wann?»

«Seit drei Monaten, Werner. Oder warum, denkst du, ziehe ich aus?»

«Hammer», sagte er, schaffte es irgendwie noch, den Sechserträger aufzunehmen und polterte nach draußen.

«Da spielt heute eine Band», sagte Beatrice. «Ich kenne den Sänger. Die sind gut.»

Bevor ich «Wo?» fragen konnte, fiel mir wieder ein, wovon sie vorher gesprochen hatte. Ich nickschüttelte den Kopf möglichst unverbindlich, winkte zum Abschied und folgte Werner. Ein Flirt? *Wirklich?* Heiliger Buntspecht, was war nur los?

Ich nahm ihm etwas ab – die Tapetenrollen und das Radio, den Sechserträger wollte er nicht hergeben –, schloss die Haustür auf, was kurz eine melancholische Welle über mich hinwegschwappen ließ, und schaffte es kaum, ihn auf dem Weg nach oben zu überholen, obwohl er nahezu sein eigenes Körpergewicht als Zuladung schleppte.

«Ihr seid echt nicht mehr zusammen?»

«Werner, wir haben es euch erzählt. Mehrfach.»

«Bin irgendwie kein guter Zuhörer», sagte er, und es gelang ihm doch tatsächlich, trotz der Beladung und beim Treppensteigen eine Zigarette anzuzünden. Mit dieser Nummer sollte er auftreten. «Daran muss ich arbeiten. Sagt die Alte Falte auch immer.»

«Du solltest Monika nicht so nennen.»

«Und du solltest sie mal nackt sehen. Ehrlich, ich liebe sie, aber das ist kein schöner Anblick. Als hätte sie einen viel zu großen Sack aus brauner Haut an.»

Ich bekam eine Gänsehaut, musste aber gleichzeitig lachen.

«Aber es fühlt sich trotzdem gut an, sie zu berühren. Das ist ganz merkwürdig.»

«Gut jetzt», bat ich. Meine Kopfhaut spannte.

«Mir ist gleich aufgefallen, dass mit dir was anders ist», sagte er, während ich im Dämmerlicht der Energiespar-Flurlampen versuchte, Schlüssel und Schlüsselloch zu synchronisieren.

«Tatsächlich?»

«Ja. Du wirkst so ... ich weiß nicht. Entschlossen.»

Entschlossen, wiederholte ich gedanklich. Ich fühlte mich nicht entschlossen, eher gedrängt, ein wenig fremdgesteuert gar, aber es gefiel mir dennoch, auf andere entschlossen zu wirken, auch wenn es sich nur um Werner handelte.

Innerhalb weniger Minuten stellte er blitzlichthelle Strahler auf, die die Wohnung noch unwohnlicher erscheinen ließen, füllte ein obskures Gerät mit Wasser und besprühte anschließend die Tapeten im Wohnraum, was weniger als eine Zigarettenlänge dauerte. «Abkratzen», befahl er danach, reichte mir eine Art Spachtel und verschwand ins Schlafzimmer, aus dem kurz darauf Achtziger-Popmusik zu hören war, die klanglich unter einem offensichtlich defekten Lautsprecher litt. Ich schabte herum und löste mehrschichtige, deprimierend gemusterte Tapetenbahnen, die mir diese Arbeit ziemlich leichtmachten. Zwischendrin informierte ich mich über jene Beatrice, die tatsächlich noch schauspielerte, aber ganz anders aussah als in meiner Erinnerung, und über Herwig Mitteregger, der inzwischen in Hamburg lebte, eine Musikproduktion betrieb und nicht mehr öffentlich auftrat. Anschließend war ich nicht schlauer, wusste aber mehr. Was in gewisser Weise auf die gesamte neue Kommunikationsgesellschaft zutraf.

Wir arbeiteten zwei, drei Stunden nebeneinanderher, dann machte Werner eine Liste mit Dingen, die er im Baumarkt besorgen müsste, wobei mich seine präzisen Preisangaben beeindruckten. Ich übergab ihm weitere hundert Euro für Anschaffungen, er bat mich um den Schlüssel – und darum, ihn jetzt in Ruhe arbeiten zu lassen. Die Wohnung roch inzwischen wie ein Hund, der vom feuchtfröhlichen Gassigehen zurückkehrte.

«Wartet Monika nicht auf dich?»

Er zog die Stirn in Falten. «Du verstehst unsere Beziehung nicht.»

Ich verkniff mir ein ehrliches Nein und gab stattdessen ein ambivalentes «Wohl nicht» zurück, wusch mir unter dem tröpfelnden Hahn Gesicht und Hände, gab ihm die Schlüssel und ging. Eigentlich wollte ich in Nette's Ecke einkehren, aber die Kneipe hatte erstaunlicherweise Ruhetag. Zu Hause würden mich möglicherweise Rieke und ihr Schlagersänger erwarten. Ich zog Dominik Matuscheks Visitenkarte hervor und betrachtete sie eine Weile. Aber ich wollte mich nicht anbiedern. Also drehte ich mich nach links und wanderte zum Trutzburg.

SECHS

Früher – vor zwanzig, dreißig Jahren – hatte es vieler solcher Kneipen gegeben, inzwischen waren sie Reliquien, fast Artefakte. Schmutzig, verqualmt und laut, die Türen, Zigarettenautomaten und Klospiegel übersät mit Aufklebern, die Wände gepflastert mit Kampagnenplakaten aus mehreren Dekaden, Tische und Stühle abgenutzt, aber robust, das Publikum gut geschlechtergemischt und verblüffend jung, das Personal offenbar alterungsresistent und durchweg tätowiert. Eine kreidebeschriftete Wandtafel warb für Bio-Brunnenkressesuppe und vegane Bouletten, beides zu lachhaften Preisen, das Billard stand selbst dann noch schief, wenn man den Kopf neigte, ein Kickertisch rumpelte, akustisch gegen den Punk aus den High-End-Boxen ankämpfend, unter der Malträtierung der vier überengagierten Spieler, und in einem zwar abgetrennten, aber doch integrierten Versammlungsraum baute eine Drei-Mann-Band Instrumente auf. Es roch nicht nur nach Rauch, sondern außerdem sehr unsauber, eine Mischung aus säuerlichen Alkoholresten, viel Schweiß, Fußschmutz, Herbstlaub und der Tatsache, dass es diese Kneipe seit fast dreißig Jahren gab, ohne dass jemals jemand auf die Idee gekommen war, sie zu renovieren.

Ich erwog kurz, mein persönliches Orakel entscheiden zu lassen, ob ich bleiben oder gehen sollte, wobei ich das Geschlecht der nächsten Person, die die Toiletten verließe, zur Basis dieser Entscheidung machen wollte, aber sie wurde mir dadurch abgenommen, dass direkt neben mir ein Barhocker frei wurde. Ich setzte mich, bestellte ein Bier (Bio), obwohl ich das dadurch ganz gegen meine Gewohnheiten schon den dritten Abend in Folge tat, und beobachtete den Versammlungsraum, dessen

Durchgang mir die Möglichkeit gab, zwei Drittel der Bühne zu sehen. Der Schlagzeuger montierte die Snare, während ein hagerer Endzwanziger das Mikrophon testete. Ich hatte es immer sehr gemocht, die Schießbude selbst aufzubauen. Lädsda Ville war, trotz des kurzen Charterfolgs, nie in die Phase eingetreten, in der wir uns Roadies hätten leisten können, was wir ohnehin abgelehnt hätten. Punk und Knechtschaft waren unvereinbar, wie Pocke, unser Frontmann, unermüdlich wiederholt hatte. Tatsächlich hatten wir keinen Punk gemacht, sondern Schlager adaptiert, aber solche Feinheiten hatten bei Lädsda Ville höchstens Nebenrollen gespielt. Wie auch die Tatsache, dass ausgerechnet unser schlimmstes Arrangement in den Bestenlisten landete. Die Pocke natürlich verachtete, aber er kaufte sich trotzdem ein gebrauchtes Porsche-Cabrio, als die ersten Tantiemenschecks eintrafen.

Die Musik setzte aus, der tätowierte Ewigjugendliche hinter dem Tresen blickte kurz vom Zapfhahn irritiert zur Anlage – auch hier computergesteuert –, und dann hörte ich eine Frauenstimme. Eine Frauenstimme, die mich an etwas Bedeutsames erinnerte, ohne dass ich diese Bedeutung hätte fassen können.

«Wir müssen über Gentrifizierung sprechen», sagte sie. Ich neigte den Kopf, konnte aber den Teil der Bühne nicht sehen, auf dem die dazugehörige Frau stand.

Ersatzweise konzentrierte ich mich auf den Begriff, den sie genannt hatte. Mit dem konnte ich wenig anfangen, obwohl ich ihn schon häufiger gelesen und gehört hatte, und ich ordnete ihn intuitiv irgendeiner Geschlechtersache zu, was auch zur Kneipe gepasst hätte. Ich dachte kurz an den Aufkleber, den Matuschek zitiert hatte: *Have Sex, Hate Sexism*. Der hing hier sicher auch an einem Klospiegel. Genderzeug. Diese neumodische Gleichmacherei, die ich emotional begrüßte, intellektuell aber für einen Fehler hielt, wie auch die ganzen Neologismen, die damit einhergingen. Wenn Menschen vergessen, dass sie unterschiedlich sind, vergessen sie damit ihre Menschlichkeit. Andererseits war absolut nicht hinzunehmen, dass Leute schlecht behandelt wurden, nur weil sie zufällig Frauen, schwarzhäutig, kurzbeinig oder Atheisten waren. Ich zog mein Smartphone hervor, was der etwas abgerissene und referenzblasse Mittzwanziger neben mir, der ansonsten einen freundlichen Eindruck machte, mit einem abfälligen Augenbrauenhochziehen quittierte.

Wikipedia. Gentrifizierung.

Nix mit Geschlechterzeug.

Als Gentrifizierung bezeichnet man den sozioökonomischen Strukturwandel bestimmter großstädtischer Viertel im Sinne einer Abwanderung ärmerer und eines Zuzugs wohlhabenderer Bevölkerungsgruppen.

Ich ließ diese Information die dafür zuständigen Gehirnareale durchwandern und kam zum vorläufigen Ergebnis, dass wieder mal ein dramatischer Begriff für einen in meinen Augen eher undramatischen Vorgang gefunden worden war, und außerdem, dass Neukölln wohl boomte, wovon ich bislang wenig bemerkt hatte, dass aber nicht alle von diesem Boom profitierten. Das war letztlich eine tautologische Erkenntnis, denn von Booms profitierten niemals alle, aber ich war überrascht, mich nicht nur plötzlich als Bewohner im Kiez, sondern zugleich als Bestandteil eines Konflikts wiederzufinden. Dieser Konflikt war nicht eben gering, wie die schnell sprechende, aber offensichtlich redegewohnte Frau soeben weiter ausführte, bis ein lautes Bassintro einsetzte, dass ich besser kannte als die meisten meiner eigenen Körperregionen.

Der *Schneewalzer*. Die Version von Lädsda Ville. Unser Hit. Der weißgesichtige Mittzwanziger zog abermals die Augenbrauen hoch, aber seine linke Hand tippte ab der zweiten Zeile im Takt auf dem Tresen mit. Der tätowierte Zapfer reagierte schulterzuckend, unterbrach die Musik aber nicht, obwohl sie als Verrat am Punk galt. Wie viele andere unserer Adaptionen auch, dazu die Songs, die Bands wie The Bates und The Ataris gemacht hatten, letztlich sogar Extrabreit mit ihrem «Flieger, grüß mir die Sonne», einen Trend namens «Surf-» oder «Funpunk» vorantreibend, der den simplen Nihilismus der Musikrichtung mit alten Ohrwürmern und massenkompatibler Tanzbarkeit verband, bevorzugt eben über Coverversionen. Dass der Punk, der eigentliche, wirkliche Punk zu diesem Zeitpunkt längst tot war, interessierte niemanden.

Ich lauschte, wie Pocke, unser Bassist Hinrich und ich den Refrain des Schneewalzers brüllten, wobei ich deutlich herauszuhören glaubte, wie ich mich dabei zurückgehalten hatte, überhaupt mitzusingen, was ich regelmäßig tat, wenn ich den Song hörte, was inzwischen immer seltener geschah, denn die nur knapp zwei Minuten lange Aufnahme hatte fast neunzehn Jahre auf dem Buckel. Ich empfand zugleich eine Art Scham und irren Stolz. Auf dem Rechner, der diesen denkmalartigen Laden beschallte, befanden sich wahrscheinlich vierzig Millionen Songs (aber nur Hunderte legale), doch der fast hundertfünfzig Jahre alte Schneewalzer in der Fassung von Lädsda Ville gehörte dazu.

«Schön, dass du gekommen bist», sagte eine sehr angenehme weibliche Stimme. Beatrice trug die Kopfhörer im Nacken. Sie war durchaus attraktiv, aber tatsächlich nicht mein Typ, was auch schwierig war, denn es gab meinen Typ letztlich nicht. Ich rutschte vom Hocker, den sie sofort lächelnd bestieg. Mikrosekunden später stand eine Weißweinschorle vor ihr – sie war Stammgast. Wir prosteten uns zu, Beatrice lächelte weiter, ich lächelte zurück, nicht zuletzt, weil ich sie – ganz ohne

Genderzeugs – sympathisch fand, und zählte die verbliebenen Sekunden bis zum Ende unseres Hits mit. Fünf, vier. Mein Körper erinnerte sich an jede Bewegung am Schlagzeug, die ich hatte vollführen müssen, um ihn zu spielen. Etwa tausend Mal, niedrig geschätzt.

«Blöder Song», sagte Beatrice.

«Aber lustig», schlug ich vor.

«Schon. Trotzdem irgendwie. Ich weiß nicht. Billig.»

«Billig oder teuer. Es geht um Spaß», verteidigte ich mich lahm, ohne dass sie ahnte, was ich tat. Das Wort «billig» erinnerte mich an den Namen unseres ersten und einzigen Albums, das «Billy» geheißen hatte.

«Stimmt schon», gab Bea zu. «Ich hab ja was ganz Ähnliches gemacht.»

«Ehrlich?», fragte ich unehrlich zurück. Eigentlich war ich ein bisschen verärgert.

«Ich war Sängerin», sagte sie. «Genau genommen bin ich das immer noch.»

«Interessant.»

Sie schwieg und sah mich herausfordernd an, aber da war noch etwas in ihrem Blick, etwas In-sich-Gekehrtes, als wäre sie zwar hier, zugleich aber Lichtjahre entfernt. Fast ein bisschen traurig.

«Erzähl», bat ich deswegen, der unausgesprochenen Aufforderung nachkommend, und nippte am Bio-Bier, das nicht einmal schlecht schmeckte.

Sie hob die Schultern, lächelte jetzt aber wieder. «Wie es so geht. Ich habe irgendwann entdeckt, dass ich gut singen kann, dann eine Menge ausprobiert, bis ich auf einer Party jemanden getroffen habe, der jemanden kannte, der jemanden kannte.» Beatrice verzog das Gesicht, und ich erriet, dass der erste Jemand aus der Reihe eine gewisse Gegenleistung dafür eingefordert hatte, den dritten Jemand aus der Reihe zu kontaktieren.

«Zwei Monate später stand ich im Studio. Mit allem Drum und Dran. Man meinte, ich sollte Pop-Balladen einsingen. Und es funktionierte halbwegs.»

«Halbwegs.» Souffleur. Kein schlechter Job. Was musste man dafür können?

«Kleiner Erfolg, ein paar Airplays, gute Kritiken, einige Konzerte. War eine tolle Zeit.»

Ich nickte.

«Und dann war ich plötzlich uninteressant. Es war wie abgeschnitten. Keiner wollte mehr mit mir reden. Von jetzt auf gleich war es aus.» Beatrice war blass geworden, ihre Mundwinkel zuckten.

«Eine seltsame Branche», sagte ich kryptisch. Tatsächlich galt das für fast jede Branche, vom Tankstellenwesen bis zur Raumfahrt.

«Das kannst du laut sagen.» Sie kippte die Schorle und winkte nach einer weiteren.

«Bin gleich wieder da», sagte ich, weil ich dieser Traurigkeit, die mich etwas hilflos machte, für einen Moment entkommen wollte, außerdem schadete es nie, die Blase vorsorglich zu räumen.

Die Klos lagen auf der anderen Seite, vom Versammlungszimmer entfernt, und ich musste durch eine Kiffergruppe tänzeln, die im Schneidersitz den Gang okkupierte. An der Toilettentür hing ein großformatiges Plakat: *Gentrifizierung ist Faschismus*. Es rief zu einer Demo auf, wie das die meisten Plakate im Trutzburg taten – nach meinem Gefühl mussten pausenlos welche stattfinden. Ich erfuhr, dass es sich bei der heutigen Veranstaltung um ein Vorbereitungstreffen handelte. Bereits dabei, die Tür vorsichtig mit spitzen Fingern aufzuziehen, meinte ich, am unteren Plakatrand einen mir bekannten

Namen zu sehen, aber einer der Kiffer trat mir beim Aufstehen versehentlich gegen die Wade, sodass ich in Richtung Pissoir stolperte. Immerhin hingen hier jede Menge Aufkleber, die andere Um- und Zustände mit dem Faschismus verglichen, darunter Online-Versandhäuser, Flughafenbauten, Kleingartenkolonieräumungen, Sozialhilfe, zwei oder drei Rockbands, die Asylpolitik und verblüffenderweise die Inhaftierung eines südamerikanischen Terroristen. Was es nicht alles gibt, dachte ich, während ich der dumpfen Musik und meinem eigenen besinnlichen Plätschern lauschte. Ich betrachtete einen Aufkleber mit der Beschriftung «KAfKA – Kein Alkohol für Kinder Aktion», der nicht nur durch die zwanghafte Abkürzung und die bescheuerte Schreibung auffiel, sondern vor allem dadurch, dass jemand in klitzekleinen Versalien senkrecht «KOSTENLOSER» zwischen «Kein» und «Alkohol» gekritzelt hatte. Die Tür ging auf und Dominik Matuschek stand plötzlich grinsend neben mir, was meine orthographiekritischen Gedanken und das besinnliche Plätschern sofort verstummen ließ. Ich kann nicht, wenn jemand zuschaut. Aber im Trutzburg hätte ich mich auch nicht auf die Klobrille gesetzt. Sie war vermutlich ein Biotop, das Lebensformen barg, die ausschließlich dort existierten, aber auf Gesäße wie meines nur warteten.

«Du hier?», fragte ich, ehrlich überrascht.

Er grinste weiter, packte die nötigen Organe aus und strullerte fröhlich drauflos. «Man muss sich über den Gegner informieren, wenn man eine Situation kontrollieren will.»

«Gegner?» Mein Unterkörper zwickte, aber es kam nichts mehr, obwohl ich ein Druckgefühl verspürte. Ein viel stärkeres als vor dem Klogang.

«Diese Mentaldackel. *Gentrifizierung*. Schon dieses Wort. Denken, sie hätten irgendeinen Anspruch. Man kann die Erdumdrehung nicht durch Proteste stoppen.»

Er war schon wieder fertig und schob sich an mir vorbei zum Waschbecken.

«Stört es dich?», fragte er, ein Tütchen hochhaltend.

«Kaum», log ich.

«Oder willst du auch mal?»

Ich schüttelte möglichst höflich den Kopf. Tatsächlich reizte mich das, ich fand schon den Terminus «bewusstseinsverändernd» äußerst reizvoll, aber ich gehörte leider zu den Leuten, die bereits abhängig sind, bevor der Wirkstoff überhaupt entsprechend tätig geworden ist.

«Auch gut», sagte er, zog die Linie, spülte die Hände, trocknete sie und kämmte sich die Haare – alles in einer lässigen Gesamtbewegung, die ihn trotz der völlig unpassenden Umgebung glanzvoll erscheinen ließ. Immerhin trug er Jeans, Hemd und Lederjacke, war also quasi inkognito hier.

«Ich muss dann mal», verabschiedete er sich, mir auf die Schulter klopfend. «Wir sehen uns hoffentlich bald. Auf einen Nettinator.» Schon in der Bewegung nach draußen überlegte er es sich, trat an mich heran und umarmte mich kurz. Das hätte mir besser – sogar ziemlich gut – gefallen, hätte ich nicht immer noch mein Glied außerhalb der Hose gehabt. Ich beendete mein Geschäft, zog ein Wattestäbchen aus der Tasche und pulte damit so lange in meinen Ohren herum, bis ich meinte, mich mindestens ebenso prächtig zu fühlen wie Matuschek mit seinem Koks.

Auf dem Rückweg zum Tresen entdeckte ich ihn nirgendwo – wahrscheinlich war er bereits gegangen, und ich dachte darüber nach, warum diese Leute hier, die mir recht harmlos vorkamen, seine Gegner waren. Inzwischen rauchte Beatrice, was ich ein bisschen schade fand, weil es kaum eine sicherere Methode gibt, sich die Stimme zu ruinieren, von einer Kopfamputation abgesehen. Neben ihrer Schorle standen zwei

Schnapsgläser. Sie reichte mir eines davon, nahm selbst das zweite.

«Auf die alten Zeiten», sagte sie.

«Und die neuen», schlug ich vor, fand aber beides gleich ungut.

«Du hast auch Musik gemacht?», fragte sie anschließend. «Wo?»

Ich mochte diesen nostalgischen Moment nicht, für mich war die Vergangenheit in erster Linie vergangen, eine schöne Episode, an die man sich ganz privat hin und wieder erinnern konnte, die zu erklären aber von Mal zu Mal schwerer fiel, was vor allem die Frage anbetraf, warum wir überhaupt aufgehört hatten. Ich wusste das ebenso wenig, wie ich wusste, warum genau wir angefangen hatten. In diesem Zusammenhang existierten kaum die Monokausalitäten, die von den Zuhörern erwartet wurden, und eigentlich war es auch völlig egal. Manchmal erzählte ich von Pockes minimalistischem Aushang an der Uni.

Bevor ich antworten konnte, wurde ich dadurch abgelenkt, dass aus dem Versammlungsraum Applaus zu hören war. Eine Frau erschien im Durchgang. Mitte, Ende dreißig. Weiße Bluse, schwarzer Rock, fast ein bisschen geschäftsmäßig, kurze schwarze Haare. Dann sah ich ihre Augen. Die ich im Traum zehntausend Mal gesehen hatte. Sie kam energischen Schritts auf mich zu, sprach mit einem älteren Mann in Spontikluft, der neben ihr ging, konzentrierte sich auf diesen Mann und blickte sich gleichzeitig um, wie jemand, der keine Gelegenheit verpassen will, sich für alles interessiert. Für einen Augenblick schauten wir uns an, dann sah sie zur Tür und hielt plötzlich inne.

Ihr Kopf drehte sich zu mir. Sie war keine zwei Meter entfernt.

«*Uwe?* Uwe *Fiedler?*»

Ich war so überrascht, dass sie sich an meinen Namen erinnerte, dass ich es nicht schaffte, ihren zu sagen, obwohl ich ihn wie ein Mantra jahrzehntelang wiederholt hatte.

«Hallo», nuschelte ich stattdessen.

«Verdammt», sagte sie strahlend. «Ist das schön, dich zu sehen. Ich habe oft an dich gedacht.»

Jetzt war ich so perplex, dass ich überhaupt nichts mehr sagen konnte, also nickte ich nur und nahm die angebotene Hand. Weiche Haut, bestimmter Händedruck.

«Ich bin leider sehr in Eile. Können wir uns mal treffen? Sag bitte ja.»

Ich sagte brav ja. Sie schien sich ehrlich zu freuen.

«Ruf mich bitte bald an. Versprochen?» Dabei reichte sie mir eine Visitenkarte, zog mich kurz an sich, wobei ich ihren angenehmen, sehr leichten Schweißgeruch, und den nicht so angenehmen Duft eines etwas überdosierten Parfüms zur Kenntnis nahm. Ich erwiderte die Umarmung eher nachlässig, weil ich immer noch für eine Halluzination hielt, was mir soeben passierte.

Und dann war sie auch schon weg.

«Wer war *das* denn?», fragte Beatrice, während ich mich auf die Karte zu konzentrieren versuchte, die ich aber nicht entziffern konnte. Mein Blick war verschwommen. Der Tenor von Beatrices Frage hatte mich allerdings erreicht. Eifersucht. Sie flirtete tatsächlich. Meine diesbezüglichen Antennen benötigten zwar dringend eine Kalibrierung, weil ich sie seit zehn Jahren nicht mehr verwendet hatte, aber die Signale meiner Begleitung hätte man auch mit einem verbeulten Plastikbecher empfangen können.

«Eine alte Bekannte», sagte ich schwach. Endlich konnte ich die Visitenkarte lesen.

Dr. Christiane Filz. Eine Mailadresse, eine Mobilfunknummer, ein QR-Code. Ich zog mein Smartphone hervor und scannte ihn. Beatrice sagte irgendwas. Ich betrachtete eine persönliche, fast schon private Website. Rechtsanwältin. Viel Presse. Wahlkreiskandidatin einer Partei, deren Vor-Vorgängerin mal die DDR regiert hatte, wenn ich richtig informiert war. Politische Parteien waren eher nicht so meins – engstirnige Gruppen, die versuchen, allen anderen Gruppen ihre egoistische Weltsicht aufzuzwingen. Christianes bevorzugte Themen waren Sexismus in der Werbung, Frauenquoten und Gentrifizierung. Unverheiratet. Ein Kind aus einer geschiedenen Ehe. Kanzlei im Norden von Neukölln, Häuschen in Rudow, dem grüneren Süden des Bezirks.

Beatrice sagte noch irgendwas und verschwand. Und ich betrachtete Fotos meiner Jugendliebe. Es war sogar eines aus der Schulzeit darunter, das durchaus Übereinstimmungen mit dem Idealbild aufwies, das ich lange Zeit mit mir herumgetragen hatte.

Ich musste wohl laut geseufzt haben, denn der Zapfer sah mich mitleidig an und nickte in Richtung Hahn. Ich nickte auch, nahm das Pils entgegen und forschte in mir, was ich gerade fühlte.

Ich fand toll, dass ich meinem zwanzig Jahre jüngeren Ich offenbar noch so stark ähnelte, dass ich leicht wiederzuerkennen war.

Ich fand blöd, dass sie für eine Partei kandidierte.

Ich fand ... *prima*, sie wiedergetroffen zu haben. Dass sie sich an mich erinnerte, sogar an meinen Namen. Dass sie immer noch großartig aussah. Dass sie nach wie vor Filz hieß. Dass sie unverheiratet war. Dass sie sich gefreut hatte.

Und gleichzeitig fand ich all das schade. Wie wenn man nach dreißig Jahren Tipperei im Lotto gewinnt, aber im selben Moment erfährt, eine halbe Milliarde geerbt zu haben. Gut, ich hatte keine metaphorische halbe Milliarde geerbt, aber in diesem Augenblick verpuffte etwas. Ich dachte an das eine Mal, als ich, bereits mit Ulrike zusammenwohnend, im Supermarkt genau jene Dosenraviolimarke entdeckt hatte, die mich in meiner Studentenwohnheimzeit überwiegend ernährt und die mir damals sogar *sehr* gut geschmeckt hatte. Deshalb hatte ich wieder eine Dose erstanden, sie auf dem Herd erhitzt, ohne Schäden anzurichten, und dann zwei Löffel davon genommen, um sofort zu bereuen, dem nostalgischen Anflug erlegen zu sein. Tatsächlich war das Zeug absolut widerwärtig, ein Schlamm von labbriger Konsistenz, der nach viel Salz und einem Hauch Tomaten schmeckte, ganz sicher aber nicht nach Pasta oder gar Fleisch, aber nun hatte ich auch noch meine positiven Erinnerungen verdorben. So ähnlich fühlte es sich jetzt an. Meine Haut kribbelte, ich war irritiert, befürchtete einen Anfall. *Doktor* Christiane Filz. Sie hatte bereits promoviert, während ich mich unterm Strich näher an der Immatrikulation als am Abschluss befand.

«Die Band fängt gleich an», sagte Beatrice, die plötzlich wieder neben mir stand.

«Gut», antwortete ich.

Das Hinterzimmer füllte sich in kurzer Zeit bis fast zum Bersten, dann begann die Combo ohne Ankündigung oder Anmoderation mit ihrem Set. Eine sehr schlechte Combo, die sehr schlechten, ziemlich krautigen Gitarrenrock zu spielen versuchte, was überwiegend misslang. Immerhin hatte der Sänger, ein kahlköpfiger Mittdreißiger mit tätowiertem Oberkörper, den man aufgrund des Fehlens eines entsprechenden Kleidungsstücks betrachten konnte, eine recht gute Stimme, aber dem breiigen Gesamtbild half das auch nicht. Trotzdem begann das Publikum fast sofort, lässig mitzutanzen, und Beatrice strahlte, selbst wippend. Schon nach wenigen Minuten war die Luft im Raum praktisch nicht mehr atembar.

Ich befingerte die Visitenkarte in meiner Jackentasche, die sich an mein Q-tips-Etui schmiegte. Ich könnte jetzt sofort nach draußen gehen und sie anrufen, fragen, warum sie sich an mich erinnerte, warum sie überhaupt meinen Namen wusste – wir hatten damals kaum miteinander gesprochen –, warum sie sich freute. Wahrscheinlich saß sie in ihrem Auto oder einem Taxi und fuhr zu einer anderen Veranstaltung, zu ihrem Kind nach Rudow. Es wäre keine Störung. Trotzdem tat ich es nicht. Vielleicht morgen. Spätestens übermorgen. Etwas in mir wollte diese Dinge um jeden Preis wissen, etwas anderes jedoch auf keinen Fall. Plötzlich hatte ich Jessicas Bild vor meinem geistigen Auge, diese entrückte, fast teilnahmslose Mimik, dieses merkwürdige Attentäterlächeln. Es hinterließ ein warmes Gefühl, dieses Bild zu betrachten.

Nach drei oder vier Songs suchte der Sänger Beatrices Blick, fand ihn und winkte sie auf die Bühne, was sie offenbar erwartet hatte, denn ihr Körper federte förmlich in diese Richtung. Kurz darauf standen die beiden nebeneinander und sangen ein ziemlich schreckliches Duett. Sie konnte zweifelsohne gut singen, und sie tat es mit großer Leidenschaft. Kein Wunder, dass sie traurig war, weil ihre Karriere so abrupt geendet hatte.

Ich nutzte die Gelegenheit, zahlte und ging.

Schon vor der Wohnungstür hörte ich seltsame Geräusche, und es dauerte einen Moment, bis mir klarwurde, dass eine Frau in der Wohnung schrie. Das konnte nur Ulrike sein – ich hatte sie zwar noch nie schreien gehört, und erst recht nicht in dieser Tonlage und Verzerrung, aber andere Frauen wohnten hier schließlich nicht. Meine Finger begannen zu zittern, ich daddelte am Schlüsselloch herum, erwog, «Warte! Ich komme!» oder etwas Ähnliches zu brüllen, hielt es dann aber für keine so gute Idee, weil das einen vermeintlichen Einbrecher – oder schlimmeres – nur warnen würde. Endlich, nach gefühlten Ewigkeiten, schaffte ich es, den Schlüssel einzusetzen, zu drehen und die Tür vorsichtig zu öffnen. Die Geräusche waren hier deutlich lauter, sie kamen aus dem Schlafzimmer. Ich sah mich nach einer Waffe um, nach etwas, das ich verwenden könnte, um einen Gegner niederzuschlagen, wenigstens zu bedrohen, hastete auf leisen Sohlen in die Küche, griff mir die große Zweiunddreißig-Zentimeter-Edelstahlpfanne, die wir nie benutzten, aber immer noch besaßen – ein Geschenk von Monika. Zwei Schnitzel bekam man auch in einer viel kleineren Pfanne unter, außerdem neigte meine Mitbewohnerin neuerdings zu sanftem Vegetarismus.

Jetzt schrie Ulrike lauter. Sie klang gequält. Meine Nackenhaare stellten sich auf. Die Pfanne war schwer, ich hatte noch niemals einen Menschen geschlagen und wusste nicht, wie man das anstellte. Hinterkopf. Möglichst von hinten. Möglichst heftig. Ich bekam Mitleid mit meinem virtuellen Gegner, ohne ihn gesehen zu haben. Und mit mir selbst, denn der Mann war wahrscheinlich auch bewaffnet. Fraglos handelte es sich um einen Mann. Frauen bevorzugten andere Verbrechen.

Mit einer knappen Bewegung stieß ich die Tür des Schlafzimmers auf, machte einen Schritt hinein und hob die Pfanne über den Kopf.

Auf dem Bett penetrierte der Schlagersänger Ulrike a tergo. Riekes Kopf ruckte und zuckte, und sie schrie immer noch.

Aber nicht, weil es ihr nicht gefiel.

Dann sah sie mich.

«Scheiße, Uwe, raus mit dir», knurrte sie laut.

Ich ließ die Pfanne fallen und rannte aus der Wohnung. Im Hausflur kündigte sich sofort ein Migräneanfall an, ein rascher Anfall – schon nach wenigen Sekunden sah ich nichts mehr, in meinen Ohren rauschte und piepte es, der Schädel pochte, meine Knie knickten ein. Aber ich bekam noch mit, dass Rieke plötzlich neben mir stand, im Bademantel, mich bei den Schultern umfasste und in die Wohnung zurückzog.

«Bei mir», presste ich mit letzter Kraft hervor, «hast du nie geschrien.»

SIEBEN

Der zweite Anfall in einer Woche – einer für Uwe Fiedler auch sonst sehr ungewöhnlichen Woche. Ich saß allein am samstäglichen Frühstückstisch, betrachtete erst die wieder an der Wand über dem Herd hängende Bratpfanne und dann mein Stillleben aus Nutellatoastbrot und Kaffeebecher, lauschte auf den Nachhall der Kopfschmerzen und fühlte mich trotz all der neuen, neu-alten und teilweise irritierenden Bekanntschaften der letzten Tage so einsam wie ein an der Autobahnraststätte ausgesetzter Mischlingshund.

Ulrike kam herein, im Bademantel, sah mich merkwürdig an, nahm sich einen Kaffee und setzte sich dann.

«Ist er noch da?», fragte ich möglichst freundlich.

Sie schüttelte den Kopf. «Termine in Hamburg. Er ist schon seit Stunden weg.»

«Tut mir leid. Ich dachte …»

«Ja, ich weiß», unterbrach sie, zeigte ein leicht anzügliches Grinsen. «Halb so wild.»

«Mit der Romantik war's dann wohl vorbei.»

«Romantik», antwortete sie lachend, «ist nicht ganz das richtige Wort.»

Ich war versucht, meinen Vorwurf der vergangenen Nacht zu wiederholen, an den ich mich durchaus erinnerte, erkannte aber, dass ich kein Recht mehr hatte, so mit ihr zu reden. Ulrike war zwar übernächtigt, aber sie wirkte frisch, fast jugendlich, energiegeladen. Als hätte sie längst überfällige, neue Akkus bekommen, während die alten regelmäßig bei zehn Prozent Leistung schlappgemacht hatten.

«Was macht die Wohnung?», fragte sie.

«Wird.»

«Werner?»

Ich nickte. Mein Hirn pendelte nach, berührte den Schädelknochen, jedenfalls fühlte es sich so an.

«Neukölln also.»

«Ist so gut wie jeder andere Bezirk.»

Unsere gemeinsame Wohnung lag in Friedenau, einer bürgerlichen Ecke von Schöneberg, in der es exakt dreimal so viele Autos wie Parkplätze gab, außerdem jede Menge schwäbische Restaurants, aber keine einzige brauchbare Kneipe.

«Kann sein. Ich würde sie gerne mal sehen.» Sie blickte zur Wanduhr. «Ich muss in zwei Stunden in der Klinik sein. Ich könnte dich mitnehmen.»

«Gerne», behauptete ich, wünschte mich allerdings an einen anderen Ort, in eine andere Zeit, in ein anderes Leben.

Wir saßen in Ulrikes Auto und fuhren in den trüben Herbsttag hinein, aber Rieke leuchtete.

«Wie fühlt es sich an?», fragte ich nach einer Weile.

Sie nickte. «Gut. Sehr gut.» Ein kurzer Blick zu mir, dann wieder auf die Straße. «Tut mir irgendwie leid, das zu sagen, aber ich bin zum ersten Mal richtig verliebt, glaube ich.»

«Glückwunsch.» Das meinte ich überwiegend ehrlich.

«Er ist ein ganz besonderer Mann.»

«Er hat sich wochenlang nicht gemeldet.»

«Weil er den Zettel mit meiner Mailadresse nicht gefunden hat.» Sie kicherte. Ulrike *kicherte.* Was diese Frau alles konnte, ohne es mir je gezeigt zu haben, zum Beispiel schreien und kichern. «Er war sogar in der Klinik, um mich zu suchen. Der Zettel steckte im Futter seines Mantels. Ein Wäschereimann hat ihn gefunden. Marius hat ein Video mit ihm gemacht, um es mir zu beweisen.»

«Beeindruckend», fand ich tatsächlich. Auf solche Ideen wäre ich nie gekommen, aber ich war ja auch kein mittelberühmter Sänger, sondern nur ein Tankstellenjobber, nachlassend-potenzieller Akademiker und ehemaliger Punkschlagzeuger, der keine einzige Note lesen konnte. Und außerdem Neuköllnbewohner. Dem Sänger, Ulrikes neuem Freund, *gehörten* dort Häuser.

«Ich könnte mir sogar vorstellen ...», begann Rieke, brach den Satz aber ab.

«Was?» Ich wollte das nicht hören.

«Ich weiß nicht.» Sie hob die Hände kurz vom Lenkrad. Vor uns flackerten die Bremslichter eines mächtigen Geländewagens auf, für den man einen Doppelparkplatz brauchte, was die ohnehin geringen Chancen in dieser Gegend weiter dezimierte. Der Wagen fuhr weiter, der Platz neben ihm war nur normalgroß. «Es könnte mehr werden», fuhr Rieke fort. «Vielleicht sogar ...» Sie sah vorsorglich entschuldigend zu mir.

Ich hob die Hände.

«Eine Familie. Kinder.»

«Kinder?», platzte ich heraus. Wir hatten das über die Jahre hinweg ein paarmal eher nachlässig thematisiert, vor allem, wenn wir gerade rasch wachsende Freundefamilien besucht hatten, waren dabei aber ziemlich übereinstimmend zu dem Schluss gekommen, dass uns Kinder nur gestört hätten. Ich fand den Gedanken ohnehin absurd – die Vorstellung, ein Vorbild für meinen Nachwuchs sein zu müssen, zehn Kilo Mensch dabei anzuleiten, diese merkwürdige Welt zu verstehen, war so abwegig wie meine Teilnahme an einer Polarexpedition. Viel zu kalt da. Kinder bekamen andere Leute, die dafür besser geeignet waren, wenigstens manchmal. Bei mir war das von vornherein zum Scheitern verurteilt, aber Profifußballer würde ich schließlich auch nicht mehr werden, was ich beides bis zu diesem Zeitpunkt als hinnehmbar empfunden hatte.

«Ja», sagte sie leise. «Eigentlich war es schon immer mein Traum, eine Familie zu gründen.»

«Schon immer?»

Sie nickte, popelte ein bisschen am Radio herum, während vor uns eine Autoarmada darauf wartete, ins Parkhaus eines Einkaufszentrums einfahren zu können, wovon es hier neuerdings ziemlich viele gab.

«Ich habe mich das schon oft gefragt», sagte sie dann. «Wovon träumst du eigentlich?»

«Nicht von Kindern», antwortete ich vieldeutig.

«Sondern?»

«Von einer besseren Welt?»

«Ernsthaft.»

Träumt man *ernsthaft*? Ich betrachtete sie von der Seite, sah eine Person, in deren Gesellschaft ich mich seit zehn Jahren befand, die aber offenbar eine zweite, ganz andere Person mit sich herumgeführt hatte – eine, die sich in meiner Gegenwart nie herausgetraut hatte, wofür ich die Schuld sofort mir selbst zuschrieb. Ulrike war mir fremd, stellte ich plötzlich fest und fand das noch erschütternder als ihre Familienplanungsneuigkeiten. Zu denen mich die Meinung des Schlagersängers interessiert hätte. Zwar nicht sehr, aber ein bisschen schon. Ich stellte mir Säuglinge vor, die an Riekes Nippeln nuckelten, und als Folge davon später ein Faible für Eiergerichte entwickelten.

«Keine Ahnung», sagte ich. Ich hatte mal von Christiane Filz geträumt. Damit begann und endete diese Sache. Abstraktes Zeug.

«Andere bauen ihre Träume auf, wenn sie jung sind, und mit Ende dreißig, Anfang vierzig verlieren sie das allmählich aus dem Blick. Du hattest nie welche, oder? Vielleicht ist das dein Problem.»

«Vielleicht», gab ich zu, verstand aber nicht so recht, was sie meinte.

Danach erzählte mir Ulrike, was ich alles zu beachten und zu erledigen hätte, von der Adressänderung bei Banken und Versicherungen über das Stromablesen bis zur Ummeldung, und obwohl mir auch diese Themen nicht behagten, beruhigte mich der Themenwechsel.

Schon im Hausflur hörten wir die laute, lautsprecherdefektverzerrte Musik aus meiner zukünftigen Wohnung. Die Tür stand halboffen, und sie schwang auf, als wir davor angekommen waren. Eine mir unbekannte männliche Person schwer zu ermittelnden Alters, gedrungen, schwarzhaarig und kantiggesichtig, zog zwei riesige blaue Müllbeutel hindurch, außerdem hatte der Mann eine Rolle Fußbodenbelag unter dem Arm – das Zeug, das ich vor ein paar Tagen vorsichtig betastet hatte. Drinnen roch es viel frischer als gestern noch (dafür nicht unerheblich nach Zigarettenqualm), aber als ich den Flur durchquert hatte, verschlug es mir fast den Atem.

Das Wohnzimmer war tapeziert und gestrichen, das Schlafzimmer war, vom Fußboden abgesehen, ebenfalls fertig, und Werner hantierte, fröhlich Popmusik mitpfeifend, im Bad herum. Soeben betätigte er die Klospülung – ein munteres Gurgeln erklang.

«Wow», brachte ich heraus. Wenn es in diesem Tempo weiterginge, könnte – müsste – ich übermorgen einziehen. Zu meiner Verblüffung gefiel es mir. Es wirkte so neu, freundlich, hell, fast einladend, und man könnte es mit einer Person füllen. Ob ich Person genug war, um das zu leisten, war eine andere Frage.

«Hab durchgemacht», sagte Tapetenpeter an einer Zigarette vorbei. Sein Gesicht war unter den Farbsprenkeln und Kleisterflecken kaum noch zu finden, von den fetten Augenringen abgesehen. Überall auf dem Fußboden standen Gefäße – Unterteller, Dosen –, die vor Kippen überquollen. Er musste eine ganze Stange geraucht haben. Wahrscheinlich begrüßten sie ihn im Späti gegenüber bereits mit Handschlag. Oder lieferten frei Haus, quasi im Abonnement – eine neue Schachtel pro Viertelstunde.

Mein Telefon summte kurz, eine Kurznachricht von Freddy, der die Adresse der Wohnung wissen wollte. Ich schickte sie ihm, Sekunden später teilte er mit, gleich mal vorbeischauen zu wollen.

«Schön», sagte Rieke, als sie ihre Besichtigung abgeschlossen hatte. «Wir sollten mal damit anfangen, darüber zu reden, welche Möbel du mitnimmst. Und vielleicht zusammen zu IKEA fahren.»

Ich bekam eine Gänsehaut. Nicht wegen der gemeinsamen Möbel, sondern beim Gedanken daran, eine IKEA-Filiale aufzusuchen. Zuletzt hatte ich das in den Neunzigern getan und war mir dabei wie ein im kunterbunten Pressspanholzwald verirrter Käfer vorgekommen.

Auch Freddy fand die Behausung okay. Er brachte mich anschließend zur Tankstelle, denn ich hatte Schicht. Er besaß einen alten britischen Sportwagen, der auf ziemlich peinliche Weise mit Werbung für das Geschäft gepflastert war.

«Wovon träumst du?», fragte ich ihn, als wir den Columbiadamm entlangfuhren.

«Von der weltgrößten stationären Slotcar-Bahn», antwortete er, als hätte er auf die Frage gewartet. Dabei nickte er heftig.

«Ernsthaft», wiederholte ich Ulrike.

«Absolut ernsthaft. Das wäre das Größte.»

«Nein, ich meine – eher für dich. Für dein Leben.»

«Ich hab alles.»

«Quatsch.»

«Doch.»

«Und so Sachen wie Liebe? Familie? Kinder?»

Er ging in die Klötze. Eine Garnison vermutlich türkischstämmiger Menschen wechselte vor uns die Straßenseite, zur Sehitlik-Moschee hin. War Ramadan?

«Kinder?», staunte er. «Bist du bescheuert? Was soll ich mit Kindern?»

«Keine Ahnung», gab ich zu. Was sollte man mit Kindern? Diese Frage interessierte mich tatsächlich, aber eher auf der phänomenologischen Ebene. Sie trieb mich nicht um, wenn es um mich ging. Ich wusste, warum Kinder Eltern benötigten, aber umgekehrt war es für mich ein Rätsel.

«Was ist mit dir los?», fragte Freddy. «Ist es wegen Ulrike?»

«Nein», antwortete ich schnell. Das war es tatsächlich nicht. Wenn ich etwas in dieser Sache bedauerte, dann höchstens den Umstand, dass wir das Ende so lange hinausgezögert hatten, und das tat mir eher für Rieke leid, weniger für mich.

«Sondern?»

«Ich bin fast vierzig», sagte ich, einen Mann beobachtend, der sein bekopftuchtes Kind, ein hübsches, vielleicht zehn Jahre altes Mädchen, von der Straße hob, es zärtlich an sich drückte und dann zum gegenüberliegenden Bürgersteig trug. «Und ich habe *nichts*.» Die Fragen, die hiermit einhergingen, waren, was denn das Gegenteil von *nichts* darstellte, wie man herausfand, worum es sich handelte, und ob es tatsächlich glücklich machte, wenn man es erreichte oder besaß.

Darauf wusste Freddy keine Antwort, aber ich sah ihm an, dass er grübelte. Wir fuhren schweigend zur Tankstelle, wo Dietrich Langmann neben einem zwanzig Jahre alten VW Passat stand, der aussah, als wäre er soeben vom Fließband gerollt, und mit einem Mann im Rentenalter sprach, der, wie

Langmann auch, skeptisch den linken Vorderreifen des Autos betrachtete. Der alte Herr stützte sich auf einen Stock, und ich konnte gut erkennen, wie sehr ihn die Neuigkeiten über seine Reifen beunruhigten. Aber da war noch etwas in seiner Mimik, wie mir auffiel, eine gewisse hintergründige Listigkeit, die ich sympathisch fand.

«Deinem Chef sollte man die Eier im Nacken verknoten», sagte Freddy, der wusste, was hier ablief.

Es schüttelte mich. Bei solchen drastischen sprachlichen Bildern ging mir das regelmäßig so. Ich konnte es auch nicht ertragen, Operationen in Filmen zu sehen, selbst beim geschauspielten Spritzensetzen spürte ich Phantomschmerzen. Deshalb lagen tröstende Q-tips immer in der Nähe der Klappcouch, auf der wir fernsahen, auch nach der Trennung noch Hüfte an Hüfte. «Du ruinierst dir die Ohren», sagte Ulrike dann. «Besser als ein schockbedingter Herzkranzgefäßkatarrh», antwortete ich. Das Wort hatte ich bei ihr aufgeschnappt und mochte es sehr gerne.

Ich übernahm die Kasse von einer intensiv nörgelnden Janine, die ihre Fingernägel hatte «machen lassen», was sie wie eine etwas grobschlächtige Vampirdarstellerin aussehen ließ und objektiv misslungen war. Janine hatte sehr breite, flächige Finger, die nun wie überdekorierte Fänge eines mächtigen Greifvogels wirkten. Trotzdem ließ sie dem Rentner den Vortritt, als sie durch die Tür gehen wollte. Der alte Herr wollte die Wartezeit auf die Schnäppchenreifen im Verkaufsraum verbringen. Er schlurfte langsam an den Zeitschriftenregalen entlang, blieb zielsicher bei den Herrenmagazinen stehen und blätterte anschließend im Playboy. Nach Langmanns Anweisungen wären solche kostenlos lesenden Ziegenficker natürlich umgehend zu maßregeln, aber ich tat so, als würde ich den Mann nicht bemerken – wenn es nach mir ginge, hätte er eine Wagenladung

Männermagazine gratis mitnehmen können. Außerdem musste ich einen Familienvater bedienen, dessen Versuch, die Tankrechnung zu bezahlen, vorerst daran scheiterte, dass rotblonde Zwillingsjungen im Rüpelalter unaufhörlich Süßigkeiten anschleppten und nach Papas Ablehnung schimpfend wieder davontrugen. Die Kreditkarte des Mannes wurde vom Lesegerät zurückgewiesen. Einmal, zweimal, dreimal.

«Sie müssen die Karte am Hemd reiben», schlug er vor, und er sah nicht eben glücklich aus. Ein Zwilling hielt ihm ein Comicheft vor die Nase, das als vermeintlich kostenlose Dreingabe ein Plastikkatapult enthielt. Ich vermutete, dass Spielzeugwaffen aller Art im Haushalt bereits in ausreichender Menge vorhanden waren.

«Das sollte man nicht tun», antwortete ich höflich. «Es hat lediglich zur Folge, dass der Magnetstreifen beschädigt wird. Technisch ist das ...»

«Tun Sie es einfach!», befahl er, mich unterbrechend.

«Hier», sagte ich und reichte ihm die Karte. «Machen Sie es bitte selbst.»

Natürlich half es nicht. Immerhin befanden sich Karten mit Magnetstreifen auf dem Rückzug, aber wahrscheinlich rubbelten nicht wenige Kassierer auch an den Kontaktflächen der Chips herum. Was der arme Mann nicht wusste und mein Mitgefühl für ihn, das wegen der quengelnden Kinder ohnehin hoch war, noch weiter steigerte, war die Tatsache, dass das Lesegerät lapidar «Ablehnung vom Kreditkarteninstitut» anzeigte. Das geschah zum Glück selten, und ich fürchtete den Moment, die legendäre elektronische Aufforderung zu erhalten, Karten einzuziehen und vor den Augen des Kunden zu vernichten, aber auch so war es schlimm genug. Schon die Vorstellung, selbst in eine ähnliche Situation zu geraten, reichte bei mir für einen kleinen Migräneanfall, also vorübergehenden

Druck in den Schläfenlappen. Nicht zuletzt deshalb besaß ich keine Kreditkarte.

«Haben Sie eine andere Karte oder Bargeld?» Nachdem ich das gesagt hatte, pustete ich vorsichtig violette Lacksplitter von der Kassentastatur, die offenbar von Janines Fingernägeln stammten.

«Ist das Lesegerät auch in Ordnung?», blaffte er.

Ich zog den Stapel Belege aus der Kasse, den mir meine Kollegin hinterlassen hatte, und betrachtete den obersten Zettel.

«Vor sieben Minuten hat es noch funktioniert.»

«Kacke», sagte der Mann laut.

«Papa hat Kacke gesagt!», krähte einer der Söhne. «Kacke, Kacke, Kacke!», schrien beide daraufhin im Chor, dabei wie Indianer auf dem Kriegspfad durch den Verkaufsraum tanzend, was den Eigene-Reifen-Käufer jedoch nur kurz vom Ausklappbild ablenkte.

Inzwischen standen drei weitere Kunden hinter dem Familienvater.

Ich beugte mich vor. «Diese Kreditkarte wird nicht akzeptiert», flüsterte ich.

«Was?»

«Sehen Sie.» Ich drehte das Lesegerät, sodass er die Anzeige ablesen konnte, wobei ich mich stellvertretend für seine Bank schämte. Leute, denen derlei passierte, sollten es nicht auf diese Weise erfahren.

Er starrte sekundenlang auf das Display. «Diese verdammte Schlampe», sagte er dann – ziemlich leise, aber sehr, sehr bösartig. «Diese gottverdammte, miese Schlampe.» Anschließend drehte er sich auf dem Hacken um und machte Anstalten, davonzugehen. Auf dem Weg zur Tür sammelte er die Zwillinge ein, wie das Bauarbeiter abends mit leeren Bierflaschen tun. Er griff einfach im Vorbeigehen nach ihnen und schleppte sie mit.

«Äh. Halt!», rief ich. Und gleich darauf, lauter: «Stehen bleiben!»

Aber der Mann reagierte nicht. Draußen verfrachtete er die Kinder seelenruhig im Fond seiner Mittelklasselimousine, blieb dann neben dem Fahrzeug stehen und betrachtete nachdenklich die Schaufensterscheibe, hinter der ich inzwischen stand. Das Prozedere für diesen Fall war eindeutig. Alarm auslösen. Versuchen, den Zechpreller am Abfahren zu hindern. Dabei auf die eigene körperliche Unversehrtheit achten. Dieser Teil der Anweisungen gefiel mir am besten.

Dietrich Langmann erschien in der Tür. «Was ist hier los?», brummte er.

Ich zeigte denunzierend auf den Mann, was ich umgehend bedauerte, und antwortete: «Zahlungsverweigerung.»

«Das», kläffte mein Chef, «wollen wir doch mal sehen.» Im Hinausgehen drehte er sich kurz zu mir. «Der Alarm ist gedrückt, ja?»

Ich nickte und betätigte zum ersten Mal in meiner Tankstellenkarriere den Alarmknopf unter der Kasse. Nichts Erkennbares geschah, aber in meiner Phantasie machte sich Augenblicke später ein hochspezialisiertes Einsatzkommando bereit. «SEK Tankstelle», so etwas.

Langmann verschwand in Richtung Garage und kehrte erstaunlich schnell zurück. Der Zechpreller war soeben in sein Auto eingestiegen, vielleicht lief der Motor auch schon. Mein Chef stellte sich vor das Fahrzeug und hob mit beiden Händen einen großen, langstieligen Vorschlaghammer über den Kopf. Dabei sah er zu mir und brüllte etwas. Ich verstand erst «Ficker!», bis ich begriff, dass er meinen Nachnamen rief. Nicht eben langsam, aber auch nicht zu schnell kam ich hinter dem Tresen vor, sagte mit möglichst fester Stimme «Es geht gleich weiter» zu den wartenden Kunden, die jedoch mit weit aufgerissenen Augen Dietrich Langmann anstarrten, und ging nach draußen.

«Hinter das Auto! Los!», befahl der kleine Mann mit dem Muttermal in der Form von Albanien auf der Stirn. Er sah unfassbar aus in diesem lächerlichen Anzug und mit dem gewaltigen Werkzeug über dem Kopf.

«Hinter das Auto?», fragte ich ungläubig. Mein Nacken vibrierte.

«Pronto!»

Zum Glück wurde ich der Aufgabe enthoben, die rückwärtigen Fluchtwege zu sichern, weil ein dunkelrotes Daimler-Coupé auf die Tankstelle gerollt war und sich hinter dem Fahrzeug des Mannes ohne gültige Kreditkarte einfädelte.

«Sie können den Mann nicht mit einem Hammer bedrohen», merkte ich vorsichtig an und musste an die Szene der vergangenen Nacht denken, in der ich eine ähnliche Haltung eingenommen hatte.

Langmann warf mir einen verächtlichen Blick zu. «Kann ich wohl», brummte er dann.

In diesem Augenblick war Blaulicht zu sehen, Sekunden später schoss ein VW-Transporter auf die Tankstelle, dem zwei Polizisten filmreif entsprangen. Polizisten mochte ich einerseits, weil sie mir das Gefühl von Sicherheit gaben, andererseits fürchtete ich, dass im Geheimen zig Ermittlungen wegen unabsichtlich und von mir unbemerkt begangenen Straftaten gegen mich liefen, weshalb die Anwesenheit von Polizeibeamten sofort die Furcht auslöste, demnächst verhaftet zu werden.

Durch die Windschutzscheibe konnte ich erkennen, dass der Mann inzwischen weinte. Im Hintergrund, auf der Rückbank, kämpften die rotblonden Zwillinge mit rotglühenden Plastik-Laserschwertern.

Noch zwei Stunden später war ich so aufgeregt, dass ich mich kaum auf die für einen Samstagabend geringe Kundenschar konzentrieren konnte. Die Szene hatte damit geendet, dass beide – der versuchte Zechpreller *und* Dietrich Langmann – Anzeigen bekamen, was mich im Fall meines Chefs ein bisschen freute, zugleich aber auch irritierte, denn staatsanwaltschaftliche Ermittlungen an der Tankstelle brauchte ich nun wirklich nicht. Natürlich waren auch meine Daten aufgenommen worden, schließlich war ich ein wichtiger Zeuge. Immerhin durfte der Mann davonfahren, ohne zu bezahlen. Langmann brüllte zwar noch minutenlang herum, vor allem den Begriff «Pfandrecht» verwendend, und er wurde nachgerade hysterisch, als er verstand, selbst ein Verfahren am Hals zu haben, aber irgendwann beruhigte er sich etwas und knatterte in seinem alten, gelben Lieferwagen vom Hof.

Gegen Mitternacht fuhr Dr. Peter vor, mein Neurologe, wie er das häufiger um diese Zeit tat, seit ich ihm erzählt hatte, dass ich an dieser Tankstelle arbeitete. Bei brauchbarem Wetter unternahm er von Samstagnacht bis Montagabend kurze Touren in Richtung Sächsische Schweiz oder Ostsee. Sein riesiges Wohnmobil passte knapp unter dem Dach durch, schaukelte nach dem Anhalten noch sekundenlang, wobei ich immer an das Süßwasseraquarium darin denken musste, dann hopste mein Nervenarzt auf sympathisch tuckige Art aus dem Kasten, nickte mir zu, betankte das Teil und sah seinen Hunden dabei zu, wie sie am Rand der Tankstelle in die Rabatten kackten. Der Kater namens Apate lag derweil auf dem Armaturenbrett und betrachtete die Umgebung auf lässige Katzenart.

«Wie viele Anfälle diese Woche?», fragte der Arzt, schlenzte seine Platin-Amex neben den Stapel mit Mentholpastillenpackungen auf das Wechselgeldtablett und sah mich freundlich an. Dr. Peter trug einen originellen, beigefarbenen Hut, eine dicke Anglerweste und knielange Khakishorts. Das Thermometer zeigte acht Grad plus.

«Zweieinhalb», sagte ich und betrachtete das Display des Kartenlesers. Seit heute Nachmittag hatte mein Vertrauen in das Ding deutlich abgenommen. *Zahlung erfolgt*, zeigte es kurz darauf an, und ich atmete durch.

«Kontext?»

«Ein Flirt und eine, äh, Grenzsituation. Ich dachte, meine Exfreundin würde vergewaltigt werden.»

«Mmh. Begründet?»

«Durchaus.»

«O-kay. Also erstens. Wir machen bei Gelegenheit einen Termin. Nervenbahnenmessung.»

«Gut», fand ich. Ich mochte Nervenbahnenmessungen.

«Vielleicht auch mal ein MRT», sinnierte Dr. Peter. Dann sah er mich nachdenklich an. «Sie wirken angespannt», stellte er fest und legte den Kopf schief. «Ihre Haltung.» Ich nickte und erzählte ein bisschen was von den vergangenen Tagen.

Anschließend plauderten wir eher rituell ein wenig über Aquaristik, Camping und das Wetter. Dr. Peter bestieg sein mobiles Heim, zog den Kater auf seinen Schoß und rumpelte davon.

Um zwei machte ich Kasse und wartete auf den Hiwi, der die Morgenschicht übernehmen würde. Ich kannte ihn nur unter dieser Bezeichnung, die von jedem Hiwi übernommen wurde. Unsere Hiwis, das waren die Zeitarbeiter, die die ereignislose Zeit zwischen zwei Uhr nachts und sechs Uhr morgens überbrückten, eine Zeit, in der es weniger Umsatz gab als an einem Verkaufsstand für Salzwasser auf einem Südseeatoll.

Ich nahm ein Taxi nach Neukölln und musste erfreut lächeln, als ich sah, dass in Nette's Ecke noch Betrieb war. Rita schlief laut schnarchend auf zwei Stühlen, sonst war der Laden still und leer, aber hinter dem Tresen stand eine gläserspülende Jessica. Sie betrachtete mich für ein paar Sekunden, möglicherweise nachdenklich, aber ohne erkennbare Regung, und nickte dann.

«Zweiter Versuch?»

«Wie meinst du das?»

«Ich mache den Laden in einer Stunde zu und würde danach gerne mit dir schlafen.»

ACHT

Mein Vater studierte Elektrotechnik, zu einer Zeit, als elektronische Bauteile, die halbwegs diese Bezeichnung verdienten, noch so groß wie die Cheops-Pyramide waren und von Sklavenkohorten über die von Hitler hinterlassenen Autobahnen zu den weiterverarbeitenden Betrieben gezerrt werden mussten, wo aus ihnen gebirgshohe Geräte hergestellt wurden, die in etwa so viel konnten wie heutzutage ein beliebiges einzelnes Molekül innerhalb eines Smartphones. Er war in meiner Erinnerung immer schon jener dünne, liebenswürdige und stille Mann, den ich kurz vor seinem Tod, soeben selbst mit dem Führerschein ausgestattet, in seinem geliebten steinalten, silberfarbenen Citroën CX ins Klinikum Steglitz gefahren hatte, wo er zwei Wochen später an einer Lungenblutung, die kein Arzt zu entdecken in der Lage gewesen war, ziemlich elend und schwarze Blutbrocken spuckend verreckte. Hätte er diesen Vorfall überlebt, hätte er wahrscheinlich vermutet, dass auch diese Attacke auf jene Kräfte zurückzuführen war, die ihm zeitlebens nachgestellt hatten und ans Leder wollten.

Als er mit zweiundzwanzig meine Mutter kennenlernte, die er vier Monate später heiratete, wurde er bereits von jener Vision verfolgt, die ihn irgendwann im Lauf des Studiums ereilt hatte und bis zum Lebensende nicht mehr losließ. Mein Vater, noch mit Röhren und ersten, kleinwagengroßen Dioden hantierend, erkannte relativ früh, welche Möglichkeiten in dieser Entwicklung steckten und wo diese zwangsläufig hinführen würde. «Man macht uns das schmackhaft», führte er aus, während er Ende der Siebziger den ersten – von meiner Mutter hinter seinem Rücken erworbenen – Farbfernseher in unserer Wohnung in Betrieb nahm, «indem man uns mit Belanglosigkeiten einlullt, aber irgendwann wird sich die Elektronik gegen uns wenden, wird uns versklaven und in eine Abhängigkeit treiben, die wir nicht als solche erkennen werden, weil wir dann längst schon zu eingelullt sind. Und dann ist es zu spät, weil wir transparente, durchsichtige Menschen geworden sind, die tagein, tagaus beobachtet werden. Von *ihnen.*» So oder so ähnlich wiederholte er das über die Jahre immer wieder. Und dann nahm er den Fernseher auseinander, um zu prüfen, ob Bauteile enthalten wären, die ihm suspekt vorkämen, wurde vielleicht sogar fündig – ich war damals fünf oder sechs und besaß nur sehr diffuse Erinnerungen an jene Zeit.

Ich war sieben und mein kleiner Bruder Bernd drei, als Jochen Fiedler überraschend und völlig unschuldig in die Fänge der Justiz geriet. Bis zu diesem Zeitpunkt hatte ich eine wahrscheinlich normale, in meiner Erinnerung durchaus glückliche, zumindest vaterseitig recht liebevolle Kindheit erlebt. Die fortwährend präsenten Konflikte zwischen meinem Vater und meiner pausenlos unzufriedenen, cholerischen Mutter, die das Fernsehen liebte und in der Küche wortgetreu Dialoge aus ihren Lieblingsserien wiederholte, hatte ich zur Kenntnis genommen, aber sie hatten uns Kinder, die wir den besonderen Schutz des Vaters genossen, nie erreicht. Bis fünfhundert Meter von unserer Wohnung entfernt ein Mann in den Dreißigern eine junge Studentin ins Gebüsch zog, dort schändete und anschließend mit ihren eigenen Schnürsenkeln strangulierte. Dieser Mann wurde kurz nach Beendigung seiner abscheulichen Tat von zwei Passanten gesehen, die mit Hilfe eines Polizeizeichners ein Phantombild anfertigten, auf dem mein Vater zu sehen war. Der ein paar Tage später festgenommen wurde und anschließend fünf Monate seines Lebens in Untersuchungshaft verbrachte. Diese fünf Monate markierten bis heute einen der absoluten Tiefpunkte meines Lebens, was hauptsächlich daran lag, dass unsere Mutter felsenfest an die Schuld ihres Gatten glaubte und jeden Kontakt mit ihm verweigerte, auch uns. Ich verstand erst sehr viel später, dass sie in der Situation ganz egoistisch die Chance erkannt hatte, sich dieses Lebens zu entledigen, das sie nie hatte führen wollen, weil sie fest daran glaubte, eine Künstlerin zu sein, deren Entfaltung unmittelbar bevorstand. Diesen Begriff – Entfaltung – hörte ich während meiner Kindheit häufig, und ich sah meine Mutter, die keiner mir bekannten Pflanze auch nur entfernt ähnelte, in meiner Phantasie als eine schillernde, grün glühende Fee mit weiten, strahlend weißen Flügeln, durch Verpuppung und Metamorphose (mein Vater las zuweilen aus Biologiebüchern vor) aus jener eher unscheinbaren Larve entstanden, die sie vorher war – und immer blieb, zumindest, solange sie bei uns wohnte.

Vier Monate nach der Tat wurde der Mörder gefasst, ein Mann aus Stuttgart, der die Großstädte der Bundesrepublik bereiste, dort Frauen vergewaltigte und meuchelte, um anschließend seelenruhig mit der Bahn heimzufahren, zu einer Familie, die wie die unsrige aus Mann, Frau und zwei Jungs bestand. Der Stuttgarter, auf frischer Tat in Hamburg von einem beherzten Zeugen gestellt, gestand eine Reihe von Taten, darunter jene, die meinem Vater zugeschrieben wurde, aber weil unsere Mutter untätig blieb und die Kommunikationswege seinerzeit noch ziemlich lang waren, wurde er erst einen Monat später aus der Untersuchungshaft entlassen.

Jochen Fiedler betrieb zu diesem Zeitpunkt längst seine schrullige, etwas muffige kleine Buchhandlung im Hinterland des Savignyplatzes, weil er mit Elektrotechnik als aktiv Beteiligter nichts mehr zu tun haben wollte. Die Buchhandlung war defizitär, wurde also von meiner Mutter finanziert, die als Requisiteurin in einem großen Berliner Opernhaus arbeitete, wo sie vergeblich darauf hoffte, von irgendwem für irgendwas entdeckt zu werden. Diese vergebliche Hoffnung machte ihr Wesen vollständig aus; in meiner Erinnerung war sie nie mit uns befasst, sondern ausschließlich damit, jeden Menschen, dem sie begegnete, auf Chancen für ihre wunderbare Entfaltung zu prüfen.

Mein Vater vermutete die Ursache der Zeit in der Untersuchungshaft nie in der – belegbaren – Tatsache, dass er dem Täter tatsächlich ähnelte, sondern darin, dass seine bis dahin zaghaft geäußerte Kritik an den Möglichkeiten, die die neue Elektronik «jenen da oben» bot, irgendwie auf das Missfallen der Herrschenden, ihrer Helfer und Helfershelfer gestoßen war. Seine Arbeit als Buchhändler konfrontierte ihn alsbald mit einer Vielzahl von Quellen, die diese absurde Argumentation stützten. Es gab Schriften und Bücher in handkopierten Exemplaren, die sich mit der Mondlandungsverschwörung, dem Kennedy-Attentat, diversen Geheimbünden und jener äußerst diffusen, aber enorm mächtigen weltweiten Gruppierung beschäftigten, die so geheim war, dass es nicht einmal einen Namen für sie gab. Jochen Fiedler sah sich bestätigt und fühlte sich inmitten dieser Machenschaften, die zum Ziel hatten, Leute wie ihn zu beseitigen oder wenigstens zum Schweigen zu bringen. Die Haftzeit wertete er als Warnschuss und zog sich danach in sein ganz persönliches Verschwörungsuniversum zurück. Er verbrachte zwanzig Tagesstunden in der Buchhandlung, wo er zwar kaum Bücher verkaufte, aber unaufhörlich damit beschäftigt war, «Dokumente» zu sammeln und ein wildes, vielbändiges Dossier über jene weltumspannende Kraft zusammenzustellen, die eine vollständige Versklavung des Planeten zum Ziel hatte.

Unsere Mutter verließ die Familie sang- und klanglos zwei Jahre nach seiner Haftentlassung. Sie verschwand einfach, aber mein Vater schaltete nie die Polizei ein, weil die Polizei natürlich auch Bestandteil des Systems war, das ihn in die Knie zu zwingen versuchte, außerdem lag die Vermutung, dass sie sich schlicht in ein anderes Leben verabschiedet hatte – das *mit* «Entfaltung» –, weit näher als jede in Richtung verbrecherischer Hintergründe. Was auch stimmte, wie ich einige Zeit später erfuhr. Zu Hause kümmerte er sich um das Nötigste, organisierte unsere Schulwege und unsere Brotversorgung für die Pausen, aber überwiegend waren der kleine Bernd und ich uns selbst überlassen. Ich war zu diesem Zeitpunkt fast zehn Jahre alt, weshalb es mir vergleichsweise leichtfiel, mich um Bernd zu kümmern, originelle Mahlzeiten zu kochen, die überwiegend aus Eiern, Cornflakes, Nudeln und Instantpudding bestanden, die Wäsche beim Waschen in uniform hellrosafarbene Kleidung zu verwandeln und einmal pro Woche den Mülleimer in die grauen Metalltonnen im Innenhof zu entleeren. Ich vermisste unsere Mutter nicht, weil sie auch vorher nie präsent gewesen war, und fühlte mich in der verantwortungsvollen Rolle täglich wohler, während ich damit begann, außenstehenden Menschen mit Skepsis zu begegnen, zwar nicht in der Intensität, die mein Vater vorlebte, aber durchaus aktiv. Was ich tatsächlich vermisste, das war die Nähe meines Vaters, der sich fortan einsilbig gab, uns zwar auf gedankenlose Weise liebevoll behandelte, aber einfach nicht mehr zu wissen schien, was er mit uns anfangen sollte, und sich in einem Zustand befand, der mich traurig machte – vor allem, wenn ich dabei zusehen musste, wenn er sich in seine selbstgeschneiderte Aluminiumunterwäsche zwängte, die ihn vor irgendwelchen Strahlen schützen sollte. In dieser Zeit bekam ich meine ersten Migräneanfälle. Es war Bernd, der täglich stärker darunter litt, keine Erwachsenen verfügbar zu haben, an denen er sich orientieren konnte und die ihn mit Liebe versorgten; ihm fehlte die Gegenwart echter, hingebungsvoller Eltern wie einer Kerze, über die ein Glas gestülpt worden war, der Sauerstoff. Ich hingegen hatte längst gelernt, Kohlendioxid zu verbrennen.

Ungefähr ein Jahr nach dem Abgang meiner Mutter begann Bernd damit, wieder ins Bett und in die Hosen zu nässen, außerdem schlief er sehr schlecht, hatte fortwährend Albträume und weinte auch tagsüber oft, ohne erkennbaren Grund und von einer Sekunde zur anderen. Selbst mir, nur vier Jahre älter als mein kleiner Bruder, wurde ziemlich schnell klar, dass sich hier psychische Probleme größeren Umfangs anbahnten, die auf die häusliche Situation zurückzuführen waren, aus der es keinen Ausweg gäbe, solange mein Vater die Verantwortung trug. Dessen Rückkehr zur Normalität war jedoch nicht abzusehen. Immerhin begriff er auch bald, dass er die Probleme sowohl verursachte als auch einer Lösung im Weg stand. Die Option jedoch, dass er sich änderte, existierte nicht.

Für seine Verhältnisse behutsam trug er mir irgendwann die Idee vor, Bernd in eine Pflegefamilie abzugeben, und möglicherweise sogar adoptieren zu lassen. Nach dieser Eröffnung, die er auf ein gutes Dutzend Abende verteilte, wurde ich mit einer Serie Migräneanfälle konfrontiert, begegnete ihr aber, soweit es mir möglich war, mit noch höherem Engagement für meinen Bruder. Das Problem verschwand dadurch allerdings nicht. Unaufhörlich sprachen bei uns Lehrer vor, Bernds Entwicklung zeigte erste Zeichen deutlicher Rückschritte. Ich stimmte schließlich zu, was mir das Herz zerriss, denn ich liebte Bernd sehr, und er war der einzige mir bekannte Mensch, der dieses Gefühl auch umgekehrt erkennen ließ. Die Liebe meines Vaters hatte längst keine faktischen Komponenten mehr.

Wir erhielten eine Reihe von Besuchen, zuerst von Sozial- und Jugendamtsmitarbeitern, später dann von Eheleuten in den frühen Vierzigern, seltsam traurigfröhlichen Menschen, die vom langjährig unerfüllten Kinderwunsch beherrscht waren und ihr Leben ganz auf die paar Strohhalme ausgerichtet hatten, die man ihnen entgegenhielt. Ein ziemlich adrettes und freundliches Paar aus Hildesheim nahm Bernd schließlich mit, der, seit sein kleiner Kopf begriffen hatte, welchen Gegenstand die vielen Fremdenbesuche hatten, wieder etwas mehr aus sich herausging und mich von der unteren Etage des Doppelstockbetts, in dem wir schliefen, auf rührende Weise darum bat, ihm diese Chance nicht zu verweigern. Bernd war es lieber, *irgendwelche* Eltern zu haben, als nur mich und einen paranoiden Vater, der wahrscheinlich sogar uns ein wenig misstraute, ohne das je ausgesprochen zu haben. Den Tag, als Bernd, seinen Teddy unter einen Arm geklemmt und einen roten Pappkoffer mit Lieblingsspielzeug in der anderen Hand tragend, in den grünmetallicfarbenen BMW des Hildesheimer Paars einstieg, um uns auf vorläufiges Nimmerwiedersehen zu verlassen, werde ich bis an mein Lebensende oder den Beginn der meiner Meinung nach unausweichlichen Altersdemenz nicht vergessen. Ich traf ihn erst wieder, als er volljährig wurde.

Mein Vater gab sich in der Folgezeit verhältnismäßig viel Mühe, meinen großen und schmerzhaften Verlust ein wenig auszugleichen. Ich erfuhr, dass er unsere Mutter aufgespürt hatte, ohne deren Zustimmung es auch kaum möglich gewesen wäre, Bernd wegzugeben, wogegen sie natürlich keinerlei Widerstand geleistet hatte. Er bot mir an, sie abermals zu kontaktieren, wenn ich das wünschte, was aber nicht der Fall war.

Seine Versuche, mir das Leben etwas zu erleichtern, bestanden in der Hauptsache darin, mir beim gemeinsamen Abendbrot endlose, aber auch unterhaltsame Vorträge über das zu halten, was für ihn zugleich Passion und Lebensbremse war. Mein Interesse für Elektrozeugs blieb allerdings gering; es war mir schlicht zu abstrakt, mir die Interaktion von unsichtbaren

Elektronen vorzustellen. Aber es gelang mir nicht, das Grundmisstrauen meines Vaters völlig abzuwehren, das an diesen Abenden, die ich sogar genoss – davon, ihm zu verzeihen, war ich jedoch weit entfernt –, wie ein Virus in meine Gedanken schlich und sich dort festsetzte. Ich erkannte zwar auch, dass seine Hypothesen überwiegend lächerlich waren, die er, wie alle anderen Verschwörungsfanatiker auch, *zuerst* formulierte, um *anschließend* Beweise zu suchen – ein Prinzip, das fast immer funktioniert –, aber hin und wieder erschienen die Kausalitätsketten, die er vor meinen Ohren knüpfte, nahezu unumstößlich. Es *gab* «die da» – was auch immer ihr Plan war – und uns, und der einzige vernünftige Ausweg aus dieser Situation bestand darin, sich möglichst unauffällig zu verhalten und keine Ansatzpunkte zu liefern, die «ihnen» Werkzeuge oder Druckmittel liefern würden. Diese Maxime kam mir durchaus klug vor, also verinnerlichte ich sie.

Während mein Vater immer verschrobener und schließlich auch stiller wurde, bemühte ich mich, das Leben zu verstehen und meine Position darin zu erkennen. Das war kaum weniger leicht, als den Verlust meines Bruders zu bewältigen. Ich konzentrierte mich auf die Schule, ohne in den damit verbundenen Sozialmorast zu waten, nahm einige Nebenjobs an, wurde der vertrauenswürdigste Zettelverteiler, den die Edeka-Filiale zwei Querstraßen weiter je erlebt hatte, und am Wochenende Hilfsvorführer in einem schmuddeligen Programmkino im Kant-Kiez, wo ich jedoch nur selten am Projektor stand, sondern überwiegend nach den Vorstellungen leere Flaschen, zerknüllte Popcornbecher und Schokoriegelverpackungen aufsammelte. Zwischendrin sah ich merkwürdige Filme, nicht selten gedacht für Menschen, die weit älter als ich waren, und fand bestätigt, dass das Leben vor allem eines ist: Kompliziert.

Kurz vor meiner Volljährigkeit wurde mein Vater mehrfach

kurz nacheinander heftig krank, was auch noch dadurch erschwert wurde, dass er sich weigerte, Ärzte aufzusuchen oder gar ins Krankenhaus zu gehen. Die erste Lungenentzündung überstand er mit Ach und Krach zu Hause, aber bei der zweiten, keine drei Monate später, rief ich eigenmächtig den Notarzt, während Jochen Fiedler auf seinem ehemaligen Ehebett lag und mit dem Erstickungstod kämpfte. Es war nicht ganz einfach, Hilfe zu holen, denn wir besaßen natürlich keinen Telefonanschluss, über den man uns hätte abhören können. Erst der dritte Nachbar, bei dem ich klingelte, schon kurz vor einem heftigen Anfall, ließ mich bei sich die 112 wählen, und im Krankenhaus stellte man schließlich fest, dass mein Vater vermutlich schon seit Jahren HIV-positiv war und sich inzwischen im Vollbild der Erkrankung befand. Das glaubte er selbstverständlich nicht, wie er auch ignorierte, dass man Krebs in seinen Lymphknoten vorfand – Krebs gehörte zu den Krankheiten, deren Existenz er schlicht leugnete, und auch Aids war eine Erfindung jener *da oben*, ihrer Abhängigen und Sklaven. Er drängte auf schnellstmögliche Entlassung, und in den Folgewochen wurden einige obskure Pakete geliefert, die noch obskurere – natürlich in Alufolie gewickelte – Medikamente enthielten, mit denen man nach Aussage von Jochen Fiedlers Verschwörungskumpels so gut wie alles heilen konnte, während die Produkte der Pharmabranche lediglich dazu geeignet waren, Menschen in die Abhängigkeit zu treiben, die Kassen von «Big Pharma» zu füllen, und außerdem mikroskopisch kleine Überwachungssonden in den Blutkreislauf einzuschleusen. Zu meinem großen Glück war ich bis zu diesem Zeitpunkt nie so krank geworden, dass ich die Hilfe eines Arztes benötigt hätte.

Sein Tod beendete eine erschütternde Phase der Hilflosigkeit, in die mich Jochen Fiedler getrieben hatte, und war insofern zugleich Schock und Erleichterung. Als ich allein an seinem Grab stand, wohl wahrnehmend, dass sich einige mir fremde Männer mittleren Alters in seltsamer Kostümierung auf dem Friedhof herumdrückten, bedauerte ich sehr, dass er sich in diese Endlosschleife manövriert und nicht mehr herausgefunden hatte. Andererseits hatte er dieses merkwürdige Leben zumindest gelegentlich wirklich genossen, und ich vermutete nach wie vor mehr als ein Quäntchen Wahrheit inmitten all der wahnwitzigen Phantasien, die es schließlich beherrscht hatten. Denn es gab fraglos Menschen mit Macht, die viel dafür taten, diese Macht zu sichern, wozu sinnvollerweise zuvorderst gehörte, diese Macht erstens zu verschleiern und zweitens andere davon abzuhalten, sie zu übernehmen.

Während ich vom Friedhof trottete, wo mein Vater ein schmuckloses Urnengrab belegte, und überlegte, ob ich versuchen sollte, Bernd zu erreichen, gar meine flüchtige Mutter zu informieren, wurden Schock, Trauer und Nachdenklichkeit von einem Gefühl abgelöst, das ich erst nicht verstand und das mich kurz darauf enorm ängstigte: Einsamkeit. Ich war nun allein, und bis zu diesem Zeitpunkt hatte mir niemand erklärt, wie das funktionierte, wie man bewältigte, was nun auf mich zukam: Nämlich das Leben.

Erst kurz vor dem Ausgang bemerkte ich, dass mir jemand folgte, nicht nur mit mir Schritt hielt, sondern den seinen beschleunigte, um zu mir aufzuschließen. Hinter mir ging ein Mann im Alter meines Vaters, ein Mann, der meinem Vater sogar ähnelte, nur etwas größer war und auf den ersten Blick deutlich forscher wirkte. Er trug enge, weiße Jeans, dazu Sandalen, aber keine Socken, ein graues Shirt mit irgendeiner Aufschrift, ein schwarzes Cordjackett und nackenlange, blonde Haare, die er hinter die Ohren gestrichen hatte. Ich blieb stehen, der Mann kurz darauf auch, mir direkt gegenüber.

«Du musst Uwe sein», sagte er lächelnd.

«Muss ich?», fragte ich skeptisch.

«Ganz der Vater?»

«Nicht ganz», behauptete ich und verspürte einen Stich. Mein Vater war *tot*.

«Ich bin Bruno. Dein Onkel Bruno. Ich hab's leider nicht pünktlich geschafft. Vermutlich hast du noch nie von mir gehört.»

«Nein», antwortete ich ehrlich und blieb skeptisch. Tatsächlich hatte ich von keinem einzigen Verwandten meines Vaters gehört, nicht von seinen Eltern, etwaigen Geschwistern, Cousinen und Cousins, Tanten oder Onkeln, aber auch nie von Freunden, Kollegen oder solchen Leuten. Mein Vater war bis zu diesem Zeitpunkt ein Mann ohne Geschichte und, von uns abgesehen, ohne Familie. Merkwürdig, dass ich nie auf die Idee gekommen war, ihn einfach zu fragen, aber eine Lawine fragte man auch nicht, warum sie das getan hatte, während man unter ihr begraben nach Luft rang.

Bruno Fiedler stellte den kompletten Gegenentwurf zu meinem Vater, seinem Bruder Jochen Fiedler, dar. Er war ein lässiger, ungezwungener, in jeder Hinsicht unvoreingenommener Typ, der jedem Menschen begegnete, als wäre dieser der einzige interessante auf dem Planeten. Bruno Fiedler war sportlich, auf intelligente Weise unbekümmert, tanzte auf tausend Hochzeiten und behandelte jede davon, als gäbe es nur diese. Er kleidete sich unkonventionell, gab sich jugendlich, ohne dass es aufgesetzt wirkte, und passte wie niemand sonst, den ich je getroffen hatte und je treffen würde, zum später in Singlebörsen inflationär verheizten Motto «Carpe diem» – Nutze den Tag.

Onkel Bruno, wie ich ihn nannte, obwohl er mich bat, auf den ersten Teil der Anrede zu verzichten, führte mich nach unserem friedhöflichen Kennenlernen in ein Café, wo er für mich ungefragt einen Cognac orderte, für sich auch einen doppelten und außerdem eine große Kanne Kaffee nebst zwei Riesenstücken Schwarzwälder Kirschtorte. Dann erzählte er mir davon, wie seine und damit die Eltern meines Vaters bei einem Verkehrsunfall auf der A7 in der Nähe von Kassel ums Leben gekommen waren, verursacht letztlich durch ihn, Onkel Bruno, der damals chronisch reisekrank war und dem lenkenden Vater ein kaum zerteiltes Schweineschnitzel nebst Pommes frites in den Nacken kotzte, woraufhin sich dieser erschrocken umdrehte und im Geschrei der Ehefrau und Mutter ins Heck eines auf der Standspur abgestellten Viehtransporters raste. Die Brüder – Jochen, zu dieser Zeit auf Klassenreise, war ein Jahr älter als Bruno, der den Unfall mit ein paar Rippenbrüchen überstand – kamen daraufhin zu den Großeltern mütterlicherseits, die Winzer im Saarland waren, die Enkel wie Gutshelfer behandelten und den eigenbrötlerischen, arbeitsunwilligen Jochen, also meinen Vater, nach einem Jahr zum anderen Oma-Opa-Paar abschoben, das in Pinneberg darauf wartete, ins Altersheim zu kommen. An dieser Stelle brach der brüderliche Kontakt ab. Jochen zog mit der Volljährigkeit, zweieinhalb Jahre nach dem Unfall, nach Berlin-West, ignorierte eine Weile alle Versuche Brunos, mit ihm zu sprechen, und schickte irgendwann eine Postkarte, auf der schlicht «Du hast sie umgebracht» stand, ergänzt um ein kaum leserliches «Ich frage mich, in wessen Auftrag».

Bruno fühlte sich wohl auf dem Gut, tat seine Arbeit und vergnügte sich mit Erntehelferinnen aus dem Elsass, entdeckte die spielerische Seite des Lebens, ein gewisses Talent für Musik, Schauspiel und darstellende Künste, ohne in irgendwas besonders gut zu sein, und beschloss mit neunzehn von einem Tag zum anderen, Fremdenlegionär zu werden. Diese Zeit absolvierte er wie einen langgezogenen Aktivurlaub, investierte seinen Sold in einige Kunstprojekte, ging nach Liverpool, um ein paar Instrumente zu erlernen, reiste anschließend nach New York, Paris, Bangkok, Auckland und in ein Dutzend anderer Städte, einfach, um dort mal gewesen zu sein und jeden noch so haarsträubenden Job anzunehmen. Er spielte nach eigener Aussage mittelgut Klavier, Schlagzeug, Bass, Querflöte und ein Instrument, dessen Namen ich nach der Nennung gleich wieder vergaß, wurde für Nebenrollen in Filmen besetzt, von denen ich zwei oder drei sogar gesehen hatte, hatte zwei Ausstellungen mit Fotos und Aquarellen in Boston, modelte für ein erfolgloses Modelabel und kehrte nach Deutschland zurück, um verblüfft festzustellen, einen größeren sechsstelligen Geldbetrag zu besitzen – einige der Kunstprojekte hatten sich ausgezahlt. In Hamburg kaufte er sich ein Musikstudio, zerschoss drei Ehen wie ein Freizeitschütze Tontauben, zeugte fünf Kinder und verlor zwei durch Infektionskrankheiten. Er produzierte Musiker, die mäßig erfolgreich wurden, und andere, die ihn, jeden sonst und sich selbst verarschten. Aber er hörte nie damit auf, an seinen Bruder Jochen zu denken, den er schmerzhafter vermisste als jede verpasste Gelegenheit, und als er vor ein paar Tagen darüber informiert worden war, dass es meinen Vater erwischt hatte, sprang er in seinen aufwendig restaurierten Jaguar E-Type, Baujahr 1967, und kam nach Berlin, weshalb er mir nun, am Tag der Bruderbeerdigung, gegenübersaß. Verspätet hatte er sich nur, weil ihm auf der A24 ein Kühlerschlauch geplatzt war.

Während der gesamten Erzählung, die eine Dreiviertelstunde dauerte, hatte ich vielleicht einen Fingerhut Cognac getrunken und zwei Bissen Torte heruntergeschluckt.

Onkel Bruno nahm sich eine Wohnung in Kreuzberg, ließ eine Wagenladung Krempel nach Berlin schippern, half mir bei einigen organisatorischen Dingen, beispielsweise bei der Suche nach einer finanzierbaren Bleibe, oder auf etwas irritierende Weise bei der Entscheidung, was ich nach dem unmittelbar bevorstehenden Abitur unternehmen sollte, aber letztlich waren unsere Lebensweisen und Weltsichten nicht kompatibel, wie ich bald erkannte. Bruno hielt jeden Menschen für einen Künstler, und die Grundfrage schlicht für jene nach der Art oder Gattung. Die Fragen, die mich mehr oder weniger ernsthaft beschäftigten, waren ganz andere, etwa, wann und in wen ich demnächst mal mein allmorgendlich pochendes Glied versenken könnte. Dennoch wollte er mir Halt geben, was mir sehr gefiel, also tat ich ihm den Gefallen, so zu tun, als wäre er erfolgreich damit, und beantwortete seine hingebungsvolle Fürsorge mit Respekt und wachsender Zuneigung. Onkel Bruno, begriff ich bald, wäre niemals ein Vorbild für mich. Er lehrte mich zwar, die Wertigkeit von Menschen nicht über vordergründige Aspekte zu ermitteln, aber meine anerzogene Skepsis konnte er nicht beseitigen. Er entdeckte beinahe zufällig mein Talent, meine Körperteile fast intuitiv unabhängig voneinander steuern zu können, vor allem die primären Extremitäten, und stand lachend neben mir, wenn ich in der Kreuzberger Wohnung zur Freude der Nachbarn an seinem minimalistischen Sonor-Schlagzeug saß und fast automatisch jeden Rhythmus, den ich hörte oder den er mir vorführte, taktgenau nachspielen konnte. Als er jedoch versuchte, mir das Notenlesen beizubringen, musste ich kapitulieren. Es blieb allerdings bei mir hängen, dass Schlagzeuger keine Töne, sondern Geräusche verursachten, was ich in gewisser Weise mochte.

Mit dem Antritt meines ziemlich willkürlich gewählten Studiums zog sich Onkel Bruno wieder etwas zurück, kam nur noch an den Wochenenden nach Berlin, dann immer seltener, löste schließlich die Wohnung auf und logierte im Hotel, wenn er mich besuchte. Wir zogen dann, wie er es nannte, um die

Häuser; eine Redewendung, die ich bis heute nicht begriffen habe. Auf dem Programm standen Musikclubs, Tanzbars, Restaurants und Kneipen, manchmal auch Galerien, Museen oder Kinos. Ich mochte es nicht, unter so vielen fremden Menschen zu sein, mir irgendwas auf einer Bühne anzuschauen, und wünschte mich in das kleine Kabuff neben dem Vorführraum des Kinos im Kant-Kiez zurück, wo ich Filme angeschaut und Menschen beobachtet hatte, ohne mich darüber hinaus einbringen zu müssen. Onkel Bruno sammelte neue Bekanntschaften wie ein Neuköllner Penner Pfandflaschen. Ganz egal, wo wir ankamen, nur Minutenbruchteile später war er im Gespräch mit irgendwelchen Leuten, bevorzugt Künstlertypen und ziemlich schicken Frauen, die mich einschüchterten. Er versuchte sogar mehrfach, mich zu verkuppeln, bis ich ihn bat, wenigstens das zu unterlassen. *Diese* ersten Schritte wollte ich allein unternehmen.

NEUN

«Und warum?», fragte ich, die Frage umgehend bereuend, während ich zugleich versuchte, meinen nichtfragestellenden Restkopf unter Kontrolle zu bringen – als wäre es möglich, Migräneanfälle dadurch abzuwehren. Auf diese Weise hatte mich noch nie eine Frau dazu zu bringen versucht, mit ihr das Bett zu teilen, was bislang unterm Strich eher zufällig geschehen war, oft sogar von mir unbemerkt. Mit Rieke war ich bei einer Party ins Gespräch gekommen, auf die mich zwei Kommilitonen geschleift hatten. Ich ging damals wie heute nicht sonderlich gerne auf Feten, die zu mehr als zwanzig Prozent mir unbekannte Gäste aufwiesen – je geringer diese Quote, umso besser. Wir hatten uns eher nachlässig angenähert – Rieke, wie ich später erfuhr, absichtsvoll –, im Verlauf des Abends aber auch mehrfach wieder voneinander entfernt, ohne dass ich das seinerzeit bedauert hätte. Frauen waren, Christiane Filz ausgenommen, in meinem Alltag ein Randthema, eine Option mit geringen Verwirklichungschancen, was fraglos an mir lag, denn ich stellte mich in dieser Hinsicht – also wenn es um Anbahnung ging – unbeholfen an; meine schmalen besonderen Fähigkeiten zeigten sich, wenn überhaupt, erst später. Irgendwann liefen wir uns vor den Toiletten, beide bereits leicht angeschwipst, sprichwörtlich in die Arme, und eine knappe Stunde später lagen wir kuschelnd in einem schmalen französischen Bett in Ulrikes Studentinnenwohnung, die sie mit zwei Germanistinnen kurz vor dem Abschluss teilte. Dort sah ich erstmals Riekes Brustwarzen und beschloss, sie vorläufig zu ignorieren, woraus später die langfristige Variante wurde. Im Vergleich zu dieser Kontaktaufnahme fiel Jessicas aktuelles Angebot unter «Lightspeed-Dating». Nicht, dass mir der Gedanke missfiel – das Gegenteil war der Fall. Dennoch fühlte ich mich seltsam überrumpelt, hielt Geschwindigkeit, Vorgehensweise und Rollenverteilung irgendwie für falsch, ganz zu schweigen von meiner Position in dieser Sache. Ich blinzelte, glücklicherweise schien mein Kopf tatsächlich dadurch abgelenkt zu sein, dass er sich überwiegend für das Warum interessierte.

Jessica stellte mir ein Bier hin, sah in meine Richtung, ohne mir in die Augen zu blicken, und nickte dann langsam.

«Ich mag Sex», sagte sie. «Aber ich mag das Drumherum nicht. Ausgehen, Smalltalk, das gesamte gesellschaftliche Protokoll.»

Ich nickte. «Das geht mir ähnlich», brachte ich heraus, vermutete aber, dass es bei ihr andere Hintergründe hatte.

«Ich meine – *willst* du nicht?»

«Doch!», antwortete ich laut in den Ausklang ihrer Frage. Erst in diesem Moment erreichte mich die Tragweite der Situation. Eine attraktive Frau, die ich auch noch, soweit sich das beurteilen ließ, durchaus mochte, wahrscheinlich sogar begehrte, unterbreitete mir das Angebot, in sehr naher Zukunft – exakt in einer Stunde – die körperliche Vereinigung zu vollziehen. Ich beförderte, ohne hinzusehen, eine Ibu aus der Jackentasche und spülte sie mit dem Bier hinunter. Etwas in mir, das ich jedoch rechtzeitig unter Kontrolle brachte, wollte außerdem ein Q-tip bergen und damit im Ohr herumstochern.

«Bei mir läuft das ein bisschen anders», erklärte sie, bereits wieder gebrauchte Gläser polierend. «Ich küsse nicht. Streicheln mag ich auch nicht besonders. Nur den Akt.»

Ich zwinkerte irritiert. Fehlte noch, dass sie mir eine Checkliste und einen Kopulationsvertrag in dreifacher Ausfertigung vorlegte, außerdem eine schematische Zeichnung ihres Körpers mit Markierungen an Punkten, die zu berühren und anderweitig zu involvieren gestattet wäre. Ich kramte in meinen Erinnerungen, fand jedoch keine daran, je das Wort «Akt» aus einem weiblichen Mund gehört zu haben. Eigentlich hatte ich den Begriff bisher bestenfalls gelesen – und das auch höchstens in Lektüre, die aus dem vergangenen Jahrhundert und denen davor stammte.

«Verstehe», behauptete ich dennoch. Ich lauschte in meine Körpermitte, wo meine Andockvorrichtung tatsächlich kribbelte. Jessica war wirklich hübsch, und ich bedauerte es vorsorglich, ihre langen, dunkelbraunen Haare nicht streicheln zu dürfen, weil sie vermutlich zu den Verbotszonen gehörten. Oder ihre formvollendeten Beine. Ihr Gesicht. Sie nicht zu küssen. Was für ein absurder Vorgang. Ich dachte an den Landpuff beim Tankstellenseminar, wusste natürlich, dass dieser Vergleich unfair war, und rätselte, warum sich diese attraktive Frau erstens ausgerechnet für mich entschieden hatte und warum sie sich zweitens so merkwürdig verhielt.

«Wenn es dir zu seltsam vorkommt, können wir es auch lassen», sagte sie betonungslos an den Zapfhähnen vorbei. Wieder dieses Attentäterlächeln. Als wüsste sie nur aus Gebrauchsanweisungen, wie das geht. Ansonsten war ihrer spärlichen Mimik nichts abzulesen. Sie zog eine Art Metallgitter unterhalb der Zapfanlage aus dem Tresenaufbau und begann damit, es mit Seifenlauge zu reinigen. Als wäre es das Normalste der Welt, jemanden fundamental anzubaggern und gleichzeitig eine Kneipe sauber zu machen.

«Nein», sagte ich und versuchte meinerseits ein Lächeln, das vermutlich nicht viel besser als ihres ausfiel.

Während der verbleibenden Zeit – ich fragte nicht, warum Nette's Ecke trotz des fehlenden Publikums bis drei geöffnet bleiben musste – sprachen wir sehr kurz über mich und anschließend über meine Wohnung – sie hatte mich tatsächlich vom Balkon aus gesehen. Und über ihre. Die von ihrer Mutter. Anette logierte, obwohl sie längst lieber woanders gelebt hätte – bevorzugt im Speckgürtel südlich von Berlin –, in einer Drei-Zimmer-Wohnung direkt über der Kneipe, was die einzige Möglichkeit darstellte, fortwährende Anwohnerbeschwerden abzuwehren. Beschwerden, die sich in letzter Zeit wohl häuften, wenigstens bei den anderen Kneipen in der Gegend. Junge Paare und Familien zogen vom Land oder aus anderen Städten nach Neukölln, liebten die Aufbruchsstimmung und das wachsende gastronomische Angebot, aber wenn die Bar zwei Stockwerke tiefer, in der man am frühen Abend noch Schorle geschlürft hatte, nach zehn Uhr abends lärmte, griff man zum Telefon und alarmierte die Behörden. Das Kollektiv, das das Trutzburg betrieb, bewohnte einen Kokon aus Wohnungen, der sich um den Laden schmiegte wie ein Wollschal im Spätherbst um einen erkältungsempfindlichen Hals. Aber auch das half längst nicht mehr immer, wie ich von Jessica erfuhr. Neubewohner saßen nachts mit den Schallmessungs-Apps ihrer Smartphones auf den Balkonen und protokollierten den Pegelanstieg, wenn sich die Tür des Trutzburg nach zweiundzwanzig Uhr öffnete und lachende, schwatzende Gäste auf den Bürgersteig spie, begleitet von einem Tupfer Punk aus den Monsterboxen.

All diese Informationen erreichten mich wie durch Ohropax, während ich mir ausmalte, wie Jessica wohl nackt aussähe. Wenigstens das würde sie mir, so hoffte ich doch, gestatten – sie entkleidet bei ausreichender Beleuchtung zu sehen. Ob es mir gelingen würde, ohne dieses Minimum an Intimität überhaupt meine Begattungsmechanik in Gang zu setzen, wäre nichts gewesen, auf das ich gewettet hätte. Ich konnte mir, davon abgesehen, auch kaum vorstellen, wie sich Sex darstellen sollte, der ohne besondere körperliche Nähe auszukommen hätte.

Um Viertel nach drei löschte sie das Licht, zog sich eine Trainingsjacke über, nickte mir zu, als wäre ich einfach nur der letzte Gast, und verließ hinter mir die Kneipe, die sie in meinem Rücken sorgfältig verschloss. Die Straße war ruhig, lediglich aus Richtung des Trutzburg waren ein paar vereinzelte Stimmen zu hören, dazu ein ganz leichtes Pochen, wie bei handwerklichen Tätigkeiten drei Häuser weiter. Jemand, der Bilder anbringt oder so. Es roch ausschließlich nach Herbst, fast ländlich. Erstaunlich, dass Neukölln auch so riechen konnte.

«Scheiße», sagte Jessica plötzlich. «Rita.»

Wir hatten sie vergessen, weil sie irgendwann zu schnarchen aufgehört oder wir ihr Schnarchen nicht mehr zur Kenntnis genommen hatten. Inzwischen lag sie auf dem Fußboden, neben den Stühlen, und entzog sich dem flüchtigen Blick, was unsere Nachlässigkeit aber kaum entschuldigte. Die alte Trinkerin brauchte ein Minütchen, um die Situation zu verstehen, dann betrachtete sie mich einen Moment lang durch ihre verschlafenen und alkoholmüden Augen, knurrte etwas unverständliches, in dem jedoch das Wort «Bier» erkennbar blieb, orientierte sich vor der Tür kurz und wankte dann in Richtung Hermannstraße davon, wo sicher noch irgendeine Stehpinte offen hatte oder ein Dönermann Dosenbier verkaufte.

Jessys Wohnung war hell – ich musste blinzeln, als die intensive Flurbeleuchtung aufflammte –, aber von so intensiver Schmucklosigkeit, dass es fast wieder ästhetisch wirkte. Lediglich über dem hellgrauen Sofa im Wohnzimmer hing eine großformatige Graphik, die orangefarbene und lindgrüne Kuben zeigte. Die Deckenlampe hatte mindestens dreihundert Watt. Es gab keinen Fernseher. Neben dem Sofa ragte ein hohes, weißes Regal bis fast zur Decke der Altbauwohnung. In Hüfthöhe thronte darin ein glänzender, auf schweren Füßen gelagerter, klavierlackschwarzer Plattenspieler, darunter befanden sich ein Röhrenverstärker und ein ebenfalls teuer aussehender CD-Player. Die restlichen Regalbretter beanspruchten CDs und Schallplatten, zwischen denen Dutzender vollgekritzelter Zettel steckten. Auf den ersten Blick sah ich, dass es sich ausschließlich um klassische Musik handelte.

«Da ist das Schlafzimmer», sagte sie in meinen Rücken und verschwand durch eine Tür, die vermutlich ins Bad führte. Ich nickte wortlos, weil mir auch keine Erwiderung eingefallen wäre, und beobachtete skeptisch das Geschehen in meinem Kopf, der sich bislang noch nicht dazu durchgerungen hatte, mein Erleben als anfallsrelevant einzustufen. Das wertete ich als gutes Zeichen.

Ihr Schlafgemach verblüffte mich – es war ein Jungmädchentraum in uniformem Rosa, sehr plüschig, und beherrscht von einem Himmelbett, das so groß war, dass der Rest des Raums wie eine Verpackung drum herum wirkte. An der Decke hing ein Mobile aus ebenfalls rosafarbenen Holzvögeln. Ich blieb eine Weile in der Tür stehen und ließ den Eindruck dieses seltsamen Raums auf mich wirken, ohne entscheiden zu können, was das alles zu bedeuten hatte.

«Das hat meine Mutter eingerichtet», sagte Jessica, die jetzt wieder hinter mir stand, aber ich wagte nicht, mich umzudrehen. «Mein Geschmack ist das nicht, aber eigentlich habe ich auch keinen. Ich mag schlichte Dinge.»

Ob ich so ein schlichtes Ding war, fragte ich mich.

Sie kam mir näher, ich roch einen Duft, etwas äußerst Dezentes, aber Angenehmes. Dann stand sie neben mir. Nackt.

Jessica war nicht sehr schlank, zugleich von irgendeiner Molligkeit so weit entfernt wie ein Regenwurm im Vergleich zum Wal. Ihr Hintern wiederholte die Einwärtsbewegung der schmalen Taille nach außen, ihre Brüste waren relativ groß, gekrönt von sehr kleinen Warzen. Aus einer von Ulrikes Pendants hätte man ein Dutzend von dieser Sorte machen können. Am linken Oberschenkel war sie zurückhaltend tätowiert, aber ich konnte das Motiv nicht erkennen. Sie war rasiert, und ihre Beine schienen sich, aus meiner Perspektive betrachtet, im Nirgendwo zu verlieren, endend in bemerkenswert kleinen Füßen. Wieder lächelte sie auf ihre geheimnisvolle Weise, legte sich dann rücklings aufs Bett und öffnete eine Nachttischschublade. Als sie eine Tube und eine knisternde, dunkelrote Kondomverpackung in der Hand hielt, erkannte und verstand mein Unterhosenbewohner endlich die Situation.

«Zieh dich aus», sagte sie.

Ich tat das, fragte mich dabei, was sie wohl sah, konnte aber den Blick nicht von ihr abwenden. Jessica würde es niemals aufs Aufklappbild im Playboy schaffen, aber auf ihre Art war sie um ein Vielfaches hübscher als die Frauen dort.

Ich fiel beinahe um, als ich versuchte, meine Socken im Stehen auszuziehen, was dadurch erschwert wurde, dass ich inzwischen ziemlich erregt war, wobei es sich um eine rein körperliche Erregung zu handeln schien – mein Kopf war klar und überraschend konzentriert.

«Komm her», ordnete sie an. «Hier. Knie dich hin.» Sie spreizte die Beine, und ich positionierte mich dazwischen.

Ihre Hände waren warm, als sie mir das Kondom überstreifte, anschließend ein wenig Gleitcreme darauf verstrich, um den Rest auf und in ihrer Vagina zu verteilen. Das tat sie mit so großer, aber völlig ungeschäftsmäßiger Selbstverständlichkeit, dass ich mich deutlich entspannte. Dann legte Jessy ihre Handflächen gegen meine Brust, aber keineswegs, um mich zu liebkosen, sondern um den Abstand für das Folgende festzulegen. Sie nickte.

Ich drang sehr vorsichtig in sie ein, betrachtete dabei ihr Gesicht, das möglicherweise Konzentration zeigte, vielleicht aber auch etwas völlig anderes. Sie deutete wieder ein Nicken an, ich erhöhte den Druck leicht und war schließlich ganz in ihr.

«Gut», sagte Jessica. Das fand ich auch.

Tatsächlich war es völlig ganz und gar unglaublich. Warm und muskulös und weich und nicht zu eng, vor allem aber ein Gefühl, das ich während der vergangenen zehn Jahre nicht mehr in dieser Neuartigkeit erlebt hatte – und auch davor nur relativ selten. Ein sehr, sehr schönes Gefühl, obwohl ich eigentlich gerne diese bemerkenswerten Brüste berührt, diese formschönen Schulterblätter geküsst, diese großartigen Hüften und den prächtigen Hintern umfasst hätte. Es war irgendwie in Ordnung, darauf verzichten zu müssen, weil es das Geschehen auf seinen Kern konzentrierte, ich also fast nur noch meinen Schwanz und die Gefühle von dort wahrnahm. Ich begann mit einer gemächlichen, sehr verhaltenen Bewegung, Jessica schloss die Augen.

«Schneller», sagte sie wenige Sekunden später. «Und härter.»

«Okay», flüsterte ich und folgte ihren Anweisungen.

Die sie dreimal wiederholte, bis die Frequenz so hoch war, dass ich sie beim besten Willen nicht mehr hätte steigern können. Jessica stöhnte nicht, uffte eher. Ich atmete lediglich schwerer; Geräusche machte ich beim Sex nur, wenn ich mich dem Abschluss näherte.

Kurz bevor es so weit war, machte sie ein sehr seltsames Geräusch, einen langgezogenen Kiekslaut, wobei sie die Augen weit aufriss. Ich nahm an, dass es sich um einen Orgasmus handelte, zumal es sich um mein Glied herum kurz etwas zu verengen schien, und gab dem Druck in mir ebenfalls nach.

«Das hat mir gefallen», sagte sie, als ich keuchend auf dem Rücken lag. Ich nickte stumm; tatsächlich hatte mir das auch mehr als nur gut gefallen, während es sich zugleich anfühlte, als hätten wir einen wesentlichen Teil vergessen. Jessica beugte sich über mich und zog vorsichtig das Kondom ab. Jetzt hätte ich wirklich sehr, sehr gerne ihre Brüste berührt, ihren Hals geküsst, aber ich verstand, dass ich erst würde herausbekommen müssen, warum sie derlei nicht mochte. Falls es überhaupt zu abermaligen Begegnungen dieser Art käme. Etwas in mir begriff, dass wir zwar soeben Sex gehabt hatten, uns faktisch aber noch nicht sehr viel näher waren als vor drei Tagen.

Mit dem Tütchen in der Hand ging sie aus dem Schlafzimmer. Ich hörte das Klappern eines Mülleimers, was mir eine kurze Gänsehaut verschaffte, dann einen Wasserhahn. Gleich darauf kehrte sie mit zwei Gläsern in den Händen zurück, reichte mir eines und trank ihres in einem Zug aus.

«Wenn du noch duschen willst, dann gerne.»

«Okay.»

«Ansonsten würde ich dich bitten, jetzt zu gehen. Ich schlafe immer allein.»

Als ich mich schon draußen vor der Wohnungstür befand, fragte Jessica: «Kommst du bald mal wieder in die Ecke?»

Es dauerte einen Augenblick, bis ich begriff, was sie meinte. Noch im Intervall, das, wie ich hoffte, nicht als Bedenkzeit missverstanden werden konnte, nickte ich und unterstrich es mit einem: «Gerne. Sehr gerne.»

Sie nickte ebenfalls und musterte mich, vielleicht aber auch einen Feuerlöscher, der hinter mir an der Flurwand hing.

«Ich bin montags und mittwochs dort, und alle zwei Wochen samstags.»

«Gut», sagte ich noch, aber da schloss sich die Tür schon. Hinter mir hing kein Feuerlöscher.

Während ich – ungeduscht – vor der Haustür stand und die kühle Herbstluft einatmete, wünschte ich, einen Freund zu haben, also einen richtigen Freund und nicht nur so merkwürdige

Bekannte wie beispielsweise Freddy. Einen Freund, den ich jetzt hätte anrufen können, um gemeinsam mit ihm dieses seltsame Erlebnis zu besprechen. Mein Selbstbewusstsein hatte einen dramatischen Schub bekommen; ich war erfreut und auf sehr wohlige Weise entspannt, am liebsten hätte ich geschrien – was ich natürlich nicht tat, denn hier schliefen Leute, darunter wahrscheinlich sogar einige, die Arbeit hatten (von denen der Anteil jener, die sonntags schaffen mussten, vermutlich äußerst gering war, aber es ging um das Prinzip). Gleichzeitig fühlte ich, dass mich Jessica überwiegend *verwendet* hatte, vor allem natürlich jenen Körperteil, dem gestattet worden war, sie intensiver zu berühren als eine Hand bei der Begrüßung. Sie hatte mir, wie ich bemerkte, nicht einmal die Hand gegeben, geschweige denn, mich zum Abschied geküsst. Ganz kurz hatte sie ihren Kopf in Richtung meiner Schulterbeuge bewegt, eine verschämte Beinaheberührung, die aber geendet hatte, bevor sie auch nur ansatzweise vollzogen war. Ein Rest ihres Dufts kämpfte in meiner olfaktorischen Wahrnehmung dagegen an, von der Herbstluft verdrängt zu werden.

Trotzdem wünschte ich mir nichts sehnlicher, als umzudrehen und in ihre hell ausgeleuchtete Wohnung zurückzukehren. Ich drehte den Kopf und sah zu ihrem Balkon. In diesem Augenblick wurde es dort dunkel. Als ich zur anderen Straßenseite sah, bemerkte ich, dass es eine weitere Wohnung mit ähnlicher Festbeleuchtung gab, nämlich meine zukünftige, in der Tapetenpeter offenbar immer noch herumrenovierte. Er musste irgendeine sehr bösartige Wette verloren haben, denn diese energische Kontinuität gehörte nun wirklich nicht zu seinen Standardeigenschaften.

Vielleicht war es krankhaft. Mit Psychopathologie hatte ich mich während meines Studiums noch nicht beschäftigt; um die klinische Psychologie hatte ich gekonnt einen Bogen geschlagen, um mich ihr möglicherweise anzunähern, wenn ich reif dafür wäre. Nach meiner Kenntnis gab es keine nachvollziehbare Definition des normalen, geistig gesunden Menschen, sondern im Gegenteil lediglich Symptomsammlungen, aus denen man Treffer zog wie der Magier Kaninchen aus dem zerbeulten Zylinder. Die Geschichte der Psychiatrie kannte nicht wenige Erkrankungen, die irgendwann – mehr oder weniger klammheimlich – aus den Aufzeichnungen gestrichen worden waren, weil sich entweder herausgestellt hatte, dass es zu den Befunden keine brauchbaren Patienten gab oder dass sich irgendein kauziger Psychiater einfach etwas ausgedacht hatte, unter Zuhilfenahme willfähriger Schutzbefohlener, die sich nichts sehnlicher wünschten als ihrem Arzt zu gefallen. Wenn es aber keine Normalität gab, wurde die Abweichung zum Standard, bildete also eine virtuelle Eschertreppe um die menschliche Psyche herum. Es gehörte nach meinem Dafürhalten zu den Aufgaben zivilisierter Gesellschaften, die dezente Beklopptheit als das zu akzeptieren, was es war, nämlich der Normalfall. Mit meinem leicht ausgeprägten Verfolgungswahn und der gelinden Ambivalenz, die jene Stelle umklammert hielt, an der sich eigentlich mein Selbstwertgefühl hätte befinden sollen, spielte ich beim professionellen Irrsein bestenfalls in der dritten Liga – auf der Klaviatur des Gestörtseins schlug ich eher die leiseren Töne an. Und der Gedanke missfiel mir, Jessica dort den heftigen Akkorden zuzuordnen, in ihr vornehmlich die Störung zu suchen und weniger den Menschen, der einfach mit sich selbst zurechtkommen musste. Denn das war letztlich die Aufgabe, mit der wir alle unsere Leben ausfüllten. Sogar Dominik Matuschek, an den ich jetzt, kaum erklärbar, kurz denken musste, der aber sicherlich kein Gesprächspartner für die Aufarbeitung der vergangenen Stunde wäre, wie ich sicher zu wissen glaubte. Außerdem fürchtete ich ihn immer noch als potenziellen Nebenbuhler.

Kurz vor dem Spätkauf wechselte ich die Straßenseite, um zu vermeiden, Beatrice irgendwas erklären zu müssen. Anschließend brauchte ich ziemlich lange nach Hause, denn die Bahnen fuhren nur noch im Zwanzig-Minuten-Takt, aber mir fiel erst ein, dass ich meine Brieftasche nach wie vor erfolglos suchte und also keine Karte bei mir hatte, als der Zug bereits fuhr. Deshalb stieg ich, von diversen Panikanfällen und Migräneandeutungen geschüttelt, eine Station später gleich wieder aus, um mir mit den letzten Münzen, die ich in meinen Hosentaschen fand, einen Fahrschein zu kaufen und auf die nächste Bahn zu warten. Als ich zu Hause, meinem zukünftig ehemaligen Zuhause, ankam, schlug die Glocke der benachbarten Kirche sechs Uhr morgens.

ZEHN

Den halben Restsonntag vertrödelte ich vor dem Fernseher, Ulrike hatte Bereitschaftsdienst und würde erst am Montagvormittag zurückkehren, völlig im Eimer, mit dicken Augenringen und unansprechbar für die nächsten fünfzehn Stunden. Am späten Nachmittag schnappte ich mir in der Küche den Schreibblock, auf dem wir Einkäufe notierten, und begann damit, eine Liste zu machen. Einige Dinge hatte Rieke bereits genannt, die ich nun aus der Erinnerung niederschrieb. Ich überlegte, ob ich überhaupt einen stationären Telefonanschluss bräuchte, und setzte ein «vllt.» hinter den fraglichen Eintrag – denkbar auch, dass es verboten war, keinen zu haben. Ich würde mich informieren müssen. Es folgten weitere Einträge, die ich mit Fragezeichen versah: Hausratsversicherung. Waschmaschine. Fernseher. Stereoanlage. Die beiden letzten Punkte notierte ich nur der Form halber und um die Liste umfangreicher zu halten. Ich war eigentlich sicher, nichts davon zu benötigen. Musik hörte ich über die hochwertigen Aktivboxen, die ich an mein Telefon anschließen konnte, und Fernsehen war, nun ja, *Fernsehen.*

Jeder zweite Gedanke allerdings galt Jessica und der Frage, ob sie erwarten würde, dass ich bereits morgen, also am Montagabend wieder «in die Ecke» käme, wie sie es formuliert hatte, oder ob sie es eher begrüßen würde, mich am Mittwoch, vielleicht sogar erst am Samstag in zwei Wochen zu sehen. Oder überhaupt nicht. Ich pegelte mich gedanklich auf den Mittwoch ein, wusste aber sicher, dass ich diese Entscheidung spätestens am Dienstag bereuen würde.

Solche Gedanken hatte ich mir zuletzt vor über zwanzig Jahren gemacht, als ich versucht hatte, mich in Christiane Filz' strudelndem, stark bewegtem Kielwasser bemerkbar zu machen, ohne dass dies je gelungen war. Ich hatte Anschluss an die Theatergruppe gesucht, die sie mit ihrer strahlenden Präsenz und durch ihre eigenwillige Betonung beherrscht hatte – vergeblich, denn Frau Oberhuber, eine mächtige und zugleich knorrige Endfünfzigerin aus Bayern, die ganze Jahrgänge im Deutschunterricht in den Pseudodialekt getrieben hatte, erkannte meine Talentlosigkeit, noch bevor ich die ersten Sätze aus dem «Sommernachtstraum» rezitieren konnte. Die begriff ich seinerzeit genauso wenig wie das komplexe Ritual, das dem möglichen – mir jedoch überwiegend verschlossenen – Kontakt mit dem anderen Geschlecht voranging. Im besagten Deutschunterricht hatte ich feuerroten Hauptes Liebesoden vorgetragen, unschwer erkennbare Allegorien auf die Schönheit meiner Angebeteten, die derweil gelangweilt aus dem Fenster schaute, während die anderen Klassenkameraden jubelnd meinen Untergang feierten. Immerhin nahmen sie mich in diesen Situationen überhaupt wahr; meine Schulzeit verbrachte ich wie der komische Typ aus diesem Musical, der nachts aus den Katakomben des Theaters hervorkroch – den Maximen meines Vaters folgend, die da lauteten «Nur nicht auffallen» und «Vertraue niemandem».

Inzwischen war Christiane Filz Doktorin der Jurisprudenz und kandidierte auf einem guten Listenplatz für das Abgeordnetenhaus, wo sie möglicherweise Gesetzesinitiativen einbringen würde, die Schwabenquoten für ausgewählte Bezirke oder das Verbot von nackten Frauenbeinen in der Werbung zum Gegenstand hätten. Ich fand es originell, dass sich Politiker überwiegend mit Symptomen befassten, aber augenscheinlich vor Ursachenbekämpfung so sehr zurückscheuten wie Vampire vor der Übernahme einer gutgehenden Knoblauchplantage. Andererseits war das Volk, dem ich ja auch angehörte, möglicherweise etwas zu unflexibel für grundlegende Innovationen.

Auf dem Weg ins Bad und gedanklich noch mit meiner Zutunliste und peinlichen Erinnerungen befasst, sah ich, dass auf der alten und gebrechlichen IKEA-Kommode, die Ulrike mitgebracht und die wir gemeinsam ein halbes Dutzend Mal angestrichen hatten, ein schwarzgerahmter Umschlag und eine Postkarte lagen, die beide an mich adressiert waren. Die Postkarte – dass es so etwas überhaupt noch gab! – stammte von einem Anwalt namens Ernst Friedhelm Bleulich, was mich – vor allem wegen des Adjektivnachnamens – zum Schmunzeln brachte, bis ich begriff, dass mir ein *Anwalt* schrieb. «Ich kann Sie telefonisch nicht erreichen», stand in Kugelschreiber-Großbuchstaben auf der Rückseite. «Bitte rufen Sie mich dringend für eine Terminvereinbarung an.» Die Unterschrift war unleserlich.

Na klasse. Warum bekam man solche Post immer am Wochenende, wo man geschlagene zwei Tage Zeit hatte, sich über das zweifelsfrei dräuende Ungemach Gedanken zu machen? Gut, ich tat das meistens nur ein paar Minuten lang, weil es mir schlicht zu abstrakt war, und immerhin hatte mich diese Karte erst am Sonntag erreicht, aber das Prinzip fand ich trotzdem fragwürdig. Die drei oder vier gruseligen Postnachrichten, die ich in den vergangenen Jahren erhalten hatte, waren ausnahmslos am Samstag eingetroffen.

Ich öffnete noch den Umschlag, der wie vermutet die Trauerkarte zu Tante Gertruds Dahinscheiden enthielt und zu einer Beerdigung bereits am kommenden Dienstag einlud. Sie beinhaltete außerdem die originelle Bitte, in fröhlicher Kleidung zur Beisetzung zu erscheinen.

Ich telefonierte noch zweimal mit Werner, der endlich eine

Pause einlegte, aber munter verkündete, spätestens am Dienstag «mit dem Gröbsten», wie er es nannte, fertig zu sein. Mit einem Becher Tütensuppe auf dem Schoß kämpfte ich mich durch eine langweilige «Tatort»-Folge, erwachte kurz gegen Mitternacht, ohne zu wissen, wer die schrullige alte Dame ermordet hatte, und dann erst wieder am späten Montagmorgen.

Noch halb träumend – Christiane Filz (jüngere Version), Jessica – wählte ich die Nummer des Rechtanwalts, mit dem ich kaum eine Viertelstunde später auch verbunden wurde, was mich vierzig Prozent meines telefonischen Restguthabens kostete.

«Herr Fiedler? Uwe Fiedler?», fragte eine kratzige, erkennbar recht alte Stimme. Ich dachte wieder an Christiane Filz, die mich vor zwei Tagen ähnlich angesprochen hatte.

«Am Apparat.»

«Ich bin von Frau Gertrud Walpurga Hildegard Zweitenstein als Testamentsvollstrecker eingesetzt worden.»

«Walpurga?», wiederholte ich ungläubig.

Der Mann ignorierte das. «Da Sie im Nachlass berücksichtigt sind, möchte ich Sie bitten, bei mir in der Kanzlei zu erscheinen. Das Nachlassgericht ist bereits informiert.»

«Wie meinen Sie das – berücksichtigt?»

«Als Erbe natürlich», erklärte der Anwalt etwas widerwillig. Unausgesprochen, aber mitschwingend war erkennbar: Als was denn sonst, Sie Idiot?

Ich hatte vor zwanzig Jahren schon einmal geerbt, und zwar einige abgenutzte Haushaltsgegenstände, eine sanft ausgeprägte Paranoia und jenen Teil des Bücherbestands meines Vaters, der nicht aus Kommissionsware bestanden hatte, was mir fünfhundert Mark in bar bei einem Antiquar eingebracht hatte, der damit wahrscheinlich ein Vielfaches verdient hatte.

«Als Erbe», wiederholte ich.

«Ja», bestätigte der Mann. «Wann könnten Sie? Wäre Ihnen der Mittwoch genehm? Am Vormittag?»

Genehm wäre mir der Besuch einer Anwaltskanzlei niemals, aber ich fand es schön, diesen Terminus zu hören, also nickte ich.

«Hallo?»

«Ja. Ich komme. Am Mittwoch. Um zehn?»

«Mittwoch, zehn Uhr. Ich erwarte Sie.»

Während ich noch überlegte, was mir Tante Gertrud neben der Information darüber, dass sie einen sehr originellen zweiten Vornamen getragen hatte, wohl noch vererbt hatte, wobei ich an verstimmte alte Klaviere, tonnenschwere Standuhren und die fürchterlichen, dunkelbunten Landschaftsgemälde aus ihrem Wohnzimmer dachte, klingelte es. Ich wartete kurz ab, aber Ulrike war wohl tatsächlich noch in der Klinik, also streifte ich mir den Bademantel über und watschelte zur Tür. Als ich sie, ohne die Sperrkette zu lösen, einen Spalt weit öffnete, sah ich einen uniformierten Polizisten, der etwas missmutig unseren Klingelknopf betrachtete.

«Ja?», fragte ich vorsichtig, vor allem bemüht, meinen Schock zu überdecken, denn ich hatte nicht erwartet, dass die Ermittlungen im Umfeld der Tankstelle so rasante Konsequenzen haben würden. Gleichzeitig war ich seltsam erleichtert, denn wenigstens meine Zeit als Steuerbetrüger wäre nun bald vorbei.

«Herr Fiedler? Uwe Fiedler?»

«Genau der», gestand ich.

«Würden Sie bitte ... äh. Die Tür öffnen?»

«Jawohl», erklärte ich und hoffte, der Befehlsempfängerton würde den Beamten milde stimmen.

«Es dauert auch nicht lange», sagte er freundlich, aber ich zweifelte trotzdem nicht daran, dass es sich um eine Drohung handelte. Erstaunlich nur, dass er allein gekommen war, um mich festzunehmen. Er betrat unsere Diele, blieb aber neben der alten Selbstbaukommode stehen. Ich betrachtete Waffe und Handschellen, die er gut erkennbar trug, und überlegte derweil, welche Gegenstände unbedingt in mein Handgepäck gehörten und ob es mir gestattet wäre, eine Schachtel Q-tips mit in die Haftanstalt zu nehmen – wahrscheinlich ja, denn es war, von Trommelfellschäden abgesehen, nicht sehr leicht, sich mit Wattestäbchen ernsthaft zu verletzen. Und wem der Anruf gelten würde, den ich vor dem Schließen der Zellentür tätigen dürfte. Ulrike? Meinem Bruder Bernd? Vielleicht auch dem Anwalt, der Tante Gertruds Nachlass verwaltete? *Christiane Filz?*

Der grün gekleidete Mensch zog meine hellbraune Brieftasche aus einem dieser albernen, schwarzledernen Männertaschendinger, das an seinem Gürtel hing.

«Es ist eher unüblich, aber diese Brieftasche ist am Freitag bei uns abgegeben worden, und da ich in der Gegend zu tun hatte, habe ich mir erlaubt, den Dienstweg zu verkürzen.»

Ich starrte mein Portemonnaie an.

«Ein älterer Herr hat sie wohl gefunden, in Neukölln.» Er überreichte mir die Geldbörse. «Ist das Ihre?»

Ich nickte. Sie enthielt jene paar Habseligkeiten, die ich darin mit mir herumschleppte, also meinen Ausweis, die Bankkarte, ein BVG-Umweltticket, meinen jungfräulich aussehenden, weil niemals vorgezeigten Führerschein aus rosa Leichtpappe und einen mir unbekannten Zettel anstelle des papiernen Bargelds, den ich allerdings nicht in Gegenwart des Polizisten kontrollieren wollte. Es gab auch keine Münzen mehr.

«Danke, sehr freundlich von Ihnen», sagte ich. «Kann ich Ihnen etwas anbieten? Saft oder Kaffee?» Vielleicht, dachte ich, würde mir das helfen, etwas über den Stand etwaiger gegen mich laufender Ermittlungen zu erfahren.

Er lehnte jedoch höflich ab und ging. Ich wartete noch ein paar Minuten vor der Tür, lauschte erst auf seine Schritte, dann in die Stille, bis ich die Tür schließlich wieder vorsichtig öffnete und ins Treppenhaus lugte. Doch da war niemand.

Ich entfaltete den Zettel. Eine präzise, ziemlich kleine Handschrift.

«Es tut mir sehr, sehr leid. Ich hoffe, Sie können den Verlust verschmerzen. P.S.: Machen Sie etwas aus Ihrem Leben, bevor es zu spät ist. Ich weiß, wovon ich spreche.»

Ich ärgerte mich. Weniger darüber, dass ich bestohlen worden war, was ich eher den gesellschaftlichen Verhältnissen zuschrieb als dem freundlichen alten Herrn, und auch kaum darüber, dass mich die Polizei nunmehr im Visier hatte, sondern vor allem über das Fehlen eines essenziellen Hinweises auf diesem Zettel: Was *genau* ich aus meinem Leben machen sollte. Ohne diese Information war der Tipp aus meiner Sicht wertlos.

Werner und ich trafen gleichzeitig vor dem Haus in der Weisestraße ein. Er sah fertig aus, aber auf muntere Weise fertig, und befahl an der obligatorischen Zigarette vorbei schlicht «Sechserträger!». Ich nickte, und da ich mich in der Gegend noch nicht auskannte, was ich mir schleunigst zu ändern vornahm, schlurfte ich langsam zum Spätkauf gegenüber. Hinter dem Verkaufstresen stand allerdings nicht Beatrice, sondern ein junger Studententyp. Die Besatzungen der Stehtische hatten sich offenbar nicht geändert.

Die Wohnung strahlte. In der Küche fehlten nur noch Hängeschränke und Elektrogeräte, aber wenigstens essen hätte man bereits können, und zwar vom Fußboden. Das Bad wirkte nachgerade einladend. Nur die Abwesenheit von Bodenbelägen in Flur, Schlaf- und Wohnzimmer trübte den Eindruck, da durch die Beseitigung des Pseudolaminats verkratzte und sehr unansehnliche Dielen zum Vorschein gekommen waren, die wie die Überreste von dunkelgrauen Särgen aussahen, die man nach Jahren im Erdboden wieder ausgebuddelt hatte. Aber Werner hatte mir Stoff- und Farbproben für Auslegeware mitgebracht. Ich war ehrlich verblüfft.

«Werner, kann es sein, dass ein fremdes Wesen deinen Körper übernommen hat? Kontrolliert man dich? Wirst du erpresst? Hält jemand Monika als Geisel fest?»

Er grinste schief und öffnete eine Bierflasche mit den Zähnen. «So was Ähnliches hat die Alte Falte auch gefragt.»

«Nein, ehrlich. So kenne ich dich nicht, mit Verlaub. Du bist ein guter ... äh ... *Arbeiter*, aber Dreißig-Stunden-Schichten und dramatisch verkürzte Fristen, da stimmt doch was nicht.»

Er sah sich kurz um und flüsterte dann: «Bleibt das unter uns?»

«Ich werde schweigen bis an dein Lebensende», versprach ich feierlich und amüsiert.

«Deine Exfreundin. Meine Schwägerin. Sie hat mich am Freitagabend angerufen, da warst du gerade raus.»

«Und?»

«Hundert Tacken für jeden Tag extra, den ich weniger als vierzehn Tage brauche. Wenn alles gutgeht, hole ich mir morgen zwei große Lappen bei ihr ab.»

Ich schnappte nach Luft. Dass mich Ulrike loswerden wollte, das verstand ich zwar, und auch dass dies lieber morgen als übermorgen geschehen sollte, konnte ich vor dem Hintergrund ihrer amourösen Erneuerung halbwegs nachvollziehen, aber dass sie dafür *bezahlte*, die gemeinsame Lebenszeit mit mir zu verringern, erschütterte mich. Ich fühlte mich verraten und auch faktisch verkauft. Der Tarif dafür, Uwe Fiedler aus dem eigenen Leben zu tilgen, lag derzeit bei hundert Euro pro Tag.

«Das war nicht richtig, dir das zu verraten, oder?», mutmaßte der Tapetenpeter.

«Wie würdest du dich fühlen? Wenn Monika Geld dafür ausgeben würde, dass du verschwindest?»

«So viel Kohle hat sie nicht, um das zu bezahlen.»

«Ja, lustig.»

«Tut mir leid, Mann.»

«Schon okay», behauptete ich. Das Gegenteil stimmte. Ich ging ans geöffnete Wohnzimmerfenster und sah hinaus, Werner verdünnisierte sich in Richtung Küche. Wie kam es eigentlich, dass sich Gutes und Ungutes immer auf diese merkwürdige Art die Waage hielt? Die eine ließ mich sehr zaghaft und zu meiner freudigen Überraschung in ihr Leben, wenn auch nur ein paar Mikrometer weit (metaphorische, wohlgemerkt), während die andere alles dafür tat, mich aus dem ihren zu entfernen. Ich erwog, das Versprechen an Werner zu missachten und Ulrike zur Rede zu stellen, zumal stille Wut kaum mehr bewirkte, als eben jemanden still wütend sein zu lassen, fürchtete aber den dann unvermeidlichen Streit. Meine Konfliktkompetenz war, um es vorsichtig auszudrücken, nicht eben groß, und wenn ein Gegenüber laut wurde, suchte ich eher händeringend nach einem Weg, ihn wieder leiser werden zu lassen, als nach einem, ihn von der Richtigkeit meines Standpunktes zu überzeugen. Vielleicht, dachte ich in diesem Augenblick, sollte ich an dieser Sache mal arbeiten.

Ich betrachtete etwas melancholisch den Balkon und die Fenster gegenüber, hinter denen sich jedoch leider nichts tat, und beugte mich dann vor, um das Geschehen auf der Straße ein wenig zu beobachten. Zwei Horden Zehn-, Elfjähriger, davon die eine Horde ausschließlich schwarzhaarig, jagten sich in halsbrecherischem Tempo auf Fahrrädern über den Bürgersteig, wobei ziemlich viele Schimpfwörter gebrüllt wurden, vornehmlich solche, die auf Englisch Mütterbegattungen unterstellten. Zwei schwarzhäutige Männer betraten den Spätkauf, kurz darauf kam einer wieder heraus, um eine Zigarette zu rauchen. Schräg gegenüber saß ein bärtiger, zaushaariger Mann zwischen zwei Autos am Rinnstein, neben sich einige Lidl-Tüten, und nippte an einer Rotweinflasche. Ein ziemlich junges und ziemlich hübsches Paar hob Jute-Einkaufstaschen aus dem Kofferraum eines neuen japanischen Mittelklassewagens, der wahrscheinlich mit modernster Hybridmotorisierung ausgestattet war. Ein tiefergelegter und schäbig wirkender BMW schlich mit lautem Motorengeräusch vorbei, der Fahrer augenscheinlich auf Parkplatzsuche. Im Parterre von Jessicas Wohnhaus öffnete sich ein Fenster, dann flog eine glühende, einen Qualmschweif hinter sich herziehende Kippe auf das Dach eines davor geparkten Autos, und das Fenster ging wieder zu. Eine dicke, unmöglich gekleidete und mit Kopftuch ausgestattete Frau nicht zu ermittelnden Alters schob sehr, sehr langsam einen leeren, ramponierten Kinderwagen, wobei sie ständig über die Hausschuhe zu stolpern drohte, die sie am Ende ihrer mächtigen, dunkelbestrumpften Unterschenkel trug. Zwei nicht mehr ganz so junge Männer in Anzügen küssten sich vor einer Haustür leidenschaftlich zum Abschied. Ein Bier-Lieferwagen hielt vor Nette's Ecke, dann hupte der Fahrer. Das tat auch der Fahrer eines glänzenden Kleinwagens mit Trierer Kennzeichen, der fast in den LKW gerauscht wäre. Ein Fahrradfahrer, der riesige Kopfhörer und eine umgehängte Laptop-Tasche mit Apple-Logo trug, umkurvte, dem Kopfsteinpflaster trotzend, lässig den Lieferwagen. Von weit rechts neben mir war ein Knall zu hören, vielleicht von einer Handfeuerwaffe, hoffentlich aber nicht. Da lag in einiger Entfernung die Mahlower Straße, von der ich wusste, dass auf dem dortigen Spielplatz vieles zu finden war, nur keine spielenden Kinder. Eine

Feuerwehrsirene ertönte, wie immer ohne jede Chance, die Herkunftsrichtung zu ermitteln. Mein Telefon klingelte. Ulrike. Erstmals verwendete ich die Funktionalität, mit der man einen Anrufer ablehnen und dies um eine vorgefertigte Sprachnachricht ergänzen konnte. Dieses Gimmick reizte mich schon seit dem Erwerb des Telefons, aber mangels Gelegenheit hatte ich es noch nicht benutzen können. Aus der Liste der verfügbaren Möglichkeiten wählte ich «Ich bin in einer Besprechung und werde Sie schnellstmöglich zurückrufen».

Ulrike antwortete in Sekundenschnelle mit einer Kurznachricht: «Du mich auch. U.»

Werner bat mich noch um etwas Bargeld für Einkäufe, was mich kurz sehr wütend machte, ohne dass mir jedoch ein vernünftiger, nachvollziehbarer Grund dafür einfiel, ihm die durchaus sinnvolle Bitte abzuschlagen. Ziemlich beschämt dreinschauend nahm er mir die Scheine aus der Hand. Damit war ich bargeldlos, aber immerhin hatte ich meine Brieftasche wieder.

«Ich könnte dir die Hälfte abgeben», sagte er.

«Die Hälfte wovon?»

«Ulrikes Geld. Du fünfhundert, ich fünfhundert.»

Mein Telefon klingelte abermals, wieder war es meine Mitbewohnerin. Dieses Mal wählte ich «Ich fahre gerade mit dem Auto und kann Ihren Anruf nicht beantworten». Sie schrieb zurück: «Und ich fliege mit einer Mondrakete und werde erst in zwei Monaten wieder erreichbar sein.»

«Werner», sagte ich. «Es geht nicht um das Geld. Behalt es, du hast es ehrlich verdient.»

Er zog eine Augenbraue hoch. Das Wort «ehrlich» wurde in seiner Branche nur verwendet, wenn jemand einen Witz erzählte.

Es wurde kühler, stellte ich fest, als ich vor der Haustür stand. Nicht mehr lange bis zum Winter – eine Jahreszeit, die ich mochte, auch wenn es in Berlin selten wirklich winterlich wurde. Vor zwei Jahren in etwa zur gleichen Zeit hatte das beschauliche Friedenau, das zu verlassen ich im Begriff war, wochenlang wie ein verschneites fränkisches Dorf ausgesehen. Wie Neukölln wohl im Winter wirkte?

Ich spazierte zur Hermannstraße, die quasi im Rücken meines zukünftigen Wohnhauses lag, und nahm die Auswahl an Geschäften zur Kenntnis, die es dort in Laufweite gab. Das Ergebnis frustrierte mich, denn es waren zwar alle bekannten Discounter vertreten, ob es nun um Bekleidung, Drogerieartikel oder Lebensmittel ging, zudem existierte eine reiche Auswahl an Sportwettbüros, Handyshops und Ramschartikelläden, aber die gesamte Straße formulierte in den leuchtenden Farben schlecht gemalter Reklameschilder vor allem eine Botschaft: Bleib weg! Wenn du eine Chance hast, flieh! Hier findet ganzjähriger Ausverkauf statt, und zwar auf beiden Seiten des Verkaufstresens, es geht nur darum, ein paar Pipperlinge aus den ausschließlich mit kleinen Münzen gefüllten Portemonnaies der Kunden zu ziehen, und keineswegs um Qualität, vor allem nicht die mit dem Präfix «Lebens».

Ich stand vergleichsweise fassungslos vor einem großen Laden, der augenscheinlich so oft seinen Besitzer wechselte, dass man keine Mühe mehr darauf verschwendete, die Beschilderung auszutauschen oder gar das Interieur zu erneuern, und beobachtete vor allem Frauen dabei, allerlei Krempel von altersschwachen Verkaufstischen in Einkaufskörbe umzuladen, Krempel, den kein Mensch brauchte, und der sich allein dadurch auszeichnete, vermeintlich billig zu sein – so wie vor dreißig Jahren, als man in der DDR angestanden hatte, um etwas zu kaufen, das es zu kaufen gab, ganz egal, worum es sich dabei handelte. Währenddessen suchte ich auf meinem Telefon nach Bildern dieser Straße aus vergangenen Jahrzehnten, wobei ich schnell fündig wurde, und das Ergebnis frustrierte mich noch mehr. Wenn es tatsächlich dieses legendäre Berufsbild «Stadtplaner» gab – wo waren diese Leute dann? Und wenn dieser Bezirk so sehr boomte, warum sah man es nicht? Warum kam der Aufschwung nicht bei den Menschen an, die hier ihr Leben verbrachten und vor meinen Augen an Läden entlangflanierten, die mich an das Land denken ließen, dessen geographische Form mein Chef Dietrich Langmann als Muttermal auf der Stirn trug? Neukölln, dachte ich, *dieses* Neukölln hier, ist das Albanien Berlins.

Ich ging zur Selchower Straße und lief in Richtung Schillerkiez. Nach nur wenigen hundert Metern kam es mir vor, als hätte ich das Land oder die Epoche gewechselt. Hier eine beschauliche Textilmanufaktur, da eine Werkstatt, in der teure Fahrräder handgefertigt wurden, dort ein Designerladen für ökologisch korrekten Schmuck, ein Geschäft für fair gehandelte Wolle von zufriedenen Schafen, mehrere Bars und Cafés, in denen gutaussehende oder absichtlich nachlässig aussehende Jungmenschen – darunter nicht wenige Männer mit Vollbart, eine Modeerscheinung, die mich irritierte – in aufwendig restauriertem Trödel saßen und Macchiatos schlürften, abwechselnd damit, allerlei stylische Kommunikationsendgeräte mit unnatürlichen Fingergesten zu steuern. Aber die Erscheinung war sehr punktuell, wurde außerdem gebrochen durch alteingesessene Frisiersalons, in deren Schaufenstern lilavergilbte Modelfotos aus den Achtzigern hingen, eine abgerissen wirkende Fahrschule mit krass falschgeschriebenem Namen und ein gutbesuchtes Büro eines Schuldnerberatungsvereins. Nur ein paar Schritte weiter gab sich der Bezirk wieder wie ein südosteuropäisches Entwicklungsland, türmte sich der Müll – immerhin überwiegend in Plastiktüten – vor mit Graffitis beschmierten Hauseingängen, in die schattenförmige Menschen huschten, die jemanden, der etwas so Seltsames tat, wie hier spazieren zu gehen, für einen Drogenfahnder in Zivil halten mussten.

Ich wanderte nach Norden, zum Columbiadamm, stieg dort in einen soeben eintreffenden Bus und fuhr die zwei Stationen bis zum Areal des ehemaligen Flughafens Tempelhof, gegen dessen Bebauung die Stadtbevölkerung vor einiger Zeit entschieden hatte. Das gewaltige, aber völlig schmucklose Feld, dessen gigantische Ausdehnung mir einen kurzen Schwindelanfall bescherte, wurde in der Hauptsache von Menschen okkupiert, die mit allerlei windgetriebenen Fluggeräten hantierten, und ich fragte mich, was aus der Fläche wohl werden würde, wenn der Kite-Hype irgendwann abflaute. Als Kind hatte mich mal ein aus großer Höhe abstürzender Drachen am Schädel getroffen, und den Phantomschmerz der damals tagelang pochenden Beule spürte ich jetzt wieder. Ganz automatisch duckte ich mich, als ich am Rand der Fläche entlangging, deren nunmehr volksstimmig untersagte Teilbebauung wohl dazu führen würde, dass sich jene, die an den Boom glaubten, umso mehr der dichten Immobilienmasse drum herum widmeten. Und plötzlich ahnte ich, wofür sich Dominik Matuschek interessierte. Ich versuchte, die Fäden der nettinatorgetränkten Unterhaltung in der Ecke wieder zusammenzusetzen, erinnerte mich an ein paar Formulierungen, die mich jetzt, Tage später, aufhorchen ließen, und war besorgt um die Leute, die von jenen Menschen, in deren Auftrag Matuschek unterwegs war, «Angebote» bekommen würden, was zur Folge hätte, dass sie sich in den unschönen ehemaligen Ostberliner Trabantenstädten wiederfinden würden, im grausigen Marzahn oder an schlimmeren Orten, aber immerhin ausgestattet mit genug Bestechungsgeld, um ein paar hundert Einkäufe im dortigen

Euroshop tätigen zu können. Und auch Ulrikes neuer Freund, der gutverdienende Schlagersänger, repräsentierte einen der finanzstarken Ellenbögen, die die Bevölkerung aus der bisherigen Heimat an den städtischen Randsumpf drücken würden.

ELF

Ich kaufte mir eine Bratwurst und einen Orangensaft an einem Imbissstand, setzte mich auf einen Betonblock und verfolgte die Bahnen der im Herbstwind angriffslustig knatternden Surfersegel. Mit der Zeit legte sich die Angst, von einem dieser affenschnellen Geschosse getroffen zu werden. Ich beobachtete Familien, die mit ihren Kindern, die lachend kleine, selbstgebaute Drachen hinter sich herzogen, über das Flugfeld wanderten, junge Menschen, die an diesem nicht eben lauen Nachmittag im Schneidersitz auf der Wiese hockten und auf Laptops oder Tablets starrten, und empfand eine gewisse Rührung angesichts der Naivität, mit der diese Leute glaubten, einen Sieg errungen zu haben. Sie hatten die Aufmerksamkeit des Teufels nur auf andere Objekte gelenkt, deren Verlust sie teurer zu stehen käme. Vielleicht, hoffte ich, lag ich mit meinen Gedanken aber auch völlig falsch, und alles würde irgendwie gut werden. Das geschah in der mir bekannten Realität zwar selten, aber Hoffnung kostete schließlich nichts. Mein Telefon klingelte abermals.

«Ja, Ulrike», sagte ich und gab mir keine Mühe, es freundlich klingen zu lassen.

«Aha. Nicht mehr in der Besprechung oder im Auto.»

«Nein, aber die Konferenz geht gleich weiter.» Ich fiel beinahe von meinem Sitz, weil ein grünblauer Lenkdrachen nur Zentimeter vor meinem Gesicht herunterkam und sofort wieder in die Höhe schnellte. In fünfzig Metern Entfernung hob ein mitteljunger Vollbartträger entschuldigend die Schultern.

«Wo bist du?»

«In Neukölln», japste ich, immer noch erschrocken.

«Ich dachte, wir könnten uns mal um Möbel kümmern. Ich habe gerade ein bisschen Zeit.»

«Du kannst es nicht abwarten, oder?» Der Ton überraschte sogar mich selbst, die Impulsivität sowieso.

Sie schwieg für einen Moment. «Alles frisch?», fragte sie dann. «Oder ist da etwas, das ich wissen sollte?»

«Nein», log ich und schämte mich dafür, so mit Ulrike zu reden. Schließlich hatte sie mich und die damit verbundene Stagnation ein Jahrzehnt lang ertragen – was umgekehrt allerdings auch galt –, und letztlich war absolut verständlich, dass sie ihr neues Leben so schnell wie möglich beginnen wollte. «Ich bin nur ein bisschen müde.»

«Müde, so so», sagte sie schnippisch. Dann fragte sie: «Und Werner kommt gut voran?»

«Durchaus», gab ich zurück. «Aber er verdient ja auch ordentlich an der Sache.»

Sie schwieg abermals kurz, und ich erriet, worüber sie nachdachte. «Gib ihm nicht zu viel. Schließlich ist er ein Freund der Familie.»

«Freund», wiederholte ich gedankenverloren. «Ja, ist er wohl. Ich passe auf.»

«Also, was ist?»

Wenn es ihr so wichtig war, endlich die Zweisamkeit mit ihrem neuen Partner in aller Ruhe genießen zu können – warum nicht?

«Ich bin auf dem Flughafen Tempelhof. Du könntest mich am Eingang abholen.»

«Bin in zwanzig Minuten dort.»

Wir fuhren schweigend in Richtung Sachsendamm, wo es eine IKEA-Filiale gab, in die Hildesheim hineingepasst hätte, und außerdem Baumärkte und solches Zeug. Als wir nicht mehr weit entfernt waren, brach Ulrike die Stille und meine aufkeimende Klaustrophobie, indem sie aufzuzählen begann, was ich alles würde kaufen müssen. Den Kühlschrank könnte ich mitnehmen, sie wollte immer schon – wieder diese Formulierung! – ein Gerät mit Eiswürfelspender und Sprudelwasserzapfhahn; ein Wunsch, den sie sich jetzt erfüllen würde. Das Sofa aus dem Wohnzimmer. Ein paar Regale. Ich nickte stumm und dachte an meinen Etat, der zum Glück in Ordnung war, denn zu meinen positiven Eigenschaften gehörte, grundsätzlich weniger Geld auszugeben als einzunehmen. Das lag, zugegeben, vor allem auch daran, dass ich mich wenig für kostenintensive Dinge interessierte (und auch kaum für kostenlose), öffentliche Verkehrsmittel nutzte, zwischen Mai und September gelegentlich sogar das knarrende Rennrad, das ich seit zwölf Jahren besaß, und normalerweise nur samstags in Alkohol investierte. Ich war versucht, ihr von der kurzen Nacht mit Jessica zu erzählen, fand dann aber, dass ich auf Riekes Strategie, mich aus ihrem Leben auszuschließen, ebenso reagieren musste. Außerdem hätte es das Erlebnis irgendwie entwertet. So privat und geheimnisvoll, wie sich diese Beziehung gestaltete, würde ich erst einige Rätsel lösen müssen, bevor ich sie öffentlich feierte. Wenn es denn überhaupt eine Fortsetzung, eine Intensivierung gäbe.

Schon im Eingangsbereich des ehemals «unmöglichen Möbelhauses aus Schweden», ein Slogan, der längst nicht mehr verwendet wurde, nach meinem Dafürhalten aber mehr zutraf als je zuvor, fürchtete ich Kopfschmerzattacken. Heerscharen von schnatternden Kleinfamilien warteten auf kostengünstige Hot Dogs und Fleischbällchen. Vor dem Aufzug, der in die Verkaufshallen im ersten Stock führte, befand sich eine fußballfeldlange Schlange aus sich gegenseitig skeptisch musternden Müttern und dazugehörigen Kinderwägen. Es roch nach Holz,

Lack, Herbstschmutz und Fertiggerichten. Ohne mich ernsthaft – und zu auffällig – danach umzuschauen, entdeckte ich sieben, acht, fünfzehn verdächtige Gerätschaften, die wahrscheinlich genau in diesem Augenblick Bilder von mir aufzeichneten, in skandinavische Konzernzentralen verschickten, unterwegs abgefangen und kopiert von NSA, BND und weiß der Geier wem sonst noch. Ganz automatisch senkte ich den Kopf.

«Ich kann das nicht», sagte ich ehrlich.

«Du musst», behauptete Rieke.

Am Rand meines Blickfelds blitzte es bedrohlich. «Es wird mich umreißen», antwortete ich. «Irgendwo zwischen den Billyregalen und den Kinderbetten. Das hier ist nicht für Leute wie mich gemacht.»

Wir gingen vor die Tür, was an dieser Stelle zum Glück noch möglich war, und diskutierten die Alternativen. Natürlich könnte ich auch alles irgendwie irgendwo im Internet bestellen, aber ich bestellte nichts und nirgendwo im Internet, weil ich nicht zu den Leuten gehören wollte, über die irgendwelche Data-Mining-Spezialisten mehr wussten als sie selbst, von den Geheimdiensten, die jeden Scheiß mitlasen, ganz zu schweigen – davon abgesehen besaß ich keine Kreditkarte, was bei den meisten Online-Bestellungen zur Grundbedingung gehörte. Der Kompromiss, den wir alsbald fanden, bestand darin, dass ich Ulrike meine EC-Karte nebst Geheimzahl – die dann keine mehr wäre – überließ, während ich immerhin den Baumarkt nebenan aufsuchen würde, um mir Auslegeware auszusuchen. Werner, den Rieke kurz anrief, was zu einer vorübergehenden Renaissance der Wut auf sie führte, gab die Aufmaße durch, die ich akribisch notierte. Ich steuerte allerdings zuerst die gesichtslose Filiale einer Großbäckerei an und spendierte mir einen Kaffee, der beeindruckend gut schmeckte.

Ich entschied mich für die mittlere Qualität, was auch immer das bedeutete, und ein zurückhaltendes, in meinen Augen freundliches Hellgrau, was insgesamt keine zehn Minuten dauerte. Deutlich länger war das Gespräch mit dem Fachberater über die Lieferung, denn es gehörte zu den üblichen Eigenarten von Baumarktkunden, den Einkauf unbedingt gleich mitzunehmen und noch am selben Tag zu verbasteln, vor allem aber, ihn vor den Augen der staunenden und männlicherseits neidischen Nachbarn aus dem Auto laden und ins Haus hieven zu können. Zwischendrin informierte mich Ulrike regelmäßig über ihre Position in der Möbelstadt und per Fotonachricht über den Status der bislang getätigten Einkäufe – ausnahmslos zu meiner Zufriedenheit, die auch keine besonders hohe Hürde darstellte. Als ich mit einem langen Computerausdruck und zwei handgeschriebenen Zetteln für die Kassierer gemächlich in Richtung Ausgang schlenderte, besaß ich bereits einen Wohnzimmertisch, einen einfachen weißen Schreibtisch nebst Stuhl, ein paar Lampen, ein Doppelbett mit Matratzen, eine Sitzgarnitur für die Küche, einen neuen Klodeckel, vier Regale, Küchen-Hängeschränke, eine Grundausstattung Geschirr und Besteck, einige Kissen, Laken sowie neue Bettwäsche und ein Sideboard für den Flur. Ich verspürte nicht eben geringen Stolz, auch über die Position «Accessoires», an die ich selbst nie gedacht hätte. Ebenfalls nicht gedacht hatten wir beide allerdings daran, dass ich den Teppich würde bezahlen müssen, was mir so lange verwehrt bliebe, bis Ulrike ihrerseits bezahlt und vor allem den Transport nach Neukölln organisiert hatte. Das dauerte insgesamt eine Dreiviertelstunde, während der ich interessiert die schillernde Vielfalt des Produkts «Holzschraube» zur Kenntnis nahm und außerdem minutenlang den Rumpf eines preiswerten Boots studierte, das Platz für vier Personen bot und diffuse Sehnsüchte in mir auslöste.

«Wir müssen uns beeilen», sagte Ulrike, während ich zahlte. «Das Möbeltaxi ist schon auf dem Weg.»

Im Auto, das sie in haarsträubender Geschwindigkeit in Richtung Neukölln steuerte, ergänzte sie: «Das Bett ist übrigens ein Geschenk von mir. Zum Einzug.»

Zum Auszug, korrigierte ich gedanklich. Ausgerechnet das Bett. Nun würde ich also niemals darin Sex haben können, ohne dabei an sie zu denken. Ich bedankte mich trotzdem höflich und fühlte mich wie ein Pauschalreisender, der ein kostengünstiges «Glückshotel» gebucht hatte. Man *könnte* dieses Glück haben und in einer komfortablen, gar luxuriösen Unterkunft landen; allein, es gab kaum vernünftige Gründe für diesen Optimismus. Denn dieses, *jedes* Glück wurde durch die Nietenzieher ermöglicht, von denen es ein Vielfaches geben musste, damit das Prinzip überhaupt funktionierte.

Als wir die Weisestraße erreichten und ich die beiden Lieferwagen sah, die in zweiter Spur vor meinem zukünftigen Wohnhaus parkten, wurde mir der Denkfehler unserer Logistikplanung bewusst, aber ich verschwieg Ulrike die Erkenntnis. Auf dem Bürgersteig türmten sich die Kartons mit dem weltbekannten, die Welt in Möbeluniformen zwingenden Logo, und Werner, der rauchend neben dem Berg stand, diskutierte soeben mit einem kompakten Mann, der eine gewaltige Rolle auf der Schulter trug, die er offenbar neben dem Selbstbaumöbelhügel abstellen wollte, was Werner wohl nicht so gut fand. Ich sprang aus dem Auto, Rieke musste einen Parkplatz suchen.

«Wo ist dein Helfer?», fragte ich Werner.

«Den hatte ich nur für einen Tag engagiert», antwortete er und atmete Zigarettenrauch aus.

«Okay», behauptete ich, das Kartonchaos musternd. «Das schaffen wir.» Dieser Teil war eine glatte Lüge.

«Kann ich helfen?», fragte eine Frauenstimme neben mir. Ich

bemerkte zuerst Werners Reaktion, nämlich ein deutlich anerkennendes Augenbrauenhochziehen, dann drehte ich mich zur Stimme. Jessica – der mir bereits bekannte Rock, die enge Bluse, eine leichte Jacke und die obligatorischen Turnschuhe – betrachtete ausdruckslos die Kisten, wartete meine Antwort nicht ab, sondern griff sich eine, drehte sich noch kurz zu mir und fragte: «Zweites Stockwerk?» Ich nickte verblüfft und war plötzlich auf die gute Art aufgeregt, die ich zuletzt erlebt hatte, wenn sich Lädsda Ville auf einer Bühne aufgestellt und Pocke die kurze Anmoderation von sich gegeben hatte. «Es ist egal, was ihr jetzt von uns denkt. Wir reden in zwei Stunden noch mal. Wir sind *Lädsda Ville*, und jetzt wird getanzt.»

Mir war nach Tanzen, aber zehn Minuten später, während der vier Menschen Möbelteile ein trüb beleuchtetes, nach Schnitzeln, Urin und altem Rauch riechendes Treppenhaus hochtrugen, wurde das Gefühl durch eines ersetzt, das mich an die Situation denken ließ, wenn man strullerbereit vor dem Pinkelbecken steht und plötzlich das unwillkommene Bedürfnis verspürt, eigentlich scheißen zu müssen. Gab man dem Druck der verschiedenen Schließmuskel falsch dosiert nach, geschah möglicherweise beides, und dann wäre die Kacke am Dampfen. Begegnete ich Ulrike auf dem Weg nach oben oder unten, sah sie mich auf fragende Art vorwurfsvoll an (Wie lange kennst du diese Frau schon?, stand in ihrem Gesicht geschrieben), traf ich Werner, lächelte er anzüglich, und wenn es Jessica war, die sich an mir vorbeidrückte, sah ich ein Gesicht, in dem absolut nichts vor sich ging, aber sie verdrehte immer den Kopf, wenn Rieke in der Nähe auftauchte.

Eine Kiste über dem Kopf tragend, in der sich wohl Teile meines zukünftigen Schreibtischs befanden, was bedeuten würde, dass zumindest die äußeren Parameter für die Fortsetzung des Studiums existierten, kollidierte ich beinahe mit einer älteren Dame, die soeben die Wohnung unter meiner im ersten Stock verließ. Sie war keine eins fünfzig groß, trug dezent frisierte, nackenlange Haare, die überwiegend weiß waren, vom leichten Lilastich abgesehen, und eine Art Hauskleid mit Paisleymuster. Ihr Gesicht war schmal, ihr Blick misstrauisch. Sie mochte fünfundsechzig sein, vielleicht auch zehn Jahre älter. In der rechten Hand hielt sie eine große, gelbe Mülltüte. Die hölzerne Türschwelle, vor der sie stand, wies mittig eine flache, aufgehellte Einbuchtung auf – die Erosion, die unser Leben hinterlässt. Erschreckend, wenn solche Zeichen die einzigen sind, die von uns übrig bleiben.

«Guten Tag», sagte ich höflich, als ich die Balance zurückgewonnen hatte.

Sie schnarrte etwas, vielleicht «Tach».

«Tut mir leid, dass ich Ihnen nicht die Hand geben kann. Ich bin Uwe Fiedler, Ihr neuer Nachbar.»

«Ich wohne hier nicht», sagte sie unwillig. «Ich kümmere mich nur um meine Mutter.»

Großer Gott, dachte ich. Unter mir würde jemand leben, der über hundert war.

«Schön», meinte ich.

«Die Wohnung von Altmann also?» Ihr Ton hatte sich um eine Nuance verbessert, als hätte jemand die Dolby-Taste gedrückt.

«Möglich.»

«Kam immer ein ziemliches Gemüffel von da oben.»

«Das wird sich ändern», versprach ich.

«Und er hat diese schreckliche Musik gehört, sehr laut, weil er fast taub war. Polka.»

Nicht zu fassen. Aquarien, Knoblauch, Kruzifixe und auch noch Polka. Ein Mann, dessen Biographie geschrieben werden musste. Posthum, wie ich annahm.

Sie umtänzelte mich und schleppte den Müllsack nach unten. Die gegenüberliegende Tür öffnete sich ebenfalls, eine korpulente, mittelalte Frau in Kopftuch und braunem Mantel erschien, nickte mir freundlich zu und wurde dann beinahe überrollt von einer Welle Kinder aller Altersgruppen, die sich an ihr vorbei ins Treppenhaus ergossen und krakeelend nach unten stoben. Bei sieben hörte ich auf, mitzuzählen. Zuletzt erschien ein stämmiger, schwarzhaariger Mann in den Fünfzigern, dessen Gesicht aknezerfurcht und leberfleckig war. Seine dunkelbraunen Augen lächelten mich kurz an, er nickte, verschloss die Tür und stieg dann mit überraschend katzenartigen Bewegungen die Treppe hinunter. Ich las das Klingelschild: Göktürk. Noch eine ganze Weile hing der Duft im Treppenhaus, der aus der Wohnung gekommen war, eine Mischung aus gebratenem Fleisch, Gewürzen und dem milden Aroma kürzlich gelöschter Wasserpfeifen. Die Mutter der alten Frau hieß M. Heitler.

Als alles im Wohnzimmer abgeladen war, worin sich jetzt nur noch so viel Atemluft befand, dass ein Neugeborenes damit sieben Minuten lang überleben könnte, standen wir im Flur und sahen uns an. Ich hatte meinen Schichtantritt bereits um fünf Minuten überschritten und schickte eine Kurznachricht an Janine, die tatsächlich Dienst hatte und mit einem lapidaren «Das kostet dich was» antwortete. Werner sah aus, als gehörte er in eine Notaufnahme. Trotzdem fragte er: «Bierchen?», wozu Jessy den Kopf schüttelte und Rieke den Mund verzog. «Ich bin müde», sagte sie kurz darauf, umarmte die Männer kurz, nickte Jessica halb unhöflich zu und verschwand.

«Deine Freundin?», fragte meine Sexpartnerin von vorgestern, als würde sie nach der Uhrzeit fragen.

«Ex», antwortete ich und versuchte, es lässig klingen zu lassen.

«Ex», wiederholten Jessica und Werner im Chor. Der Tapetenpeter lachte, bot Jessy eine Zigarette an, die diese ablehnte, und stopfte sie sich selbst ins Gesicht.

«Ich muss zum Dienst», stellte ich fest und ärgerte mich darüber, dass Ulrike so schnell verschwunden war. «Verdammt», sprach ich den Gedanken aus. «Rieke hätte mich mitnehmen können.»

«Ich habe noch eine halbe Stunde, bis ich die Ecke aufmachen muss», sagte Jessica. «Ist es weit? Ich könnte dich fahren.»

«Und ich sitze hier allein mit dem Spielzeug für Möbelbauer?», fragte Werner scherzhaft.

«Du», gab ich zurück und hoffte, dass ich ihn erfolgreich anfunkelte, «hast wirklich keinen Grund, dich zu beschweren.» Trotzdem beschloss ich, ihm einen Hunderter extra für die Mehrarbeit zu geben, irgendwann dieser Tage.

Jessicas Smart stand zwei Querstraßen weiter. Wir gingen schweigend nebeneinander, sie sah in der Hauptsache geradeaus, drehte ihren Kopf aber ruckartig, wenn es irgendwo eine Bewegung gab, jemand auftauchte oder ein Geräusch erklang. Zu diesen Geräuschen gehörte eines, das eine Kurzmitteilung auslöste, die mir Ulrike geschickt hatte.

«Ist sie in Behandlung?»

«Egal?», schrieb ich zurück, wobei ich zu Jessica schielte, die sich jedoch nicht für meine Kurzkommunikation interessierte.

Die Antwort ließ keine zehn Sekunden auf sich warten. «Sei nicht so. Ich würde es begrüßen, wenn wir gute Freunde bleiben könnten.»

Ich zermalmte diverse Antworten zwischen gedanklichen Zähnen und tippte schließlich: «Ich auch.»

Jessica steuerte das kleine, innen wie außen blitzsaubere Auto wie ein Uhrwerk. Ohne dass sie das Tachometer auch nur im Blickfeld hatte, fuhr der Wagen exakt 50 km/h, sie hielt unbeirrt die genaue Mitte der Spur, den erforderlichen Abstand zum Wagen vor uns und befolgte auch ansonsten jede Verkehrsregel, die sich unterbeschäftigte Ministerialbeamte ausgedacht hatten, um das Volk zu knechten. Es war ein wenig gespenstisch. Zugleich mochte ich es sehr gerne, neben ihr in diesem kleinen Auto zu sitzen und nach Schöneberg zu fahren. Wenn es nach mir gegangen wäre, hätten wir auch Paris ansteuern können (obwohl diese Stadt meiner Meinung nach überschätzt wurde), Moskau, Algier, Reykjavik oder wenigstens Nürnberg.

«Machst du sonst noch etwas?», fragte ich. «Ich meine, außer in der Kneipe zu arbeiten?»

«Ich studiere», antwortete sie ungefähr fünf Sekunden später. «Mathematik und Betriebswirtschaftslehre. Eigentlich wollte ich Musik studieren.»

«Eigentlich», wiederholte ich.

«Ich liebe Musik. Klassische Musik. Sie ist wie ein Tempel für mich, ein Raum, in dem ich ganz allein bin, aber trotzdem alle Zusammenhänge verstehe.»

Ich sagte nichts. Was auch? Für mich bestand Musik aus ein paar alten Alben, die mich melancholisch machten, aktuellem Indiepop, der es eben so ins Radio schaffte, und der Erinnerung an Lädsda Ville.

«Wenn ich eine Partitur nur ein paar Minuten lang betrachtet habe, weiß ich sie auswendig. Ich kann sie auch auf dem Klavier nachspielen. Das fällt mir so leicht wie dir möglicherweise ...» Sie pausierte und dachte offensichtlich über einen Vergleich nach.

«Das Haarekämmen?», schlug ich vor.

«Ja. Es ist ganz natürlich für mich. Ich weiß, dass das nicht normal ist.»

Was ist schon normal?, wollte ich fragen, unterdrückte es aber.

«Nur mein Spiel. Das ist sehr exakt. Aber die Dozenten nennen es mechanisch. Leidenschaftslos und leer.»

«Schade», fand ich, während der Wurm der Erkenntnis anfing, Bahnen durch mein Gehirn zu ziehen.

«Die Arbeit in der Kneipe hasse ich. Diesen Gestank. Diese Leute, die nur trinken und trinken und sonst überhaupt nichts tun. Aber ich muss Anette helfen.»

«Warum?»

«Sie ist geschafft. Und wollte längst weg. Raus aus Berlin. Aber dann hat sie diesen Mann getroffen, natürlich in der verfluchten Ecke, und dieser Typ hat sie ausgenommen, wie man das mit Speisevögeln macht. Das war vor vier Jahren. Und Kneipen wie die Ecke laufen nicht mehr so gut. Außerdem will der Eigentümer die Miete erhöhen. Wenn es so weitergeht, muss sie Schulden aufnehmen, statt in den Ruhestand zu gehen.»

«Scheiße», sagte ich.

«Scheiße», wiederholte Jessica.

Ich entknotete die Implikationen des Gesprächs mit virtuellen Händen, während sie sich auf den Verkehr konzentrierte, ohne Konzentration erkennen zu lassen. Verstohlen betrachtete ich sie von der Seite, was ich nicht hätte verstohlen tun müssen, denn trotz aller Komplexität dahinter hatte ihre vordergründige Wahrnehmung etwas offensichtlich Lineares. Ich spürte eine starke Zuneigung, eine Mischung aus anerkennendem Mitgefühl und ehrlicher Hochachtung, gepaart mit grundsolidem Verlangen – und dem flammenden Wunsch, diesen Menschen in mein kleines Leben aufnehmen zu dürfen.

Ich befragte mein Taxiorakel, ob ich der aufkeimenden Hoffnung Raum verschaffen sollte, klassifizierte freie Fahrzeuge als positive Wertung, kurz darauf schob sich ein beigefarbener VW-Bus mit beleuchtetem Schild auf dem Dach neben uns. Ich nickte dem Taxifahrer zu, der mir einen Vogel zeigte.

«War es sehr merkwürdig für dich?», fragte sie, während wir an der Ampel warteten, um den Platz der Luftbrücke zu überqueren.

«Nein», sagte ich schnell und drehte mich zu ihr. «Es war sehr schön.»

«Aber trotzdem merkwürdig.»

«Bemerkenswert», schlug ich vor. Das war zwar ein Euphemismus, aber im Gegensatz zu ihrer Anregung ohne überwiegend negative Konnotationen.

«Ich glaube, ich mag dich», sagte sie leise. Das Unwohlsein, das sie dabei verspürte, war im Innenraum des Zweisitzers greifbar. «Aber ich bin nicht wie andere Frauen.»

«Das habe ich bereits festgestellt», antwortete ich und ergänzte, bevor sie etwas sagen konnte: «Aber es stört mich nicht.»

«Das sagst du jetzt.»

«Wann sonst?»

Sie lachte nicht, sondern nickte nur. Die Dudenstraße floss unter uns hinweg, wir näherten uns dem Ziel, was ich bedauerte.

«Ich würde mich freuen», sagte sie, nicht weniger leise als das Michmögengeständnis, «wenn du nachher in die Ecke kommen würdest. Aber du musst es nicht tun.»

«Irgendwie doch», antwortete ich und musste wirklich energisch dagegen ankämpfen, meine Hand auf ihren wunderbaren Oberschenkel zu legen. «Und weißt du was? Ich *werde* es auch tun.»

Ihre Replik ließ auf sich warten, bis sie das Zwei-Personen-Gefährt auf das Gelände der Tankstelle lenkte. «Schön», sagte sie, als ich ausstieg und gutgelaunt einer Janine entgegenging, die mich in exakt gegenteiliger Stimmung erwartete. In meinem Rücken surrte der Smart davon.

«Langmann ist da», sagte meine Kollegin knurrend. Sie hatte

die frischgemachten Fingernägel abgefeilt, wodurch es aussah, als wären ihre Hände in eine Kreissäge geraten. «Im Büro. Er dreht völlig durch. Was ist vorgestern passiert?»

Ich musste lächeln. Vorgestern hatte ich den seltsamsten Sex meines Lebens gehabt, mit einer Frau, die mich verunsicherte, durcheinanderbrachte, faszinierte und mehr interessierte als die meisten Dinge, die ich je erlebt hatte. Einer Frau, die sich wie trockener, feiner Sand anfühlte, irgendwie gut, sehr warm und nach einer Ordnung suchend, die niemand zu versprechen in der Lage war, weil trockener, feiner Sand nicht in Form gebracht werden konnte – wenn man es versuchte, entstanden nur traurige Häufchen. Die Herausforderung bestand darin, dem Sand auszureden, unbedingt eine solche Form annehmen zu müssen. Manchmal war Sandsein einfach etwas Gutes. Wenn alles nur noch aus Lehm bestand, verlor das Spiel jeglichen Reiz. Andererseits gehörte ich wohl eher zu den Lehmtypen.

«Ein Zechpreller», antwortete ich. «Langmann hat nach harten Waffen gegriffen. Und nun die Polizei am Hals.»

Sie verzog das kompakte Gesicht auf undeutbare Weise, aber ganz anders als Jessica. «Das kann nicht alles sein.» Ihr Blick wanderte zu den eigenen Fingernägeln, die den Nimbus der Aussichtslosigkeit verströmten.

Ich nickte, verabschiedete Janine mit einer kurzen Umarmung, was sie auf überrascht-amüsierte Weise zur Kenntnis nahm, aber tatsächlich ein bisschen zu mögen schien. Im Eingangsbereich stolperte ich fast über einen großen, mit Klebeband verschlossenen Chipskarton, der auf meinen Versuch, mit dem Fuß beiseitegeschoben zu werden, mit Nichtbeachtung reagierte. Aus Langmanns Büro waren ähnliche Geräusche zu hören wie kurz vorher in meiner Wohnung: Jemand bewegte unhandliche Gegenstände, hier begleitet allerdings von lauten Flüchen. Das Terminbuch lag neben der Kasse, wo es eigentlich nicht hingehörte, denn außerhalb der Werkstattöffnungszeiten hielt es der Chef unter Verschluss. Ich nahm es vorsichtig und schlug die Kladde, einem Impuls folgend, auf. Dabei behielt ich die Tür zu Langmanns Kabuff im Blick.

Nur ein Auftrag am Freitag, Abholung am Samstag. Kleine Inspektion, Ölwechsel, Wischerblätter. Ein Franz Päselter. Ich googelte den Namen und sah kurz darauf ein Foto, das den Playboy-Rentner – mittlerer Vorname Josef – vor fünfzehn Jahren zeigte. Staatsanwalt – eine Berufsbezeichnung aus derselben Kategorie wie Henker, Diktator, Steuerfahnder und Kastrationsarzt. Im Artikel, der das Foto umgab, wurde er «Brutalo-Päselter» genannt, der Höchststrafen-Staatsanwalt, der kaum einen Prozess verlor und die Verurteilten regelmäßig ins Haftmaximum schickte. Gut möglich, dass Dietrich Langmann vor zwei Tagen dem falschen Rentner die eigenen Reifen verkauft hatte. Merkwürdigerweise beunruhigte mich das nur vergleichsweise wenig, worauf Jessicas zaghafte Liebeserklärungsandeutung wahrscheinlich einen gewissen Einfluss hatte. In diese Gedanken polterte mein Chef, der aus dem Büro in den Verkaufsraum donnerte und dort zwischen den Chips und Coladosen zum Stehen kam wie ein Feldherr zwischen den riesigen Heeren, deren Soldaten längst erkannt hatten, dass es keinen Sieger geben würde, dafür jede Menge Tote. Das Altölaroma der Verkaufsraumluft wurde um den Gestank billiger Zigarren ergänzt, den er hinter sich herzog wie ein junger Familienvater einen Schlitten mit dem Filius. Kaum denkbar, dass es erlaubt war, *irgendwo* auf dem Gelände einer Tankstelle zu rauchen, auch nicht in einem muffigen Büroraum, der nur ein winziges Kippfenster hatte und mit einer knarrenden Stahltür versiegelt wurde, wenn der Chef außer Haus war. Unter der Betonplatte, auf der die Zapfsäulen thronten, keine sechs Meter Luftlinie entfernt, lagerten mehrere tausend Liter Kraftstoff. Zigarren konnten Benzin zwar nicht entzünden, aber sie konnten andere Materialien in Brand setzen, denen das wiederum mit dem Kraftstoff möglich war.

«Fiedler!», krähte er. Und dann, etwas freundlicher und erkennbar gegen seine Gesichtsmuskeln ankämpfend, die ganz andere Botschaften formulierten, wobei sich die weißgrauen Bartinseln bewegten, als gäbe es darunter ein Beben der Stärke drei Komma sieben: «Mein Freund.»

Ich bewegte meine Hände, die das Buch hielten, so weit nach unten, dass sie von Langmann nicht mehr gesehen werden konnten.

Mein *Freund*?, wiederholte ich gedanklich. Sollte ich je genötigt werden, eine Liste meiner Freunde aufzustellen (vorausgesetzt, ich käme bis zu diesem Zeitpunkt zu einer vernünftigen Definition des Begriffs), befänden sich darauf drei, vier – gut: ein, zwei – Leute, dann ein turmgroßer Platzhalter für die plusminus sieben Milliarden Menschen, die ich leider nie gut genug kennengelernt hatte oder kennenlernen würde, um sie einzuordnen, und ganz am Ende Dietrich Langmann. Ich respektierte seine tolldreiste Bauernschläue, vermutete aber, dass selbst der aktuelle nordkoreanische Diktator mehr positive Eigenschaften aufwies als der zu kurz geratene Pensionistenbetrüger im Siebziger-Anzug drei Meter vor mir.

«Wir müssen reden», stellte er fest. «Unter Männern.» Wahrscheinlich hatte diese Redewendung eine Bedeutung in Langmanns Umfeld, für mich aber keine. Ich schob das Terminbuch vorsichtig in das Regalfach unter der Kasse und wartete ab.

Er zog eine Bifi aus dem Regal, riss die Verpackung ab, ließ sie einfach fallen und kaute schmatzend die Salami. Sehr ungewöhnlich, dass er den eigenen Laden so behandelte. «Diese Reifensache», nuschelte er an seinem mahlenden Gebiss vorbei. «Sie wissen ja davon.»

Ich nickte und stellte mir vor, eine Minisalami in seinem Mund zu sein. Mir fiel ad hoc kein schlimmeres Schicksal für ein geschlachtetes Schwein ein.

«Am Samstag. Sie waren doch dabei?», schlug er vor.

Ich schüttelte ganz vorsichtig den Kopf, aber eher in der Diagonalen.

«Gut», fand Langmann, immer noch mümmelnd. «Sie wissen also auch, dass wir nicht manipuliert haben.»

«Wissen?» Ich versuchte, das wie ein Angebot klingen zu lassen.

Er blinzelte und setzte zu einer Antwort an, verschluckte sich in diesem Augenblick aber, hustete dröhnend und schlug sich selbst mit der Faust gegen den Rücken. «Klar, was sonst?», keuchte er anschließend.

«Ich bin gekommen, als der Kunde gerade seinen PKW übernehmen wollte.»

«Sie listiger Hund», lobte mich der Tankstellenbesitzer. Er kam zwei, drei Schritte näher und schnappte sich ein Snickers. «Wie viel?»

«Sie wollen», begann ich meine Frage so vorsichtig wie möglich, «dass ich eine Falschaussage mache und meine Zukunft ruiniere, damit Ihr Geschäftsmodell nicht auffliegt?»

«Ihre Zukunft?», blaffte Langmann, dunkelrote Snackreste spuckend. «Die findet hier statt, in meiner Servicegesellschaft. Sie könnten in einem halben Jahr Prokurist sein, wenn Sie sich Mühe geben.»

«Ich bin seit einem halben Jahr *hier*», stellte ich fest, war aber nicht sicher, ob ich richtig schätzte. «Aber darüber, dass ich Prokurist werden könnte, haben Sie nie gesprochen.» Davon abgesehen konnte ich mir kaum ein trübsinnigeres Karriereziel vorstellen. Außerdem würde Langmann, wenn überhaupt, diesen Job höchstens einem seiner ehemaligen Stasikumpels geben, und nicht einem dahergelaufenen Endlosstudenten, dem er wahrscheinlich weniger vertraute als von Feuchtigkeit auseinanderfallendem Klopapier.

«Reden ist Silber», nörgelte er.

«Lügen ist Stahl», erwiderte ich. «Das, aus dem Gefängnisfenstergitter gemacht sind.» Ein gedanklicher Schulterklopfer für die verblüffende Schlagfertigkeit und das originelle, wenn auch etwas schiefe Bild.

«Sie wollen mich ärgern.»

«Sie haben mich erpresst.» Es fiel mir nicht leicht, dieses Wort auszusprechen.

«Jüngelchen», sagte er, gekünstelt lachend, weil diese Äußerungsform nicht zu seinem Wesen gehörte. «Harte Worte für eine weiche Sache. Wir sind doch Partner. Ich wollte nur die Bedingungen abstecken.»

«Einseitig», gab ich zu bedenken. Und schnupperte. Das Zigarrenaroma war deutlich stärker als sonst. Er musste eine ganze Kiste geraucht haben.

«Irgendwer muss ja anfangen.»

Es entstand eine Pause. Langmann verzehrte das Snickers, mit offenem Mund kauend, und ich bemitleidete Schokolade, Erdnüsse und Karamellcreme. Es gab nur zwei Wege aus dieser Situation. Ich entschied mich zu meiner eigenen Überraschung für die schwierigere Variante.

«Ich werde aussagen», erklärte ich.

«Gut», fand Langmann.

«Die Wahrheit.»

Er kam so weit auf mich zu, wie der Verkaufstresen zwischen uns gestattete, und ich meinte, zu erkennen, wie einige Äderchen in seinen Augen platzten. «Wahrheit», zischte er. «Wahrheit gibt es nicht.»

«Aber Gerichte», sagte ich. «Und vielleicht etwas wie Gerechtigkeit.» Das entsprach nicht meinem tatsächlichen Standpunkt. Ich hielt die Justiz für eine Art Blackbox, die aus den Fakten, die man hineingab, nach Belieben (und im Interesse ihrer Arbeitgeber) etwas generierte, das einem nur zufällig gerecht vorkam, es aber meistens nicht war. Kurz musste ich an meinen Vater denken, der mir zu diesem Thema einen reichen Zitatenschatz hinterlassen hatte. Direkte Kontakte zur deutschen Gerichtsbarkeit hatte ich bislang allerdings nicht gehabt, wie ich zu ihrer Ehrenrettung gedanklich anmerkte.

«Für wen?»

«Für die, die ungerecht behandelt wurden.»

«Träum weiter, Bürschlein», fauchte er, drehte sich auf den Hacken um, schulterte den schweren Chipskarton und stolzierte zu seinem Lieferwagen. Eine Gänsehaut bemächtigte sich meiner, eine Gänsehaut, die keine Körperstelle ausließ, sogar die Zehenzwischenräume erreichte, meine Fußsohlen und jenen Bereich hinter den Ohren, den ich bislang in dieser Hinsicht für unempfindlich gehalten hatte.

Aber er kehrte zurück, mit einem Grinsen im Gesicht, das fast etwas Schelmisches hatte. Doch da war noch etwas anderes in seiner Mimik, eine Mischung aus Hast und Sorge.

«Das aktuelle Terminbuch. Haben Sie das gesehen?» Ich stellte mir vor, wie er hart an der Kreide schlucken musste, die er hatte fressen müssen, um so freundlich zu klingen.

Ich versuchte, nicht zur Kasse zu blicken. Und dann schüttelte ich langsam, aber bestimmt den Kopf.

Er ging davon.

Nein, er *rannte*.

Eine halbe Stunde und fünf Kunden später bekam ich eine Kurznachricht von Dominik Matuschek, dem ich also meine Mobilfunknummer gegeben hatte, was ich nicht oft tat. Nie.

«Nettinator? So gegen Mitternacht?», schlug er vor.

«Schicht bis zwölf, also um halb eins. Gerne!», schrieb ich zurück, womit ich an diesem Tag mehr SMS-Kommunikation betrieben hatte als sonst in einem ganzen Monat. Die Erkenntnis, die mich in Sachen Matuscheks Motivation am Nachmittag erreicht hatte, änderte wenig daran, dass er mein Interesse geweckt hatte, ich ihn irgendwie sympathisch fand und zugleich beeindruckend.

«Bin da», antwortete er.

Kurz darauf erklärte eine Tankkundin, eine elegante Frau in den Vierzigern, die so viele Kreditkarten in der Tasche hatte, dass die Suche nach der richtigen eine Weile dauerte, es würde im Tankstellenshop stinken.

«Stinken?», fragte ich zurück.

«Nach Rauch», nickte sie.

«Mein Chef qualmt heimlich Zigarren im Büro.» Ich bewegte den Kopf seitlich in Richtung der Stahltür, auf der ein gelbes Schild eindringlich vor unbefugtem Betreten warnte, was ziemlich überflüssig war, denn an der Tür befanden sich außerdem ganze fünf Schlösser. Es fühlte sich lässig an, solche Geheimnisse einfach mal auszuplaudern.

«Er muss ein sehr starker Raucher sein. Ist das hier nicht verboten?»

Kurz darauf stank es nicht mehr einfach nur, was ich nicht bemerkt hatte, weil man schleichende Intensivierung selten registriert, sondern es wurde merkwürdigerweise neblig. Wenn ich mich im Shop umsah, war es, als würde ich einen Weichzeichnerfilter auf den Augen tragen. Ich ging nach draußen, atmete tief durch und kehrte zurück.

Hier brannte es irgendwo.

Ich schnappte mein Smartphone und schaltete es an. «Mobilfunkguthaben aufgebraucht», teilte eine sehr unwillkommene Statusmeldung mit, was mir leichte Panik verursachte.

Mit dem Ding in der Hand rannte ich nach draußen, dabei fast eine ältere Dame über den Haufen, der ich «Gehen Sie da nicht hinein!» zurief, und sprintete zur Rückseite des Gebäudes, wo aus dem milchigen, vergitterten Kippfenster von Langmanns Büro eine solide Rauchsäule aufstieg, die bislang wohl nur deshalb niemandem aufgefallen war, weil es erstens recht dunkel war und zweitens auf dem Nachbargrundstück acht Meter hohe Koniferen in den abendlichen Himmel ragten. Durch das undurchsichtige Glas war das deutliche Flackern eines Feuerscheins erkennbar. Ich meinte sogar, einen Wärmeanstieg zu spüren. Und glotzte panisch auf mein Telefon.

Aber Notrufnummern sollten doch immer funktionieren.

Ich tippte zum zweiten Mal in meinem Leben die 112. Und meldete einen Brand in der Tankstelle.

«Verlassen Sie sofort das Gelände!», befahl der Mann am anderen Ende, nachdem ich die Daten durchgegeben hatte. «Sie und alle anderen Anwesenden!» Ich nickte, denn das hatte ich ohnehin vorgehabt. Aber vorher evakuierte ich noch das Muttchen, das völlig konsterniert vor der Tür zum Kassenraum stand und mir unbedingt Bargeld in die Hand drücken wollte, statt ohne zu bezahlen davonzufahren. Sie war schwerhörig, aber als aus Richtung des Verkaufsraums ein böses, lautes Fauchen zu hören war, begleitet von einem satten Knall von der Rückseite des Gebäudes, schien sie die Situation zu verstehen. Ich half ihr in den alten, gepflegten Punto, den sie anschließend in der gleichen Geschwindigkeit vom Grundstück steuerte, in der Babys ihre ersten Krabbelversuche unternahmen.

Es brannte. Heilige Zapfsäule, die *Tankstelle* brannte.

Schon auf der Flucht fiel mir das Terminbuch ein. Ich drehte mich um; über dem Flachdach des Gebäudeensembles verwehte der Herbstwind starken Rauch, der von unten dezent organgegelb beleuchtet wurde. Das Bild jedoch, das ich durch die Schaufenster sehen konnte, hatte sich bislang nicht verändert. Ich verzichtete darauf, die Eventualitäten der Idee abzuwägen, und spurtete zurück an meinen Arbeitsplatz. Schnappte mir das Buch, steckte es auf der Rückenseite unter der Jacke in meinen Hosenbund, nahm wie in Trance den Notausschalter für die Tankanlage wahr und betätigte ihn. Auf dem Weg nach draußen zog ich überraschend geistesgegenwärtig eine Fünfzig-Euro-Guthabenkarte für meinen Vorausbezahlanbieter vom Ständer. Es knallte wieder, wurde schlagartig deutlich wärmer. Langmanns Büro war vollgestopft mit Ordnern, Loseblattsammlungen, alten, lackierten Holzregalen und Töpfen mit irgendwelchen Resten, die man dummen Kunden auf die Rechnungen setzen konnte. Außerdem mit einer alten Waschmaschinen-Transportkiste voller Betamax-Kassetten, die er für «fast kein Geld abgeschossen» hatte und nun hortete, um die paar Euro für einen neuen Festplattenrecorder einzusparen. Der weit über zwanzig Jahre alte Fisher-Recorder selbst, auf einem weitere achtzig Jahre älteren Safe, in dem die – vermutlich bald zu schwarzen Klümpchen eingeschmolzenen – Kassetten mit den Aufzeichnungen der letzten sieben Tage lagerten – und vermutlich nichts weiter, vor allem aber kein Bargeld, das er eher, in Plastiktütchen gewickelt, in seinem Dickdarm aufbewahren würde, als es auch nur für wenige Minuten der Obhut von uns Fotzen und Ziegenfickern zu überlassen.

In diesem Moment hatte ich – endlich – richtige Angst. Es war idiotisch gewesen, noch einmal zurückzukehren, aber zum Helden wird man nicht, weil man sich bewusst für die Laufbahn entscheidet, sondern immer nur im Nachhinein. Ich gab Gas und stand Sekunden später auf dem gegenüberliegenden Bürgersteig, in hoffentlich sicherer Entfernung. Ein Hubschrauber näherte sich, Sirenen waren zu hören, und als sich die ersten Flammen aus dem Dach des Gebäudes tasteten, trafen gleichzeitig zwei riesige Feuerwehrwagen, ein neonfarbenes Begleitfahrzeug, ein Notarztwagen und anschließend im Sekundentakt ein halbes Dutzend Mannschaftsbusse der Polizei ein. Die Polizisten ergossen sich auf die Straße und verteilten sich dann, um die Anwohner der nahe gelegenen Häuser aufzufordern, ihre Wohnungen zu verlassen. Eine wiederholte, irrwitzig laute Ansage, die möglicherweise aus dem tieffliegenden Hubschrauber kam, unterstützte sie dabei. Jemand fragte mich etwas. Ein Feuerwehrmann.

«Bitte?»

«Gehören Sie dazu?»

«Ich habe Sie gerufen. Ja, ich arbeite an der Tankstelle.»

«Sind noch andere Personen im Gebäude?» Der Mann, vielleicht in meinem Alter, aber auf neiderregende Weise gefestigt wirkend, legte eine Hand auf meine Schulter. Erst jetzt bemerkte ich, dass ich zitterte.

«Nein, niemand.»

«Sind Sie verletzt?»

«Nö.»

«Ist die Tankanlage abgeschaltet?»

«Ja.»

«Wissen Sie, wo der Brandherd ist?»

«Hinten, in einem Büroraum.» Ich zeigte zur Begrünung, die die Grenze zum Nachbargrundstück markierte, solide beleuchtet vom flackernden Signallicht der Einsatzfahrzeuge.

«Gut. Entfernen Sie sich bitte. Aber halten Sie sich bereit für später.»

Ich nickte. Aus den umliegenden vierstöckigen Mietshäusern kamen erste Menschen in Montagabendkleidung – Jogginganzüge, Jeans und Hausschuhe, Bademäntel, darüber hastig ausgesuchte Wintersachen, manch einer trug eine Tüte oder

Tasche in der Hand, ich sah eine Transportbox für Kleintiere. Die Polizei begann damit, das Areal abzusperren, während die beiden Feuerwehrwagen so manövriert wurden, dass die Schläuche und Leitern das Gebäude erreichen konnten. Mehrere Feuerwehrleute bugsierten gewaltige, flexible, gelbe Rohre aus dem Inneren der Fahrzeuge, positionierten sich am Rand der Betonplatte und eröffneten die Brandbekämpfung mit einem halben Kubikkilometer Löschschaum, der in der Bahn von gestoßenen Wettkampfkugeln auf die Betonplatte niederblubberte. Es dauerte nur wenige Augenblicke, und die Tankstelle sah aus, als befände sie sich in einem winterlichen Alaska, Fassung eines Low-Budget-Films, skurril beleuchtet von mehreren Dutzend Blaulichtern. Aus vier Wasserkanonen wurden anschließend jungbaumdicke Strahlen abgefeuert, und in Sekundenschnelle glänzten Dach und Wände des Tankstellengebäudes vor Nässe. Eine oder zwei der Koniferen verwandelten sich plötzlich mit lautem Rauschen in haushohe Fackeln, aber nur für die Dauer eines Radiojingles.

Keine halbe Stunde später war der aufregende, zugleich surrealistische Spuk auch schon wieder vorbei. Weißer Qualm hing wie tiefe Bewölkung über der Anlage, aber es brannte offensichtlich nicht mehr. Dafür herrschte ein Gestank, der mich an einen Schwelbrand auf einer Müllhalde denken ließ. Und es war ruhig, von den gebrüllten Befehlen einiger Beamter abgesehen. Der Hubschrauber flog davon.

Mehrere Feuerwehrmänner in Schutzanzügen und mit Sauerstoffflaschen auf den Rücken betraten vorsichtig die Verkaufsräume, Äxte in den Händen haltend. Direkt neben mir blitzte es ins omnipräsente blaue Flackern. Ein junger, bärtiger Mann im C&A-Anzug fotografierte mit einer professionellen Kamera. Er bemerkte, dass ich ihn ansah, und fragte: «Augenzeuge?»

«Auch», meinte ich.

«Wie heißen Sie?»

«Wie heißen *Sie?*»

«Kevin.» Er nannte den Titel einer großen Boulevardzeitung und gab mir die Hand. Kevin. Eher eine Gruppenbezeichnung als ein Name. Man musste ihn um ganze Ziffernkolonnen ergänzen, wenn man ihn für die Anmeldung bei irgendeiner Internetsache verwenden wollte. Von seinem Arbeitgeber hielt ich wenig bis nichts, aber der junge Mann wirkte nett. Außerdem begrüßte ich den Gedanken, mit jemandem sprechen zu können.

«Uwe.»

«Nachname?»

«Beginnt mit F.»

Er nickte notierend. «Und Sie haben alles gesehen?»

«Ich arbeite in der Tankstelle. Ich habe die Feuerwehr gerufen.» Das sagte ich zum zweiten Mal in kurzer Zeit, und es erfüllte mich mit einem gewissen Stolz.

Ein Lächeln erschien auf seinem Gesicht, dann hob er die Kamera. «Darf ich?»

«Nein», sagte ich entschieden.

«Im Profil? Von hinten?», schlug er vor.

«Von hinten», stimmte ich nach einiger Überlegung zu, er machte ein paar Fotos, ohne Blitz, ich von hinten vor der Kulisse der B-Movie-mäßig verschneiten Anlage, und anschließend erzählte ich ihm meine Version der Abläufe, natürlich ohne das Terminbuch zu erwähnen.

«Sie sind noch mal rein, obwohl es schon brannte, und haben die Tankanlage abgeschaltet?» Es lag eine leichte, vielleicht sogar ehrliche Ehrfurcht in der Frage. Und obwohl ich die schwelende Tankstelle nicht wirklich aus diesem Grund betreten hatte, nickte ich.

«Alle Achtung», sagte er.

Ich grinste, vermutlich beschämt.

«Äh. Geben Sie mir Ihre Handynummer?», fragte Kevin.

Da musste ich zum ersten Mal an diesem Abend lachen, ein paar Augenblicke später stimmte der Journalist in mein Lachen ein, verabschiedete sich freundlich kopfschüttelnd und ging zum Einsatzleiter.

Eine mir bekannte Stimme schimpfte laut aus genau dieser Richtung. Dietrich Langmann stand dort, fuchtelte mit den Armen und stampfte mit dem rechten Fuß auf. Ich näherte mich vorsichtig, ohne von ihm bemerkt zu werden, und beobachtete meinen Chef, der nun, wenigstens in näherer Zukunft, keine Arbeit mehr für mich hätte. Keine Ahnung, wie lange es dauern würde, die Anlage aufzuräumen und instand zu setzen, aber in diesem Herbst oder Winter gäbe es vermutlich kein Benzin aus Langmanns Säulen. Und keine guten gebrauchten Reifen aus eigener Herstellung.

«Das ist meine Existenz!», brüllte er. «Ich muss da rein! All meine Unterlagen, meine Bücher, es ist alles im Büro! *Alles!*» Ich spürte das leichte Drücken, das vom Büchlein in meinem Hosenbund verursacht wurde. Etwas in mir wollte sich freuen, doch dafür vibrierte mein Körper zu sehr.

Der Einsatzleiter schüttelte nur freundlich den Kopf und hielt den rechten Arm auf unmissverständliche Weise zwischen den Geschäftsinhaber und seinen verkohlten Besitz. Langmanns Mimik widersprach völlig seinen verbalen Äußerungen, in Frau Oberhubers Schauspielunterricht wäre er nicht damit durchgekommen. Er *freute* sich und konnte kaum unterdrücken, diese Freude auch zu zeigen.

«Sie sind der Inhaber?», fragte Kevin, der Zeitungsmann, und stellte sich vor.

Langmann musterte ihn kurz und nickte dann, machte einen Schritt auf ihn zu. «Meine Existenz ist vernichtet!»

«Rauchen Sie?», fragte der Reporter freundlich. «Zigarren?»

Ein Lächeln – ein befreites, schließlich hatte er das die ganze Zeit über tun wollen – erschien in Dietrich Langmanns Gesicht, weil er die Frage als Angebot missverstand, zumal Kevin in seiner Jackentasche herumfrickelte, als würde er etwas suchen, beispielsweise eine Montecristo, die dort zufällig steckte – was sogar ich für die Dauer einer Viertelsekunde annahm. Ich war beeindruckt. Der Tankwart nickte erwartungsvoll.

«Im Büroraum einer *Tankstelle?*»

Der Einsatzleiter wurde aufmerksam, das Lächeln zehn Zentimeter unterhalb des Muttermals in der Form von Albanien zerfiel. In diesem Augenblick sah er mich, begriff offenkundig die Zusammenhänge. Er hob die rechte Hand, streckte den Zeigefinger aus und wies auf mich. Mit den entsprechenden Möglichkeiten ausgestattet, hätte er, ohne mit der Wimper zu zucken, mich, alle meine Vorfahren und sämtliche Verwandten ausgelöscht – und anschließend auf die Gräber uriniert.

«Wir sollten uns mal in Ruhe unterhalten», sagte der Einsatzleiter und zog den zeternden Langmann zu einem Polizeifahrzeug. Kevin zwinkerte mir zu, tippte sich an die Stirn und ging davon. Ich antizipierte derweil die Schlagzeile von morgen: BEHERZTER TANKWART VERHINDERT INFERNO IN SCHÖNEBERG. Die Übereinstimmungsquote lag, wie ich am nächsten Tag erfahren würde, bei knapp achtzig Prozent.

Bis alle, die das wollten, meine Personalien aufgenommen und mich zum Ablauf der Geschehnisse befragt hatten, wurde es ein Uhr nachts. Ich fing mit etwas Mühe ein Taxi und versuchte dann, im Fond sitzend, das Guthaben für mein Telefon aufzustocken und anschließend Matuschek darüber zu informieren, dass ich auf dem Weg wäre, aber meine Hände zitterten immer noch zu sehr; nach fünf Vertippern gab ich auf. Außerdem lenkte mich der Fahrer dadurch ab, dass er in einer wilden Mixtur aus Deutsch und Arabisch unbedingt davon erzählen musste, dass in Schöneberg beinahe eine riesige Tankstelle explodiert wäre, was ich unwidersprochen zur Kenntnis nahm. Um halb zwei hielt das Taxi vor dem Spätkauf, und während ich noch Geldscheine sichtete, um den Fahrpreis auszugleichen, sah ich Dominik Matuschek aus Nette's Ecke kommen, einen Arm um die Schulter von Jessica gelegt, die er gleichsam hinter sich herzuziehen schien. Er nahm etwas aus ihrer Hand, ließ sie kurz los, schloss wohl die Kneipentür ab und dockte wieder bei ihr an. Dann gingen die beiden keine fünf Meter vor mir über die Straße und verschwanden im Haus gegenüber.

«Scheiße», sagte ich leise und hörte mich selbst kaum. «Fahren Sie weiter», flüsterte ich, gerade noch dazu in der Lage, die Adresse in Friedenau anzusagen.

ZWEITER TEIL

EINS

Ulrike traf gleichzeitig mit mir in der Küche ein, wo ihr neuer Freund soeben an der Kaffeemaschine hantierte. Sie trug eine Tüte, die nach Brötchen duftete, und unter dem Arm eine zusammengerollte Zeitung. Frische Brötchen – wir Berliner hatten sie «Schrippen» zu nennen, aber ich tat das nicht – hatten früher zum sonntäglichen Ritual gehört, damals, in meiner Kindheit und Jugend, selbst in der Zeit noch, als ich allein mit meinem Vater lebte. Inzwischen mochte ich die überwiegend verfügbare Spielart des Gebäcks nicht mehr, diese aromafreie, immergleiche Schema-F-Semmel aus neunundneunzig Prozent Luft, in Fabriken vorgefertigt und nach dem Ausbacken in Selbstbedienungsregale verklappt. Die Alternative bestand aus diesem knetgummiartigen, viel zu kompakten Zeug vom Ökobäcker, das ein halbes Monatsgehalt kostete und im Mund auf das vierfache Volumen anschwoll. Aber die Brötchen, die Rieke mitbrachte, dufteten großartig, und obwohl ich keinerlei Lust auf gute Dinge verspürte, bekam ich Appetit.

«Guten Morgen», sagte ich zu Rieke.

«Der Held ist wach», antwortete sie grinsend, entrollte die Zeitung und legte sie auf den Küchentisch, womit sich dort zum ersten Mal in der Geschichte ein Produkt dieses Verlagshauses befand. «Deine ganz persönlichen fünfzehn Minuten Ruhm.» Der Tankstellenbrand, illustriert durch das rückwärtig aufgenommene Foto, beherrschte die Titelseite.

«Manchmal reicht das», sagte der Sänger ins schnarrende Blubbern des Kaffeeautomaten, ohne sich umzudrehen. Ulrike ging zu ihm, umarmte ihn von hinten und schmiegte den Kopf in seinen Nacken.

Ich setzte mich und warf einen Blick auf das Boulevardblatt. Aus meinem «beherzter» war «mutiger» geworden, ansonsten hatte ich mit meiner Vermutung richtig gelegen. Meine Version fand ich besser.

«Erzähl», bat sie, sich ebenfalls setzend. Wenn ich mich korrekt erinnerte, hatte sie mir in der vergangenen Nacht aus dem Taxi geholfen und mich, unterstützt von ihrem neuen Partner, aufs Sofa gehievt. Möglicherweise hatte ich noch angedeutet, was geschehen war – vor meinem Eintreffen in Neukölln. Ich spürte ein stechendes und zugleich drückendes Gefühl im Brustkorb, und außerdem den Wunsch, laut loszuheulen. Stattdessen atmete ich tief durch, nahm den angebotenen Kaffeetopf aus der Hand des anderen Mannes, der mich dabei so freundlich ansah, wie das gute Väter mit ihren Söhnen tun, und lieferte eine kurze Zusammenfassung.

«Beeindruckend», sagte der Sänger. Ulrike betrachtete mich schweigend, aber mit einem Gesichtsausdruck, den ich nie an ihr gesehen hatte, wenn sie mich angeblickt hatte. Anerkennend, vielleicht sogar stolz, und dann war da noch eine Nuance. Bewundernd?

«Mindestens grob fahrlässig», erklärte sie, auf die Brandursache bezogen. «Falls sie Beweise finden.»

«Eher vorsätzlich», meinte der Musiker.

«Du meinst, wegen dieser Sache mit dem Staatsanwalt? Diesem … äh.»

«Franz Josef», half ich aus. Den Nachnamen hatte ich vergessen.

«Unterlagen vernichten», sagte Marius Goldstein. «Nicht einmal eine schlechte Idee. Wenn sie keine anderen Kunden finden, die mit eigenen Reifen betrogen worden sind» – er lächelte, weil er die Geschäftsidee originell fand –, «können sie dem Mann auch nichts anhängen.»

«Und er kalkuliert vorsätzlich ein, dass die Tankstelle abgefackelt wird?»

Goldstein zuckte die Schultern. «Er wird sich gedacht haben, dass die Feuerwehr rechtzeitig kommt, bevor mehr als sein Büro brennt. Was ja auch funktioniert hat.»

«Das wäre» – Rieke hob die Hände – «was weiß ich. Brandstiftung und versuchter mehrfacher Totschlag oder so.»

«Falls es ihm nachgewiesen wird. Die Sache mit der Zigarre. Den Zigarren.»

«Ein voller Papierkorb, drei oder vier glimmende Zigarren, in der Nähe gut Brennbares. Fast ein schlauer Plan.»

«Aber nur fast.»

Ich lauschte dem Gespräch der beiden, fand es auch interessant, konnte aber nicht damit aufhören, an Jessica zu denken. Selbst ohne intensiveren Körperkontakt als während der Nacht mit mir hatte ihr der Adonis vom Investmentolymp wahrscheinlich multiple Orgasmen verschafft, und vielleicht hatte er sogar bei ihr übernachten dürfen. Ich konnte nicht anders, ich musste laut schluchzen.

«Alles okay?», fragte Rieke.

«Nichts ist okay», antwortete ich schniefend und sah zur Küchenuhr. «Und außerdem muss ich jetzt zu einer Beerdigung.»

Den Zweck von Friedhöfen verstand ich durchaus, war jedoch nicht der Meinung, dass sie ihn auch erfüllten. Zu meinem Glück hatte es bislang erst ein einziges Mal die Notwendigkeit gegeben, einer Bestattung beizuwohnen, und seinerzeit hatte ich mich in einem Alter befunden, in dem man derlei noch aus großer Distanz wahrnahm, ein unwirkliches Ereignis, das nur mittelbar im Zusammenhang mit dem ohnehin unbegreiflichen Tod stand, eher zu einer ganzen Sammlung von schlimmen Dingen gehörte, mit denen man in dieser Situation konfrontiert wurde. Nun schlurfte ich durch das Tor einer Begräbnisstätte im Süden Neuköllns, genauer in Rudow, deren Begrenzung aus einer unregelmäßigen, überwiegend trübroten Klinkersteinmauer bestand, die mit Graffiti übersät war. Ich trug die fröhlichste Kleidung, die mein Fundus hergegeben hatte – ein rotes Hemd, das ich vor fünf Jahren von Rieke zum Geburtstag bekommen und seither kein einziges Mal getragen hatte, dazu Jeans, hellgrüne Stoffturnschuhe und ein beigefarbenes Sakko, das an den Schultern etwas spannte. Kurz hinter dem Eingangstor wurde ich von zwei Rentnerinnen überholt, die sportive Gehhilfen vor sich herschoben, in deren Transportkörben Plastikgießkannen bereitstanden. Eine der beiden weißhaarigen Damen hob in diesem Moment ihre dürre rechte Hand und wies tendenziell nach Südosten. «Da liegt mein Erich», sagte sie zu der anderen.

Erich war, wie ich schätzte, vor einem guten Jahrzehnt von ihr gegangen – schließlich machte die Frau keinen besonders traurigen Eindruck, sondern eher jenen, ein Neumitglied in einen exklusiven Club einzuführen, nämlich die Frau mit dem anderen Rollator. Die wiederum sah ziemlich traurig aus. Letzte Woche oder so. Warum man im Spätherbst überhaupt noch Grabpflege betreiben musste, würden beide wahrscheinlich nicht erklären können. Und mir sowieso nicht. Diese Beschäftigung gehörte zu den sinnlosesten, die ich mir vorzustellen in der Lage war.

Natürlich verstand ich, warum Hinterbliebene diesen Weg wählten, sogar zu begrüßen schienen – der ritualisierte Abschied, die Lagerung der Reste zwischen den Resten anderer und all das; die fiktive Gemeinschaft im Tod eben. Vor allem unter religiösen Aspekten war das nachvollziehbar, aber Religion interessierte mich kaum mehr als beispielsweise Slotcar-Racing, davon abgesehen gehörte derlei nach Auffassung meines Vaters zu den Fundamenten der Weltverschwörung, wobei ich an dieser Stelle sogar zugestimmt hätte, denn eine andere sinnvolle und haltbare Erklärung gab es nicht wirklich. Statt, wie wohl mal gedacht, eine Stätte des Abschieds zu installieren, inszenierte man einen vermeintlichen Übergang, den keiner beweisen konnte, während man zugleich die Überlebenden an einen Ort band, der fortan von nicht wenigen regelmäßig aufgesucht wurde, wo sie unaufhörlich in ihren eigenen Wunden herumpulten. Ich hielt die eigene Erinnerung für einen wesentlich besser geeigneten Platz, und ich bedauerte beispielsweise die beiden älteren Ladys, die allwöchentlich Gießwasser auf die Erde kippten, unter der die Leichen ihrer Eriche und Ottos verscharrt worden waren. Wie zur Bestätigung plauderte Erichs Witwe soeben über die gesalzenen Preise der Blumenhandlung zwei Querstraßen weiter, von der sie also abriet, während es in der Nähe des U-Bahnhofs Rudow wohl bessere florale Einkaufsstätten gäbe. Bevor ich mich nach links wandte, wo ich die Kapelle vermutete, drehte ich mich noch kurz zu den Damen um, wobei ich wenig überrascht feststellte, von beiden beobachtet zu werden. So gekleidet, sagten ihre Blicke, suchte man keinen Friedhof auf. Ich hätte beinahe etwas gesagt, wurde jedoch von Herrn Kauzig zum Schweigen gebracht, der in diesem Augenblick das Tor durchschritt. Er trug einen Sombrero aus grünem Stroh, dazu ein pinkfarbenes Cape und darunter ein Hawaiihemd. Die Frauen erstarrten. Als er mich sah, legte er kurz die Stirn in Falten und nickte dann. «Fiedler», sagte er. «Wohnung 35-102.»

«Herr Kauzig», antwortete ich höflich. Dass ich Wohnung 35-102 bewohnen würde, war mir neu. Kein Teil davon entsprach der Hausnummer.

«Auch zur Zweitenstein-Finissage?», fragte er lächelnd. Sein Lächeln hatte etwas … Kauziges.

Ich nickte. «Sie war meine Tante.»

In sein Gesicht trat Verblüffung. «*Sie* sind der Neffe?»

«Halbneffe, wenn es das gibt», erklärte ich, meinerseits darüber verblüfft, dass es offenbar so etwas wie ein Neffenrätsel gab, jedenfalls hatte sich das so angehört.

Mehrere Menschen in mehr oder minder ähnlich origineller Kleidung passierten uns, und ich hörte, wie hinter mir ein Bus anfuhr. Kauzig trabte davon, blickte sich aber noch zwei-, dreimal um.

Auf dem kleinen Vorplatz der kleinen Halle, in der die Trauerfeier stattfinden würde, sah es aus wie auf einer sehr kurzfristig angesetzten Faschingsparty ohne Motto. Gute drei, vier Dutzend Trauergäste gab es, wobei ich auf den ersten Blick niemanden erkannte, was auch einem Wunder gleichgekommen wäre. Gemeinsame Verwandte hatten wir, von meiner Mutter abgesehen, nicht gehabt, und über Tante Gertruds soziales Umfeld zu Lebzeiten wusste ich nichts. Die meisten waren natürlich ältere Herrschaften, aber es gab auch einige jüngere, darunter zwei Männer in Pflegerkleidung, was mich kurz rätseln ließ, ob es sich tatsächlich um Be- oder um Verkleidung handelte. Immerhin trugen sie Weiß, also das Gegenteil von dem, was man hier üblicherweise anhatte.

Obwohl es ein grauer, kühler Tag war und jetzt Nieselregen einsetzte, wirkte die Versammlung durchaus amüsant. Es gab eine Matrosenuniform, zwei Frauen in Dirndln, was wirklich reizend aussah, viele bunte Kopfbedeckungen und Umhänge. Ein älterer Herr mit mächtigem weißem Bart trug ein Jägerkostüm einschließlich Gamsbarthut. Als er bemerkte, dass ich ihn ansah, zwinkerte er mir kurz fröhlich zu. Ich nickte, brachte es aber nicht zu einem ebenfalls fröhlichen Zwinkern, weil seit dem Morgen jeder zweite Gedanke Jessica galt – und dem, was sie in der vergangenen Nacht mit Matuschek getan hatte. Und an dessen bemerkenswerten Satz: «Ich schütze das erste Stück Torte vor dem Zugriff anderer und sehe mich nach weiteren um.»

Kurz darauf öffnete sich die Tür der Halle, und die Leute suchten sich darin Plätze. Ich wartete ab und wünschte mir für einen Augenblick, Raucher zu sein, denn die sechs Tabakinhalierenden, die etwas abseits standen, rasche letzte Züge nehmend, wirkten wenigstens beschäftigt.

Ich ging als Vorletzter hinein, aber bevor die sehr, *sehr* alte Dame, die in schwarzer Kleidung leicht gebückt neben der Tür stand, den Saal verschließen konnte, war ein lautes, energisches «Halt!» zu hören. Nicht wenige Gäste sahen sich um. Eine hochgewachsene, schlanke Frau in den frühen Sechzigern erschien im Durchgang, eine sehr elegant, tiefschwarz gekleidete Frau, die sogar eine Art Schleier trug. Nur ihre Handtasche war bunt – ein hellblaues Kunstledermonster mit naiver Landschaftsmalerei darauf. In meinem Kopf pochte es sofort, und ich kniff die Augen zusammen.

Meine Mutter. Zweifelsohne.

Aber sie ging an mir vorbei, ohne mich wahrzunehmen, und sorgte für Aufruhr weiter vorne, denn sie beanspruchte einen Platz in der proppenvollen ersten Reihe – der ganze Raum war proppenvoll.

Ich war irritiert und verwundert, aber letztlich nicht sehr überrascht – und wenn, dann vor allem darüber, dass mir ihr Vorname einfach nicht einfallen wollte. Gut möglich auch, dass ich ihn während meiner Kindheit nie gehört hatte, denn meine Eltern hatten sich meiner Erinnerung nach mit «Mutter» und «Vater» angeredet, nie aber mit «Jochen» und … ihrem Namen eben; mein Vater hatte erst nach der Trennung darum gebeten, beim Vornamen genannt zu werden. Es überraschte mich außerdem, dass ich sie sofort erkannt hatte, weil mein Gedächtnis in dieser Hinsicht nicht sehr verlässlich war, und das Foto von ihr, das ich vielleicht sogar noch besaß, hätte ich erst suchen müssen, ohne zu wissen, wo überhaupt. Ich schloss die Augen und versuchte, den kurzen Moment zu visualisieren, in dem sie vorhin in meine Richtung geblickt hatte. Schmale Lippen, ein harter Gesichtsausdruck, darüber viel Make-up. Hagerer als in meinem Gedächtnis. Sie war nach meinem Gefühl eine propere Frau gewesen, etwas größer als mein Vater, stattlicher. Und laut und cholerisch. Wenigstens daran hatte sich offenbar nichts geändert, denn der Tumult zwei Meter vom aufgebahrten, schlichtweißen Sarg entfernt, auf dem eine einzelne Rose lag, war noch nicht vorbei.

«Ich bin die *Schwester*», knarrte sie sehr laut, womit sie meine letzten Zweifel verfliegen ließ. Ein Mann in einem offensichtlich rosafarbenen Anzug kam von hinten, aus einem Vorbereitungsraum, schlichtete den Streit und trat dann ans Rednerpult. Er war in den frühen Fünfzigern und hatte einen Schnauzbart, und ich musste an diesen Seriendetektiv denken, der im Ferrari herumgefahren war, kam aber nicht auf den Namen.

«Wir sind nicht hier, um zu trauern», sagte er lächelnd. «Gertrud Walpurga Zweitenstein ist gerne gestorben, und sie möchte, dass wir uns für sie freuen.» Er nickte, kurz darauf erklang von Band oder einer unsichtbaren Orgel «My Way», was ich ziemlich abgeschmackt fand. Anschließend verlas der Trauer- oder vielmehr Festredner ein seltsames Gedicht, das «Kreis des Lebens» hieß, und ich bekam vor Scham eine Gänsehaut. Dann sollte die Feier eigentlich auch wieder vorbei sein, aber man hatte die Rechnung ohne meine Mutter gemacht. Sie stand plötzlich hinter dem Pult.

«Ich bin Fiona Zweitenstein-Fiedler», sagte sie und legte beide Hände auf das Pult. «Die Schwester.»

«Halbschwester», korrigierte ich unhörbar.

Sie schob sich den Schleier vom Gesicht, sehr lässig, wie einstudiert. «Und obwohl sie sich offenbar diese seltsame Veranstaltung gewünscht hat oder ihr das eingeredet wurde, muss und möchte ich unterstreichen, dass ich sehr traurig bin, dass meine geliebte Schwester von uns gegangen ist.»

Es gab einiges an Gemurmel, während sich in meinem Gehirn offenbar erst in diesem Moment eine relevante Windung straffte und bei mir ankam, dass dort *meine Mutter* am Pult stand. Ich spürte, wie ich zu zittern begann. Fiona Zweitenstein-Fiedler redete weiter, erzählte überwiegend ziemlichen Kokolores, wurde sogar richtig wütend, aber ich konnte immer nur denken: Meine Mutter. Da steht meine Mutter. Was bedeutete das? Und ich dachte außerdem: Wer bin ich? Wer zur Hölle bin ich? Warum fühle ich nichts in dieser Situation, von einer diffusen Besorgnis und leichter Überraschung abgesehen?

Nach ein paar Minuten schritt der Mann im rosa Anzug ein und schob sie vergleichsweise sanft vom Pult. Gleichzeitig öffnete sich im Hintergrund eine Klappe, und der Sarg glitt auf einem Band hindurch. Die Gemeinde erhob sich, während Band oder Orgel die Titelmelodie aus «Spiel mir das Lied vom Tod» intonierten, was ich fast lustig fand.

Der Weg zur endgültigen Ruhestätte für Tante Gertruds organischen Nachlass war lang – sie lag am anderen Ende des Friedhofs. Trotzdem gefiel es mir, im leichten Nieselregen zwischen kunterbunt gekleideten Menschen durch diesen hässlichen, morbiden Park zu wandern, dessen Vegetation und Fauna sich zu einem Gutteil von menschlichen Überresten ernährten, und dabei an eine von zwei verstorbenen Verwandten zu denken, die mir etwas bedeutet hatten. Nach einigen Minuten fiel mir auf, dass meine Mutter die Gäste von vorne nach hinten abklapperte und jedem die gleichen Fragen stellte: «In welchem Verhältnis standen Sie zu Gertrud? Hatten Sie noch vor kurzem Kontakt zu ihr?» Je nach Antwort beließ sie es dabei oder hakte weiter nach. Sie sprach sehr laut.

Schon in Sichtweite der offenen Grube erreichte sie mich, der ich das Ende des Zuges markierte. Sie musterte mich kurz, sah mir auch ins Gesicht, aber der Funke des Wiedererkennens flammte nicht auf. Das war so seltsam, dass ich grinsen musste. Vermutlich wusste sie nicht einmal, dass es mich noch gab, geschweige denn, wo – oder dass ich Gertrud gekannt hatte.

«Auch so ein Spaßvogel», sagte sie etwas mürrisch, versuchte sich aber sofort wieder an einem freundlichen Lächeln, das nicht ganz gelang.

«Normalerweise nicht», antwortete ich höflich und wahrheitsgemäß.

Sie stellte ihre Fragen.

Kurz davor hatte ich darüber nachgedacht, mich aus Jux als Gertruds Investmentberater auszugeben, aber ohne mehr über sie zu wissen, als ich eben wusste, traute ich dieser Frau, *die meine Mutter war*, zu, in diesem Segment über Fachkenntnisse zu verfügen.

«Ich arbeite an einer Tankstelle», sagte ich stattdessen. Und ich dachte dabei: Ich erzähle meiner Mutter, dass ich an einer Tankstelle arbeite. Das Letzte, an das sie sich von mir erinnern konnte, wenn es überhaupt etwas gab, war vermutlich die Tatsache, dass ich Nudeln gerne roh gegessen hatte, mit wackligen Milchzähnen.

«An einer Tankstelle», wiederholte sie etwas konsterniert. Weil ich nur nickte und nichts weiter sagte, fragte sie: «Und?»

«Und Gertrud nicht», erklärte ich. Fast hätte ich «Tante Gertrud» gesagt.

«War sie Ihre Kundin?»

Ich tat so, als würde ich nachdenken. «Nein», sagte ich dann.

«Aha.»

«Ich wohne in Neukölln», gab ich zum Besten.

«In ihrer Nähe?», fragte sie hoffnungsvoll. «Also da, wo sie früher gewohnt hat?»

«Ein paar Häuser weiter.»

Sie sah mich irritiert an, aber es war offensichtlich, dass sie mich niemals wiedererkennen würde, selbst wenn ich ein Tattoo mit der Aufschrift «Dein Sohn» auf der Stirn getragen hätte. Sie hatte mit diesem Teil der Vergangenheit vollständig abgeschlossen – und den anderen nur wieder aufleben lassen, weil es vielleicht ein schmales Erbe gab. Ich betrachtete ihre hässliche Handtasche, an der ich jetzt einen babyblauen Aufnäher entdeckte, auf dem in Altrosa die verschlungenen Buchstaben «FZF» zu sehen waren, also ihre Initialen. Sie versuchte sich also immer noch in künstlerischer Verwirklichung. Ich stellte mir vor, wie sie anderen voller Stolz erklärte, «Accessoires» zu entwerfen, dabei das Wort mit «X» aussprechend. Wenn die anderen Stücke aus ihren Kollektionen so aussahen wie dieses Ding, war wenig verwunderlich, dass sie auf jeden erbbaren Cent schielte.

«Hatten Sie ein persönliches Verhältnis?»

«Eher nicht.» Dabei legte ich, wie ich bemerkte, die Stirn in Falten.

Das tat sie auch. «Das letzte Wort ist noch nicht gesprochen», sagte sie dann, aber leise, also eher laut denkend. Sie sah mich abermals an, wie einen Supermarktkassierer, der nach einer idiotischen Rabattkarte fragt, und beschleunigte ihre Schritte, um einen guten Platz am Grab zu bekommen.

Ich fand sie fürchterlich unsympathisch, was normalerweise nicht zu den Schlüssen gehörte, die ich nach so kurzen Begegnungen zog, andererseits war das ja nicht unsere erste.

Ich fand außerdem peinlich, wie sie sich gab – und wie offenkundig sie herauszufinden versuchte, ob es ein Erbe gab und wem es möglicherweise zufallen würde. Ob es Konkurrenten gäbe. Und dann dachte ich wieder: Meine Mutter. Meine verdammte Mutter.

Auf einem Karren wurde der Sarg herangebracht, um anschließend von vier älteren Männern, die wie Stammgäste aus Nette's Ecke aussahen, geschultert und kurz darauf mit Leinen in der Grube versenkt zu werden, wobei die Männer irgendeine Zauberformel murmelten, wie es schien. Ein paar Leute warfen Blumen ins Grab, viele nickten nur kurz und gingen einfach weg. Ich wollte mich auch schon davonmachen, als ich sah, dass meine Mutter mit Herrn Kauzig sprach. Genau genommen sprach sie auf ihn ein, und er nickte mehrfach bestätigend. Dann zeigte er auf mich.

Ich brauchte keine zehn Sekunden bis zum Friedhofstor, rannte einfach weiter, bis ich ein Taxi sah, das auch sofort anhielt. Während ich einstieg, meinte ich, ihre Rufe zu hören, aber ich schüttelte den Kopf, was den arabischen Fahrer kurz irritierte.

«Nach Hause», sagte ich zu ihm. «Nach Neukölln.»

«Wir sind hier in Neukölln», sagte er akzentfrei.

«Norden. Weisestraße.»

«Da ist es auch schöner.»

Als das Auto ungefähr in Höhe der Grenzallee war, schaltete ich erstmals an diesem Tag mein Smartphone ein. Es ließ sofort mehrere Benachrichtigungstöne erklingen, was mir einen kurzen, seltsamerweise anerkennenden Blick des Fahrers per Rückspiegel einbrachte – er besaß wahrscheinlich ein Dutzend dieser Geräte, von denen fünf mit Saugnäpfen an der Frontscheibe befestigt waren. Matuschek hatte mir gute zwanzig Kurznachrichten geschickt und ebenso oft versucht, mich telefonisch zu erreichen. Viele Kontaktversuche stammten von wildfremden Nummern. Ich ignorierte all das und rief Ulrike zurück, die es vor fünf Minuten probiert hatte.

«Der Wagen ist gepackt», sagte sie fröhlich.

«Der Wagen.»

«Eine Pritsche. Deine Sachen. Du kannst umziehen.»

«Bin in einer Viertelstunde da», sagte ich, und Rieke beendete das Gespräch.

«Doch nach Schöneberg», sagte ich zum Fahrer.

«Auch schön da», antwortete er.

Der Schlagersänger verlud soeben einen Umzugskarton in den kleinen Lieferwagen, der vor meiner nunmehr unwiderruflich ehemaligen Exwohnung in der zweiten Reihe stand, wodurch kein anderes Fahrzeug die Straße passieren konnte. Marius trug ein weißes Shirt und schwitzte, aber er lächelte trotzdem. Ich lächelte auch, denn obwohl er meine Nachfolge bei etwas antrat, bei dem sich kein normaler Mensch überhaupt Nachfolger wünschen konnte, war er um Lichtjahre sympathischer als meine Mutter, an die ich, wie ich in diesem Moment beschloss, nie wieder denken wollte.

«Wir sind fertig», sagte er.

«Das ist nett», behauptete ich, ging aber an ihm vorbei, um wenigstens der Form halber zu prüfen, ob sich noch Habseligkeiten von mir in der Wohnung befanden.

Aber da waren keine, nur Ulrike, die in der Küche stand, sich kaffeetrinkend umsah und grinste.

«Du wirst mir fehlen», sagte sie.

«Werde ich?», fragte ich und sah, dass die Zeitung immer noch auf dem Tisch lag.

«Hier haben heute ziemlich viele Leute angerufen, vor allem Presseleute.»

«Scheiße.»

Sie nickte. «Fahren wir nach Neukölln.»

Wir fuhren nach Neukölln, Rieke und ich in der Pritsche, die sie steuerte, was mich nur kurz überraschte. Der Musiker folgte uns im Taxi. Ich fand das nett, dass er half, aber mir war natürlich auch bewusst, dass er das nicht uneigennützig tat. Auf der Fahrt schwiegen wir, von Riekes kurzer Frage abgesehen, wie die Beerdigung gewesen war, worauf ich nur «Interessant» antwortete. Von meiner Mutter wollte ich ihr nicht erzählen. Ich wollte das Wort «Mutter» nicht aussprechen. Und hoffte, das auch nie wieder in diesem Kontext tun zu müssen. Manchmal brummte das Telefon in meiner Jackentasche, aber ich ließ es brummen. Den Übergang vom Kommunikationscrusoe zum offenbar gefragten Menschen hätte ich jetzt nicht auch noch bewältigen können.

Werner stand schon vor der Haustür, selbstverständlich rauchend, schnippte die Zigarette aber sofort weg und schulterte drei oder vier Kisten, um sie ins zweite Stockwerk zu tragen. Ich nahm eine und folgte ihm, und wenig später stand ich sehr verblüfft zwischen lauter auf sehr langweilige Weise hübschen Möbeln, in einer Wohnung, die mir etwas zuzurufen schien, aber so laut, dass es nicht zu verstehen war. Kaum zu fassen, was sich hier während der letzten paar Tage getan hatte. In Berlin hatte es anno Tobak mal eine Wohnungsbaugesellschaft mit dem Namen «Neue Heimat» gegeben, wenn ich mich richtig erinnerte, mit der etwas sehr Obszönes geschehen war, und nun stand ich vor einer ähnlichen Obszönität, nämlich meiner neuen Heimat, im Norden von Neukölln, dem kriminalstatistisch zweit- oder drittgefährlichsten Ort der Stadt, gegenüber einer Wohnung, in der Jessica lebte, die es mit Matuschek trieb, obwohl ich in sie verliebt war, und verspürte eine Mischung aus Euphorie und endgültiger Einsamkeit.

«Ich würde euch gerne einladen, zu einem Essen oder wenigstens einem Drink», sagte ich zu meinen Helfern.

Rieke sah den Musiker an, Werner sah zu Boden. «Ein andermal», hieß das, und ich nickte nur, hoffte dabei, nicht zu traurig zu nicken. Dann gingen sie, Ulrike umarmte mich herzlich und flüsterte dabei «Du Held», Werner nahm mir ein paar Scheine ab, Sekunden später waren sie verschwunden, und ich saß in meinem IKEA-Paradies, das vorerst nichts mit mir zu tun hatte, außer, dass ich es bewohnen würde, weil es keine Alternative gab. Ich schlurfte zum Kühlschrank, der zufrieden brummte, aber leer war, sah auf die Uhr, pinkelte erstmals seit über zehn Jahren in eine Kloschüssel, in die vorerst niemand außer mir pinkeln würde, schnappte mir meine Brieftasche, die im Flur auf einer Kommode lag, die Ulrike gekauft hatte, verschloss die Tür sorgfältig und stand Augenblicke später etwas verloren auf der Weisestraße, die ich fortan Taxifahrern nennen würde, wenn mich irgendwo ein Migräneanfall heimsuchte. Ein Zeitalter hatte geendet, und zwar ein Zeitalter, dessen Bedeutung just in diesem Augenblick zerfiel, ohne Option auf erkennbare Spuren oder Optimismus, und weil mich diese Gedanken so sehr beherrschten, dass mein Gehirn zu anderen nicht in der Lage war, stand ich plötzlich im Spätkauf und sah mich einem Lächeln gegenüber, das Beatrice gehörte.

«Du warst plötzlich weg», sagte sie, aber ohne vorwurfsvollen Unterton.

«Ich hatte Kopfschmerzen, tut mir leid.»

«Kein Problem», behauptete sie, sah auf die Uhr. «Ich habe gleich Feierabend. Wollen wir zusammen essen gehen?»

Auf einer Liste der fünfzig Dinge, die ich am liebsten getan hätte, in diesem Augenblick oder neunundvierzig anderen, hätte sich das exakt auf Platz fünfzig befunden, aber die neunundvierzig Alternativen befanden sich in Paralleluniversen oder auf dem Weg dorthin, also nickte ich. Beatrice lächelte, kassierte in Windeseile den Afrikanertisch ab, der sich sofort leerte, betätigte ein paar Schalter und schob mich dann aus dem Laden.

«Hat das nicht rund um die Uhr geöffnet?», fragte ich skeptisch, als sie die Tür abschloss, während die Männer, die eben noch am Stehtisch gestanden hatten, etwas verwundert ins Neuköllner Herbstabendlicht blinzelten.

Sie schmunzelte. «Wer alles zu genau nimmt, verpasst das Beste.» Dann hakte sie sich bei mir unter, verkündete kurz «Pizza!» und zog mich in Richtung Flughafenstraße. «Außerdem kommt meine Ablösung in ein paar Minuten. Kein Problem also.» Sie wirkte fröhlich, was mich umso mehr deprimierte, da ich in diesem Moment die trübbeleuchteten, gardinenverhangenen Fenster von Nette's Ecke wahrnahm, hinter denen ich Jessica vermutete, die vielleicht darauf wartete, dass in ein paar Stunden Matuschek vorbeikäme, um in ihr auch die letzte Erinnerung an unsere gemeinsame Nacht auszulöschen. Dabei fiel mir auf, dass die Namen Beatrice und Jessica die gleichen Vokale enthielten, aber ich wusste mit dieser Information nichts anzufangen. Es gab so viele Informationen dieser Art – viel zu viele.

Wahrscheinlich existierten in der gesamten Republik mehrere tausend Gaststätten mit dem Namen «Ristorante Roma», und eine davon in der Flughafenstraße. Auch das Interieur folgte dem üblichen Schema, es roch nach Hefeteig, Knoblauch und öliger Salami, und selbst die eine Nuance zu hurtigen Kellner erweckten den Eindruck, gleichsam ölknoblauchig zu sein. Drei Viertel der Tische waren belegt, von Familien oder Paaren in den späten Dreißigern. Man brachte uns Amarettos mit der Speisekarte, die sehr umfangreich war, sich aber als eine Kombination der drei oder vier immer gleichen Soßen mit ein paar

Sorten Pasta, Fisch oder Fleisch erwies. Ich hatte den ganzen Tag lang noch nichts gegessen, von den Nutellabrötchen am Morgen abgesehen, stellte aber fest, dass ich weder hier sein wollte, noch mit Beatrice, geschweige denn mit ihr essen wollte. Trotzdem bestellte ich Spaghetti und Bier, während sie irritierenderweise etwas mit Meeresfrüchten orderte, was mich schon im Moment der Bestellung schaudern ließ. Ich erwog, einfach aufzustehen und zu gehen, mir in der Hermannstraße noch einen schrecklichen Döner zu holen und ganz allein in meiner vollen und zugleich leeren Wohnung zu trauern, bei verbranntem, wochenaltem Lammfleisch *mit alles*. Aber ich wollte nicht unhöflich sein, und außerdem war Beatrice quasi eine Nachbarin, der ich noch häufiger begegnen würde. Ich probierte mehrere Grimassen aus, bis ich bei etwas ankam, das vielleicht ein Lächeln war, betrachtete meine Begleitung und anschließend die fix gelieferten Mikrowellenspaghetti, die ein Aroma verströmten, als hätte sich ein Kind über ihnen erbrochen, schob den Billigparmesan beiseite und nahm widerwillig ein paar Bissen. Es schmeckte nach Döner. Beatrice lächelte und futterte mit großem Appetit, wobei ihr zweimal seltsame Tentakel aus dem Mund hingen, bestellte Schnäpse für uns, die ich trank, um ihr den Abend nicht zu verderben. Und noch ein Bier und danach noch eines.

Plötzlich war eine Grenze überschritten, fast unbemerkt, aber deutlich spürbar. Der teuflische Alkohol tat seine Wirkung, möglicherweise hatte sich auch in mir etwas getan, ein Gedankengang ins Archiv verabschiedet, so was halt. Ich fühlte mich besser, beinahe angenehm, fand die Gesellschaft der jungen und durchaus attraktiven Frau nett, die sich ganz offensichtlich für mich interessierte, was an und für sich schon ziemlich bemerkenswert, fast ein Grund zum Feiern war. Im Licht der billigen Ristorante-Roma-Einheitsbeleuchtung und im Klang der Achtziger-Italohits fühlte es sich mit einem Mal gut an, hier zu sitzen, schlecht gezapftes Bier zu trinken, dazu Sambucas und andere Scheußlichkeiten, die man in Italien mit Alkohol veranstaltete, und gemeinsam vom schlammigen Tiramisu zu kosten, wobei mir Beatrice so tief in die Augen zu schauen versuchte, als gäbe es dahinter mehr von mir. Mich – uns – umfing eine Leichtigkeit, eine Ahnung davon, wie simpel und problemlos das Leben sein könnte, ganz im Jetzt und ohne einen Gedanken an das Monstrum «Konsequenzen», die ohnehin nie so eintraten, wie man sie antizipierte. Schlimm genug, dass es sie überhaupt gab.

Beatrice erzählte zwischen den herzhaften Bissen in Oktopusse und ähnliche Tiere viel, darunter auch einiges, das ich längst wusste, aber vielleicht erlebte sie einfach nicht genug, um ständig mit Neuigkeiten prahlen zu können. Obwohl der Likör meine Wahrnehmung verkleisterte, verstand ich alsbald, dass sie die Kausalkette aus Vergangenheit, Gegenwart und Zukunft stark verinnerlicht hatte und die Meinung vertrat, die Zusammenhänge wären manifest und unumstößlich. Sie ergab sich in etwas, das sie für ihr Schicksal hielt, und suchte nach dem Vergnügen im Kleinen, aber längst nicht mehr nach einer Lösung für die große Sache, was auch immer das war. In gewisser Weise hatten wir damit etwas gemein, obwohl mich nicht wenig von dem, was sie absonderte, zum Widerspruch reizte, den ich aber unterließ, geschäftig nickend und am mit der römischen Skyline bedruckten Stampfer nippend, zuweilen ihre wirklich bemerkenswerte Stimme genießend. In meinen Augen war ihre Weltsicht an entscheidenden Stellen zu egozentrisch und an anderen zu esoterisch, aber solange sie plapperte und dabei versuchte, ihre linke Hand unbemerkt meiner rechten zu nähern, wobei ich tatsächlich unbemerkt meine rechte Hand millimeterweise wegschob, ließ ich es gut sein. Dann ging sie leicht schwankend zum Klo. Ich zog mein Telefon heraus, dessen Akku ich offenbar zu lange nicht mehr mit einer Steckdose konfrontiert hatte. Wo wohl das Ladegerät war? Mit einem Mal fühlte ich mich äußerst unwohl, dann kehrte sie zurück, die Bluse bis fast zum Nabel aufgeknöpft, stellte sich neben mir auf, sagte: «Ach, scheiß drauf», beugte sich herunter und küsste mich.

Und ich sie.

Das taten wir für ein paar Minuten, sie auf meinem Schoß sitzend, und es fühlte sich okay an, nicht eben prickelnd, aber wenigstens okay, bis ein Gewissensheinzelmännchen im noch nicht vom Alk davongespülten Bereich meines Schädels vernehmlich gegen die Hirnrinde pochte und «Alter, *so* geht das aber nicht!» krähte. Ich schob Beatrice von mir, die das augenscheinlich als Aufforderung, zu ihr oder mir zu gehen missverstand, mich freudig anstrahlte und dabei nickte. Ich blinzelte und schüttelte langsam den Kopf, ahnte, was in ihm alsbald geschehen würde, und sagte möglichst freundlich: «Ich kann das nicht. Und es wäre unfair. Ich mag dich, aber es gibt da jemanden.»

Sie stand, hielt sich an einer Stuhllehne fest, und ich nahm die Kellner wahr, die uns beobachteten, amüsiert und zugleich aufs Äußerste gelangweilt. Außer uns war niemand mehr im Ristorante Roma, Version 350 393. Keine Ahnung, wie früh oder spät es war.

Auch Beatrice blinzelte, erst etwas verwundert, dann zornig.

«Es ist wegen dieser Psychotante aus der Ecke, richtig? Dieser Jessica?»

«Woher weißt du das?» Schlagartig war ich um geschätzt zwanzig Prozent nüchterner.

«Hier im Kiez weiß jeder alles. Du wirst gesehen und beobachtet.»

«Oh.»

«Du Arschloch», brummte sie laut. «Du Arsch, Arsch, Arschloch.»

«Tut mir leid.» Die ersten Farbanteile verschwanden, die Hörwahrnehmung änderte sich. Gut möglich auch, dass einfach Beatrices eigentlich sehr schöne Stimme leicht aus den Fugen geriet. Al Bano und Romina Power – wow, dass ich mich in diesem Augenblick an *diese* Namen erinnerte! – jedenfalls hörten sich unverändert an. *Sempre, sempre.*

«Das wird ein Nachspiel haben», behauptete sie. Das fand ich traurig, weil ich Drohszenarien hasste.

«Es ist sowieso egal. Sie hat einen anderen», erwiderte ich lahm.

Beatrice grinste, ein bisschen fies sogar, aber grundsätzlich kamen mir ihre Gesichtszüge etwas verschwommen vor, als hätten die Muskeln dahinter an Spannung verloren. Ich wartete darauf, dass sich der Anfall verstärkte, aber es geschah nichts.

«Diesen Porscheheini?»

Ich verkniff mir die Wiederholung meiner letzten Frage und nickte nur.

«Gestern Abend?», hakte sie weiter nach – und ich nickte weiter.

«Du Idiot. Sie hatte einen Schub. Er hat sie nach Hause gebracht. Nichts weiter.»

«Einen Schub?»

«Ihr Psychozeugs halt. Weiß der Geier, was diese Tante eigentlich hat.»

«Einen *Schub?*», wiederholte ich.

«Geh doch zum Teufel», empfahl Beatrice und wandte sich ab. Während sie nicht immer zielführend auf die Ausgangstür zuhielt, versuchte der Teil von mir, der noch dazu in der Lage war, über die neue Sachlage nachzudenken, wurde aber vom

Kellner unterbrochen, der die erstaunlich niedrige Rechnung präsentierte. Beim Kassieren grinste er mich unaufhörlich an, als hätte ich ein vulgäres Tattoo auf der Stirn. Oder die Worte «Dein Sohn».

Ich ging langsam, musste mich orientieren, immerhin wohnte ich erst seit heute hier, und ich befürchtete außerdem, dass der Anfall doch noch eintrat. Trotzdem gelang es mir fast, sie einzuholen, war nur ein Haus entfernt, als sie sich zur Tür von Nette's Ecke wandte und dabei in meine Richtung sah. Beatrice nickte langsam und offenbar lächelnd, hob die rechte Hand, ballte sie zu einer Faust, drehte mir den Handrücken entgegen und ließ dann den Mittelfinger nach oben zeigen.

ZWEI

Orientierungslosigkeit war ein schwacher Euphemismus für den Zustand, in dem ich mich beim Erwachen befand. Es war dunkel, von einem diffusen Lichtschein abgesehen, der von weiter rechts kam (ein Fenster?), Bettdecke und Bett und Uwekörper fühlten sich äußerst ungewohnt an, überwiegend aber nicht so gut. Mein Hals war trocken, mein Kopf schwer. Es roch nach neuen Möbeln und Dispersionsfarbe und Tapetenkleister, weshalb ich nach ein paar Sekunden zwar begriff, wo ich mich befand, aber immer noch nichts damit anzufangen wusste. Besaß ich eigentlich Nachttische? Und wenn ja – befanden sich Lampen darauf? Keine Ahnung. Ich tastete nach rechts, weil ich immer auf der linken Bettseite nächtigte, stieß auf Widerstand. Tastete weiter, ertastete ein Kabel, fand einen Schalter, betätigte ihn. Nichts geschah, dann zündete die Energiesparlampe und beleuchtete den Raum mit ihrem fahlen, langsam stärker werdenden Licht. Willkommen in Neukölln.

Ich hatte schlecht geträumt und oder schlechte Gedanken gewälzt, erinnerte mich an merkwürdige Ängste, die ich verspürt hatte, als ich vor ein paar Stunden das Licht gelöscht hatte, Ängste aus meiner Kindheit, die mit großer Hilflosigkeit und Furcht vor dem Ungewissen verbunden waren. Ich fand meine Armbanduhr, die neben dem Bett auf dem Boden lag, und stellte fest, dass es gemächlich auf acht Uhr morgens zuging. Kein Grund zur Panik. Wenigstens das nicht – andere Gründe für Panik gab es zur Genüge. Zum Beispiel die Tatsache, dass ich keinen Job mehr hatte. Oder die, dass Jessica jetzt glauben würde, dass ich sie mit Beatrice hintergangen hatte, während ich fälschlicherweise angenommen hatte, sie würde es mit Matuschek tun. Die, dass ich jetzt noch alleiner war als vor ein paar Tagen. Dass nicht einmal das Wenige, das in meinem Scheißleben halbwegs funktioniert hatte, ein Mindestmaß an Verlässlichkeit bot. Für einen kurzen Augenblick fand ich den Gedanken an Selbstmord attraktiv. Nicht faktisch – ich würde so etwas nie tun, glaubte ich jedenfalls. Sondern seine Auswirkung. Wenn einfach alles weg war, fehlte definitiv auch das Beschissene.

Meine Helferlein hatten gut für mich gesorgt – natürlich auch, um das eigene Gewissen zu beruhigen. Die Umzugskisten waren sorgfältig beschriftet, weshalb ich meine Toilettenartikel, das Ladegerät für mein Telefon, Kaffee, Filtertüten, sogar Nutella und Toastbrot fand, aber leider keinen Toaster. Ich duschte sehr lange und versuchte dabei, herauszufinden, nach welchem Rhythmus die mühselig eingestellte Wassertemperatur von Polarkalt zu Sonnenheiß wechselte, während der Durchlauferhitzer asynchron nervös tickerte. Ich briet zwei Toasts in der Verteidigungspfanne, die mir offenbar zugefallen war, und fand dabei einige Kuriositäten über Elektroherde heraus. Dann saß ich in meinem neuen Wohnzimmer und wünschte mir tatsächlich, einen Fernseher anschalten zu können. *Das* war wirklich ein schlechtes Zeichen. Hin und wieder ging ich zum Fenster und sah auf die Weisestraße. Dort liefen mindestens zwei Menschen herum, denen demnächst zu begegnen nicht nur eine Freude wäre. In Friedenau hatte ich bis zum gestrigen Auszug keinen einzigen Nachbarn gekannt, obwohl ich zehn Jahre dort gelebt hatte. Hier besaß ich schon am ersten Tag nach meinem Einzug richtige Feinde.

Rechtsanwalt Bleulich residierte in der Eisenacher Straße – in Schöneberg, ganze zwanzig Minuten Fahrt mit der U-Bahn. Normalerweise mochte ich es, mit der U-Bahn zu fahren, bevorzugt mit der U7, in die ich heute am Bahnhof Hermannplatz umstieg und die Berlin von Südosten nach Nordwesten komplett durchquerte, weshalb man an der sich ändernden Zusammensetzung der Fahrgäste die Metamorphosen der Sozialstruktur wunderbar ablesen konnte. Nur heute gefiel mir das nicht. Ich wollte nicht unter Menschen sein, erst recht nicht in dieser zusammengepferchten Anonymität, und ich wollte nicht die Kanzlei von jemandem aufsuchen, der das Wort «Vollstrecker» im Titel trug. Unsere Sprache war immer noch ganz schön archaisch.

Jemand hatte auf dem Klingelschild das «E» in seinem Nachnamen mit Filzstift durch ein «Ä» ersetzt – einen in meiner neuen Wohngegend statistisch unterrepräsentierten Umlaut. Als ich geklingelt hatte, geschah eine Weile nichts. Die Eisenacher Straße bestand aus angenehmen Gründerzeithäusern, meine seit gestern alte Heimat lag nicht sehr weit entfernt. Etwas schnarrte in meine Grübeleien, ich drehte mich hastig um und drückte gegen die Tür, aber das Schnarren hatte wieder aufgehört, also klingelte ich abermals. Es schnarrte länger, und ich betrat das Treppenhaus, das wie zum Hohn mit rotem Teppich ausgelegt war.

An der Eingangstür im zweiten Stock begrüßte mich wortlos eine junge Frau, die ein Hauskleid trug und sehr fettige Haare hatte, was mit ihrem Körperbau harmonierte – sie wog geschätzt hundertzwanzig Kilo. Ich erntete ein teilnahmsloses Nicken und folgte ihr in etwas, das eher einer Wohnung als einer Kanzlei ähnelte – und auch so roch. Die Frau wies auf einen Korbsessel im langgestreckten Flur und verschwand gleich wieder, hatte bis dahin kein einziges Wort zu mir gesagt. Auf einem Rauchglastisch neben dem Sessel lagen Anglerzeitschriften und Juristenfachblätter. Die Anglerzeitschriften kannte ich, Juristenblätter verstand ich nicht und wollte das auch nicht. Nach einigen Minuten ging eine von sechs hohen Altbautüren auf – die Wohnung musste weit über zweihundert Quadratmeter groß sein –, und ein alter Mann in Altmännerkleidung kam in den Flur. Braune Weste, graugestreiftes Hemd, weite Hosen, braune Sandalen. Er kaufte beim gleichen Dealer wie Langmann. Beim Näherkommen entstand der Eindruck, jemand hätte kürzlich mit dem Schrotgewehr auf sein Gesicht geschossen – es war sehr blass und übersät mit kleinen, blutroten Flecken. Rechtsanwalt Ernst Friedhelm Bleulich sah aus, als wäre er für unseren Termin exhumiert worden. Ein Zombie.

«Fiedler?», fragte er unhöflich. Ich nickte.

«Bleulich.» Ohne Händeschütteln. «Kommen Sie mit.» Fast im Befehlston.

Sein Arbeitszimmer war eher ein Wohnzimmer, beherrscht von schweren Möbeln, stumm ächzenden Regalen und dem Aroma jahrzehntealten Staubs. An der Fensterseite stand ein großer Schreibtisch, auf dem sich rote Aktenordner stapelten, aber kein Computer zu sehen war. Bleulich nahm dahinter Platz und nickte in Richtung eines Achtziger-Jahre-Freischwingers, der auf der anderen Seite stand. Es knirschte vernehmlich, als ich mich setzte. Der Vollstrecker faltete die Hände unterm Kinn und betrachtete mich schweigend.

«Wie haben Sie das gemacht?», fragte er schließlich, gefühlt nach einer halben Stunde.

«Was genau?», fragte ich gegen. Gut möglich, dass alle Anwälte Zugang zu geheimen Ermittlungsakten hatten, in denen einiges über mich stand. Nein, nicht nur möglich. *Sicher.*

Er hob eine Augenbraue. «Sie wissen schon.»

«Weiß ich?» Ich sah mich um, suchte nach versteckten Kameras, Leuten, die im Schrank darauf warteten, hervorzuspringen, solchen Dingen, aber es gab keine Anzeichen.

«Ich praktiziere nur noch zweimal in der Woche», erklärte er plötzlich. «Deshalb das sehr private Umfeld.»

«Aha.»

«Also.»

Ich hob die Hände. «Ich würde Ihre Frage gerne beantworten, Herr Anwalt, aber ich habe nicht die leiseste Ahnung, wovon Sie sprechen.» Ob mir die beabsichtigte Mischung aus Höflichkeit, furchtsamer Anerkennung seines Berufsstands und leichter Ironie gelang, wusste ich nicht. Vermutlich hatte ich mich schlicht unterwürfig angehört.

«Haben Sie nicht.»

«Definitiv.»

Er seufzte. «Frau Zweitenstein hat ihr Testament kurz vor ihrem Tod geändert.»

«Zu meinen Gunsten», mutmaßte ich. Am liebsten aber hätte ich ergänzt: «Vergessen wir doch die ganze Sache und verschenken wir die alten Möbel an einen Trödler, dann kann ich gehen und so tun, als gäbe es den Rest der Welt nicht.»

«Exakt.»

«Das ist doch nett.» Ich lächelte und war erstaunt, dass es gelang.

«Nett», wiederholte er, zog eine Akte aus einem Stapel und blätterte darin. «Das ist ein schönes Wort dafür. *Nett*. Immerhin geht es um Vermögenswerte in der Größenordnung von. Moment.» Er blätterte.

Vermögenswerte, dachte ich. Noch nie in meinem Leben hatte ich etwas besessen, das diese Bezeichnung verdient hatte, aber im Juristendeutsch fiel vermutlich alles darunter, was keine Null vor dem Komma führte.

«Eins Komma vier Millionen Euro», sagte Ernst Friedhelm Bleulich, schloss die Akte wieder, schob die Hände abermals unters Kinn und sah mich herausfordernd an.

«Komma», wiederholte ich. Was hatte der Mann da eben gesagt?

«Eins Komma vier Millionen. Das ist der geschätzte aktuelle Verkehrswert.»

In diesem Augenblick wurde mir bewusst, dass ich träumte. Natürlich träumte ich. Es gab keine andere vernünftige Erklärung für ... *das hier*. Und außerdem gab es Ockhams Rasiermesser: Die naheliegendste Lösung ist meistens die richtige. Okay, mein Vater hatte mich das Gegenteil gelehrt, aber ich hatte inzwischen ein paar eigene Erfahrungen gesammelt.

Ich lehnte mich zurück, lauschte ins Knarren des Freischwingers, faltete ebenso theatralisch die Hände, wie Anwalt Bleulich das getan hatte, und sagte möglichst lässig: «Ich habe also anderthalb Millionen Euro geerbt. Prima! Kann ich jetzt gehen?»

Damit hatte ich den Traum-Avatar des Anwalts, den ich nach dem Aufwachen aufsuchen würde, tatsächlich aus der Reserve gelockt. Er war offensichtlich irritiert.

«Das ist kein Witz. Es ist alles andere als das.»

Ich beugte mich vor und legte die Hand auf den altertümlichen, gusseisernen Klammeraffen, der auf dem Schreibtisch stand. «Darf ich?»

Er nickte, immer noch erkennbar irritiert.

Ich klappte das Ding auf, hielt es über die Oberseite meines linken Unterarms und drückte ab, mit tödlicher Sicherheit erwartend, absolut nichts zu spüren und bestenfalls gleich darauf aufzuwachen. Ich hatte noch niemals im Traum ausprobiert, mir selbst weh zu tun, kannte aber die Gerüchte – und immerhin war ich offiziell Psychologiestudent. In der Realität drang eine metallene Klammer drei Millimeter tief in meine Haut ein und verursachte redliche Schmerzen. Ich zog sie rasch wieder heraus und blinzelte. Zwei Bluttropfen blinzelten aus meiner Haut hervor.

Anwalt Bleulich legte die Stirn in Falten. «Leiden Sie unter einer Störung?», fragte er. «Sind Sie in Behandlung?» Da war zugleich etwas Hoffnungsvolles in seinem Gesichtsausdruck.

Ich schüttelte vorsichtig den Kopf und betrachtete weiterhin die dezent blutenden Wunden, nahm den Unterarm schließlich in den Mund und schmeckte zweifelsohne mein Blut. Die kleinen, dunklen, rotgeränderten Löcher ähnelten jenen in Bleulichs Gesicht. Ob er sich selbst mit dem Klammeraffen malträtierte? Nein, dafür waren die Muster dort zu unregelmäßig.

Verdammter Affe, ich träumte *nicht*.

«Ich habe geerbt?», fragte ich endlich.

«Herrgott, ja», sagte er widerwillig. «Eine Immobilie. In Neukölln. Ein vermietetes Mehrfamilienhaus mit Gewerbeeinheit.» Bleulich pausierte kurz und lächelte dann gehässig. «Aber ganz so einfach ist es nicht.»

Von dem, was er in der folgenden Viertelstunde ausführte, verstand ich nur Teile, aber es war mir auch völlig unmöglich, mich darauf zu konzentrieren. Der Anwalt erklärte, dass Tante Gertruds Nachlass einige Bedingungen enthielt, darunter jene, dass ich zwar alleiniger Besitzer der Immobilie werden könnte, mich aber verpflichten müsste, einen Großteil der Überschüsse wohltätigen Organisationen zu spenden – oder das Haus zu verkaufen und die Einnahmen entsprechend zu verteilen, auch an die Bewohner. Außerdem dürfte ich die Miete nur dann erhöhen, wenn sich das aus der Kostensituation zwingend ergäbe. Und so weiter und so fort. Er sprach so schnell, wie ihm möglich war, und ohne Betonung, wechselte von einem Dokument zum nächsten, sah mich hin und wieder an, wie eine Mücke, die auf dem Oberschenkel zum Stich ansetzt, nicht ahnend, dass gleich ein Kontinent in der Form einer Hand auf sie niederfahren und sie dahinstrecken wird.

«Wenn Tante Gertrud ihr Testament nicht geändert hätte, wer wäre dann Erbe gewesen?», unterbrach ich ihn irgendwann.

«Darüber darf ich selbstverständlich nichts sagen», blaffte er.

«Sie selbst, oder?»

Er zog die Haut um die Nase herum zusammen, was sehr eigenartig aussah, aber ansonsten reagierte er nicht.

«Sie sind ... mmh. Achtzig? Und träumen immer noch von einem besseren Leben?» Meine Forschheit erstaunte mich, aber die Situation war ja auch absurd.

Der Testamentsvollstrecker legte kurz den Kopf schief, aber nur um ein, zwei Grad. Dann war da noch etwas. Ein Nicken? Ich wollte weiter nachfragen, doch er räusperte sich und sagte energisch: «Schluss damit.» Dann setzte er seine Ausführungen fort. Also lautete die Antwort auf meine Frage *ja*. Er war längst im letzten Zehntel angekommen, vielleicht, nach seinem äußerlichen Zustand zu urteilen, sogar im letzten Zwanzigstel, aber es gab da immer noch etwas, das seine Begehrlichkeiten weckte, eine Option, eine andere Zukunft. Ganz erstaunlich.

«Muss ich irgendwas bezahlen? Steuern oder so?», fragte ich, als er geendet hatte.

«Ich war der anwaltliche Vertreter von Frau Zweitenstein, ich bin nicht der Ihre», antwortete er barsch. «Und ich bin kein Steuerberater.» In dieses Wort legte er viel Verachtung. «Das ist nicht meine Angelegenheit.»

«O-kay», sagte ich vorsichtig, konnte ein Lächeln aber nicht unterdrücken.

«Sie haben zwei Wochen Frist, um sich zu entscheiden. Meine Assistentin wird Ihnen Kopien der Unterlagen zukommen lassen. Alles Weitere schriftlich», sagte er und nickte in Richtung Tür. Mit diesen Worten nahm er – nach meinem Dafürhalten ziemlich willkürlich – eine Akte vom Stapel und tat so, als würde er darin lesen. Erst jetzt bemerkte ich, dass der alte, zerschossene Anwalt ein bisschen nach Schnaps roch.

«Eine Frage noch», sagte ich.

Er blickte nicht auf und brummte etwas.

«Wo befindet sich das Haus?»

«In der Weisestraße», sagte er und nannte eine Hausnummer, die um zwei kleiner war als diejenige meiner aktuellen Adresse. Nebenan. Und da es nur in einem von beiden in Frage kommenden Gebäuden eine Gewerbeeinheit gab, musste es sich um das Haus handeln, in dem Nette's Ecke residierte.

Eine Erbschaft anzutreten, und zwar eine, die diese Bezeichnung auch ernsthaft verdiente, quasi eine Erste-Liga-Erbschaft, wenn auch an Bedingungen geknüpft und vom Sonderbaren Eisenacher Zombie vollstreckt, kam mir eigenartig vor, irgendwie unverdient und überaus komplex. Tatsächlich begreifen konnte ich es sowieso nicht, während ich durch das Restlaub schlurfte, auf dem Weg zum U-Bahnhof. So oder so, dachte ich, würde ich fachlichen Rat benötigen. Zumal zu befürchten war, dass mir der SEZ die Sache erschweren würde, wo immer es ginge. Eins Komma vier Millionen, verfluchter Safran. Ich setzte mich auf die Haube eines verdreckten Golf Cabrio, zog das Telefon aus der Tasche, dessen Akku jetzt immerhin zu dreißig Prozent aufgeladen war, tickerte auf dem Display herum, während es startete, und schaltete es gerade noch stumm, bevor schrille Töne über zig Kurznachrichten und Dutzende Anrufe informieren konnten. Das Gefühl, dass sich etwas zusammenbraute, das sich selbstverständlich komplett meiner Kontrolle entzog, wurde für einen Augenblick sehr stark.

Fünf Prozent Akkuladung später hatte ich eine Website gefunden, die ich halbwegs verstand. Fast ein Drittel des Immobilienwerts würde ich an Erbschaftssteuer ablatzen müssen, also eine Summe, die so enorm hoch war, dass ich nervös mit der linken Hand im Schmutz auf der Motorhaube herumwischte. Natürlich würde ich das Haus beleihen können, was man Hypothek nannte – ein Begriff, den ich meines Wissens noch niemals in den Mund genommen hatte. Wie scheußlich. Andererseits brachte das Objekt vermutlich um die sieben, acht Riesen an Miete pro Monat ein, wovon mir nach dem Abzug, den die wohltätigen Organisationen erhielten (eine Liste bekäme ich in den nächsten Tagen mit den Unterlagen), drei oder vier blieben, vor Steuern, wie man auf einer anderen Website erklärte. Die Angelegenheit war ungeheuer kompliziert und ganz und gar nicht erfreulich. Ich wäre dann Unternehmer, und unterm Strich jemand, der für das Nichtstun Geld bekam. Allerdings genug Geld, um die ganze Sache – welche auch immer – recht entspannt angehen zu können. Bis zum Einsturz des Hauses oder irgendeiner Immobilienblase wäre ich abgesichert, wie man so schön sagte.

«Alter, nimm deinen verfickten Arsch von meinem Auto.»

Ich blickte auf. Vor mir stand ein Mittzwanziger, schwarzhaarig, rauchend. Seine Brust spannte ein Shirt in der Größe XXXL. Seinen Hals hatte man aus dem Stamm einer hundertdreißig Jahre alten Eiche geformt.

Ich sprang auf. «Oh. Entschuldigung.»

«Scheiße Entschuldigung», sagte er und ging an mir vorbei, betrachtete die Motorhaube, legte den Kopf beinahe darauf ab, ließ den rechten Zeigefinger über den staubigen Lack wandern. «Du hast hier Kratzer reingemacht. Siehste? Alter, das wird teuer. Ich sollte dich hauen.» Dabei grinste er, wie jemand grinst, der gerne Leute haut. «Sagen wir: Fünfhundert.»

«Fünfhundert?», fragte ich und hoffte, er hatte von Geld gesprochen – und nicht etwa von fünfhundert Schlägen.

«Arschloch, hör auf, Leute zu verarschen», sagte ein anderer, der wie ein Zwilling des ersten aussah, aber noch einmal um ein Fünftel vergrößert. Verdammt, wer zeugte solche Kinder?

«Ist ja gut», sagte der erste und zwinkerte mir zu. Dann gingen sie davon. Und ich blieb mit meinen schlotternden Knien stehen.

Fünf Meter weiter war ein Plattenladen, Secondhand, Vinyl, fast ebenso staubig wie die Motorhaube eben. Vergilbte Cover in Plastikschutzhüllen. Der Anblick des Schaufensters beruhigte mich, ließ mich an alte Zeiten denken, wie Beatrice das vermutlich pausenlos tat. Im Gegensatz zu ihr vermisste ich nicht, was es bedeutet hatte, weder die Musik selbst, noch den spärlichen Ruhm. Nur der Gedanke an die Tätigkeit ließ Melancholie aufkommen. Und in diesem Augenblick fiel mir ein, wen ich um Rat fragen könnte. Jemand, mit dem ich mal befreundet gewesen war. Jemand, der die Musik aufgegeben hatte, um Anwalt zu werden.

Es war nicht schwer, seine Adresse herauszufinden. Immer noch Zehlendorf.

DREI

Stefan Friedrichs wirkte schlanker als früher, weniger quadratisch, aber sein Gesicht gab langsam der Schwerkraft nach – und ließ mich an eine Deutsche Dogge denken. Er hatte keine Haare mehr auf dem Kopf, dafür einen Kinnbart, der ihm stand, und eine Narbe an der linken Wange, an die ich mich nicht erinnerte. Er führte mich in einen Raum, den er «Arbeitszimmer» nannte, der aber so groß wie meine gesamte neue Wohnung und mit haselnussbraunem Holz getäfelt war. Wir setzten uns in gewaltige, wahrscheinlich auch gewaltig teure Ledersessel, die so bequem waren, dass ich sofort den Wunsch verspürte, ihn um einen davon zu bitten. An der Wand neben der breiten Fensterfront zum Garten hin hing ein großformatiges Gemälde, das das Cover des ersten und einzigen Albums von Lädsda Ville zeigte – das Billyregal mit dem Preisschild, platziert auf einer grünen Wiese. Die anderen Wände wurden von gefüllten Bücherregalen beherrscht, die aber definitiv nicht bei IKEA gekauft worden waren. Auf dem drei Meter breiten Schreibtisch, auf dem sich ansonsten nur der teuerste verfügbare Apple-Laptop befand, standen vier Bilderrahmen mit der Rückseite zum Raum. Im hinteren Garten lugte ein Klettergerüst zwischen niedrigen Nadelbäumen hervor, direkt an die mannshohen Bürofenster angrenzend erstreckte sich ein abgedeckter Pool, neben dem ein paar Kinderspielzeuge lagen, zehn Meter weit ins Grundstück.

«Uwe *Fiedler*», sagte er lächelnd und setzte sich, die Beine lang ausstreckend und verkreuzend. Seine Füße steckten in bunten, teuer aussehenden Sneakers, die so groß wie Bergwerksloren waren. Hatte er damals auch schon so riesige Füße gehabt? Ich erinnerte mich nur an die mächtigen Hände. Er strich sich mit der Rechten über den Kopf, als suchte er dort nach den Haaren.

«Wie lang ist *das* her?», wiederholte ich im gleichen Tonfall, in dem er meinen Namen gesagt hatte. Aber Pocke lachte. «Ich weiß *exakt*, wie lange das her ist. Auf den Tag genau.»

«Eine Frage, die mich seitdem beschäftigt», sagte ich wahrheitsgetreu. «Wie lange hast du damals für deine Entscheidung gebraucht? Als dein Vater gefragt hat?»

«Keinen Wimpernschlag lang. Ich wollte schon Rechtsanwalt werden, als ich zur Grundschule ging, und als mein Vater mit diesem Ultimatum kam, das eigentlich keines war, wurde mir sofort klar, dass ich kein Anwalt mehr würde, wenn wir weitermachen würden. Sei ehrlich: Wir hätten vielleicht ein zweites Album gemacht, und ein drittes oder viertes, später ein Best-of und eine Weihnachtsplatte, und wir hätten vor zweitausend Leuten gespielt, vielleicht vor fünf- oder zehntausend, und man hätte uns für tolle Sachen gebucht, möglicherweise weltweit, wenigstens in Asien oder Australien oder Österreich, und dann hätte es wieder aufgehört, ohne dass wir das bemerkt hätten, weil wir nur noch in Hotels und Hotelbars und Puffs und auf Partys gelebt hätten. Die Hallen wären geschrumpft, wieder auf fünftausend, dann auf tausend oder fünfhundert Leute, und wir wären nur noch in Kleinschrift auf den Festivalplakaten aufgetaucht, und wieder Support, erst von etwas besseren Bands, dann von weniger guten, und schließlich hätten wir auf Galas gespielt, bei Supermarkteröffnungen, Hochzeiten, Konfirmationen und Bar-Mitzwas und wie dieser ganze Quatsch sonst noch heißt. Wir hätten immer das Gleiche gedudelt, von vorne bis hinten, und immer den Schneewalzer am Ende, auch dreißig Jahre später noch, obwohl es keiner im Publikum mehr gekannt hätte, weder unsere Version, noch die originale, weil solche Leute längst verrottet sind. Und wir hätten nach wie vor geglaubt, dass es irgendwie Punk ist, dass es wieder bergauf geht, dass die alten Zeiten zurückkehren, dabei hätte es nur eins gegeben, das alt gewesen wäre, nämlich wir selbst. Das hätten wir erst ganz am Ende bemerkt. Dass wir alte Säcke sind.» Er schnaufte und nahm einen Schluck Bionade. Vor mir stand auch eine, aber das Adjektiv «fermentiert» ließ mich schaudern.

«Klingt wie eine vorbereitete Rede.»

«Ist es auch. Ich bete mir diesen Text seit achtzehn Jahren vor. Ich vermisse die Musik, ich habe das wirklich gerne gemacht, und ich liebte es, auf der Bühne zu stehen, ich liebte dich und den komischen Hinrich und wenn die Leute ausgeflippt sind. Aber man kann, wie mein seliger Vater zu sagen pflegte, nicht jeden Bären ficken, der in die Höhle gekrochen kommt.»

«Ist er tot?»

Die auf freundliche Weise gealterte Version von Stefan Friedrichs nickte. «Beim Tauchen ertrunken, in der Ägäis. Meine Mutter mochte das Tauchen nicht, also ist er allein von der Yacht runter, ohne jede Sicherung. Er war ein guter und vorsichtiger Taucher, aber dann ist er böse mit dem Fuß zwischen den Felsen hängen geblieben, *no way out*, hat sogar noch versucht, sich mit dem Tauchermesser die eigene Wade durchzusäbeln. Aber vor dem Knochen war die Luft am Ende. Irgendwann hat meine Mutter die Verfärbung im Wasser gesehen. War wenig Seegang, und er war keine zehn Meter tief. Als Hilfe kam, haben schon die ersten Fische an seiner Leiche gezerrt.»

«Ach du Scheiße.»

Pocke grinste. «Ich glaube, er hätte diesen Tod gewählt, wenn er es sich hätte aussuchen können. Sehr vernünftig, aber trotzdem dumm. Er mochte diese Kombination. Deshalb hat ihm das mit unserer Musik auch gefallen. Am Anfang.» Er pausierte. «Und? Immer noch tendenzsoziophob, wie früher?»

«Ein bisschen», schätzte ich vorsichtig.

«Was machst du?»

«Äh. Studieren.» Das mit der Tankstelle wollte ich nicht erzählen.

«Immer noch?», lachte er. «Wie viele Abschlüsse hast du? *Zwanzig?*»

«Keinen», sagte ich leise. «Mir kam was dazwischen.»

Pocke lachte wieder. «Was war das noch? Philosophie?»

«Psychologie», korrigierte ich. «Und, äh.» Ich musste nachdenken. «Kunstpädagogik.»

Das Wort «Kunstpädagogik» formte er stumm mit den Lippen. «Psychologie», sagte er dann. «Kann man was draus machen. Mit einem Abschluss. Und was kam dazwischen?»

«Die Frage, warum ich das mache», erklärte ich.

«Das ist eine wirklich gute Frage. Sollte sich jeder mal stellen.»

«Wie lautet bei dir die Antwort?»

Er zog die riesigen Füße unter den Sessel und beugte sich vor. «Anwalt ist ein geiler Job. Ich finde ihn hinreißend. Dieses Taktieren. Clevere Schriftsätze formulieren. Andere zum Schwitzen bringen. Ich mache das nicht aus Idealismus. Idealismus ist gut für Leute, die Langeweile haben. Ich will keine gerechte Welt oder so. Mir macht diese Arbeit einfach großen Spaß. Und ich bin sehr gut darin.»

«Du hast Familie?»

Sein Lächeln wurde breit. «Eine Tochter. Lili. Ist neun. Eine kleine Fee. Das zweite ist gerade unterwegs. Noch ein Mädchen. Meine Frau ist auf Sardinien. Um sich auszuruhen, sie ist zweiundvierzig. Fünfter Monat. Sie heißt Silke.»

Friedrichs schälte sich aus dem Sessel, der das irgendwie zu bedauern schien, trottete hinter den Schreibtisch, betrachtete die Fotos und schien gedanklich eine Bestenliste aufzustellen.

Dann griff er das von mir aus gesehen zweite von links, kam zurück und gab mir die Fotografie. Silke Friedrichs überragte den eigenen Mann um einen halben Kopf. Eine schmale, nicht wirklich unattraktive Frau mit kurzen, schwarzen Haaren, blauen Augen, etwas geschwollen wirkenden Lippen und einem deutlich ausladenden Hüftbereich. Die kleine Lili fand ich erst kaum; ein Strich auf dem Bild wie bei einer gefalteten Postkarte, was auch daran lag, dass sie seitlich zur Kamera stand. Brille, schulterlanges, dünnes Blondhaar, dazu ein Lächeln, als würde sie mit vorgehaltener Waffe dazu gezwungen. Eingeklemmt zwischen der entspannt dreinschauenden Mutter und dem schelmisch grinsenden Vater, alle drei in teurer Freizeitkleidung. Im Hintergrund ein menschenleerer Strand und das spiegelglatte Meer.

Pocke beobachtete mich, als ich den Bilderrahmen neben den Sessel stellte und den Blick zu ihm hob. Er war sehr stolz und wirkte überaus zufrieden. Aber irgendwas stimmte trotzdem nicht. Dieses stakkatohafte Erzählen, diese raumgreifende Präsenz. Mein Boot, mein Haus, mein Auto, meine Familie, meine ehemalige Band. Meine ganzen wunderbaren Argumente.

«Und trotzdem», sagte ich leise, «bereust du es.»

Sein Gesicht verdüsterte sich für die Dauer eines Kolibriflügelschlags. Er seufzte.

«Natürlich bereue ich es. Beinahe täglich. Warum, meinst du, hängt dieses Bild hier, warum habe ich es malen lassen? Ich bin sicher, dass meine Prognose stimmt, dass es exakt so gekommen wäre, wie ich gesagt habe.»

«Aber?»

«Aber vorher wären wir verdammte *Stars* gewesen. Helden. Promis. Superficker. Die Kirschen auf den Torten. Der Honig in der Milchschnitte. Rock and Roll. *Und* Drugs. *Und* Sex. Keine miefigen Amtsgerichte, keine goldbehängten Hängetitten, die nicht nur die Villa wollen und das Boot und das Ferienhaus und das eine Auto und das andere Auto und das dritte auch noch, sondern außerdem seine Eier, alles, was da drin ist und bitte schön sein gegrilltes Herz mit Kräuterbutter, einem Tupfer Balsamico und etwas Bio-Rucola, dazu ein eiskalter Prosecco-Aperol. Keine kleinhirnigen Staatsanwälte, die nachts zu Pornos auf Sky Blue Movie oder Schlimmerem wichsen, keine Diabetes-II-Richter, die im Prozess vom Angeln träumen und daran erinnert werden müssen, was die Abkürzung StPO bedeutet, keine Geronten-Schöffen, keine muffigen Aktenmappen, keine Drogenluden, die erschossen und gevierteilt und an die Haie verfüttert besser dran wären, keine Gangs und Mafiosi und dummdreisten Kleinkriminellen, die sich für schlau halten, weil sie irgendeinen dusseligen Gossenslang auswendig können oder die Schwanzlängen irgendwelcher Hip-Hop-Idioten.»

«Du bist ziemlich eloquent.»

«Reden ist meine Arbeit.» Seine Schultern sackten nach unten.

«Aber Musik wäre auch eine schöne», soufflierte ich.

Er nickte. «Gewesen.» Kunstpause. «Vorbei.»

«Du bist … sechsundvierzig?»

«Fünfundvierzig. Und du? Neununddreißig?»

«Gerade noch so.»

«Zu spät», sang er. *Doch eines Tages, da werd ich mich rächen.*

Wir schwiegen synchron und betrachteten dabei das Gemälde. Es war für einen Moment, als würde ein durchsichtiger blauer Vogel durch den Raum fliegen, ein kräftiger und mächtiger durchsichtiger Vogel, dessen Rücken wir nur besteigen müssten, um das Kontinuum zu verändern.

«Du bist nicht hier, um über die alten Zeiten zu quatschen.»

«Nein», sagte ich, während der Vogel das geschlossene Fenster durchquerte. «Ich glaube, ich brauche anwaltlichen Rat.

Und du bist der einzige Anwalt, den ich kenne. Dem ich vertrauen würde.» Bei diesen Worten fiel mir Christiane Filz ein, die ja auch Juristin war, und ich musste lächeln.

Ich erzählte alles, die ganze Tankstellensache – nun musste ich doch gestehen, was ich hauptberuflich tat – und vom merkwürdigen Gespräch mit Tante Gertruds Anwalt. Pocke stand zwischendurch auf, holte seinen Rechner, legte ihn sich auf die Oberschenkel und tippte mit.

«Du hast dir in den Arm getackert?», fragte er lachend, als ich die Episode berichtet hatte. Ich schob den Ärmel der Jacke nach oben und zeigte ihm die roten Punkte.

«Du bist im Besitz von Beweismitteln», sagte er, als ich geendet hatte. «Ich muss rauskriegen, wer in dieser Sache ermittelt und ob da überhaupt schon etwas läuft. Ich brauche dieses Buch. Aber du musst dir, denke ich, keine Sorgen machen. Eher Freund Langmann. Brandanschlag auf die eigene Tankstelle. Da können wir über Filmrechte nachdenken. Ich muss ein paar Drähte glühen lassen.»

«Macht man das?»

Er grinste. «Ich schreibe zwei Mails. Aber anders klingt es besser.»

«Juhu», sagte ich leise.

«Erbrecht allerdings. Das ist nicht so meins. Ich brauche die Verträge, wenn du deine Kopien bekommst. Bleulich war früher eine harte Sau. Hat nie mit Schrot geschossen. Immer mit Atombomben. Klingt nach einer komplexen Angelegenheit. Und wir haben Fristen. Deine Zeit läuft. Ich denke, du solltest das Erbe antreten. Aber ich muss mit Kollegen reden.»

Und mal wieder den Schneewalzer spielen, dachte ich. Aber eigentlich gefiel mir, was aus Stefan «Pocke» Friedrichs geworden war. Und wünschte, es gäbe zwei von ihm, für jede Zukunftsvariante einen.

Nach insgesamt anderthalb Stunden brachte er mich zur Tür. Wir tauschten Privatnummern aus, wobei ich an den Moment denken musste, als wir uns kennengelernt hatten. Ich gab ihm das Terminbuch, auf das er gut aufzupassen schwor.

«Was ist eigentlich mit der Pocke?», fragte ich vor der Verabschiedung. «Hast du die noch?»

Er hob die Augenbrauen und wirkte erstmals unsicher, bewegte den Kopf hin und her. «Sie wächst», sagte er dann und zog das teure Hemd aus der Hose. Nicht mehr ein Tischtennis-, sondern ein flacher, luftleerer Volleyball. Sehr unschöne graurote Oberfläche. «Manchmal habe ich Schmerzen. Das war früher anders. Die letzte *Oh-Peh* ist kein Jahr her. Und immer noch weiß keine Sau, was das für eine Scheiße ist.»

«Scheiße», wiederholte ich, legte ihm kurz eine Hand auf die Schulter und tingelte anschließend zur S-Bahn. Auf dem Weg dorthin ärgerte ich mich darüber, dass ich vergessen hatte, ihn zu fragen, wie man es schaffte, sogar zwei Lebensträume zu besitzen. Ich hatte nicht einmal einen halben.

Er rief mich an, als ich gerade in die S-Bahn steigen wollte. «Langmann sitzt in U-Haft, Verdunkelungsgefahr.» Das Wort fand ich originell und merkte es mir. Stefan buchstabierte zwei ungarische Namen. «Sagen die dir was?»

«Das könnten die beiden Männer sein, die in der Werkstatt gearbeitet haben.»

«Sieht so aus. Da läuft eine Fahndung. Sie sind wohl auf der Flucht.»

Wir schwiegen, hinter mir schlossen sich die Türen der Bahn. Ich mochte es nicht, in der Öffentlichkeit zu telefonieren, und sandte entschuldigende Blicke zu den anderen Fahrgästen, die mich aber aktiv ignorierten.

«Das Tubular Tacobell gibt es noch», sagte Pocke. «Wollen wir da mal zusammen hingehen? Auf ein Bier?»

«Gerne», antwortete ich entzückt.

Dann war das Gespräch vorbei.

Es hinterließ mich in guter, fast beschwingter Stimmung, weshalb ich erstens kurz erwog, mein persönliches Orakel darüber entscheiden zu lassen, was ich mit dem Erbe tun sollte (die nächste Person, die in die Bahn einsteigt – weiblich: ja, männlich: nein), was allerdings nicht ging, weil mein Orakel so nicht funktionierte, und zweitens endlich die gesammelten Kurznachrichten abrief, an die mein Smartphone notorisch nörgelnd erinnerte. Viele stammten von Unbekannten und lauteten ähnlich: *Wenn Sie der Mann sind, der den Großbrand auf der Tankstelle verhindert hat, rufen Sie bitte schnellstmöglich an* – dazu dann der Name irgendeines Magazins, eines Senders, einer Zeitung. Zwei von Kevin, dem Journalisten: *Ich habe herausgefunden, wie Sie zu erreichen sind. Das geht heutzutage, wenn man ein paar Kontakte hat.* Und, noch irritierender: *Ich schulde Ihnen was.* Dann Dutzende von Matuschek. Die erste, in der Nacht des Brandes, ungefähr zehn Minuten nach meinen Eintreffen in Neukölln: *Deine Freundin Jessica braucht Dich. Nette Person übrigens. Nicht mein Typ, aber nett.* Außerdem, acht Stunden später: *Das warst du, oder? Ich habe dich erkannt, obwohl das Foto von hinten aufgenommen ist – schließlich war das DEINE Tankstelle. Alle Achtung!* Gefolgt von diversen Varianten, einigen Nachrichten, die nur aus Fragezeichen bestanden, erst eines, schließlich zwanzig oder dreißig, vor zwei Stunden abgeschickt. Ich musste grinsen und beschloss, ihn gleich zurückzurufen, aber da klingelte das Telefon schon. Ich nahm an, dass Pocke noch eine Information für mich hatte, und vollführte, ohne das Display zu studieren, sorglos die entsprechende Geste, die überraschenderweise sofort zum Erfolg führte. Im gleichen Augenblick öffnete sich die Tür, und eine Frau stieg ein. Eine *Frau.* Vielleicht sollte ich dem Orakel eine Chance geben.

«Hallo?»

«Herr Uwe Fiedler?», fragte eine weibliche Stimme, die ich nicht kannte.

«Ja?»

«Cordula Müller, bbr, Redaktion ‹Abendblick›, entschuldigen Sie die Störung. Ich versuche seit zwei Tagen, Sie zu erreichen.»

«Tut mir leid», sagte ich ehrlich. Die Sendung «Abendblick» kannte ich. Jeder Berliner kannte sie. Sie lief seit der Weimarer Republik oder dem Pleistozän, Regionalnachrichten am Frühabend, die Qualität der Badegewässer, die Frisur des Regierenden Bürgermeisters, solche Sachen. Sogar mein Vater hatte sie sich angeschaut, die Stirn in Falten gelegt, aber lächelnd. «Das gehört dazu», hatte er gesagt. «Diese Possierlichkeit. Dieses Provinzielle. Einlullen.» Trotzdem, glaubte ich, hatte er sich das gerne angesehen.

«Sie sind der Mann, der das Inferno in Schöneberg verhindert hat», stellte Frau Müller fest.

«Wenn es kein Inferno gab, hat man auch keines verhindert. Alles andere wäre ein Oxymoron.»

«Sehr witzig. Ganz Berlin sucht Sie.»

«Ganz Berlin?» Ich erschrak, sah mich um und prüfte, ob mich die anderen Fahrgäste skeptisch studierten. Vielleicht war an ihren Gesichtern die Frage abzulesen, ob ich möglicherweise der Mann wäre, der die Stadt vor dem Beinaheuntergang gerettet hatte. Aber sie schauten genauso gelangweilt und abwesend drein wie sonst auch. Menschen, die S-Bahn fuhren, nichts weiter.

«Die Medien. Wir. Und, klar, schon einige Berliner.» Sie lachte.

«Das ist, äh, interessant.»

«Wären Sie zu einem Interview bereit?»

«Zu einem Interview?», fragte ich zurück und schämte mich ein bisschen, das Substantiv so betont zu haben, dass es klang, als wüsste ich nicht, worum es sich dabei handelte.

«Ein Gespräch vor laufender Kamera», erklärte Cordula Müller geduldig.

«Ich weiß, was ein Interview ist.» Bevor sie etwas sagen konnte, sagte ich: «Tut mir leid. Ich war die letzten beiden Tage quasi offline und bin jetzt ein wenig überrascht.»

«Sie sind eine kleine Sensation.»

«Ich habe einen Schalter betätigt.»

«Aber Sie sind dafür extra in die brennende Tankstelle zurückgekehrt.» Sie hörte sich an, als meinte sie das ehrlich, und sie hatte eine sympathische Stimme. Allerdings hatte ich mit Frauen, die über solche Stimmen verfügten, kürzlich mittelschlechte Erfahrungen gemacht.

«Fürs Fernsehen?», fragte ich überflüssigerweise.

«Ja. Wo sind Sie? Vielleicht ist ein Ü-Wagen in der Nähe. Oder könnten Sie nach Potsdam kommen? Wir würden auch das Taxi bezahlen, wenn eines nötig wäre.»

Ich dachte an den gestrigen Morgen, in meiner ehemaligen Küche, die jetzt Rieke und dem Sänger gehörte. Deine persönlichen fünfzehn Minuten Ruhm. Die hatte ich tatsächlich längst hinter mir, erlebt vor zwanzig Jahren, mit einer mäßig guten, aber originellen Kapelle, deren Frontmann inzwischen Scheidungen organisierte, während der Bassist vermutlich Großrechner dazu brachte, sich artgerecht zu verhalten, während der Schlagzeuger Tankstellenbrände verhinderte. Was, wie ich in diesem Augenblick herausfand, eine schöne Nachgeschichte war, ein lässiges Schlusskapitel, sogar ein bisschen punkig. Ich nahm mir vor, Pocke kurzfristig von dieser Sichtweise zu überzeugen. Idealerweise beim Bier in der Kneipe, in der wir unseren ersten Auftritt gehabt hatten.

«Sind Sie noch da?»

«Potsdam?»

«Ja. Wann könnten Sie bei uns sein?» Sie klang erfreut.

«Halbe Stunde», schätzte ich. Tatsächlich fuhr ich in die falsche Richtung, aber immerhin in der richtigen S-Bahn-Linie.

«Prima. Am Hauptbahnhof?»

Ich nickte erst und bejahte dann.

«Ein Wagen von uns wird Sie dort erwarten.»

Der Wagen wartete tatsächlich, ein Smart in den Senderfarben, neben dem eine Frau Anfang vierzig stand, kurzhaarig, blond, lächelnd. Als erkennbar wurde, dass ich auf das Auto zuhielt, kam sie mir entgegen, streckte die rechte Hand bereits aus, als ich noch fünf Meter entfernt war.

«Cordula Müller. Schön, Sie zu treffen.»

«Dito.»

«Wir sind tatsächlich die Ersten? Oder haben Sie mit noch jemandem gesprochen?»

Ich blinzelte und war für einen Moment versucht, einen Rückzieher zu machen. Uwe Fiedler, der Mann, um den sich alle rissen, gehörte nicht zu meinem Repertoire. Eher Uwe Fiedler, der Mann, den alle gleich wieder vergaßen. Aber nicht nur das hatte sich während der letzten paar Tage verändert. Ich nickte, obwohl sie eine Oder-Frage gestellt hatte.

«Alles okay?», fragte sie, vorsichtig besorgt, während wir Hände schüttelten. Ihre war das ganz offensichtlich gewohnt – bestimmt, kräftig, aber höflich. Zwei Sekunden, kein Zehntel mehr.

«Schon. Ich bin nur etwas … perplex. Hatte der Sache nicht diese Bedeutung zugemessen.»

Sie nickte lächelnd, wir stiegen ein. Jessica fuhr das gleiche Auto. Zack, ein brutaler Stich in die vordere Herzarterie.

Wenige Minuten später saß ich in einem Garderobenraum. Während eine Visagistin an mir herumfummelte, mehrere Schichten Chemikalien auftragend, befragte mich Cordula Müller, die die originelle Berufsbezeichnung «Producerin» trug, von hinten. Neben ihr saß ein unter starker Akne leidender Volontär Anfang zwanzig, der mit einem Filzstift und Karteikarten hantierte. Ich erzählte im Prinzip das, was ich Kevin bereits erzählt hatte, wobei sie sich Notizen machte, Zwischenfragen stellte, dem Volontär Stichworte lieferte und die Visagistin anwies. Eine Viertelstunde später saß mir im Spiegel ein zehn Jahre jüngerer Uwe Fiedler gegenüber, der seltsam artifiziell wirkte, aber attraktiv. Wie eine Simulation. Und in diesem Augenblick war ich endlich rechtschaffen aufgeregt.

«Wären Sie bereit, etwas anderes anzuziehen?», fragte die Producerin.

«Warum?»

«Weil Sie ein *längsgestreiftes* Hemd tragen. Und, mit Verlaub, dieses Jackett.»

«Was ist mit *diesem* Jackett?»

«Das war in den späten Neunzigern aktuell. Vielleicht Anfang des Jahrtausends.»

«Ich hab's nicht so mit der Aktualität.»

«Und bei mir ist sie Berufsbeschreibung. Etwas Weißes. Wäre das okay? Ein Hemd, vielleicht ein Shirt darunter?»

«Wenn's sein muss», sagte ich etwas kläglich und bekam ordentliches Lampenfieber. Keinen Anfall, sondern Lampenfieber. Zehn-, Hunderttausende Menschen würden mich sehen, den Tankstellenhelden, den Schönebergretter, der eigentlich nur ein lumpiges Terminbuch hatte holen wollen, vom Diebstahl einer Telefon-Guthabenkarte ganz zu schweigen. Verdammt, ich hatte sie sogar *verwendet*. Irgendwann würde mir ein findiger Techniker nachweisen, dass ich nur zurückgekehrt war, um einen Raub zu begehen. Nein, Unsinn. Unsinn, Unsinn, *Unsinn.*

Weitere fünf Minuten später sah ich wie jemand aus, der selbst neben Dominik Matuschek nicht untergehen, sogar die eine oder andere Dame in Entscheidungsnot bringen würde. Ganz erstaunlich.

Und dann saß ich in einem klimatisierten Vorbereitungsraum, wurde alle naselang von Bediensteten des Senders gefragt, ob ich noch Wünsche hätte, wobei man von alkoholischen Getränken oder solchen mit Kohlensäure abriet, sie aber dennoch anbot. Ich trank wohlschmeckenden Tee und knabberte Vollkornsalzstangen. Zwischendrin kam ein junger Mann mit Kamera, der mich fragte, ob er Fotos fürs Archiv machen dürfte, was ich zuließ, weil ich mich zu Widerstand nicht in der Lage fühlte.

Der eigentliche Auftritt huschte an mir vorbei wie ein Komet, den kein Astronom entdeckt hatte. Es dauerte zwar vier Minuten, aber nach meinem Gefühl höchstens zwanzig Sekunden, während derer ich das Gefühl hatte, in einer Zeitschleife festzuhängen, die niemand außer mir wahrnahm. Ich hörte Fragen aus dem Mund eines Mannes, den ich schon vor Jahrzehnten im Fernsehen gesehen hatte und der überraschend klein war, inzwischen ziemlich alt und noch stärker geschminkt als ich. Ich antwortete irgendwas, aber offensichtlich das Richtige, denn Cordula Müller nahm mich anschließend beiseite, drückte mich herzlich und strahlte. Möglich auch, dass sie das berufsbedingt bei allen tat, ganz egal, wie idiotisch sie vor der Kamera herumgezappelt und herumgestammelt hatten, aber ich fühlte mich trotzdem gut. Während ich abgeschminkt wurde, was ich ein wenig bedauerte, trafen neue Kurznachrichten ein. *Sehr, sehr lässig*, schrieb Dominik. *Ich bin stolz auf dich.* Ulrike sendete: *Diesen coolen Uwe Fiedler hätte ich gerne während der letzten acht*

Jahre erlebt. Dahinter eine Anordnung von Symbolen, ein Smiley: Lachend und augenzwinkernd. Und ein Herzchen. Keine Ahnung, wie man Herzchen in Kurznachrichten unterbrachte, aber es gab offensichtlich eine Möglichkeit. Noch weniger als keine Ahnung, warum mir Rieke überhaupt Herzchen schickte.

Ich saß in der S-Bahn in Richtung Neukölln und beobachtete Fahrgäste, die die Sendung natürlich nicht gesehen hatten, jedenfalls wahrscheinlich nicht, und außerdem trug ich wieder meine Standardkluft und war zu meinem wahren Alter zurückgekehrt. Kurz vor dem Umsteigen und bei acht Prozent Akkuladung rief ich die Aufzeichnung der Sendung aus der Mediathek ab, suchte mir einen ruhigen Platz und betrachtete einen ziemlich entspannt wirkenden Uwe Fiedler, der nicht nur so tat, als hätte er nichts Besonderes gemacht, sondern das glaubwürdig unterstrich. Und genau dadurch wirkte es, wie ich augenblicklich feststellte, alles andere als peinlich, sondern besonders sensationell. Der Held von nebenan, ganz Understatement, wie man Schüchternheit neudeutsch nannte, einer von uns, der mal eben so ein paar – zugegeben, zu dem Zeitpunkt längst evakuierte – Mietshäuser rettete, und vielleicht einige Hunde, Katzen, Goldhamster und Aquarienfische, weil die Versicherungsdokumente und die falsche Rolex aus dem Türkeiurlaub wichtiger waren. Nicht zu vergessen die schwerhörigen Rentner, die weder die Ansage aus dem Hubschrauber noch das Klingeln der Polizisten wahrgenommen hatten. Einen davon hatte das «Abendblick»-Team vor die Kamera geholt, eine kleine, alte Frau mit toupierten, gummibärchenroten Haaren, die erschüttert ins Objektiv sah und mir dankte. *Mir.* Ich war den Tränen nahe, als ich das sah, obwohl ich die Realität kannte. Wobei. Was war das schon, *Realität?*

Das Hochgefühl hielt immer noch an, als ich eine Dreiviertelstunde und zwei Mediathek-Wiederholungen später in Neukölln ausstieg, weshalb ich die Filiale eines verabscheuungswürdigen Lebensmitteldiscounters ansteuerte und im Geisterlicht der Neonlampen Dinge in einen Einkaufswagen stapelte, die ich für verzehrfähig hielt. Es gab sogar einen Toaster für erstaunlich wenig Geld. Bemerkenswert, dass ein Gerät, dass zehnmal so groß wie ein Telefon war und fünfzehn Mal wichtiger, nur ein Siebzigstel davon kostete. Okay, dafür konnte man mit aktuellen Smartphones Satelliten zum Absturz bringen und ganze Nationen in den Ruin treiben. Aber toasten konnten sie immer noch nicht. Vorläufig.

Mit vier hässlichen Tüten beladen trabte ich der Weisestraße entgegen, wo jetzt, um kurz vor neun, Beatrice vom Kassentresen aus auf die Straße lugen und Jessica möglicherweise auf ihrem Balkon stehen und Muster im Astwerk der entlaubten Bäume suchen würde. Wo ein Mietshaus stand, das mir in ein paar Tagen gehören könnte und in dessen Erdgeschoss eine Gastronomin um ihre Existenz kämpfte, während eine weibliche Ruine namens Rita versuchte, den Rekord im kostenlosen Kneipentrinken ohne Gegenleistung einzustellen. Ich schaffte es, ungesehen – jedenfalls möglicherweise – in meine Wohnung zu kommen, sortierte Lebensmittel in Schränke mit und ohne Kühlung, sank schließlich erschöpft in mein altneues Sofa und wünschte mir zum zweiten Mal an diesem Tag, einen Fernseher einschalten zu können. Dieses Mal war es kein schlechtes Zeichen. Ich dachte einfach, die Sendung «Abendblick» würde etwa um diese Zeit wiederholt werden. Ich ging in die Küche und toastete eine Scheibe Brot, um zu prüfen, wie meine neue und erste Anschaffung dieser Art seit Jahren die Aufgabe bewältigte, und war überwältigt, weil dem Toaster zwei Schablonen beilagen, die es erlaubten, Herzchen und Sterne auf das Brot zu brennen. Nachdem ich das mit zwei weiteren

Scheiben getan hatte, die gefühlt so gut schmeckten wie schon lange nichts mehr, spürte ich die marianengrabentiefe Müdigkeit, die offenbar schon seit einer Weile auf sich aufmerksam zu machen versuchte, schickte mein Telefon in den sättigenden Schlafmodus und kurz darauf mich selbst.

VIER

Den halben Vormittag verbrachte ich damit, meinen überschaubaren Krempel zu verstauen, bis ich zu den vier Kisten kam, die mein Leben dokumentierten, denn ich warf nichts weg, das mir wichtig, bedeutsam, im Zweifelsfall *beweiskräftig* erschien. Jede Rechnung, die ich jemals erhalten hatte, befand sich gut sortiert zwischen Wahlbenachrichtigungen, Prüfungsscheinen von der Uni, dem Anmeldeformular für die Fahrschule, all meinen Zeugnissen, den Urkunden für Frei- und Fahrtenschwimmer, privater und halbprivater Korrespondenz, Einzahlungs- und Überweisungsbelegen, Kontoauszügen, meiner Geburtsurkunde, der Bundeswehr-Ausmusterungsbescheinigung, den insgesamt vier Ordnungsgeldbescheiden, die ich bei meinen wenigen Fahrten für dezentes, selbstverständlich unbeabsichtigtes Fehlverhalten im Straßenverkehr bekommen (und natürlich noch am Tag des Erhalts bezahlt) hatte, Mietverträgen für Autos, Flugtickets (zweimal Italien und Spanien und zurück), Unmengen von Fahrscheinen, ungültigen Personalausweisen, Monatskarten und Immatrikulationsausweisen, Taxiquittungen, Kopien von ärztlichen Rezepten, Antragsformularen, Steuerbescheiden, Einkaufsbons (nur bei Lebensmittelkäufen hatte ich irgendwann gegen starken inneren Widerstand damit aufgehört, mir Belege geben zu lassen), Terminzetteln, Schulheften, Vorlesungsunterlagen, Konzert- und Kinokarten, Stadtplänen von Hamburg, Berlin und München – und einem kleinen Karton, in dem Fotos lagerten, überwiegend aus meiner Kindheit und Jugend, dazu vielleicht ein, zwei Dutzend aus der Anfangszeit mit Ulrike – vor der Anschaffung einer Digitalkamera –, und einige von den Lädsda-

Ville-Auftritten. Die Fiedler-Dokumentation befand sich, von den Fotografien abgesehen, in dicken, schweren Leitz-Aktenordnern, nach Jahrgängen sortiert, und obwohl die aufgestellte Ordnerphalanx durch das gesamte Wohnzimmer reichte, kam ich mir albern und bedeutungslos vor, als ich jetzt auf dem Sofa saß und sie anschaute. Nur ein winziger Bruchteil all dieser Papiere repräsentierte etwas Markantes, wenigstens marginal Originelles, aber über neunundneunzig Komma neun Prozent dieser Unterlagen gab es in den Leben anderer Menschen auch, nur mit deren eingedruckten oder in Versalien kugelgeschreiberten Namen. Ich griff mir einen beliebigen Ordner – vor acht Jahren angelegt – und blätterte durch Schutzhüllen, sorgfältig gelochte Briefe und Fotokopien, aber bis ich das Ende der Sammlung erreicht hatte, war mir nichts untergekommen, das mehr über mich sagte als: Ja, Uwe Fiedler muss wohl existieren. Es gibt Geschäftsvorgänge, die ihn betreffen. Und, nein, eine Entwicklung ist da nirgendwo zu erkennen.

Ich erwog, alles wieder in die Kartons zu packen und einfach wegzuschmeißen, besser – und wesentlich sicherer – zu verbrennen, wenigstens die definitiv unwichtigen Dokumente, jene Unterlagen, die ich mit absoluter Sicherheit niemals wieder benötigen würde, etwa den Beleg über den Kauf einer Zwanzigerpackung Ibuprofen am 16. November 2006 in einer Apotheke Südwestkorso Ecke Laubacher Straße, aber dann fielen mir sofort fünf, sechs zwar äußerst unwahrscheinliche, aber auch nicht völlig auszuschließende Szenarien ein, in denen es notwendig werden könnte, genau dieses Zettelchen einem Arzt, Apotheker, Ermittler oder Fiedler-Biographen zu präsentieren. Ich trug die Ordner in die Speisekammer, bis auf jenen für das aktuelle Jahr natürlich.

Dabei wurde ich von einem Geräusch gestört, das von einem schwerbehinderten mechanischen Wecker zu stammen schien, ein schnarrendes, unregelmäßiges Geräusch, das einem Klingeln zu ähneln versuchte, was zuweilen fast gelang, jedoch überwiegend scheiterte. Nach meiner Kenntnis besaß ich kein Gerät, das zu derartigen akustischen Merkwürdigkeiten in der Lage war, weshalb sich der Verursacher entweder außerhalb der Wohnung befand – oder sich schon vor meinem Einzug darin befunden hatte. Da das plausibler war, legte ich den Ordner für 1998 auf den Speisekammerboden, prüfte mein Erscheinungsbild kurz im Spiegel, den Werner im Flur montiert hatte (ich sah aus wie immer) – und ging zur Tür.

Hinter der Jessica stand.

Obwohl – oder weil – sie exakt dieselbe Kleidung trug wie bei unseren bisherigen Treffen, sah sie absolut hinreißend aus. Einige lebenswichtige Organe in meinem Oberkörper gerieten spontan in leichte Arrhythmie. Hätte mir jemand am heutigen Morgen einen Zettel überreicht, auf dem ich einen Wunsch hätte notieren sollen, etwas, das ich für äußerst unwahrscheinlich hielt, aber um jeden Preis erleben wollte, dann hätte ich vermutlich genau das geschrieben: Jessica steht überraschend vor meiner Tür. Okay, ich hätte mir vielleicht zusätzlich ein Lächeln gewünscht, wenigstens direkten Blickkontakt, einen Hinweis darauf, dass sie sich auch freute, mich zu sehen, gar – in der traumhaften Variante – die direkt erkennbare Bereitschaft, mir alles zu verzeihen, was andere über mich behauptet hatten, ergänzt um jene, mein neues (allerdings von Rieke bezahltes) Bett umgehend mit mir zusammen auszuprobieren, stunden-, tagelang, mindestens bis zum kommenden Wochenende. Unterbrochen durch zwei, drei hochmotivierende Gespräche über die Sinnhaftigkeit des Daseins und gemeinsame Zukunftsoptionen.

Aber sie sagte nur: «Hallo, Uwe Fiedler. Ich möchte mich mit dir unterhalten.»

«Komm doch rein», erklärte ich und ordnete gedanklich eine

Strafmaßnahme gegen jenen Teil meines Gehirns an, dem diese großartigen Worte eingefallen waren. «Ich meine. Ja, gerne. Bitte.» Nein, sofortige Hinrichtung. Ohne Ritual. Einfach abknallen.

Sie ging an mir vorbei und sah sich um, steuerte das Wohnzimmer an und saß dort bereits auf dem Sofa, als ich die Tür verschlossen und sie eingeholt hatte.

«Möchtest du etwas trinken? Kaffee? Mineralwasser?»

«Ich bin nicht durstig, danke.» Sie musterte die zehn, zwölf Ordner, die ich noch nicht in der Küche verstaut hatte. Und ich musterte Jessy, die in einfacher, anbetungswürdiger Grazie mein Sofa dekorierte, den Wert meiner Wohneinrichtung um einen Faktor aufwertete, der sich nicht in natürlichen Zahlen beschreiben ließ, zugleich in mir den Wunsch weckte, ihr alles Denkbare anzubieten, damit sie dort sitzen bliebe, für ein paar Stunden wenigstens. Ich war so aufgeregt, dass ich für einen Augenblick meinen eigenen Namen vergaß. Uwe Soundso.

«Was tust du hier?», fragte sie.

«Akten sortieren.»

Jessica nickte. «Ich habe auch gelegentlich Schwierigkeiten damit, das Wichtige vom Unwichtigen zu trennen.» Sie pausierte. «Ich glaube, aus genau diesem Grund bin ich zu dir gekommen.» Mir fiel auf, dass ich sie erstmals in einer Situation hörte, in der es keine Hintergrundgeräusche gab, und dass ihre Betonung keinem Muster zu folgen schien, wenn es überhaupt welche gab. Noch während ich darüber nachdachte, erreichte das Wort «trennen» mein Bewusstsein. Ein Wort, das selten ohne negative Konnotation daherkam. Wieder die Arrhythmie.

Ich sah mich etwas hilflos um, weil es außer dem Platz neben Jessica keine Sitzgelegenheit am flachen Wohnzimmertischchen gab, ging dann zu meinem kleinen Schreibtisch und zog den Stuhl von dort in die Raummitte. Dadurch saß ich einen

Drittelmeter höher als sie, was mir nicht gefiel. Es gab die Machtverhältnisse im umgekehrten Verhältnis wider. Ich suchte und fand einen Hebel am Stuhl, ein leises Zischen ertönte, dann saß ich zwar unbequemer, ihr aber wenigstens auf Augenhöhe gegenüber.

Bevor ich die richtigen Worte dafür finden konnte, Jessy über das Missverständnis aufzuklären, ihr von diesem seltsamen Abend mit Beatrice zu erzählen, sie um Entschuldigung anzuflehen, um eine weitere Chance, ein Hoffnungsfünkchen, sprach sie.

«Ich bin sehr darauf angewiesen, dass ich den Menschen vertrauen kann, denen ich Zugang zu meinem Privatleben gewähre. Darauf, dass ich mich auf sie verlassen kann. Mir ist bewusst, dass es mir nicht immer gelingt, diese Anforderung verständlich zu formulieren. Es ist auch sehr gut möglich, dass ich mich viel zu zurückhaltend ausdrücke, dass die Bedeutung als eine andere interpretiert wird, auf einer belangloseren Ebene. Aber ich hatte bei dir angenommen, dass du mich verstanden hattest, obwohl ich so offensiv auf dich zugegangen bin.»

Sie sah ein wenig traurig aus. Ich hätte sie am liebsten an mich gerissen und eine Weile – vielleicht ungefähr bis zum Monatsende – festgehalten. Doch das ging natürlich nicht, denn Jessica erklärte mir soeben, dass unser gemeinsames Experiment vorbei war. Meine Tränendrüsen deuteten Aktivitätsbereitschaft an.

«Ich habe dir gesagt, dass ich dich mag, Uwe Fiedler. Du bist attraktiv und sympathisch. Du bist ein guter Sexualpartner, aber ich bin davon ausgegangen, dass dein Interesse für mich über das hinausreicht, dass du dazu bereit bist, meinen Eigenarten entsprechend zu begegnen. Aber ich musste feststellen, dass das wohl ein Trugschluss war.»

Sie machte Anstalten, aufzustehen. Das Schnarrklingeln aus

dem Flur sorgte für eine willkommene Unterbrechung dieses Versuchs. Ich brauchte Zeit, ich brauchte die richtigen Worte, ich konnte dieses Wesen unmöglich aus meiner Wohnung, meinem Leben lassen, ohne wenigstens einen kläglichen Versuch zu starten, sie umzustimmen.

«Bitte», sagte ich. «*Bitte.* Ich mag dich auch. Ich mag dich sehr.» Ich verkniff mir, «Ich liebe dich» zu sagen, obwohl das vielleicht sogar stimmte, bei ihr in diesem Augenblick und möglicherweise vielen anderen jedoch nicht gut angekommen wäre, womit ich andererseits aber auch einer Fehleinschätzung aufsitzen konnte. «Lass mich wenigstens versuchen, mein Verhalten zu erklären.» Ich bemerkte, dass ich in ihre Wortwahl verfiel. «Beatrice hat vermutlich nicht die Wahrheit erzählt. Oder sie verändert.»

«Ich höre sehr genau zu, wenn jemand etwas zu mir sagt», erklärte Jessica ohne erkennbare Emotion. «Ich bin darauf angewiesen, das zu tun, und ich erkenne, wenn ich belogen werde.»

Das Schnarren ertönte wieder.

«Es klingelt», sagte Jessy und sah zur Wohnzimmertür. Aber sie setzte sich wieder.

Ins dritte Klingeln öffnete ich die Tür. Das Erste, was ich dahinter sah, war eine große, hellgrüne Kunstledertasche, die ein infantiles Blumenmuster zierte.

«Uwe», sagte sie. «Mein Sohn.»

Ich kniff die Augen zusammen, wünschte mir einen Klammeraffen. Fiona Zweitenstein-Fiedler trug ein hellgraues, etwas altertümliches Geschäftskostüm und einen absurden, winzigen, ebenfalls grauen Hut. Fehlte nur «Der Wachtturm» in ihren Händen. Kleidung, Mimik und Haltung drückten subtile Unterwürfigkeit aus, den Wunsch, sich dem eigenen Fehler zu stellen, die Kleinheit zuzugeben, sich jedem denkbaren Urteil unterzuordnen. Es war perfide.

«Was willst du?», fragte ich und bemerkte Schwierigkeiten mit der persönlichen Anrede. Diese Frau war kein Du für mich.

«Ist das deine Freundin?», fragte sie, statt mir zu antworten. Sie machte einen Schritt auf mich zu, umkurvte mich, streckte eine Hand aus. «Hallo, ich bin Uwes Mutter.» Ich drehte mich um, da stand Jessica, die langsam den Kopf schüttelte, auf die Frage antwortend. Mein Herz zerfiel. Sie sagte leise «Tschüs», schob sich an uns vorbei und verschwand einfach. Ihre Schritte im Treppenhaus waren fast nicht zu hören.

«Wer war das?»

«Was willst du?», wiederholte ich, und zu all den anderen Gefühlen gesellte sich Wut, handfeste, fundamentale Wut, die so groß war, dass es mich völlig konsternierte. Ich wurde niemals auf diese Weise wütend. Es gab schlimmstenfalls kurzen Zorn, eine Ahnung von Wut, die aber normalerweise sofort vom Wunsch geplättet wurde, den Konflikt beizulegen. Doch der Auftritt dieser Frau und auch noch in dieser Situation ließ sämtliche jemals gebauten Fässer überlaufen.

«Mit dir sprechen», erklärte sie lächelnd. «Mich entschuldigen», setzte sie leise hinzu, aber einen Tick zu theatralisch, um auch nur ansatzweise glaubwürdig zu wirken.

«Worüber sprechen?», knurrte ich, was vielleicht bedrohlich klang, möglicherweise aber auch lächerlich.

«Du bist mein Sohn», schlug sie vor.

«Das war ich vielleicht vor dreißig Jahren. Heute bin ich das längst nicht mehr.»

«Mach es mir doch nicht so schwer.»

Von unten, zwei Stockwerke tiefer, war zu vernehmen, wie sich die Haustür schloss. Es war nur ein leises, schnalzendes Klicken, aber in meinem Kopf kam es als Krachen an, wie von einer Explosion, dem Bersten eines Gegenstands von der Größe des Mondes. Ich spürte, wie meine Wangen feucht wurden.

«Junge», sagte meine Mutter, wobei sie sogar eine Hand auf meine Schulter legte. «Du musst doch nicht weinen.»

Sehr große Kälte breitete sich plötzlich in mir aus, die aber nicht zu einer Starre führte, sondern zu einer seltsamen Stabilität.

«Du», zischte ich. «Du nimmst sofort deine Hand von mir weg!»

«Uh», machte sie erschrocken, gehorchte aber.

«Frau Zweitenstein-*Fiedler*, du bist nur hier, weil du glaubst, dass ich möglicherweise Gertruds Erbe bin.»

Obwohl ich von der Wut beherrscht wurde, bemerkte ich durchaus, wie sich ihre Mimik bei diesen Worten minimal veränderte. Für einen Augenblick war die Unterwürfigkeit verschwunden, ersetzt durch Hoffnung und deutlich erkennbare Gier. Dann stabilisierte sie sich wieder.

«Und soll ich dir etwas sagen?», fuhr ich fort, viel lauter, als ich zu sprechen gewöhnt war. «Ich *bin* Gertruds Erbe. Eins Komma vier Millionen Euro. Das ist eine Zahl mit sieben Stellen. Eins Komma vier. Schreib's dir auf, wenn du willst.»

Ihre Gesichtszüge flackerten, sie zog die Handtasche an sich, umarmte sie wie einen Schoßhund.

«Das ist ...», begann sie.

«Eine gute Nachricht für mich und eine schlechte für dich», unterbrach ich sie. «Denn das, was du davon abbekommen wirst, hat exakt null Stellen. Keine einzige. Und jetzt geh.» Ich holte Luft. «Verpiss dich.»

Das hatte ich noch niemals zu einem Menschen gesagt, und es fühlte sich großartig an.

«So kannst du nicht mit mir reden», meinte sie.

«Doch. Habe ich gerade getan. Jetzt zähle ich bis drei.» Das hatte sie mit mir, wie mir in diesem Augenblick einfiel, auch immer gemacht, damals, vor über dreißig Jahren, und wenn ich es gewagt hatte, sie die Drei aussprechen zu lassen, war anschließend die Hölle los gewesen, wobei sie nicht selten schneller gezählt hatte, um auf jeden Fall zu diesem Ergebnis zu kommen, bereits in meine Versuche hinein, ihren Befehlen Folge zu leisten. «Wenn du bis dahin nicht verschwunden bist, rufe ich die Polizei. Eins.»

«Ich bin deine Mutter», wiederholte sie, bereits einen Schritt rückwärts machend.

«Nein. Du bist ein Arschloch. Einfach nur ein Arschloch.»

Mit diesen Worten knallte ich die Tür zu. Der Migräneanfall, der mich anschließend umriss, setzte so unvermittelt und mit so großer Wucht ein, dass ich es nur gerade noch so bis ins Schlafzimmer schaffte.

FÜNF

Matuschek steuerte seinen Boliden nicht, es war vielmehr, als gäbe es eine Symbiose aus ihm und dem Fahrzeug. Mit spielerischer Leichtigkeit ließ er den Porsche durch den ziemlich dichten Verkehr flitzen, wodurch der Eindruck entstand, die anderen Autos würden sich nahezu überhaupt nicht bewegen. Er machte sich die Situation untertan, beherrschte sie, ohne dem jedoch mehr Aufmerksamkeit zu widmen als beispielsweise dem Niesen oder Einatmen. Es wirkte nie gefährlich, obwohl die Tachonadel zuweilen das Dreifache der zulässigen Höchstgeschwindigkeit auswies, dabei zwischen den Zahlen hin- und herzitternd wie die Anzeige einer Personenwaage, auf der ein besonders fetter Mann herumhüpfte.

«Das mit deiner Moral musst du mir noch einmal erklären», sagte ich. «Meine funktioniert nämlich nicht, glaube ich.» Hinter uns erklangen ein klagender Hupton und das Geräusch einer Notbremsung.

Er ignorierte das, sah kurz zu mir und überholte gleichzeitig einen Lastzug im vollständig überholuntauglichen Gegenverkehr.

«Sie ist ganz einfach. Das Leben ist kurz, viel zu kurz, um Zeit mit Abwarten zu verschwenden. Es gibt nur eine einzige, wirklich wichtige Person darin, und das bist du selbst. Wenn du etwas möchtest, musst du es dir nehmen. Das Abwägen von Eventualitäten sollte die Ausnahme sein. Und wer sich Sorgen macht» – das Wort «Sorgen» spuckte er aus –, «ist nichts weiter als ein Vollidiot.»

«Und wenn das, was ich möchte, sich nicht so einfach nehmen lässt?»

«Irgendeinen Hebel gibt es *immer.*»

«Das klingt gewalttätig.»

«Gewalt ist eine Metapher. Wir üben sie pausenlos aus, ob es nun eine physische Konfrontation gibt oder nicht. Meistens ist die nichtkörperliche Gewalt die wirkungsvollere, weil sie zwar keine sichtbaren Schäden hinterlässt, aber sehr hässliche Deformationen, die ziemlich nützlich sein können. Jede Geste von dir, jedes Wort, das du sagst, verändert die Menschen, und der Trick besteht darin, das zu deinem Nutzen zu tun, möglichst subtil, aber zielgerichtet. Pralinen, mein Freund, es geht um die Pralinen. Und nur um die.»

«Mmh.» Eigentlich wollte ich das nicht wie eine Zustimmung klingen lassen, aber es wurde zu einer.

«Außerdem denken viele Menschen zu linear, befassen sich mit einem einzigen Ziel, das ihre gesamten Kapazitäten frisst, während ihnen alle anderen sprichwörtlichen Felle davonschwimmen. Am Ende stehen sie ganz ohne etwas da und wundern sich, diese Mentaldackel.»

«Was ist mit deinem Gewissen?», fragte ich neugierig. Meines nahm ungefähr neunzig Prozent des Gehirnvolumens ein. Gut, achtundneunzig.

«Auch so ein Schlagwort. Gewissen impliziert traditionelle Moralvorstellungen. Nur wenn man moralische Regeln bricht, kann es eine Gewissensbelastung geben.»

«Aber wenn keine Regeln existieren, ist das natürlich unmöglich», setzte ich den Gedankengang fort.

«Exakt.» Er nickte im Takt der Tachonadel.

«Was wiederum bedeuten würde, dass es dir leichtfiele, jemanden abzuzocken, der dir eigentlich sympathisch ist, weil es dir einen Vorteil verschafft? Dich einem deiner Ziele näherbringt?» Ich ließ eine Sekunde vergehen. «Mich, beispielsweise?»

Er sah zu mir, für mehr als nur einen Augenblick, und als er sich wieder dem Verkehr widmete, folgte eine heftige Bremsung, verbunden mit einem nörgelnden Stottern des Sportwagenmotors.

«Nicht unbedingt», sagte er vorsichtig – und auch etwas peinlich berührt ob des Manövers. «Es gibt Grenzen, selbst für mich.»

«Und das macht dich glücklich?»

«Glück ist eine Täuschung.» Wieder energischer. «Eins von diesen Idealen, auf die wir hoffen sollen, während wir gleichzeitig Ruhe geben.»

«Mmh», wiederholte ich.

«Außerdem ist das ein Synonym für Stagnation. Ein Zustand, den man anstrebt, um fortan überhaupt nichts mehr zu tun, sprichwörtlich im Glück zu schwelgen. Das wäre mir zu langweilig.»

In einem zwar bewegungslosen Zustand, aber keineswegs auch nur annähernd glücklich, hatte ich mich während der vergangenen vier Tage befunden. Nach dem Abklingen des Anfalls hatte ich einen Handyshop in der Hermannstraße aufgesucht, mir eine neue SIM-Karte besorgt, ein paar Telefonnummern notiert, mein Telefon anschließend auf die Werkseinstellungen zurückgesetzt – also so vollständig gelöscht, wie das die Hersteller behaupteten – und die wenigen Menschen, die mir wichtig schienen, per Kurznachricht darüber informiert, dass ich für eine Weile nicht gestört werden wollte. Ich hatte die Zuleitung meiner ohnehin behinderten Türklingel amputiert und alle Vorhänge zugezogen, viel Kaffee getrunken, mich von Toastbroten (ohne Herzchen oder Sternchen) und Tütensuppe ernährt – und das Gefühl inhaliert, mich allein auf dem Planeten zu befinden, während ich beim Anblick des leicht erhabenen

Leberflecks an meiner Hüfte meditierte. Das half mir, Wut und Traurigkeit ein wenig zu dämpfen, jedenfalls vorübergehend, aber beide Zustände kehrten immer wieder zurück, wie chronischer Schluckauf oder Warzen. Der Ärger über meine dusselige Mutter markierte nur die Spitze von etwas, das weitaus tiefer ging, wie mir wohl bewusst war, aber es lag mir ferner als fern, zu bereuen, wie ich sie behandelt hatte. Im Gegenteil: In einigen Momenten wünschte ich mir, ich wäre zu einer drastischeren Reaktion in der Lage gewesen, nicht notwendigerweise zu einer gewalttätigen, sondern zu einer folgenreicheren (dasselbe nach Matuscheks Definition). Zu etwas, das ihr mehr genommen hätte als nur die Hoffnung auf ein paar Taler aus Gertruds Kasse. Während ich über derlei nachdachte, bemerkte ich, dass ich sie hasste – ein Gefühl, das mir üblicherweise so fremd war wie Schwerelosigkeit. Und ich entdeckte zu meiner großen Überraschung, dass ich das schon seit einer Weile tat. Dreißig Jahre, plusminus. Ich hatte das Gefühl bislang lediglich auf Distanz gehalten.

Hin und wieder ging ich zum Wohnzimmerfenster, öffnete die Vorhänge zwei Handbreit und betrachtete das gegenüberliegende Haus. Es war, als lägen nicht nur zwei Bürgersteige und eine Fahrbahn zwischen diesem und jenem, sondern eine transparente und zugleich undurchdringliche Barriere, die bis mindestens in die Stratosphäre reichte. Natürlich hätte ich einfach hinübergehen und klingeln können, oder in die Kneipe, oder mich nachts davor aufstellen und auf sie warten, aber ich schätzte die mögliche Wirkung dieser Maßnahmen geringer als homöopathisch ein. Jessica war kein Mensch, der zweite Chancen gab, Entscheidungen widerrief, sondern jemand, für den verlässliche und klare Strukturen bedeutsamer als alles andere waren. Sogar als ich, obwohl sie mich mochte. Gemocht hatte.

Am Nachmittag des zweiten Tags schnappte ich mir einige der – zumeist unberührten – Fachbücher, die ich für den psychologischen Teil meines Studiums erworben hatte, und stöberte erst nachlässig darin, um irgendwann zu bemerken, dass ich dem Fachgebiet während meiner aktiven Zeit sehr wenig Aufmerksamkeit gewidmet hatte, ihm dafür mit umso mehr Vorurteilen begegnet war, etwa jenem, dass es vorwiegend von Leuten gewählt wurde, die eine solide Selbsttherapie im Schilde führten. Die Psychologie und die Psychiatrie waren zwar – im Gegensatz zu anderen pathologischen Disziplinen – mit dem Nachteil behaftet, bei der Suche nach einer Verbindung zwischen Ursache und Symptomen im überwiegend Trüben herumzustochern, aber meine Meinung, dass es sich letztlich um einen großen Bluff handelte, revidierte ich ungefähr um fünf Uhr morgens des vierten Tags. Während ich eine mittelgroße Packung Q-tips verbrauchte, fand ich reichlich nachvollziehbares, respekteinflößendes und sehr schlau klingendes Material, das Hinweise zum Verhalten – «Eigenarten», wie sie es genannt hatte – meiner niedlichen, aber unerreichbaren Neuköllner Traumfrau lieferte, und gelangte auf dem Höhepunkt eines Müdigkeitsanfalls zu dem Schluss, dass es eine große Verantwortung darstellte, mit einem auf solche Weise besonderen Menschen zu tun zu haben. Diese Erkenntnis allerdings steigerte meine Traurigkeit abermals. Ich ging schlafen, erwachte mitten in der Nacht, rief Matuschek an, der mehrfach angeboten hatte, bitte zu jeder denkbaren Uhrzeit gestört zu werden, und verabredete mich mit ihm für den kommenden Tag.

«Siehst du das hier?», fragte er und zeigte über seine rechte Schulter hinweg rückwärts auf ein Bürogebäude, einen spiegelnden Komplex in der Form eines halbierten Sterns, erbaut vor fünfundzwanzig oder dreißig Jahren.

«Ja. Hässlich.»

«Aber vor achtundzwanzig Jahren eine architektonische Sensation. Fast siebzigtausend Quadratmeter Bürofläche, exzellente Verkehrsanbindung, Tiefgaragen mit Fahrstuhlsystem für PKW, damals neueste technische Infrastruktur. Fertiggestellt, als kein Schwein in Berlin mehr nach solchen Gewerberäumen gesucht hat, als man sie vielmehr nachgeworfen bekam, zwei Jahre Mietfreiheit und Nobelumbau nach eigenen Wünschen inklusive. Es war zu keiner Zeit mehr als zur Hälfte ausgelastet, aktuell sind nur die beiden unteren Stockwerke teilvermietet, fast zum Nulltarif. Ich habe gestern im Namen meiner Auftraggeber optioniert. Für weniger als ein Zehntel des aktuellen Verkehrswerts. Wir werden den Zuschlag bekommen.»

«Und?»

«Die Substanz ist gut, und woanders – in London, beispielsweise, oder wenigstens in einem anderen Bezirk – wäre das ein einträgliches Objekt. Hier ist es eine Hülle, für die es keine Füllung mehr gibt. Berlin ist in dieser Hinsicht ein sehr punktueller Markt. In einigen Gegenden explodieren die Gewerbemieten im Halbjahresrhythmus, anderswo freut man sich, wenn wenigstens Ratten das Haus bewohnen. Dies hier ist so ein Fall.»

Ich verstand nicht, warum Matuschek mir das erzählte, schwieg also und wartete auf die Pointe. Sein «Dies hier» war genau genommen falsch, denn der vor zehn Sekunden gut sichtbare Bürokomplex war höchstens noch als schimmernder Punkt zu erkennen.

«Das Konzept sieht vor, das Gebäude abzureißen, für die Zeit danach gibt es mehrere Alternativen, aber derzeit keine ernsthafte, jedenfalls inoffiziell. So oder so wird es Verluste generieren, über mehrere Jahre hinweg, und zwar Verluste in zweistelliger Millionenhöhe.»

«Also kein sehr gutes Geschäft.»

«Eben doch!», sagte er triumphierend. «Die einfachen Menschen denken, man würde Geld verdienen, indem man etwas für mehr Geld verkauft als man beim Einkauf bezahlt hat. Tatsächlich aber funktioniert das wahre System andersherum. Nicht selten besteht die beste Möglichkeit, überaus viel Geld zu verdienen, darin, Kosten zu generieren und hohe Verluste zu machen. Die kurzfristige Marge repräsentiert kurzfristige Denke. Im einfachsten Fall vergisst man schlicht, dass die Gewinne zu versteuern sind. Im zweiteinfachsten hält man Einnahmen für Überschüsse. Aber erst in den Schichten darunter wird es so richtig schön kompliziert – und interessant. Das Objekt hier wird meinen Auftraggebern eine Rendite bescheren, die so lächerlich hoch ist, dass man tatsächlich darüber lachen müsste. Ohne dass auch nur ein Liter Beton gegossen wird.»

«Und warum erzählst du mir das?»

Er hob die Hände vom Lenkrad – der einzige Moment unserer wilden Fahrt, in dem ich wenigstens einen Anflug von Angst verspürte. «Ich dachte, dich interessiert, was ich mache. Und wie ich es mache. Ich bin einer der Besten. So, wie es aussieht, werden wir auch noch öffentliche Gelder erhalten. Zuschüsse zum Gewinn, Pralinen zu den Pralinen. Ist das nicht amüsant?»

«Irgendwie schon.» Tatsächlich fand ich das in etwa so lustig wie Kreuzigungen, aber seine Begeisterung und seine Attitüde faszinierten mich nach wie vor. Dafür, dass er ein System repräsentierte, das ich für einen fundamentalen Fehler hielt, konnte er schließlich nichts. Dass er mir als bahnbrechende Geheimnisse zu verkaufen versuchte, was jeder Depp mit Internetanschluss wenigstens als Gerücht kannte, ließ mich an meiner Wertschätzung für ihn zweifeln, aber nicht so sehr, dass ich das als störend empfand. Seinem *Schillern* tat das kaum Abbruch. Nicht zum ersten Mal fragte ich mich, wie es wohl wäre, er zu sein. Wie es sich anfühlte. Aber um das zu verstehen, hätte ich mein Gehirn auf die Werkseinstellungen zurücksetzen müssen.

Wahrscheinlich hatte er es leichter als ich, dachte ich, jedenfalls im emotionalen Sektor. Außerdem, und hier lag sein wesentlicherer Vorsprung, verfolgte er Ziele, während ich eher verfolgt *wurde*, beispielsweise von meiner Mutter, dem Schöneberger Zombieanwalt, möglicherweise einigen Ermittlern, auf deren Verdächtigenlisten ich stand, Dietrich Langmann, Spätkauf-Beatrice, den vielen Menschen, die vor Monitoren saßen, welche Bilder von Überwachungskameras zeigten – und nicht zuletzt von jenen untergeordneten Teilen der Großen Weltverschwörung, die sich mit nahezu bedeutungslosen Subjekten wie mir zu befassen hatten.

In Mitte fuhr Matuschek den Porsche in ein unterirdisches Parkhaus am Hackeschen Markt, einer Gegend, in der sich mehr Schaulustige als Lustigschauende tummelten. Wir summten in einem ultramodernen Fahrstuhl ins Dachgeschoss des aufwendig renovierten Baus aus der Gründerzeit, und er führte mich in sein Penthouse, eine riesige, lichtdurchflutete Wohnung, die Platz genug geboten hätte, um daraus mindestens acht Einheiten in der Größenordnung meines Domizils zu machen, ergänzt um eine mit poliertem Regenwaldholz belegte Terrasse, von der man einen spektakulären Blick auf diesen mit Abstand uninteressantesten Bezirk der Stadt hatte und auf der man Volleyballturniere veranstalten könnte – ein halbes Dutzend Spiele gleichzeitig. In den Räumen befanden sich höchstens halb so viele Möbel wie in meiner Wohnung, und es gab keinen einzigen persönlichen Gegenstand, dafür ein paar Drucke – vielleicht auch Originale – an den Wänden, neben hypermodernen Displays und Steuerkonsolen für irgendwas. Ich fühlte mich beobachtet.

«Du willst nicht wissen, wie hoch die Miete ist», sagte er

lächelnd und schnappte sich eine Art Geldbörse, die auf einem metallenen Tischchen lag, das so teuer aussah, dass ich nicht wagte, auch nur in seine Nähe zu kommen.

«Schick», sagte ich, fand den Gedanken aber unbehaglich, in einer solchen Scheune zu leben.

«Weiter geht's», erklärte Matuschek grinsend und steuerte die Ausgangstür an, die sich, wie auch schon beim Eintreten, automatisch öffnete, ohne dass er irgendwas dafür tat.

Wir hielten – selbstverständlich in zweiter Reihe – vor einem Restaurant in Friedrichshain. Als wir den in der Hauptsache mit Berlintouristen überfüllten Gastraum betraten, orientierte sich Matuschek kurz, ging auf einen schön positionierten Vierertisch am Fenster zu, der zwar unbesetzt war, auf dem jedoch ein gut erkennbares Reserviertschildchen thronte, schob es beiseite, setzte sich, zündete sich eine Zigarette an und zwinkerte der attraktiven Kellnerin zu, die uns im Halbmeterabstand gefolgt war und in diesem Augenblick eigentlich zu einer Schimpftirade ansetzen wollte, die gleich mehrere Kritikpunkte enthalten hätte, darunter das aktiv ignorierte Reserviertschildchen und vor allem Matuscheks qualmende Fluppe.

«Ich habe schon viel von euch gehört und möchte jetzt herausfinden, ob das stimmt», erklärte er lächelnd und nahm einfach die Hand der Kellnerin. «Ich bin Dominik. Und Sie?»

Wäre ich eine Frau gewesen, hätte ich ihn in diesem Moment darum gebeten, mir auf der Stelle ein Kind zu machen.

«Sarah», hauchte sie, seine Hand haltend. Und dann, nach einer kurzen Pause: «Sie dürfen hier nicht rauchen. Eigentlich.» Genau genommen stand auf diese Untat heutzutage die öffentliche Schlachtung.

«Bin ja in zwei, drei Minuten fertig. Wird schon niemanden stören.» Er sah sich um und nickte den anderen Gästen zu, die uns überwiegend entsetzt anstarrten. Erst jetzt nahm ich auch Platz.

«Die Lasagne», sagte sie, dicht am Stottern. «Hausgemacht. Ganz frisch. Ein besonderes Rezept.» Eigentlich, bemerkte ich, metapherte sie und pries sich selbst an.

«Lasagne», wiederholte Matuschek nickend. «Klingt gut. Und vielleicht eine Vorspeisenplatte. Ein gutes Weinchen. Rot. Nicht diese Touristenplörre, ja? Sondern etwas mit Substanz.»

«Substanz», wiederholte sie, ließ seine Hand los und verschwand rückwärtsgehend. Einen Augenblick später kehrte sie zurück und stellte einen Aschenbecher vor Matuschek. «Ausnahmsweise. Aber bitte gleich ausmachen. Ich bekomme sonst Ärger.»

«Gleich, liebe Sarah», versprach Matuschek und blies Rauch zur Decke. Das Murren am Nebentisch – eine vierköpfige Familie, die vermutlich eine Stunde darauf gewartet hatte, platziert zu werden, wie das derzeit ungefähr zwei Dutzend Leute taten, die am Tresen standen – schien er nicht zur Kenntnis zu nehmen.

Wir aßen recht gut, wobei wir von einer etwas weniger attraktiven Frau bedient wurden, in der ich eine ehemalige Sängerin erkannte, die in den Neunzigern mit einem auf Deutsch singenden, weiblichen Hip-Hop-Trio kleine Erfolge gefeiert hatte, darunter sogar eine Chartplatzierung – irgendwas mit «Scheiße» im Titel. Sarah sahen wir nur kurz wieder, als sie sehr sanft die unschöne Botschaft überbrachte, dass jemand, dessen Fahrzeug von Matuscheks Porsche am Ausparken gehindert wurde, sich darüber freuen würde, wenn er sein Auto demnächst ein paar Meterchen wegbewegen könnte. Matuschek rauchte erst seine – inzwischen dritte – Zigarette zu Ende und schlenderte dann lässig nach draußen. Aber er nutzte keinesfalls den frei werdenden Parkplatz, sondern fuhr nur zwei

Meter rückwärts. Eine Viertelstunde später saßen wir ohnehin wieder im Geschoss und flogen quer durch die Stadt.

Am Morgen hatte ich mit großer Akribie zwei Zettelchen mit den Buchstaben F-I-E-D-L-E-R beschriftet und war in der Absicht nach unten gegangen, Klingel- und Briefkastenschild auszutauschen – an der Klingel neben meiner Wohnungstür hatte Werner einen gerade noch leserlichen Aufkleber angebracht, den ich später ersetzen wollte. Tatsächlich befand sich an der entsprechenden Stelle neben der Eingangstür bereits ein geprägtes Schildchen mit meinem Nachnamen, was mir ein gelächeltes Nicken abrang, dafür fand ich keinen Briefkasten, auf dem mein oder der Name meines mutmaßlichen Vorgängers – Altmann, wenn ich mich richtig erinnerte – stand. Dafür lag unterhalb der reichlich lädierten Kästenanordnung auf dem Fußboden ein kleiner Stapel, bestehend aus vier Kuverts, die allesamt an mich adressiert waren, darunter eine Einladung der Kriminalpolizei, in der kommenden Woche für eine Zeugenbefragung vorbeizuschauen. Die anderen drei stammten von Anwälten: Ein dicker Umschlag von Zombie Bleulich, ein schmaler von Pocke und ein weiterer, dessen Absender mir nichts sagte – eine Kanzlei in Wilmersdorf. Der Zombie schickte die umfangreichen Unterlagen, die Tante Gertruds Nachlass genau beschrieben, Pocke eine anwaltliche Vollmacht, die ich zu unterzeichnen hätte, aber der dritte Brief haute mich aus den Sandalen. Er begann mit den Worten: «Hiermit zeige ich an, Frau Fiona Zweitenstein-Fiedler, geborene Zweitenstein, anwaltlich zu vertreten.» Der Ärger darüber, dass der Briefträger meine Post einfach in den Flur schmiss, verblasste vor diesem Hintergrund. Das Schreiben enthielt außerdem Formulierungen wie «Erbschaftsangelegenheit Gertrud Walpurga Zweitenstein», «außergerichtliche Einigung», «Schlichtungsgespräch», «Prüfung auf Erlass einer Einstweiligen Anordnung» und ähnlichen Unsinn. Vor einigen Tagen noch hätte mich das in tiefe Depressionen und sehr wahrscheinlich einen Migräneanfall geschickt, verbunden mit dem Wunsch, eine sofortige und alle Beteiligten (von mir abgesehen) glücklichmachende Einigung zu finden, die dieses Damoklesschwert um jeden Preis zu Staub zerfallen ließ, aber es hatte sich etwas verändert. Das überraschte mich wesentlich mehr als die Tatsache, von der eigenen Erzeugerin verklagt zu werden. Oder wenigstens anwaltlich bedroht.

Ich telefonierte ein paar Minuten mit Pocke, den das Schreiben zu meiner endgültigen Erleichterung ziemlich amüsierte. Danach ging ich zum nahe gelegenen Postamt, fotokopierte den ganzen Krempel, steckte ihn in einen an Stefan Friedrichs adressierten Umschlag und wartete zwischen ziemlich originellen, sehr lauten und teilweise recht offensiv stinkenden Menschen eine Dreiviertelstunde lang darauf, die Kopien zu bezahlen und eine Briefmarke kaufen zu dürfen.

«Wohin fahren wir eigentlich?», fragte ich, während das Nobelhotel Adlon an uns vorbeihuschte.

«Wir sind praktisch da», antwortete Matuschek, wobei er auf seinem Smartphone herumtippte, was keineswegs zu einer Verringerung unserer Geschwindigkeit führte. Kurz darauf bog er in eine Querstraße ein, wo er den Wagen wieder in zweiter Reihe stoppte, diesmal aber den Motor laufen ließ. Aus dem Nichts erschien ein junger, breitschultriger, äußerst gepflegt aussehender Mann, der in einem Anzug steckte, dessen Preis ich auf die monatlichen Mieteinnahmen von Tante Gertruds Haus schätzte. Er nickte knapp, stieg in den Porsche und fuhr davon.

Das fünfstöckige Haus war schmucklos, aber die Fenster hatte man abgedunkelt, auf dezente Weise, sodass man es nicht sofort bemerkte, wenn man an der Fassade hinaufschaute. Neben der Tür befand sich kein einziges Klingelschild, sondern lediglich eine metallene Kontaktfläche für Chipkarten und ein unbeschriftetes Tastenfeld aus irgendeinem vulgär teuren Material. Matuschek hielt eine graue, unbedruckte Plastikkarte gegen die Kontaktfläche und tippte eine mindestens zwanzigstellige Codefolge ein. Die gewaltige Tür schwang geräuschlos auf.

«Was ist das?», fragte ich leise, danach rülpste ich vorsichtig vom ungewohnten, aber wohlschmeckenden Rotwein in die Faust.

«Früher hätte man das Club genannt. Herrenclub. Warte einfach ab.»

Zwei junge Damen kamen uns entgegen, elegant, aber auch ein bisschen – extrem dezent – aufreizend gekleidet, und es handelte sich vermutlich um die schönsten Frauen, die ich je auf freier Wildbahn getroffen hatte. Sie lächelten gewinnend. Bislang hatte ich die Existenz solcher Geschöpfe für ein Gerücht gehalten. Trotzdem hätte ich beide sofort beiseitegeschubst, hätte Jessica hinter ihnen gestanden.

«Herr Matuschek», sagte die von uns aus gesehen linke Frau. «Schön, Sie zu sehen.»

«Gleichfalls, liebe Hilda», erklärte Dominik. Er hakte bei der Angesprochenen unter, die andere tat das mit mir. Sofort kam ich mir etwas schäbig vor, so nachlässig rasiert und in Sachen gekleidet, die man in der Altkleidersammelstelle auf den Stapel für die ganz armen Länder gelegt hätte. Die Frau verströmte einen ungeheuer angenehmen Duft, und für einen Augenblick fürchtete ich, dass mich Matuschek in einen Nobelpuff geschleppt hatte. Aber die Angelegenheit war offenbar deutlich komplexer.

Wir durchquerten Gänge, die auf zurückhaltende Weise

edel ausgestattet waren. Es herrschte absolute Stille, nicht einmal unsere Schritte waren zu hören. Dann öffnete Hilda eine Tür, und wir betraten einen großen, hohen Raum, in dem es mehrere Sitzgruppen gab, gegen die Pockes Arbeitszimmerausstattung wie IKEA-Abfall gewirkt hätte. Beherrscht wurde das Zimmer von einer gewaltigen Bar, mehreren Bücherregalen und dem größten Fernseher, den ich je gesehen hatte. Außer uns war niemand darin.

«Was darf's sein?», fragte Hilda.

«Ein Sour, wie immer», antwortete Matuschek. «Und du?»

«Kaffee?», schlug ich vor, weil ich annahm, dass es um Getränke ging.

«Du bekommst den besten Kaffee, den du je getrunken hast.»

«Hört sich gut an.»

«Also, was ist das?», fragte ich, als wir in den Sesseln hingen, die vermutlich mit der Haut von Genitalien einiger Tiere bezogen waren, deren Arten unmittelbar vom Aussterben bedroht waren. Der Kaffee schmeckte tatsächlich exzellent, aber ich fürchtete, dass es sich um ein Gebräu aus jenen Bohnen handelte, die zuvor den Verdauungstrakt seltener Wildkatzen durchquert hatten. Irgendwo hatte ich das mal gelesen. Denkbar auch, dass ich etwas noch viel Exaltierteres schlürfte.

«Ein Club, sagte ich doch. Ein Club, in dem man nicht Mitglied werden kann. Man wird berufen. Dann durchläuft man ein kompliziertes Prüfungsverfahren. Die Menschen, die hier verkehren, repräsentieren an guten Tagen mehr Macht als jeder politische Gipfel.» Er grinste. «Wobei politische Gipfel selten tatsächlich Macht repräsentieren. Es sind andere, die Entscheidungen treffen. Leute, die sich hier treffen. Männer, die du noch nie gesehen hast. Andere würdest du erkennen. Dich möglicherweise darüber wundern, dass sie in der Stadt sind.»

«Mmh», machte ich und fühlte mich unwohl.

«Du kannst dich entspannen. Das ist kein Ort, an dem man sich gegenseitig in Augenschein nimmt. Hier geschehen andere Dinge.»

«Welche?»

«Hast du einen Wunsch? Irgendeinen?»

«Weltfrieden?», schlug ich vor, weil mir das leichter erfüllbar schien als der Wunsch, der mich in Wahrheit umtrieb. Nämlich dass die bilateralen Gespräche zwischen zwei bestimmten Häusern in einer bestimmten Neuköllner Straße wieder aufgenommen würden.

«Wenn es kein Witz wäre», antwortete Matuschek selbstsicher, «müsste ich nur kurz mit Hilda sprechen, ein, zwei andere Räume aufsuchen, und wir könnten das in die Wege leiten. Allerdings wäre Weltfrieden keine Situation, die man sich wirklich wünschen sollte. Frieden ist ein ziemlich umfassender Begriff, zugleich eine Ausnahme, für die die menschliche Natur keine vernünftigen Konzepte kennt. Auseinandersetzung ist dem Wesen der Menschen näher. Deshalb hält Frieden nie lange. Er ist langweilig. Unnatürlich.»

Ich war versucht, zu lachen, aber die Ernsthaftigkeit seiner Ausführungen hielt mich ab. «Gut, und was soll ich mir dann wünschen?»

«Sex wäre natürlich das Einfachste», gab er zu. «Ein Dreier mit Frauen, die noch schöner sind als Hilda und ihre Kollegin, während ein ausgewachsener bengalischer Tiger zusieht. Eine Dame, die mit einer lebenden Giftschlange masturbiert, zu deiner Unterhaltung.» Er lächelte. «Aber mir ist klar, dass dir der Sinn nicht nach solchen Dingen steht. Oder doch?»

Das Bild mit der Giftschlangenfrau ließ mich für ein paar Sekunden nicht los. «Stimmt», sagte ich dann. Matuschek schien kurz enttäuscht zu sein, aber ich konnte mich auch irren.

«Gibt es jemanden, den du immer schon treffen wolltest?

Einen Künstler, einen Sportler, eine bedeutsame Person? Es könnte sein, dass wir ein paar Stunden warten müssten, aber die meisten Treffen ließen sich sehr wahrscheinlich arrangieren.»

«Du meinst, wenn ich Lust verspüren würde, mit Mick Jagger zu sprechen, ließe sich das machen?»

Er zog die Stirn in Falten. «Würdest du das tatsächlich wollen? Der Mann ist ziemlich alt.»

«Eher nicht.» Ich dachte an das Trennungsgespräch mit Ulrike. «Aber vielleicht mit Brad Pitt.» Ich stutzte innerlich, weil mir die Namen so ungewöhnlich leicht einfielen.

Matuschek nickte und zog sein Telefon aus der Tasche.

«Halt!», sagte ich. «Ich will nicht mit irgendeinem Prominenten sprechen.»

«Nicht?» Er grinste.

«Nee. Wozu auch? Ich würde tatsächlich gerne wissen, warum du das hier veranstaltest.»

«Um dich auf andere Gedanken zu bringen?», schlug er vor.

«Es bringt mich nicht auf andere Gedanken, wenn ich erfahre, dass die Weltverschwörung existiert. Gut, schon auf andere, aber das sind ungute.»

«Verschwörung ist das falsche Wort», sagte er.

«Ich glaube dir sowieso nicht, was du mir erzählst.» Die Idee kam mir genau genommen im Augenblick, als ich sie äußerte. «Dass wir hier im Zentrum der Macht sitzen. Dass ich jeden Wunsch äußern könnte. Wenn ich wirklich Brad Pitt sprechen wollen würde, würdest du ein bisschen herumtun und mir schließlich erklären, dass es gerade nicht geht, weil er irgendwo ein ganzes afrikanisches Dorf adoptiert oder Golf auf dem Mond spielt. Und mir irgendeinen deutschen Schauspieler anbieten, der zufällig zwei Stockwerke über uns einen Vierer mit Hund hat. Das hier ist nichts weiter als ein besonders elitäres

Bordell, richtig? Und du willst mich aus irgendeinem Grund beeindrucken. Aus welchem?»

Er legte die Stirn in Falten, nahm sein Cocktailglas und trank es aus.

«Du bist im Besitz einer großen Möglichkeit. Ich möchte dir helfen, sie richtig zu nutzen.»

«Im Besitz einer Möglichkeit», wiederholte ich. Er antwortete etwas, aber ich hörte nicht zu. Meine Hirnwindungen rotierten. Dann setzte die Erkenntnis ein. Die Frucht der Schule, durch die mich mein Vater gequält hatte.

«Du warst nicht zufällig an der Tankstelle», unterbrach ich ihn, ohne zu wissen, wobei.

«Zufall», sagte er herablassend und schnippte mit den Fingern. «Zufall existiert nicht.»

«Aber Zufall wäre sowieso nicht das Gegenteil von Absicht. Du warst absichtlich dort. Du wusstest etwas. Oder hast spekuliert.» Ich pausierte. «Gut spekuliert.»

«Das ist mein Job.»

«Wahrscheinlich weißt du ziemlich viel über mich.»

Er hob eine Hand. «Das ist nicht schwer. Du bist ein offenes Buch. Obwohl du versuchst, dich abzuschirmen. Oder gerade deswegen. Es ist leichter, Leute zu finden, die versuchen, sich zu verstecken. Verstecke sind rar, überschaubar. Wenn man sie kennt, gibt es keine mehr. Nur noch Fundstellen.»

Ich nippte am Kaffee und wunderte mich über meine Gelassenheit. «Du veranstaltest all das, um an ein Mietshaus in Neukölln zu kommen?»

«Ich könnte dir helfen, all die seltsamen Bedingungen auszuhebeln. Eine siebenstellige Summe netto einzustreichen, einfach so, langfristig und steuerfrei. Ein sorgenfreies Leben.» Er lächelte schmal.

«Und wenn ich das nicht will?»

«Versuche ich es trotzdem. Ich spiele hier nicht meine einzige Karte aus. Der Wert dieser Objekte wird sich in den nächsten paar Jahren mindestens verdoppeln. Ich kann nicht zulassen, dass ein Haufen Sozialhilfeempfänger, eine abgehalfterte Kneipenwirtin, ein trübsinniger Langzeitstudent und ‹Ärzte ohne Grenzen› oder andere Schwachköpfe davon profitieren. Das widerspräche meinem Naturell. Meiner Auffassung davon, wie die Welt zu funktionieren hat.»

«Menschen, die versuchen, das Leben anderer Menschen zu retten, sind keine Schwachköpfe.»

«Wenn sie dabei ihr eigenes riskieren – doch.»

«Das tut man ständig. Das Leben ist riskant.»

«Sagt Uwe Fiedler, der eine Baseballkappe aufsetzt, wenn er Geld am Automaten zieht? Und dabei gegen den Wunsch ankämpfen muss, sich ein Wattestäbchen ins Ohr zu schieben?»

Ich war so verblüfft, dass mir keine Erwiderung einfiel. Plötzlich fühlte ich mich nackt und schutzlos, wie ein aus dem Nest gefallenes Küken, und das Gefühl war alles andere als schön.

«Deine Alternativen sind begrenzt, lieber Uwe Fiedler», erklärte er. «Aber meine nicht.»

«Das könnte stimmen», sagte ich leise. «Das könnte alles stimmen. Dass du in Geld und Möglichkeiten ertrinkst und ich nur ein kleiner Fisch bin, in einem von allen Seiten einsehbaren Glas, dass du über Macht verfügst und jede Gegenwehr völlig idiotisch wäre.»

«Tatsächlich ist es so, tut mir leid.»

«Aber es könnte genauso gut ein großer Bluff sein. Das Ergebnis langer, aufwendiger Vorarbeit, zeitfressender Beobachtungen, ein wenig Glück und einigem an Spekulation. Wenn es für dich und deinesgleichen so einfach wäre, zum Ziel zu kommen, hätte diese Inszenierung hier keinen Sinn.»

«Auch wenn man mit viel Macht ausgestattet ist, kann es nicht schaden, einen einfacheren Weg auszuprobieren.»

«Verbunden mit dem Risiko, dass genau die Situation eintritt, in der wir uns befinden? Wäre das nicht dumm?»

Er faltete die Hände vor der Brust. «Wer weiß?»

Ich erhob mich. «Das ist mir, um ehrlich zu sein, egal. Lassen wir es doch einfach darauf ankommen. Wenn du so viel über mich weißt, dann gehört auch dazu, dass ich nichts zu verlieren habe.»

«Ich respektiere deinen Mut. Du hast dich verändert.»

«Es hört sich seltsam an, das Wort ‹Respekt› aus deinem Mund zu hören.» Ich lauschte einem Gedanken, der mir plötzlich kam. «Du hast nicht zufällig einen Klammeraffen in der Tasche?»

Ich erwachte, erwartete eigentlich, schweißgebadet zu sein, fühlte mich aber stattdessen erfrischt und blinzelte in Richtung des Schlafzimmerfensters, hinter dem, zwischen zwei grauroten Häuserdächern und einer obskuren Anordnung von Schornsteinen, referenzblauer Himmel zu sehen war. Ich brauchte einen Moment, um die Geschehnisse des letzten Tages zu kategorisieren. Ich hatte Post von Anwälten bekommen. Ich hatte mich mit Dominik Matuschek getroffen, war mit ihm essen gewesen, hatte seine Wohnung gesehen und Bürokomplexe gesichtet. Aber ich hatte keinen Edelpuff in Mitte besucht, um dort zu erfahren, dass es eine ganz persönliche Uwe-Fiedler-Verschwörung gab. Wenigstens hoffte ich das. Das leichte Pochen in meinem Schädel und die offenkundige Erinnerungslücke wiesen auf einen Migräneanfall hin.

Ich schlurfte in die Küche, startete die Kaffeemaschine, nahm mein Smartphone von der Kommode im Flur und rief die Trackingdaten ab. Neukölln, Schöneberg, Kreuzberg, Mitte, Friedrichshain, Kreuzberg und wieder Neukölln. Ich atmete tief durch. Glücklicherweise hatte ich vergessen, diesen unseligen Dienst nach dem Zurücksetzen des Smartphones zu deaktivieren. Natürlich waren auch diese Daten letztlich bestenfalls Indizien, konnten manipuliert sein. Es gab sehr wahrscheinlich Wunderdrogen, die zu den originellsten Dingen imstande waren, geschmacksneutral und problemlos in einer Tasse Kaffee zu verabreichen. Aber – man konnte es auch übertreiben. Ich hatte geträumt. Punkt.

SECHS

«Guten Tag. Wohin muss ich, um mich umzumelden?», fragte ich und versuchte, es freundlich klingen zu lassen. Die Umgebung gab das nicht unbedingt her. Ich stand vor einem verkratzten Tresen in einer Art Wartesaal, der akustisch von Smartphone-Statusmeldungen und in Geräusche gebetteten Erkältungssymptomen beherrscht wurde. Nach meinem Gefühl befand sich ein Großteil der Neuköllner Bevölkerung hier, und nicht wenige erweckten den Eindruck, bereits seit längerer Zeit - Tage, Wochen - auszuharren. Aus diversen Kinderwagen war das Genörgel gelangweilter, hungriger oder in vollen Windeln liegender Babys zu hören. In mindestens drei Nachwuchstransportmitteln befand sich mehr als nur ein Säugling.

«Haben Sie einen Termin?», fragte die Frau, deren hellgraue Augen von einer Brille auf das Doppelte vergrößert wurden. Sie sah mich nicht an, sondern auf einen Computermonitor. Die Dame war vielleicht vierzig, möglicherweise aber auch deutlich jünger und lediglich optisch dem Umfeld angepasst - ein Beamtenchamäleon. Ihre nackenlangen, brünetten Haare wirkten strohig. So wie Ulrikes, aber anders.

«Nein.»

«Mmh», machte sie, tippte mit der einen Hand und mauszeigerte mit der anderen in ausladenden Bewegungen herum. «Sie könnten einen Termin in vier Wochen bekommen. Am Montag, dem siebzehnten. Um acht Uhr dreißig.» Sie stutzte kurz. «Halt. Da ist die Weihnachtsfeier. Am Mittwoch, dem neunzehnten. Um elf Uhr zwanzig.» Dabei grinste sie schelmisch. Vielleicht dachte sie an die Weihnachtsfeier vom vergangenen Jahr.

«Ich muss mich, wenn ich richtig informiert bin, innerhalb zweier Wochen ummelden. Ich bin vor fünf Tagen umgezogen.»

«Dann hätten Sie sich vorher einen Termin besorgen müssen.»

«Vorher wusste ich noch nicht, dass ich umziehen würde.»

«Das», sagte sie und sah mich ohne jedes erkennbare Interesse an, «ist schlecht.»

«Und wenn ich warte? Vielleicht kommt jemand nicht, der einen Termin hat?»

Sie lachte unfröhlich. «Das können Sie natürlich tun. Name?»

«Fiedler. Uwe.»

«Fiedler, Uwe», wiederholte sie, notierte etwas, schob mir ein bedrucktes Nummernzettelchen zu und ignorierte mich anschließend. Auf dem Abrisspapier stand die Nummer 42, was ich für ein gutes Zeichen hielt. Andererseits – all die Leute mit Terminen hatten wahrscheinlich überhaupt keine Zettelchen. Es konnte also auch ein schlechtes Zeichen sein: Der zweiundvierzigste von jenen, die auf ambulant freigemachte Termine warteten.

Fiedler, Uwe, setzte sich zwischen diejenigen Delinquenten, die am wenigsten ansteckend wirkten, nämlich einen Endvierziger, der so dick war, als hätte er vor kurzem einen Kleinwagen am Stück verschluckt, und eine alte Frau, die beim Lesen einer Zeitschrift namens «Gala» vor sich hin keckerte. Der umfangreiche Mann belegte ein Drittel meines am Boden verschraubten Plastikstuhls, sodass ich Körperkontakt mit der Rentnerin hatte, die das aber nicht zu bemerken schien. Ich startete das Portal zu den diversen angeblich sozialen Netzwerken und musste feststellen, beim Zurücksetzen der Telefondaten auch all meine Zugänge gelöscht zu haben. Leider erinnerte ich mich nicht an das Passwort meines Pseudonyms Frank Meier, und auch nicht an dasjenige für das Mailpostfach dieser virtuellen Person – ich hatte alle Passwörter so gewählt, dass es unmöglich war, mich an sie zu erinnern, zufällige Tastenfolgen, die ich mit zugehaltenen Augen ins Textprogramm eingetippt und von dort in die Eingabefelder kopiert hatte. Vielleicht, entschied ich überraschend spontan, war das eine gute Gelegenheit, diese sinnlose Beschäftigungstherapie aufzugeben und der eingebildeten Anonymität den Rücken zuzukehren. Die Frage, was ich dabei zu verlieren hätte, hielt ich für eine rhetorische. Man verlor sowieso nie die Dinge, gegen deren Verlust man sich zu schützen versuchte, sondern all die anderen, bei denen Absicherungen ohnehin unmöglich waren.

Ich richtete bei einem kostenlosen Anbieter ein Mailkonto unter meinem Realnamen ein, was mir ein fast schon obszönes Kribbeln verschaffte. Wenige Augenblicke später trafen die ersten Werbenachrichten ein. Anschließend loggte ich mich als Fiedler, Uwe in die diversen Netzwerke ein, womit ich zwar nicht der Einzige unter diesem Namen war, aber der Richtige. Verstecke, hatte mein Traum-Matuschek gesagt, waren letztlich Fundstellen. Bei Facebook gab es mehrere Dutzend Personen, die wie ich hießen, und beim Abklatsch Googleplus waren es immerhin noch vier oder fünf, was aber das Gefühl der Authentizität nicht reduzierte. Meine Nackenhaut spannte intensiv, als ich Ulrike, Werner, Janine, nach einigem Zögern Dominik Matuschek und drei, vier anderen Leuten Kontaktanfragen zukommen ließ. Ich fühlte mich wie seinerzeit mit Lädsda Ville auf der Bühne. Rieke bestätigte fünfzehn Sekunden später. Vermutlich checkte sie ihren Status sogar während komplizierter Operationen. Ob Ulrike überhaupt operierte, wusste ich tatsächlich nicht. Wir hatten lange nicht mehr über ihre Arbeit gesprochen, weil dabei automatisch mein Job zum Thema wurde, was Rieke deprimierte.

Ich hielt das Telefon im größtmöglichen Abstand vor mein Gesicht und versuchte, mit der Frontkamera ein Selbstporträt aufzunehmen, um es in den diversen Profilen verwenden zu können.

Der voluminöse Mann murmelte etwas in meine Richtung. Ich verstand «Salafistensalat?», was ich für eine gute Idee hielt, etwa aus der Sicht politisch engagierter Kannibalen.

«Bitte?»

Er räusperte sich, hustete in die Hand, von der wahrscheinlich jeder einzelne Finger so viel wie ein Neugeborenes wog. «Selfie auf'm Amt?», wiederholte er. Seine Stimme ließ mich an einen Versuch denken, den wir in der Spätphase der Band – also ein paar Monate nach der Gründung – unternommen hatte, nämlich die Adaption von Andrea Jürgens' unfassbarem Hit «Und dabei liebe ich euch beide» (1978). Der dicke Mann klang exakt wie Andrea Jürgens. Damals hatten wir viel gelacht, Pocke lauschend, als er das auch versucht hatte.

«Selfie» gehörte nach meinem Dafürhalten weit vorne auf die Liste der dusseligsten Kunstworte der letzten Jahre. Es war zwar einen Tick weniger mühevoll auszusprechen als «Selbstporträt», passte aber eher zu autosexuellen Tätigkeiten. «Hat dich deine Frau schon mal beim Selfie in der Küche erwischt?» – «Nee!» – «Prima Versteck, oder?» – so etwas.

«Stimmt wohl», antwortete ich dennoch und versuchte, es nett klingen zu lassen. Als Jugendlicher hatte ich mit der von meinem Vater geerbten Instamatic-Fixfokus-Kamera Bilder von mir selbst aufgenommen, den Apparat mit ausgestreckten Händen vor mein Gesicht haltend, und wenn ich dann, Tage später, die Abzüge erhalten hatte, intensiv darüber gewundert, dass der Hintergrund interessanter wirkte als der Vordergrund, ganz gleich, in welchem Umfeld ich mich fotografiert hatte.

Nach den Profilinstallationen rief ich eine Suchmaschine – auch so ein Wort – auf, die unglaubliche sechshunderttausend Treffer zu meinem Namen generierte, darunter allerdings auch solche für einen Nacktputzservice, den ein Mann betrieb, der wie ich hieß, und diverse Links zu Videos, die einen anderen Uwe Fiedler in einer Fernsehsendung mit dem schockierenden Titel «Frauentausch» zeigten. Ich kannte dieses Format nicht, war mir aber sofort sicher, dass darin genau das geschah, was ich befürchtete. Schon auf der ersten Trefferseite fanden sich allerdings auch Hinweise auf mich, darunter Lexikonartikel, die jemand – Pocke? – zu Lädsda Ville verfasst hatte, Telefonbucheinträge und Mitschnitte meines «Abendblick»-Auftritts. Obwohl ich versucht hatte, keine Spuren zu hinterlassen, gab es sie längst. Ich hatte das noch nie getan, nach mir selbst suchen, weil ich erstens angenommen hatte, dabei sowieso nichts zu finden, und außerdem eine diffuse Sorge verspürt hatte, dieserart eine quasi umgedrehte Spur zu mir zu legen. Ich wusste von Rieke, dass sie häufig nach sich selbst suchte. Sie nannte das «ego-googeln». Wahrscheinlich würde es das auch irgendwann geben: Man ergoogelte sich ein Ego. Eine gute Idee für Leute wie mich. Oder es gab das bereits. Gut möglich.

Plötzlich hörte ich meinen Namen. Die Virtualität fand ihre Fortsetzung in der Realität – oder umgekehrt. Aber es war keine Täuschung. Nach kaum zwei Stunden Wartezeit hatte die Brillentante am Tresen einen freien Slot für mich gefunden, aber ich hatte nicht auf die Nummernanzeige über ihrem Counter reagiert, weshalb sie sich sogar dazu herabgelassen hatte, mich auszurufen. Ich ging bei ihr vorbei und bedankte mich, wurde abermals ignoriert und schlenderte in ein Großraumbüro, wo fünf untätige Sachbearbeiter, ein halbwegs beschäftigter Beamter und eine junge, gutaussehende Frau saßen, wobei mich Letztere leidlich erwartungsvoll ansah. Ich meldete mich um und war keine Viertelstunde später draußen. Fiedler, Uwe, der Neuköllner. Nun offiziell. Wie eigenartig.

Vor der Tür atmete ich die Luft geräuschvoll ein, die mir nun in gewisser Weise auch gehörte, für die ich mitverantwortlich war. Es roch nicht unbedingt besser als vor zweieinhalb Stunden – tatsächlich roch es nicht einmal gut. Aber dies war jetzt meine amtlich durch einen Aufkleber im Ausweis bestätigte Heimat, das struppige, verteufelte Durcheinander namens Neukölln, das hip war und zugleich elend, im Fokus der Investoren und überwiegend bewohnt von Leuten, deren Investitionspotenzial in Fünfzig-Cent-Briefmarken aufgewogen die Ein-Gramm-Marke nicht überschritt.

Ich nahm jemanden wahr, den ich kannte, eher am Rand des Blickfelds, aber ich hatte definitiv eine Person gesehen, die etwas auslöste, also sah ich mich intensiver um. Neben dem Eingang zu den Amtsstuben entdeckte ich schließlich Anette, Jessicas Mutter, die etwas verloren wirkte – und auf den zweiten Blick sogar rechtschaffen unglücklich. Sie kam mir älter und merkwürdigerweise auch kleiner vor als in der Kneipe, deutlich weniger selbstsicher. Als sich unsere Blicke trafen, blinzelte sie kurz und legte anschließend eine strenge Mimik auf. Ihr dicker Wollmantel war zwei Nummern zu groß.

«Hallo», versuchte ich.

Sie nickte, dachte kurz nach. «Uwe.» Mehr eine Feststellung als eine Frage. Also nickte ich auch.

«Jessica ist sehr traurig Ihretwegen», sagte sie, weiternickend. Ihr Gesicht sagte: Auch das noch.

«Das tut mir leid», antwortete ich. «Es war keine Absicht. Ich habe mich dumm verhalten. Wenn es irgendeine Möglichkeit …»

«Papperlapapp», unterbrach sie mich, während ich spürte,

wie sich leichte Feuchtigkeit in meinen Augen breitmachte, weil das latente Gefühl der unstillbaren Sehnsucht in diesem Augenblick schmerzhafte Züge annahm. «Sie haben sich nicht dumm verhalten, sondern Scheiße gebaut. Jessy ist jemand, der damit nicht umgehen kann.»

«Ich weiß», sagte ich kleinlaut und schniefte.

«Sie hätten es vorher wissen müssen.»

«Ich wusste es», gab ich zu.

«Umso schlimmer.» Sie legte den Kopf in den Nacken und sah am Gebäude hoch. «Aber Sie wissen nicht zufällig, wo man hinmuss, wenn man ... äh.»

Ihre Mimik zerfiel. Plötzlich lag ihre rechte Hand auf meiner Schulter, sie zog sich sogar an mich. «Scheiße», sagte sie dann leise.

«Wollen wir uns hinsetzen?» Ich wies auf eine Bank, die zwar aussah, als wäre sie aus einem Kriegsgebiet importiert worden, aber immerhin saß niemand darauf, der mit einem Maschinengewehr herumfuchtelte. Anette nickte wieder. Ich tastete nach meinen Q-tips, widerstand aber der Versuchung, sie hervorzuholen.

«Ich kann nicht mehr», sagte sie, als wir uns gesetzt hatten. «Meine Ersparnisse sind verbraucht. Die beschissene Kneipe macht mich fertig. Und es wird nicht besser. Lieber Sozialhilfe als dieser Mist. Ich werde Insolvenz anmelden.»

«Mmh», machte ich, während ich ziemlich uwefiedleruntypisch über Geld, finanzielle Verpflichtungen und Erbschaften nachdachte. *Insolvenz.* Ein guter Titel für einen Horrorstreifen.

«Können Sie sich das vorstellen? Da hat man lebenslang gearbeitet, Nacht für Nacht, und davon geträumt, irgendwann mal Ruhe zu haben, sich zurückzuziehen, aber stattdessen wird es immer quälender, endloser, ohne Aussicht auf Verbesserung. Im vergangenen Monat konnte ich die Bierlieferungen nicht bezahlen, und wo ich die Miete für den laufenden Monat hernehmen soll, weiß ich beim besten Willen nicht.»

«Diese Art von Kneipe», sagte ich vorsichtig. «Das ist ja auch nicht unbedingt ...»

«Das weiß ich selbst», murrte sie traurig, sah mich aber sofort entschuldigend an.

«Aber der Bezirk boomt», behauptete ich. «Es gibt Konzepte ...» Auch eine Behauptung.

«Konzepte kosten Geld», unterbrach sie abermals, jedoch freundlicher. «Davon habe ich keines mehr. Weniger als keines. Sondern Schulden.»

Uwe Fiedler war eigentlich kein visionärer Typ, doch plötzlich hatte ich eine Vision, deren Inspiration möglicherweise etwas mit dem Tankstellenpächterseminar zu tun hatte, mit «Aufmerksamkeitsschwellen» und sonstigem Bullshit, den die mittleren Manager in ihren Boss-Anzügen verteilt hatten, der aber, zugegeben, auch ein paar Wahrheiten enthielt. Uwe Fiedler, der Ausnahmevisionär, sah eine lässige, dezent dekorierte, zugleich helle und heimelige, gut belüftete Cocktailbar vor seinem geistigen Auge, in der eine entspannte Anette Drinks mixte, die von einer coolen Jessica serviert wurden, die den hippen Neuköllnboomern genau das bot, was sie erwarteten, nämlich ungekünstelte Ignoranz, woraus die Gäste schlossen, an etwas ganz Besonderem teilzuhaben. In irgendeinem Magazin hatte ich – vermutlich in Langmanns Tankstelle – davon gelesen, dass in solchen Edelboutiquen besonders viel gekauft wurde, in denen das Personal außerordentlich unfreundlich war. Genau das richtige Konzept für den Bezirk mit der strahlenden Zukunft.

«Ich muss Ihnen etwas erzählen», sagte ich.

«Ach, *Sie* sind der Neffe», sagte sie, Kauzig zitierend, als ich geendet hatte. Und dann, nach einer kleinen Pause: «Ich müsste mir das durch den Kopf gehen lassen.»

«Ich auch», gab ich zu. Und durch die Brust und den Bauch und ein paar andere Körperteile. So ganz klar war mir nicht, was ich ihr vorzuschlagen versucht hatte, nicht zu reden von den möglichen Folgen und Implikationen, aber Anette hatte es offenbar verstanden.

«Noch einmal anfangen», murmelte sie.

«Dafür ist es nie zu spät», sagte ich, war aber nicht völlig davon überzeugt. Sie sah mich an, wir lachten. Wenigstens lachte sie wieder. Jessicas Mutter.

«Ich würde Sie aber bitten, Jessy nichts davon zu erzählen. Sonst denkt sie vielleicht noch, ich würde das machen, um bei ihr etwas zu erreichen.»

«Es ist also *nicht* so?»

Ich sah sie an. «Denken Sie denn, dass das funktionieren würde?»

Sie schüttelte den Kopf. «Eher nein. So tickt sie nicht.»

«Dachte ich mir.» Das war ausnahmsweise keine Behauptung.

Meine zuständige Bankfiliale befand sich noch immer in Friedenau, weshalb ich eine gute halbe Stunde Zeit hatte, um die spontane Entscheidung zu überdenken und zweimal mit Pocke zu telefonieren, mit dem ich mich bei dieser Gelegenheit für den Abend verabredete. Schließlich stand ich im klinischen Schalterraum und wartete erst ein Weilchen, ohne zur Kenntnis genommen zu werden, was möglicherweise an meinem eher bankuntauglichen Outfit lag, bis ich zum geldscheinesortierenden Kassierer ging und um ein Gespräch mit dem Filialleiter bat.

«Haben Sie einen Termin?», wurde ich zum zweiten Mal an diesem Tag gefragt, fast noch herablassender als am Vormittag.

«Nein», antwortete ich grinsend und drückte die Brust raus. «Aber ich habe eins Komma vier Millionen Euro.» Ich kannte viele Witze, die ähnliche Szenen zum Gegenstand hatten, aber es war noch witziger, es im realen Leben auszuprobieren.

Einen Wimpernschlag später kam ein Mann auf mich zugelaufen, der sich offensichtlich bremsen musste. Er war in den Fünfzigern, glatzköpfig und redlich korpulent, hätte aber trotzdem mindestens dreimal in den Schatten meines Sitznachbarn im Bürgeramt gepasst.

«Halt mich», bat er, als er mir die Rechte entgegenstreckte.

Warum nicht?, dachte ich, lächelte aber und nahm nur die angebotene Hand.

Das Rätsel hinter der obskuren Bitte löste sich, als er mir einen kleinen Stapel Visitenkarten übergab, auf denen unter anderem sein Name stand: Gregor Haldmicz. *Doktor* Gregor Haldmicz. Der Filialleiter hatte, wie ich kurz darauf bemerkte, einen leichten Sprachfehler – Wasser im Zahn. Ich betrachtete die Karten und dachte an den Tapetenpeter.

«Man weiß ja nie», sagte er schmunzelnd, wobei er in Richtung einer Bürotür wies. *Man weich cha nie.*

«Das stimmt wohl», erklärte ich.

«Falls Sie andere Menschen kennen, die eine gute Bank und herausragende Beratung benötigen.»

«Herausragende Beratung kann nie schaden», behauptete ich. Der Bankdoktorchef grinste.

Das Gespräch dauerte nicht sehr lange. Am Ende hatte ich vorläufige Zusagen, eine weitere Visitenkarte, auf deren Rückseite eine Privatnummer notiert war, und ich musste eine verschwitzte Hand minutenlang schütteln. «Geht klar», sagte der Mann unaufhörlich. Er vermied Wörter, in denen «Sch» vorkam, aber an seinem Namen und den nicht weniger gefährlichen S-Lauten kam er nicht vorbei. «Sie können sich auf uns verlassen. Das geht klar. *Kufri.* Kein Problem. Wir sind die richtigen Partner.»

Ich nickte nur und fragte mich, was «kufri» bedeutete – den Begriff hatte er während unseres kurzen Gesprächs mehrfach verwendet. Unterlagen – kufri. Prüfung – kufri. Zusagen – kufri.

«Sagen Sie», fragte ich deshalb, schon in der Tür. «Ist das ein Fachbegriff – kufri?»

Er starrte mich an. «Kurzfristig.» *Kurdchfrichdich.* «Das bedeutet kurzfristig. Kennen Sie das nicht?»

Ich verneinte. All die Codes, Slangs und Soziolekte der, wie nannte man das?, *Peergroups* irritierten mich, oder, nein, eigentlich fand ich sie lächerlich. So ein alberner Versuch, sich abzugrenzen – gegen Leute, die sich meistens ohnehin nicht für die fragliche Gruppe interessierten. Wie eine Mauer um ein Grundstück herum, das sich auf einer ansonsten einsamen Insel befindet.

«Wenn es kurzfristig bedeutet – warum sagen Sie das nicht einfach?» Ein Teil der Antwort lag allerdings auf der Hand: *Kurdchfrichdich.*

Der Mann runzelte die Stirn. «Das habe ich mir eben so angewöhnt. Sie sind der Erste, den das stört.»

«Oder der Erste, der es mitteilt. Schließlich sind Sie der Filialleiter – und die Menschen, die zu Ihnen kommen, sind meistens Bittsteller, oder?»

Doktor Gregor Haldmicz sah mich von oben bis unten und wieder herauf an, und für einen Augenblick war die Versuchung erkennbar, die anderthalb Millionen zu vergessen, den Visitenkartenstapel zurückzufordern und mir ordentlich die Meinung zu sagen – etwa darüber, wie man sich zu kleiden hätte, wenn man eine Bank betrat, oder wie es für mich aussähe, wenn er seine Beziehungen spielen lassen würde. Aber er widerstand der Versuchung und nickte höflich.

«Gut möglich», sagte er. «Ich werd's mir merken.» Erstaunlich, dass er nicht beim Sprechen spuckte.

Seltsamerweise beunruhigte mich all das nicht. Als ich vor der Filiale stand, fühlte ich mich – wenigstens *kufri* – nicht besser oder schlechter als zuvor, nicht mehr oder weniger verfolgt, sondern einfach nur wie jemand, der das Richtige, das Gebotene getan hatte. *Natürlich* musste ich das Erbe annehmen. Anette helfen. An dieser Sache teilhaben. Etwas tun. Ja, etwas tun. Uwe Fiedler, der Aktivist. Der Typ, der sein Leben in die Hand nimmt. Und dasjenige anderer gleich dazu. Ich stellte mir meine eigene Visitenkarte vor: Uwe Fiedler, Millionenerbe, Tankstellenretter, Investor, Konzeptionist, Neuköllner. Leider auch: Frauen- und Selbstunglücklichmacher. Immerhin, vor zwei Wochen hätten da nur Fragezeichen gestanden. Hinter Wörtern wie Student. Und Lebensgefährte.

Auf dem Heimweg – nach Neukölln – wartete ich auf die Anzeichen eines Migräneanfalls, aber nichts geschah. Ich grinste fröhlich, ohne etwas dagegen tun zu können oder zu wollen, und erntete abfällige Blicke von Leuten, die ich ansah, was mir aber egal war. Am U-Bahnhof Hermannplatz stieg ich aus und wanderte die Urbanstraße ein Stück entlang, bis zu einer Tankstelle, die mir mein Smartphone angezeigt hatte. Dort kaufte ich einen Kaffee zum Mitnehmen, was aber hier, natürlich, *tuhgoh* genannt wurde. Während ich darauf wartete, dass die Maschine für zwei Euro anderthalb Deziliter braunes Heißgetränk bereitete, bemerkte ich, dass mich die junge Frau an der Kasse musterte.

«Sie waren im Fernsehen», sagte sie, meinen Fünfer wechselnd. «Die Tankstelle in Schöneberg. Das waren Sie.»

Ich nickte.

«Im Leben nicht», erklärte sie kopfschüttelnd. «Im Leben nicht würde ich in eine brennende Tankstelle laufen. Das ist ja wie in ein Bassin mit lauter Haien zu springen.»

Sie war vielleicht Mitte dreißig, schmalgesichtig, sommersprossig, und ihr kurzes, blondgefärbtes Haar stand fluffig in alle Richtungen ab. Als sie meinen Blick bemerkte, schob sie den linken Zeigefinger hinters Ohr und sagte: «Chemo.» Ich nickte wieder. Chemo. Ein ganzes Schicksal in zwei Silben.

«Bei Ihnen ist nicht zufällig eine Stelle frei?», fragte ich, den durchaus leckeren Kaffee schlürfend.

Sie kiekste. «Sie wollen *hier* arbeiten?»

«Warum nicht? Oder verkaufen Sie gebrauchte Reifen?»

«Gebrauchte Reifen?»

«Nicht so wichtig.»

«Wir suchen tatsächlich. Moment.» Sie drehte sich um und rief: «Helmut! Da ist dieser Mann aus dem Fernsehen! Der mit der brennenden Tankstelle! Er will hier arbeiten!»

In dem Moment, in dem der Gerufene aus dem Büro kam, klingelte mein Telefon. Ich zuckte entschuldigend die Schultern. Als hätte sie geahnt, wo ich war – Janine rief an.

«Du Held», sagte sie. «Wie geht's?»

«Recht gut. Und selbst?»

«Weniger. Warst du schon bei den Bullen?»

«Montag», erinnerte ich. Möglicherweise auch Dienstag. Das Wort «Bullen» mochte ich nicht, weil es das Machtpotenzial verniedlichte. Ich hielt die echten Bullen, die männlichen Rinder, für unterm Strich weit weniger gefährlich.

«Ich heute. Die interessieren sich für alles. Ziemlich unangenehm.»

«Aber wir haben doch nichts zu befürchten?», schlug ich vor.

«Du vielleicht nicht. Du hast ja nur ein halbes Jahr da gearbeitet.»

«Und du?» Ich wusste das tatsächlich nicht.

«Seit zwei-fünf. Fast zehn Jahre.»

«Oh.»

«Und jetzt habe ich keinen Job mehr.»

«Mmh», machte ich und sah den Mann an, der neben der Chemofrau hinter dem Tresen stand. Ich hielt die Stelle des Telefons zu, hinter der ich das Mikrophon vermutete, und fragte: «Suchen Sie nur eine Kraft oder gleich mehrere?»

Das Tubular Tacobell war entweder deutlich geschrumpft – oder, was wahrscheinlicher war, meine Erinnerung spielte mir fiese Streiche. Als ich neben Pocke Platz nahm, vor dem ein Weizenbierglas stand, und die winzige Bühne betrachtete, kam es mir vor, als befände ich mich in einer Bonsai-Version des Ladens. Ansonsten war es unverändert – das gleiche Interieur, die gleiche Anordnung, nur ein paar neuere Plakate. Pocke zog grinsend die Augenbrauen hoch und sagte: «Alte Zeiten.»

Ich lächelte. «Zeit hat kein Alter.»

«Klugscheißer. Aber trotzdem schön, hier zu sein, oder?»

Ich nickte, meinte mit dem Nicken aber in erster Linie ihn, fand es großartig, ihn wieder treffen zu können, den Stefan Friedrichs, der vor zwanzig Jahren einfach alle Verbindungen gekappt hatte, zwar unter Tränen, aber vorläufig endgültig. Natürlich war das spannend, fast sogar ein bisschen aufregend, in diesem Laden zu sitzen, in dem vor zwei Dekaden die kurze Bandgeschichte von Lädsda Ville begonnen hatte, doch diese Form der Nostalgie hatte mich noch nie über Gebühr interessiert, was vielleicht auch daran lag, dass es wenige Ereignisse gab, auf die ich melancholisch lächelnd hätte zurückblicken können.

Wir schwatzten ein wenig über geschäftliche Angelegenheiten, wie er das nannte, und er zog einen Stapel gefalteter A4-Bögen aus der Tasche, den er mir leidlich stolz präsentierte. Das Antwortschreiben an die Anwälte meiner Mutter. Sechs Seiten lang, diverse Urteile und Gesetze zitierend, dabei gespickt mit subtilen Beleidigungen und Andeutungen, die sich aber nie wirklich greifen ließen. Endend mit einem relativ unsubtilen «Was auch immer Sie vorhaben – Sie sind an die Falschen geraten». Beeindruckend. Noch beeindruckender war, dass es mich kaum berührte. Vor ein paar Wochen hätte mich das in tiefe Krisen und endlose Migränefolter gestürzt, dass sich *Anwälte* um mich stritten, aber in diesem Augenblick ließ es mich erstaunlich kalt.

«Du machst so etwas wirklich gerne, oder?»

Er nickte und setzte zu einer Antwort an, wurde aber von jemandem unterbrochen, der sich zu uns an den Tisch setzte. Ein Mann in unserem Alter – ein bisschen über meinem, ein wenig unter Pockes –, der Jeans und ein T-Shirt mit der Aufschrift «Every byte turns into a bite» trug, darüber ein von allen Seiten angebissener Apfel.

«Fiedler, alter Draufschläger», sagte er und brummte eine Eins. *Hinrich.* Ich hätte ihn nicht wiedererkannt, nicht einmal in einem Shirt mit seinem Namen als Aufschrift. Sein Gesicht war breiter geworden, ähnelte der früheren Fassung fast überhaupt nicht mehr, und auch der restliche Körper hatte in dieser Richtung zugelegt, nicht jedoch in der Tiefe: Ein breiter, flacher Mann, als hätte er regelmäßig unschönen Kontakt mit Dampfwalzen. Und er war offenbar der Meinung, dass der absurde, zutiefst sinnlose Kampf der nerdigen Technikfraktionen nach wie vor existierte. Außerdem trug man in unserem Alter einfach keine Mottoshirts mehr.

«Hinrich», sagte ich und reichte ihm die Hand. Es war schön, ihn zu sehen. Merkwürdig, aber schön.

«Zufall», erklärte Pocke. «Ich habe gestern bei Facebook gesehen, dass er nach Berlin kommt, und ihn angerufen.»

«Schön», sprach ich meine Gedanken aus, doch bevor wir das Gespräch weiterführen konnten, trat der stark gealterte

Wirt des Ladens, den ich tatsächlich sofort erkannte, auf die Bühne, und eröffnete den Open-Stage-Abend.

«Scheiße», sagte Hinrich vergleichsweise fröhlich. Sehr viel mehr sagte er an diesem Abend nicht. Ich erfuhr lediglich, dass er die *Ei-Tie* eines mittelgroßen Versicherungskonzerns verantwortete, zwischen Hannover und einem Ort in Schleswig-Holstein pendelnd, wo er mit Frau und zwei Kindern ein Häuschen bewohnte, das ich mir vorstellen konnte, ohne Fotos davon gesehen zu haben.

«Scheiße», bestätigte ich und winkte der Kellnerin.

Während wir der zugleich unterhaltsamen und sehr albernen Show zusahen, wuchs der Laden wieder. Vier Schritte aus dem Hinterzimmer bis zum Schlagzeug. Dort, auf den Brettern, befand sich eines, genau an der Stelle, an der vor zwanzig Jahren meine Onkel-Bruno-Schießbude gastiert hatte. Zwei weiter bis zum Bühnenrand, wo wir seinerzeit gestanden hatten, um uns zu umarmen und zu verbeugen, bis an die Schädeldecke euphorisiert. Ich warf Hinrich einen Seitenblick zu. Kaum vorstellbar, was wir erlebt hatten, was wir gemeinsam erlebt hatten, aber zumindest diese Geschichte stimmte. Hinrichs Gesicht glühte. Pocke atmete mit offenem Mund.

Unser ehemaliger Frontmann ging zum Klo und brauchte dafür ziemlich lange. Als er zurückgekehrt war, saß er ziemlich hippelig auf seinem Stuhl. In der nächsten Pause fragte er: «Wie ist es?» Dabei ließ er den Kopf in Richtung Bühne schlenkern.

«Originell», tippte ich. Tatsächlich war es erschütternd – die Qualität der Open-Stage-Abende hatte sich um kein Jota verbessert. Es hätte mich nicht überrascht, den Michael-Jackson-Imitator von damals zu sehen. Bis zu diesem Zeitpunkt hatten wir einen untalentierten, irr dreinblickenden Zauberer aus Südamerika, der im Imperativ mit den Gästen sprach, eine nicht mehr ganz junge Frau, die – angeblich erotische, überwiegend aber unfreiwillig komische – Texte vorlas, eine Drei-Mann-Combo, die The-Smiths-Titel nachzuspielen versuchte, ohne das auch nur annähernd zu schaffen, und eine Burlesque-Tänzerin betrachtet, die erst mit dem Rhythmus ihrer Begleitmusik zu kämpfen hatte, später dann mit den offenbar burlesquetanzuntauglichen Öffnungsmechanismen ihrer Kleidung. Am Ende, die Musik war längst verstummt, riss sie verzweifelt an ihrem Oberteil herum, um doch noch die gut durch den Stoff ihres Tops erkennbaren Nippeldekorationen zu präsentieren, aber es misslang. Sie warf dem johlenden Volk wütende Blicke zu, und ich war einerseits peinlich berührt, fand das Ganze zu meiner eigenen Überraschung andererseits aber auch recht komisch. Der Uwe Fiedler aus Friedenau, liiert mit Ulrike, der Assistenzärztin, Tankstellenjobber und Langzeitstudent, wäre vor Scham im Boden versunken. Wo steckte er nur?

«Nein», sagte Pocke. «Ich meine – wie wär's? Ich habe mit dem Wirt gesprochen. Klar, fremde Instrumente, aber wir sind ja sowieso seit zwei Jahrzehnten raus. Ein Späßchen? Zwei, drei Nummern? Außer Konkurrenz?»

Hinrich beugte sich vor, um seine Cola zu nehmen, brummte möglicherweise ein gesetztes Bit, sah von der Seite tatsächlich aus wie im Origamikurs gefaltet. Der Zauberer erschien kurz auf der Bühne, sammelte ein paar Spielkarten auf, die er bei seinem zweiten Trick hatte fallen lassen, glotzte uns an, als wären wir Kaninchen und gehörten eigentlich in Zylinder, und verschwand wieder.

«Du willst, dass wir spielen?»

«Warum nicht?»

Unser Bassist kippte sich die Cola rein, als enthielte sie weit mehr als nur ziemlich viel Zucker und eine Prise Koffein – und nickte heftig.

Also stimmten wir rasch eine kurze Setlist ab und spielten

gleich anschließend. Nett angekündigt. Zwei Stücke setzten wir kilometertief in den Sand, weil einfach nichts funktionierte, was vor allem für Hinrich, aber zu einem Gutteil auch für mich galt, obwohl es mir überraschend leichtfiel, mich an die Bewegungen zu erinnern – nur der Rechtsanwalt griff und sang, als hätte er nie pausiert, was vielleicht sogar stimmte: Vermutlich machte er das tagtäglich in einem monströs großen Hobbyraum in einem der unterirdischen Stockwerke seiner Villa. Beim dritten Song – «Es fährt ein Zug nach nirgendwo», Christian Anders, 1972 – hatten wir uns gefunden, spielten synchron und in bemerkenswert hoher Taktung, kaschierten recht lässig, dass Pockes Stimme im Refrain – «Oh, Maria, ich hab dich lieb» – zweimal kurz vor dem Kippen war. Das letzte Stück, natürlich der Schneewalzer, knallte rechtschaffen, Pockes Wangen glänzten von Freudentränen. Die Leute tanzten und klatschten. Es war schön, fraglos, aber ein bisschen auch, wie Christiane Filz wiederzusehen. In der Erinnerung hatte es sich besser angefühlt. Und es war *anstrengend*, obwohl es keine Viertelstunde dauerte. Richtige Arbeit.

Wir quatschten bis weit nach Mitternacht, wurden von zwei, drei Gästen heimgesucht, die sich tatsächlich erinnerten, was Pocke beinahe durchdrehen ließ, nur leicht gedämpft durch die beiden anderen Gäste, die mich aus dem «Abendblick» wiedererkannten, aber als ich gegen halb zwei in der U-Bahn saß und meine Heimat in der Weisestraße ansteuerte, war ich froh, dass es vorbei war. Meine Ohren summten. Weil ich den Waggon für mich hatte, zerdrehte ich die restlichen acht Q-tips aus dem Etui in der Jackentasche in meinen Gehörgängen. Dadurch fühlte ich mich zwar besser, aber ich bemerkte außerdem ein leichtes, beidseitiges Knacken, und anschließend war es, als würde ich einen dieser monströsen Kopfhörer tragen, die man neuerdings mit seinem Smartphone zu verbinden hatte. Ich schob das auf die enorme Lautstärke der Monitorboxen auf der winzigen Bühne. Und wir hatten wirklich ordentlichen Krach gemacht.

Erstaunlich, dass Neukölln so leise sein konnte. Ich überquerte die fahrzeugfreie Hermannstraße, die an dieser Stelle tagsüber zu den lautesten Gegenden Berlins gehörte, bog in die Selchower Straße ein, lief ein paar Meter, wollte mein persönliches Orakel darüber entscheiden lassen, ob fortan alles besser würde oder nicht, entschied mich für eine geradzahlige Hausnummer als positives Omen, blickte nach rechts, las eine Fünf ab – und hatte plötzlich das Gefühl, nicht allein zu sein. Jemand, etwas folgte mir. Ich ging weiter, sah mich dabei um, entdeckte aber nichts, und dennoch war es, als würde ich einen dunklen Hausflur betreten und imaginieren, dass hinter der Tür ein psychisch gestörter Zeitgenosse mit einer haarspaltgeeignet geschliffenen Axt stehen könnte – furchterregende Gedanken, die man plötzlich hatte, ohne sie wieder abstreifen zu können. Ich bekam eine heftige Gänsehaut, blieb stehen, schaute mich wieder um. Da war ein Lieferwagen. Ein weißer Lieferwagen, keine zwanzig Meter hinter mir, er musste in diesem Augenblick in die Selchower eingebogen sein. Das Fahrzeug hielt. Ich betrachtete das Auto, es war unbeschriftet, im dunklen Innenraum konnte ich niemanden erkennen. Berliner Kennzeichen.

Quatsch.

Ich ging weiter bis zur Ecke Weisestraße. Als ich die Fahrbahn betrat, fuhr der Lieferwagen wieder an. Nein, er fuhr nicht einfach an – der Fahrer gab mächtig Gas. Ich blieb stehen, machte einen Halbschritt zurück, spürte plötzlich, dass mein Telefon in der Jackentasche oszillierte, zog es hervor und las eine Kurznachricht, die von einem Absender stammte, der nicht in der überschaubaren Kontakteliste gespeichert war: «Schwäche ist, seine Stärken nicht einzusetzen.» Matuschek? Ich war irritiert und blinzelte, auch, weil in diesem Moment aus der anderen Richtung ein Rettungswagen in die Weisestraße einbog, von der Mahlower kommend. Das Blaulicht warf stille, flackernde Projektionen auf die Häuser, als das Auto wie in einem stummgeschalteten Fernseher an mir vorbeirauschte, dann hielt es.

Vor dem Haus, in dem Jessica wohnte. Zwei Menschen, die neonfarbene Westen trugen, stiegen aus dem Einsatzfahrzeug und gingen ohne erkennbare Eile zur Tür. Ich hatte den Lieferwagen längst vergessen und machte wieder zwei Schritte in Richtung Straßenmitte, pulte mir mit dem kleinen Finger im rechten Ohr herum, weil es so merkwürdig war, ein Bild zu sehen, ohne einen Ton dazu zu haben, wollte herausbekommen, ob es tatsächlich etwas mit Jessy zu tun hatte, dass mitten in der Nacht Rettungsärzte vor diesem Haus, ausgerechnet *diesem* Haus hielten, und dann spürte ich die rasch wachsende Nähe einer massiven Präsenz. Geistesgegenwärtig warf ich mich rückwärts, ließ mich einfach fallen, aber noch in der Bewegung erwischte mich die vordere Stoßstange des weißen Autos an der linken Hüfte, beschleunigte meine Bewegung zur Bordsteinkante hin, dann setzte Schmerz ein, kein besonders starker, jedoch deutlich wahrnehmbarer, es quietschte und knatterte, aber der Lieferwagen hielt nicht, sondern beschleunigte und tackerte über das Kopfsteinpflaster in Richtung Flughafenstraße davon, wobei die Fahrzeugbeleuchtung ausging. Merkwürdigerweise musste ich in dieser Situation plötzlich an meinen Vater denken, der niemals eine Straße überquert hatte, auf der sich in Sichtentfernung irgendein Auto bewegte. «*Sie* mögen das gerne, weißt du», hatte er hin und wieder erklärt. «Es wie einen Unfall aussehen zu lassen.»

Vielleicht stimmte das sogar.

SIEBEN

Ein paar Gäste der 24-Stunden-Eckkneipe, vor der man mich angefahren hatte, drängten nach draußen, betrachteten mich wie einen Gratisdrink, hinter dem sie irgendeinen Haken vermuteten, etwa die Verpflichtung, gleich anschließend nach Hause zu gehen, dann zog einer von ihnen, ein gebeugt stehender, schmaler Endfünfziger im mehrere Nummern zu großen, verwaschenen Nike-Jogginganzug, schweigend ein hoffnungslos veraltetes Handy hervor und tippte drei Ziffern ein.

«Da drüben steht schon ein Rettungswagen», murmelte ich und versuchte, aufzustehen. Es gelang mit etwas Mühe, aber meine Hüfte schmerzte heftig. Ich stützte mich auf die Haube eines grauweißen Mittelklassewagens, dessen Erstzulassung einige Jahrzehnte zurücklag, und dachte an den Mittzwanziger im XXXL-Shirt, der mich vor ein paar Tagen verarscht hatte. Und dann sofort an Jessica, weshalb ich einen Schritt in diese Richtung zu machen versuchte, doch meine linke Körpermitte erwies sich als nur mäßig belastbar. Wieder die Motorhaube.

Der Mann mit dem alten Handy steckte das Telefon weg und schlurfte in Richtung Krankenwagen. Die verbliebenen Kneipenbesucher musterten mich weiterhin mäßig interessiert, während sie über Straftatbestände fachsimpelten – einer erwähnte den Begriff «Fahrerflucht», ein anderer sprach von «versuchtem Totschlag». Anstalten, mir zu helfen, machte keiner. Vermutlich sah ich nicht wie jemand aus, der anschließend Bierchen spendierte.

Ein paar Minuten lang geschah nichts. Der Handymann stand vor der Haustür und schaute sich interessiert um, rhythmisch beleuchtet vom nach wie vor aktiven Blaulicht des

Rettungswagens, hob zweimal entschuldigend die Schultern, blieb ansonsten inaktiv. Dann gesellte sich ein zweites Flackern zum ersten. Ein Kombi mit der Seitenaufschrift «Notarzt» hielt neben mir, Ulrike stieg aus.

«Du?», fragte sie, im Gesicht ernsthafte Besorgnis.

«Du?», fragte ich zurück.

«Ich hospitiere», erklärte sie, die ich erstmals in etwas wie Berufskleidung sah. Die Weste stand ihr gut. Sie wirkte professionell. Ambitioniert.

«Ich bin angefahren worden.»

«Wo?»

«Hier.» Ich wies auf die Straße.

«Nein. Welches Körperteil?»

Ich klopfte auf meine linke Hüftseite und bereute es sofort.

Sie nickte. «Okay.» Dann stellte sie ein paar Fragen, die ich mechanisch beantwortete, während ich beobachtete, wie ihre beiden Kollegen aus der Haustür dreißig Meter entfernt kamen, begleitet von Jessica, die wie gelähmt zwischen ihnen hertrottete, aber ich konnte im trüben Licht der Straßenlaternen keine Verletzungsanzeichen erkennen.

Ulrike und ihr Helfer? Fahrer? Kollege? Ausbilder? Chefarzt? diskutierten kurz und überraschend energisch, weil der Mann nicht Riekes Meinung war, dann halfen sie mir, in die Limousine einzusteigen. Wir fuhren gleichzeitig mit der Wanne ab, der wir auch folgten, wahrscheinlich in Richtung Urban-Krankenhaus. Am Hermannplatz hängte uns der Rettungswagen ab, und als dabei das Martinshorn ertönte, fiel mir das Herz sprichwörtlich in die Hose.

«Du», sagte Ulrike und drehte sich zu mir um, «überraschst mich in letzter Zeit.»

Ich nickte, schließlich tat ich das mit mir selbst auch.

«Vielleicht», ergänzte sie leise, «war es ein Fehler.»

«Ein Fehler?» Meine Hüfte pochte plötzlich, strahlte Schmerz aus, ergriff den Unterkörper, die Bauchregion, die Oberschenkel. «Ein Fehler?», wiederholte ich keuchend.

«Dich zu verlassen», beendete sie.

«Du redest Unsinn», behauptete ich. «Du hast mich nicht verlassen. Wir haben uns aus guten Gründen getrennt.» Noch während ich sprach, kündigte sich endlich die Migräne an, die ich begrüßte, der ich entgegenstrebte. Ich wollte das nicht, diese seltsame Situation, diese Angst um Jessy, diese absurden Geständnisse.

Auf einem knarrenden Metallbett liegend kam ich wieder zu mir und sah hellgraue Polyestervorhänge, die den mich umgebenden Raum auf die zweifache Fläche des Bettes begrenzten. Ich trug, wie ich vergleichsweise rasch feststellte, meine Klamotten und nicht etwa einen Krankenkittel mit Heckzugang, fühlte mich aber etwas entrückt, wie bei den zwei, drei Cannabis-Versuchen, die ich zusammen mit Ulrike unternommen hatte, allerdings ohne die gehörige körperliche Irritation, die mich seinerzeit heimgesucht hatte, zu meinem Glück, denn ich glaubte von mir, grundsätzlich sehr anfällig für Drogen und damit einhergehende Bewusstseinsrelativierungen zu sein. Das Mittelchen, das mir Rieke und Co. gespritzt hatten, verursachte eine solide Lässigkeit, ohne dass – wie damals unter THC – mein Magen rebellierte oder das Migränezentrum Bereitschaft signalisierte. Hoffentlich war das Zeug rezeptpflichtig. Und wenn nicht, sagte mir hoffentlich niemand, wie es hieß.

«Hallo?», fragte ich, erst zaghaft leise, dann etwas lauter. Es war, als würde ich einer anderen Person beim Sprechen zuhören.

«Hallo?», antwortete eine mir bekannte Frauenstimme, nach meinem Gefühl keine drei Meter entfernt, aber mein Gefühl vermittelte mir auch, mich im Innern eines mannsgroßen und superbequemen Q-tips zu befinden – mein ganzer Körper ein einziger Vagusnerv, der auf wohltuende Weise sanft stimuliert wurde.

«Jessy?»

«Uwe Fiedler?»

«Genau der.»

Der Vorhang bewegte sich, dann stand sie am Fußende meines Diwans. Sie war sehr, sehr blass, aber mindestens so schön wie alle schönsten Frauen der Welt zusammengenommen. Die Rührung und Zuneigung, die ich in diesem Augenblick verspürte, überschritt alles, was ich je gefühlt hatte. Jessica wirkte verletzlich und unsicher, formulierte mit Haltung und tatsächlich sogar Mimik Fragen, die kaum jemand zu beantworten in der Lage gewesen wäre, strahlte jedoch zugleich eine selbstbewusste Jessicahaftigkeit aus, die ich so bislang an ihr nicht bemerkt hatte.

«Was ist passiert?», fragte ich recht mühevoll, gegen den unerfüllbaren Wunsch ankämpfend, aufzuspringen, sie an mich zu zerren und ihr einen ambulanten Heiratsantrag zu machen. Zu nichts davon wäre ich in der Lage gewesen, vom Antrag abgesehen, für den ich jedoch nicht die angemessenen Worte gefunden hätte. Der Versuch, an meinen Unterkörper Bewegungssignale zu senden, versandete etwa in der Körpermitte. Allerdings kribbelte meine Hüfte.

«Nichts Schlimmes», sagte sie und bewegte die Mundwinkel. Fast ein Lächeln. Meine Rührung sprengte sämtliche Skalen.

«Mit nichts Schlimmem wird man nicht ins Krankenhaus chauffiert. Mit Martinshorn.»

«Tabletten», erklärte Jessica, die Anschlüsse hinter dem Kopfende meines Bettes betrachtend. «Eigentlich war es eher ein ... ein Experiment.»

«Ein *Experiment?*» Ich versuchte, mich auf den Ellenbogen zu stützen, der jedoch von der Bettkante rutschte.

Dorthin setzte sie sich, keine fünfzehn Zentimeter von meiner abgerutschten Hand entfernt, fokussierte aber weiterhin auf die Adapterphalanx hinter mir.

«Manchmal habe ich das Gefühl, weiter als andere zu sein. Eine Art verbesserte Version, ein optimierter Mensch, der sich nicht von all diesen Dingen täuschen lässt. Verstehst du?»

«Nee», sagte ich ehrlich.

«Ich eigentlich auch nicht», gab sie zu. «Aber dann überkommt mich dieser Gedanke, dass es Wege geben muss, es auch anders zu erleben. Vielleicht in diesem Übergangsbereich, von dem ich manchmal kurz vor dem Einschlafen eine Ahnung bekomme. Ich sehe dann Gesichter und kann erraten, was hinter ihnen vor sich geht.»

«Übergangsbereich», plapperte ich.

«Ich hatte eine Kurznachricht auf meinem Handy vorbereitet und musste nur noch ‹Senden› drücken. Das habe ich getan, als ich bemerkt habe, dass die Tabletten zu wirken beginnen. Wusstest du, dass man Notrufe per Kurznachricht absetzen kann?»

«Nein», antwortete ich, sparte mir aber das «Wozu auch?». Dabei stellte ich mir vor, einem Räuber gegenüberzustehen, der mich mit der Waffe im Anschlag bedroht, während ich versuche, «Hilfe, ich werde überfallen» nebst Namen und Adresse einzutippen. Eigentlich aber interessierte mich all das nicht. Ich wollte wissen, warum sie Tabletten genommen hatte.

«Das ist für Gehörlose», sagte sie in meine Gedanken.

«Die Tabletten?»

«Dieser Kurznachrichtendienst.»

«Aha. Und warum *genau* hast du das getan?»

Jessy strich sich mit der linken Hand über die Stirn. «Nahtoderfahrung», sagte sie dann.

Ich verzichtete darauf, auch dieses Wort zu wiederholen, zumal ich es in meinem aktiven Wortschatz nicht brauchen konnte. Außerdem ist das gesamte Leben eine Nahtoderfahrung. Verdammt, mein Wortschatz.

«Und warum bist du dann schon wieder auf den Beinen?»

«Es ist vier Stunden her.»

«Vier Stunden?» Ich sah mich um, aber hier gab es weder Uhren, noch Tageslichtquellen. Demnach musste es auf sieben oder acht zugehen. Samstag? Ja, wohl Samstag.

Sie nickte. «Außerdem waren die Tabletten harmlos, selbst eine zehnfache Dosierung wäre nicht letal gewesen.»

«Letal.» Doch eine Wiederholung. Ich konnte nicht anders.

«Und die meisten habe ich auf dem Weg hierher erbrochen.»

«Oh», sagte ich schwach und wünschte mir absurderweise, beim nächsten Mal in ihrer Nähe zu sein, wenn sich Jessica übergab. Genau genommen wollte ich bei allem dabei sein, was Jessica in Zukunft tun würde. Ich wollte fortan das und nur das tun.

Gerade als ich ansetzen wollte, dies irgendwie in Worte zu gießen, natürlich ohne zu erwähnen, dass sie auch gerne in meiner Gegenwart unter Würfelhusten leiden dürfte, waren Stimmen zu hören. Der Polyestervorhang öffnete sich, und in Riekes Begleitung betraten Jessys Mutter Anette und Dominik Matuschek unser kuscheliges Séparée. Ich blinzelte und bemerkte zugleich, dass die Wirkung des Zaubermittelchens nachzulassen begann.

«Waren wir zusammen im Puff?», fragte ich reflexartig, bevor mir die Implikationen der Frage vor dem Hintergrund meines aktuellen Publikums bewusst wurden.

Matuschek zog die Augenbrauen zusammen. «Du meinst – wir beide? Kürzlich?»

Ich nickte und spürte die starke Gesichtsrötung. «Vorgestern?»

«Eher nicht. Wir waren bei mir zu Hause, danach essen, sind noch ein bisschen herumgefahren, und dann bist du plötzlich weggetreten. Ich habe dich heimgebracht und in deinem Bett verstaut.»

«Mmh. Und hast du mir heute Nacht eine SMS geschickt? So gegen zwei?»

«Auch nicht. Alles frisch bei dir?»

«Und was machst du hier?»

«Was für eine freundliche Begrüßung. Ich war in der Kneipe und hatte darauf gehofft, dass du auch kommst. Kurz vor Feierabend kam jemand rein und hat erzählt, dass Anettes Tochter mit dem Rettungswagen abgeholt worden ist. Wir haben ewig herumtelefoniert und schließlich herausbekommen, dass sie hier ist. Dich zu sehen überrascht mich, um ehrlich zu sein. Was machst du hier?»

«Ich hatte einen Unfall. Du kennst nicht zufällig jemanden, der einen weißen Lieferwagen fährt? So einen kleinen, weißen Kastenwagen mit Berliner Kennzeichen?»

Matuschek drehte sich zu Ulrike, die eines dieser Klemmbretter in den Händen hielt, mit dem angehende Ärzte bereits auf die Welt kommen. «Ist er unter Strom? Hat er starke Betäubungsmittel bekommen?»

Sie schüttelte den Kopf. «Nur etwas ganz Harmloses. Uwe hat ein paar Prellungen, nichts weiter. Sie sind?»

Er grinste breit, verbeugte sich etwas übertrieben und griff einfach nach Riekes Hand. «Matuschek. Dominik Matuschek. Es ist mir eine Ehre. Und wer sind Sie?»

«Ich heiße Ulrike. Ich bin Uwes Ex.»

«So ein Idiot», erklärte er mit einem blendenden Lächeln.

Rieke zog die Stirn kraus, nickte schmunzelnd, wobei sie Matuschek ausgiebig musterte, und wollte dann offensichtlich gehen, wandte sich mir aber noch einmal zu. «Wir haben eine

CT gemacht. Um sicherzugehen. Deine Halswirbelsäule. Du solltest das mal untersuchen lassen.»

«Halswirbelsäule?»

«Es hängt vielleicht mit deiner Haltung zusammen, dem ständig vorgereckten Kopf. Zwischen C4 und C5 ... ach was. Ich erklär dir das morgen.»

«Äh, ja. Danke.» C4? C5? Automatisch versuchte ich, den Kopf weiter hinten zu positionieren. Das war nicht so einfach, wie ich erwartet hatte. Etwas leistete Widerstand.

«Du kannst nach Hause, wenn du willst.»

Ulrike ging und winkte dabei über die Schulter, Jessica stand auf, was ich bedauerte, weil sich meine Hand vielleicht nie wieder so nahe an ihrer Körpermitte befinden würde, und hakte sich bei ihrer Mutter unter.

«Mein kleines Mädchen», sagte Anette leise. «Was du immer für Sachen machst. Ich werde dich nie verstehen.»

«Man muss nicht alles und jeden verstehen», antwortete Jessy. «Verständnis zu haben genügt schon.»

Dann waren Matuschek und ich allein. Ich zog mein Telefon aus der Jacke, die über der Lehne eines Stuhls neben dem Bett hing, und zeigte ihm die Kurznachricht, wofür ich etwas blättern musste, denn Matuschek hatte mir nach halb drei sieben Stück geschickt, die ich erst jetzt sah. Er nickte, nahm sein eigenes Telefon und tippwischte ein wenig herum.

«Hier», sagte er. «Das geht schon seit einigen Tagen so. Ein selbsternannter Imam aus dem Rheinland versendet Kurznachrichten an Millionen Telefonnummern. Wer das dann googelt, landet bei ihm. Die Staatsanwaltschaft ermittelt.»

«Mmh», machte ich.

«Du unterstellst mir seltsame Dinge. Puffbesuche, merkwürdige Lieferwagen, bedrohliche Kurznachrichten. Muss ich das verstehen?»

«Es wäre schlecht, wenn du es verstehen würdest», sagte ich. Ein leichter Schmerz aus der Hüftgegend vermittelte die Information, dass sich die Wirkung des Beruhigungsmittels ihrem Ende näherte. «Aber du könntest mir mal erklären, warum sich jemand wie du überhaupt mit jemandem wie mir abgibt.»

«Du bist wirklich ein Idiot.»

«Aber ich will mich bessern. Hilf mir dabei.»

«Ach, Scheiße, Fiedler. Ehrlich? Na gut. Du bist sehr sympathisch. Du machst dir Gedanken. Dir sind Dinge wichtig, die ich nicht einmal wahrnehme. In meinem Umfeld gibt es niemanden wie dich.»

«Das hört sich fast wie ein Kompliment an.»

«Es ist eines. Von deinem offenbar völlig maroden Selbstbewusstsein abgesehen bist du ein äußerst lässiger und angenehmer Typ. Es macht Spaß, mit dir zusammen zu sein.»

«Wirklich?» Tatsächlich war das mindestens das Fünftnetteste, das jemals jemand zu mir gesagt hatte. Fehlte nur noch, dass er mir blendendes Aussehen attestierte.

«Ja, wirklich. Und jetzt pack deinen Kram. Ich fahre dich nach Hause.»

Auf dem Weg dorthin und danach in meinem Wohnzimmer erzählte ich ihm einiges, darunter auch von meinem Traum, denn ich besaß erstaunlicherweise ein sehr gutes Traumgedächtnis, während dasjenige für den Alltagsbedarf eher untertourig lief. Wir tranken Bier aus dem Spätkauf, das Matuschek noch geholt hatte, anschließend von der netten Verkäuferin schwärmend. «Die war mal eine bekannte Sängerin. Wusstest du das?»

«Ja», sagte ich nur. Beatrice. Großer Gott.

«Du hast mir selbst erzählt, dass du das Haus erbst. Und übrigens gibt es nicht weit vom Adlon entfernt tatsächlich so eine … Einrichtung. Vielleicht hast du mal davon gelesen.»

«Vielleicht», gab ich zu. Ich las ja viel, nachts an der Tankstelle. Verdammt. Langmann und sein Reifenklau. Inzwischen kam mir selbst das vor wie eine Angelegenheit, von der ich irgendwo gelesen hatte. Aber das war noch nicht vorbei, und irgendwie war ich mittendrin.

«Ich denke schon, dass es Absicht war, dieser Unfall. Dieser Anwalt könnte damit zu tun haben. Dieser …»

«Bleulich», half ich aus. *Diesen* Namen würde ich so schnell nicht vergessen. Ich tastete nach meinem Handgelenk, wo die beiden leicht geröteten Punkte noch gut zu sehen waren, die der Klammeraffe hinterlassen hatte.

«Ja. Und möglicherweise deine Mutter.»

«Kaum zu glauben.» Tatsächlich war das leichter zu glauben als vieles andere.

«Es kommt nicht darauf an, was man glaubt. Glauben ist der Versuch, bizarre Ideen als Wahrheiten zu verkaufen.»

«Worauf dann?»

«Auch nicht auf den Scheiß, von dem ich ständig erzähle.» Er grinste schief und kippte sich eine halbe Flasche Beck's in den Hals.

«Sondern?»

Er sah zum Fenster, ich tat es ihm nach. Die Dämmerung gewann allmählich die Oberhand. Die Fassaden auf der anderen Straßenseite waren in ein dezent bläuliches Grau getaucht, aber hinter keinem Fenster brannte Licht. Wochenende. In dieser Phase des Morgens hatten die Häuser im beschaulichen Friedenau ganz ähnlich ausgesehen, nur ohne Schmierereien in Erdgeschosshöhe.

«Keine Ahnung», sagte er leise. Zum ersten Mal in unserer kurzen Bekanntschaft wirkte er verletzlich. «Ich denke, es gibt keinen objektiven Umstand, auf den es ankommt. Das ist allein deine persönliche Sache.» Ich wollte etwas antworten, aber er war schneller. «Lass dir da nicht reinreden. Von niemandem.»

«Klingt gut», sagte ich, fragte mich aber, wie ich eine Antwort finden sollte, ohne anderen zuzuhören. Ein Paradoxon.

«Ist es auch. Hoffentlich.»

«Es ist also so, dass du mich einfach magst?»

«Willst du eine in die Fresse haben?»

«Eher nicht.»

«Dann halt die Schnauze.»

ACHT

Das Lieblingswort von Kriminalhauptkommissar Kaufmann war «Wespennest». Er wiederholte es ständig, während wir über den Tankstellenbrand, Langmanns windige Geschäfte, meine Rolle in dieser Angelegenheit und die Vorgeschichte der fraglichen Nacht sprachen. Er war ein angenehmer, freundlicher, sportlich wirkender Endfünfziger mit kompaktem Haarwuchs, der in einem Büroraum des Landeskriminalamts saß, der nicht viel größer als das polyestervorhangumzäunte Kabuff im Krankenhaus war, in dem ich vor drei Tagen wieder zu mir gekommen war. Ich antwortete, Pockes Vorgaben folgend, möglichst freundlich und konstruktiv, jedoch im faktischen Bereich eher diffus. Allerdings gestand ich meine Mitwisserschaft, gab zugleich aber auch die Erpressung zur Kenntnis. KHK Kaufmann, wie er sich selbst vorgestellt hatte, wischte die Steuerhinterziehung mit einem Nebensatz beiseite. «Das interessiert hier wirklich niemanden», sagte er. «Und außerdem träte das erst ein, wenn Sie Ihre Steuererklärung abgeben würden, ohne diese Einnahmen zu erwähnen.» Das bestätigte, was Ulrike vor einiger Zeit ausgeführt hatte.

Dann erzählte ich von den nächtlichen Ereignissen nach der vorübergehenden Lädsda-Ville-Wiedervereinigung. Er sah mich verblüfft an, während er an einer elektrischen Zigarette herumnuckelte. Was für ein schönes Gefühl, nicht süchtig zu sein. Andererseits.

«Haben Sie Anzeige erstattet?»

«Hätte ich das tun sollen?»

«Auf jeden Fall.»

KHK Kaufmann tippte, die Tastatur seines Computers mit

zwei Fingern attackierend, als würde er ein besonders seltsames Reaktionsspiel ausprobieren, meine Auslassungen in den Rechner, verschwand anschließend, weil die Drucker ganz woanders standen, und kehrte zweimal frustriert zurück, da das Dokument dort nicht aufzufinden war. Als er schließlich, einen schimmernden Schweißfilm auf der Stirn tragend, nach dem dritten Versuch mit ein paar Blättern in der Hand erschien, brummte er Beschimpfungen und legte mir zwei Seiten zur Unterschrift vor, die inhaltlich gewisse Ähnlichkeit mit dem aufwiesen, was ich erzählt hatte. Trotzdem zögerte ich.

«Das hat rechtlich gesehen nur geringe Auswirkungen», erklärte er, mein Zögern bemerkend.

«Geringe Auswirkungen», wiederholte ich. Gering bedeutete nicht: Keine.

«Vor Gericht ist ausschließlich von Bedeutung, was dort ausgesagt wird. Diese Aussage ist nur während der Ermittlungen relevant.»

«Aha.»

«Und natürlich das, an das ich mich erinnere, wenn ich als Zeuge geladen werde.»

«Wie viele Befragungen führen Sie pro Tag durch?»

Er sah auf die Armbanduhr. «Das ist heute meine fünfte.»

«Aha», wiederholte ich.

«Aber die interessanteste.» Er lächelte und schob sich die Metallfluppe wieder zwischen die Lippen.

Danach fuhr ich zu Pocke, aber nicht in die Villa, sondern in sein Büro, auch im beschaulichen Zehlendorf, jedoch in einer belebteren Ecke davon, was im Vergleich zur Neuköllner Hermannstraße auf den Unterschied zwischen dem Times Square und dem Zentrum von Cottbus hinauslief. Diese Büroräume waren natürlich viel größer als die von KHK Kaufmann, doch im Vergleich zu Stefan Friedrichs' Arbeitszimmer trotzdem ein Kabuff. Seine Assistentin, wie er sie nannte, eine Endzwanzigerin namens Simone, erinnerte mich an das junge deutsche Mädchen, das vor ein paar Jahren diesen europäischen Schlagerwettbewerb gewonnen hatte. Ich bedauerte kurz, keinen Beruf auszuüben, in dem man Assistentinnen beschäftigte. Wer würde das auch schon sein wollen – Assistentin eines Tankstellenkassierers?

Pocke ließ mich ein Dokument unterschreiben, mit dem ich das Erbe akzeptierte. Meine Hand zitterte, als ich das tat.

«Ab jetzt», sagte er feierlich, «haben es die Leute schwer, die dir nachstellen. Wer erbt, wenn du stirbst?»

«Wenn ich *sterbe*?» Das war, wenn überhaupt, für frühestens in hundert Jahren geplant. Genau genommen jedoch ging ich davon aus, dass mir das niemals passieren würde. Dafür alles andere, was sich das menschliche Gehirn auszudenken in der Lage war. «Wenn ich sterbe?», wiederholte ich und lauschte auf den merkwürdigen Klang dieser Worte.

Er lächelte und nickte. «Exitus. Ende im Gelände. Anzahl der lebenden Uwe Fiedlers, die mal Schlagzeuger bei Lädsda Ville waren: Null. Anzahl der toten Uwe Fiedlers, die mal Schlagzeuger bei Lädsda Ville waren: Eins.»

«Jesus.»

«Der sicher nicht.»

«Mein Bruder?»

«Wenn es kein Testament gibt – nö. Hast du Kinder? Lebt dein Vater noch?»

Ich verneinte beide Fragen, dachte dabei an Tante Gertruds Beerdigung, hungrige Würmer und bezahlte Trauerredner, die meinen simplen Namen falsch aussprachen und auch ansonsten Unsinn über mich erzählten: «Wir verabschieden uns heute von Udo Frickler, Sohn, Enkel, Bruder, geliebter Ehemann und treusorgender Vater.» *Frickler.* Kein schlechter Name.

«Also deine Mutter. Wir sollten ein Testament aufsetzen. Zu wessen Gunsten?»

Ich wollte reflexartig mit dem Namen meiner Angebeteten antworten, aber bevor ich dem Reflex folgen konnte, erreichte mein Gehirn, worum es soeben ging. Was mit den Dingen geschehen würde, die ich hinterließe, wenn mir dereinst der Stecker gezogen würde, hatte mich bislang nicht sehr viel mehr interessiert als das Sexualverhalten der chilenischen Andenameise, vorausgesetzt, es gab ein solches Insekt überhaupt. Ich widerstand der Versuchung, mein Smartphone hervorzuziehen und nachzusehen.

«Keine Ahnung», antwortete ich stattdessen leise. «Du?»

«Ich?»

«Ich habe wirklich keine Ahnung. Mein Umfeld ist, äh ... begrenzt. Vielleicht Rieke?»

«Deine Ex?»

«Keine gute Idee?»

«Es ist letztlich ziemlich egal. Entscheidend ist, dass deine Mutter nicht automatisch zur Alleinerbin wird, wenn der Nachlass geregelt ist. Sie kann versuchen, einen Pflichtteil einzuklagen, mehr aber nicht.»

«Dann die Mieter», sagte ich. «Das Haus ist ja sowieso der einzige Wert. Die Mieter.»

«Sehr altruistisch.»

«Nicht wirklich. Altruismus setzt Lebendigkeit voraus.»

«Stimmt auch wieder.»

«Und Bernd. Mein Bruder. Die Hälfte.»

Pocke nickte, zog einen Zwilling seines heimischen High-End-Laptops auf den Schoß, tippte eine Weile schweigend, wobei er konzentriert lächelte, hatte anschließend weit weniger Schwierigkeiten als KHK Kaufmann damit, das Dokument auszudrucken, legte es mir vor, nachdem es von der Assistenschönheit gebracht worden war, daneben einen edlen Kugelschreiber und ein paar leere Bögen Papier.

«Ich bin kein Notar. Es ist am einfachsten, wenn du es eigenhändig abschreibst.»

«Wie originell.»

«Deutsches Recht.»

«Wie originell.»

Bei der Verabschiedung – andere Mandanten warteten bereits, ein demnächst ehemaliges Paar in den Vierzigern, das sich so offenkundig hasste, dass ich beim Anblick der beiden, die im überschaubaren Warteraum versuchten, möglichst weit entfernt voneinander zu sitzen, Schmerzen zu empfinden glaubte – sagte er: «Es gibt eine Detektei, die ich zuweilen beauftrage. In Scheidungssachen.» Pocke flüsterte und beobachtete dabei die Wartenden, zu denen sich in diesem Augenblick ein anzugtragender Mann gesellte, der so offenkundig selbst Anwalt war, als hätte er ein entsprechendes Schild umhängen, mehr Nähe zur Frau als zum Mann suchend. Dieser grinste leicht zerknirscht, die Gattin sah ostentativ zum Fenster. «Vielleicht lässt sich etwas herausfinden. Über Bleulich. Deine Mutter.»

«Mmh», machte ich. Den Gedanken, andere Menschen beobachten zu lassen, empfand ich als mindestens so widerwärtig wie den, selbst beobachtet zu werden. *«Detektive?»*

Er zog mich in Richtung Ausgangstür. «Es ist der blanke Irrsinn, womit ich als Familienrechtler konfrontiert werde. Todesdrohungen, Erpressungen, Vergewaltigungen, Raub und Diebstahl, fast wie in einem Krisengebiet. Wenn die Liebe endet, tritt an ihre Stelle nicht einfach das Gegenteil, also Hass. Es ist weit mehr als das, tatsächlich eine Form von Krieg, ergänzt um blanke Verachtung, substanzielles Misstrauen und eine

Flutwelle von Schuldzuweisungen. Sie machen einander dafür verantwortlich, Lebenszeit verloren zu haben. In dieser Situation sind sie zu allem fähig. In der vergangenen Woche hatte ich einen Klienten, der von seiner Frau mit Fotos der Cannabis-Plantage in seiner Garage erpresst wurde. Ein Schulrat. Es hätte ihn gekillt. Sie hatte sogar Proben genommen und analysieren lassen, mir ein Gutachten vorgelegt. Bemerkenswerter Wirkstoffgehalt übrigens.»

«Und was habt ihr gemacht?»

«Der Mann hatte schon seit Jahren heimlich die Festplatten seiner Frau kopiert, weil er geahnt hatte, dass da was im Busch war. Wir haben angedeutet, dass wir ihre Freundinnen darüber informieren könnten, was sie anderen Freundinnen gegenüber ausgeplaudert hatte. Es kann um noch so viel Geld gehen – der soziale Gesichtsverlust trifft vor allem die Damen am härtesten.»

«Und es macht dir Spaß, so etwas zu tun?»

Er grinste schief. «Spaß ist das falsche Wort. Und zuweilen geht es tatsächlich um Gerechtigkeit.»

«Dadurch, dass man einer Erpressung mit einer weiteren begegnet?»

Pocke seufzte. «Die Spitze des Eisbergs. Du willst das alles nicht wissen.»

Ich nickte. «Aber – Detektive?»

«Es kann nicht schaden.»

«Keine Phrasen, Pocke.»

«Das ist keine Phrase. Die Welt ist schlecht.»

«Quatsch», widersprach ich. «Die Welt an und für sich ist neutral. Wir machen sie schlecht.» Indem wir beispielsweise Chipstüten mit Tamponpackungen vertauschen, dachte ich kurz.

«Oder so», sagte er lächelnd.

«Denk an Die Ärzte.»

«Die Ärzte? Welche Ärzte?»

«Es ist nicht deine Schuld, dass die Welt ist, wie sie ist. Es wär nur deine Schuld, wenn sie so bleibt.»

«Und du wirfst mir Phrasendrescherei vor?»

«Du bist der Anwalt», sagte ich kryptisch. «Nicht ich.»

«Nur im Zweitberuf, Fiedler.»

«Nein», widersprach ich. «Im ersten.»

«Scheiße», sagte er lachend.

«Genau.»

«Also ja?»

«Also was ja?»

«Der Detektiv?»

So unwohl ich mich bei dem Gedanken fühlte, so interessiert war ich zugleich daran, vom Auge des Sturms aus etwas über dessen Stärke zu erfahren. Also nickte ich.

«Matuschek», sagte ich. «Dominik Matuschek. Falls über den auch etwas zu finden ist.»

«Matuschek», bestätigte Pocke und notierte den Namen. «Geht klar.»

«Fährt einen Porsche.»

«Gute Entscheidung.»

Der dritte Termin an diesem ungewöhnlich intensiv verplanten Tag führte mich zu meinem Neurologen, Dr. Peter. Seine Praxis lag in Friedenau, einen Block von der Bankfiliale entfernt, weshalb ich sie seinerzeit ausgewählt hatte, und beanspruchte die halbe erste Etage in einem Mehrfamilienhaus, das jenem ähnelte, in dem Ulrike Familienplanung mit ihrem Schlagersänger betrieb, wenn sie nicht gerade, wie mir in diesem Augenblick einfiel, mit der Entscheidung haderte, mich verlassen zu haben, was erstens, um mit Dr. Peters Worten zu sprechen, nicht stimmte, und zweitens, um ohne Dr. Peters Worte zu sprechen, ein sehr unangenehmes Gefühl in mir verursachte. Im Gegensatz zu meiner ehemaligen Zweisamkeitsmitgestalterin hielt ich diese Entscheidung nämlich rückblickend für mehr als vortrefflich. Ich war zugleich sicher, dass ihre Irritation nur sehr vorübergehend wäre, beeinflusst vom emotionalen Durcheinander, in das sie der Musiker gebracht hatte – so eine Art Einkaufskater möglicherweise, um bei Riekes Markt-Vergleichen zu bleiben. Dabei dachte ich an meinen erhabenen Leberfleck an der Hüfte und beschloss, Dr. Peter zu fragen, ob er einen Dermatologen wüsste, der das Ding entfernen könnte.

Seine Helferin, eine burschikose Frau in den späten Dreißigern, der es offenbar gefiel, ihre mangelnde Attraktivität durch fehlendes Make-up, sehr nachlässig gepflegte Haare und, vorsichtig ausgedrückt, dezente Kleidung noch zu unterstreichen, begrüßte mich mit in Falten gelegter Stirn und den Worten: «Ach, Herr Fiedler. Ich wollte Sie gerade anrufen.»

«Nicht nötig. Ich stehe ja vor Ihnen.»

«Ja. Der Termin. Ich wollte ihn absagen.»

«Oh.»

«Dr. Peter ist … indisponiert.» Ihre Mimik informierte mich über echte Sorgen.

«Ist er krank?»

«Das könnte man so sagen.»

«Was ist los, Nadine?», brüllte Dr. Peter aus seinem Behandlungsraum. «Keine Scheißpatienten mehr? Dürfen jetzt schon die Hypochonder streiken?»

Nun legte auch ich meine Stirn in Falten. Ich hatte noch nie gehört, dass Dr. Peter seine Stimme erhob, und ich war immerhin seit sechs oder sieben Jahren bei ihm in Behandlung. Es waren eher Aspekte wie originelle Eleganz und amüsierte Zurückhaltung, die mir einfielen, wenn ich an ihn dachte, aber sicher nicht Gebrüll und Präfixe wie «Scheiß» vor dem heiligen Wort «Patient», vom im therapeutischen Kontext unbedingt zu vermeidenden Terminus «Hypochonder» ganz zu schweigen. Okay, er war Camper *und* Aquaristiker, jedoch in beiden Bereichen weit von jedem Klischee entfernt, weshalb ich ihn nicht der Gattung Mensch zuordnete, die diese Hobbys überwiegend pflegte.

Dann stand er in der Tür seines Behandlungsraums, die Haare verwuschelt, das Gesicht gerötet.

«Fiedler!», schrie er. «Rein mit Ihnen! Ficken wir die verdammte Migräne in den Arsch!»

Die Helferin, deren Vornamen ich soeben erfahren hatte, versank sprichwörtlich hinter ihrem Tresen.

«Alles in Ordnung mit Ihnen, Herr Doktor?», fragte ich vorsichtig.

«So in Ordnung wie eine Rosette im Gleitcremebad, Fiedler, alte Socke.» Er schwankte, drehte sich dann überraschend behände auf dem Hacken um und stolzierte zurück ins Behandlungszimmer. Ich zuckte die Schultern in Nadines Richtung und folgte ihm. Als ich den Raum betrat, saß er hinter seinem Schreibtisch. Nein, er hing in seinem Sessel, in den Händen ein gerahmtes Foto.

«Menschen, Fiedler», krähte er. «Menschen sind Arschlöcher. *Alle*. Wenn ich Ihnen einen Rat geben darf. Vertrauen Sie niemandem. Glauben Sie nichts. Sie sind alle Arschlöcher. Alle.»

Mit diesen Worten versenkte er das gerahmte Foto im Papierkorb. Es klirrte leise.

«O-kay», sagte ich, zugleich stumm widersprechend.

«Wenn Sie jemanden kennen. Zu kennen glauben. Vielleicht schon seit Jahren», fuhr er fort. «Das bedeutet nichts. Schnullipullinullipullinichts. Verfickte Scheiße. Alles Arschlöcher.»

«Liebeskummer?», schlug ich vor, ins Blaue ratend, eigentlich ins Blaugrüne, denn das versenkte Bild hatte die möglichen Ursachen angedeutet. Gespräche über Privates, von Dr. Peters Hobbys abgesehen, hatte es bislang nur in einer Richtung zwischen uns gegeben, nämlich von mir zu ihm. Es irritierte mich sehr, ihn so zu erleben.

Er sah mich an, nein, er stierte mich an.

«Liebeskummer!», donnerte er. «Scheiße. *Liebeskummer*. Albern. Blödsinn.» Er schob mit beiden Händen die Gegenstände, die auf seinem Schreibtisch standen, in verschiedene Richtungen, wobei seine Computermaus zu Boden ging. «Doofes Wort. Verarschungskummer. Betrogenheitskummer. Jederistscheißekummer.»

«Kummer», wiederholte ich leise und erschnupperte das Aroma von Weinbrand. Seine Augäpfel hatten die Farbe zusammen mit roten Wollsocken gewaschener, vorher weißer Hemden.

«Was macht der Kopf?», fragte er dann, überraschend sachlich. Und, ohne meine Antwort abzuwarten: «Ich habe Material von der Klinik bekommen.»

«Ach.»

Er sah mich an und versuchte ganz offensichtlich, sich zu konzentrieren, blinzelte dabei hochfrequent. Der Versuch wurde von Nadine unterbrochen, die einen großen Kaffeetopf hereinbrachte und schweigend-kopfschüttelnd auf den Schreibtisch stellte. «Gehen Sie mal zum Friseur», schlug Dr. Peter zum Dank vor, nahm aber sofort einen ausgiebigen Schluck.

«Vielleicht sollte ich an einem anderen Tag wiederkommen.»

«Hühnerscheiße», erwiderte der promovierte Neurologe. Er öffnete eine Schublade, zog eine Tablettenschachtel hervor, presste knisternd zwei oder drei Dragees in die linke Handfläche, schluckte sie herunter und spülte mit Kaffee nach. Er legte den Kopf in den Nacken und schloss die Augen. «Geben Sie mir zehn Sekunden», murmelte er.

Eine Minute später war ein leises Schnarchen zu vernehmen. Ich schob vorsichtig meinen Stuhl rückwärts und erhob mich. Dr. Peter öffnete die Augen und starrte mich an.

«Fiedler», sagte er, als würde er mich heute zum ersten Mal sehen. «Gute Nachrichten.» Er griff zielsicher nach einem gelben Umschlag und zog großformatige, hellgraue Folien heraus.

«Gute?»

«Ich habe das schon früher vermutet.» Er grinste schief und hielt eine Folie gegen das Licht der Schreibtischlampe. «Ihre Wirbelsäule.»

«Meine Wirbelsäule?»

«Genau die.»

Und dann kam an, was er tatsächlich gesagt hatte. «Sie haben das schon *früher* vermutet?»

«Ich werde meine Praxis schließen», erklärte er unvermittelt. «Die Stadt verlassen. Weg hier.»

«Aha.»

«Reden wir mal Tacheles.» Er nahm wieder einen Schluck Kaffee, sah zur Decke, zum Computermonitor, zum Fenster, dann zu mir.

«Es gibt bei Ihnen keine Erkrankung des Nervensystems. Sie haben auch keine Migräne.»

«Habe ich nicht?»

«Nee.»

«Sondern?»

«Zwei Drittel der Symptome, mit denen Leute zum Arzt gehen, verschwinden von allein wieder, aber ich lebe, wie alle Ärzte, nicht davon, Leute zu heilen, sondern Leute zu *behandeln*.» Dr. Peter schnaufte, stellte den Kaffeetopf ab, schob sich den rechten Zeigefinger ins linke Nasenloch und schabte darin herum. «Mit dem dreißigsten Lebensjahr plusminus nimmt die kritische Körperwahrnehmung zu, weil den Leuten ganz allmählich bewusst wird, dass ihre Zeit auf dem Planeten begrenzt ist.» Er zog den Finger aus der Nase und betrachtete das Ergebnis mit zusammengekniffenen Augen. «Menschen gehen nach ihrem dritten Nullergeburtstag aus Gründen zum Arzt, aus denen sie vorher nicht einmal mit der Mama telefoniert hätten – mit Nackenschmerzen, kribbelnden Zehen, langsam verheilenden Wunden, Kopfschmerzen» – dabei lächelte er mich an, leicht irr, wie ich zu bemerken glaubte – «und solchem Kokolores. Und es hindert uns Ärzte niemand daran, eine Krankheit, die wir erkannt haben, tatsächlich *nicht* zu bekämpfen. Wenn die Befunde nicht lebensbedrohlich sind, sichern sie eine Einnahmequelle. Ein Patient in Behandlung ist ein Kreditor. Ein geheilter Patient ist kein Patient mehr, sondern nur noch irgendwer, im besten Fall ein ehemaliger Patient. Ärzte *lieben* Patienten. Sie lieben es keineswegs, Patienten zu behandeln, aber sie lieben es, welche zu haben. Ich weiß meistens schon beim Anamnesegespräch, was das Problem ist. Aber ich befinde mich in der wunderbaren Position, dieses Wissen für mich behalten zu können. Davon abgesehen bevorzugen auch meine Kunden die Täuschung: Je intensiver die Diagnostik, umso wohler fühlen sie sich bei mir. Keiner will einen Arzt, der schlicht erklärt, dass das sowieso wieder weggeht. Ganz ohne Medikation, OP und völlig überflüssige Allergietests. Im Nachbarhaus» – er nickte seitlich – «logiert eine Dermatologin, die diese Testung einfach bei allen Patienten durchführt, ganz egal, womit sie zu ihr kommen, selbst wenn sogar ein Landschaftsgärtner den Hautpilz erkennen würde, der rein gar nichts mit Allergien zu tun hat. Eine Arzthelferin macht das. Kein Aufwand, kein Schaden für die Patienten, aber ein solides Zubrot. Und ein Dentistenkollege drei Häuser weiter veranstaltet Zahnsteinreinigungen am Fließband, einfach immer und bei jedem, sogar bei Geronten, die nur noch Dritte haben. Wissen Sie, dieses Klischee von den Halbgöttern in Weiß stimmt letztlich, aber nicht, weil wir so mächtig und allwissend sind, sondern weil es einfach niemanden über uns gibt. Wir können tun und lassen, worauf immer wir Lust haben. Ist das nicht lustig?» Er sagte «lustich». Und er hatte im Rahmen dieses verblüffend sicher vorgetragenen Monologs kein einziges Mal sein geliebtes «erstens» verwendet. Ich war versucht, ihn zu fragen, welches Medikament er vorhin eingeworfen hatte.

Nach meinem Dafürhalten war es das größte Kompliment, das man einem Mitmenschen machen konnte, ihm zu vertrauen. Vertrauen war keines dieser Gefühle, in die man sich, nicht selten grundlos, hineinsteigerte, wie etwa Liebe oder Hass, sondern eine Entscheidung, die man nach reiflicher Überlegung traf. Jetzt musste ich, wie in letzter Zeit fast pausenlos, an Jessy denken, für die Vertrauen etwas Elementares hatte, das vor und über allem anderen stand. Die Gedanken an sie taten weh, es war wie ein absichtliches Sichsetzen auf einen spitzen, rostigen Nagel, aber ich konnte nicht anders. Wollte auch nicht.

Ich traf diese Entscheidung vergleichsweise selten und eher widerwillig, und es gab nicht sehr viele Leute, denen gegenüber ich sie mit positivem Ergebnis getroffen hatte, aber einer von diesen wenigen, die ein wohlwollendes Testat erhalten hatten, war Dr. Peter. Schon nach wenigen Sitzungen hatte sich in mir der Eindruck gefestigt, jemandem gegenüberzusitzen, der seinen Beruf verinnerlicht hatte und meine Probleme ernst nahm, die alles andere als Wehwehchen oder gar «Kokolores» waren. Ich hatte ihn, einfacher gesagt, für einen guten Menschen gehalten.

«Es tut mir leid», sagte er, als hätte er meine Gedanken erraten. «Sie sind sympathisch, zwar, das Sozialverhalten anbetreffend, etwas merkwürdig gestrickt, aber Sie verfügen über diese Aura, und eine gewisse Substanz. Es hat mir von Anfang an leidgetan, Sie zu verarschen. Aber das gehört» – er hob die Hände – «sozusagen zum Berufsbild.»

«Meine Wirbelsäule», sagte ich leise, gegen dieses Gefühl ankämpfend, das ich nicht mochte.

«Ein Haltungsschaden.»

«Ein was?»

«Stellen Sie sich mal neben die Wand.» Er fuchtelte mit der rechten Hand in der Luft herum, nahm dann die Schreibtischlampe vom Tisch. Ich erhob mich.

«Schauen Sie. Ihr Schatten.»

Ich schaute. Mein Schatten. Er sah vermutlich wie immer aus. Mein Schatten eben.

«Halten Sie Ihren verdammten Kopf gerade. Einfach gerade halten. Das ist alles.»

«Das ist alles», wiederholte ich, folgte der Anweisung und beobachtete, wie sich die Fläche gerade zog, die an der Wand dunkler als die Umgebung war.

«Ja», sagte Dr. Peter, und das leitete die letzten Worte ein, die ich je von ihm hörte. «Das ist alles. Nehmen Sie Haltung an, Fiedler. Wenn Sie in Stress geraten, schieben Sie den Kopf noch weiter nach vorne, wodurch Sie eine vermutlich schon lange existente Bandscheibenstauchung verstärken. Dass bei Ihnen dadurch Symptome einer Migräne entstehen, ist zwar bemerkenswert, aber nicht so sehr, dass es mich über die Maßen interessieren müsste.»

Er wedelte jetzt mit beiden Händen herum; eine Geste, die nicht leicht zu interpretieren war, aber da er gleich anschließend eine Schublade öffnete und eine Flasche hervorzog, bei deren Kauf jüngere Menschen als er nach dem Ausweis gefragt worden wären, wählte ich die Interpretation «Tschüs, das war's», nickte kurz und ging davon. Nadine rief noch etwas, als ich die Eingangstür der Praxisräume zu öffnen im Begriff war, aber da ich vor vier oder sieben Sekunden beschlossen hatte, das Kapitel «Dr. Peter» sofort und ohne Widerrufsrecht zu beenden, ignorierte ich sie und polterte das Treppenhaus hinunter.

In der U-Bahn experimentierte ich mit meiner Kopfhaltung und musste feststellen, dass der Versuch, die Wirbelsäule zu strecken, leichte Nacken- sowie Halsschmerzen verursachte und zugleich meinen Brustkorb auf unangenehme Weise beanspruchte. Eine junge Frau, die mir gegenübersaß und neben der ein Vierjähriger hockte, der beidhändig ein iPad malträtierte, wobei Speichelblasen auf seinen Lippen tanzten, beobachtete mich grinsend. Ich nickte, lächelte und versuchte, meine Gedanken auf etwas zu lenken, das mich *nicht* verwirrte oder sogar ärgerte. Die Auswahl war erschreckend gering. Ich landete bei einer IKEA-ausgestatteten Zwei-Zimmer-Wohnung mitten im Gentrifizierungsschlachtfeld Neukölln, die auf nette Weise so beliebig aussah, als würde sie von irgendwem bewohnt werden, was wiederum zu mir passte, denn genau das war ich: Irgendwer. Irgendwer in einer Irgendwerwohnung.

Vor der ich mich zwanzig Minuten später auch physisch befand. Beziehungsweise vor dem Haus, in dem sie knapp die Hälfte des zweiten Stockwerks einnahm. Das Haus, das neben jenem stand, das mir bald offiziell gehören würde. Was ein sehr absurder Gedanke war, der aber sofort von einem anderen abgelöst wurde.

Vertrauen Sie niemandem.

Alle sind Arschlöcher. *Alle.*

Ich musste etwas wegblinzeln.

Wenn das stimmte, und die Indizien waren erdrückend, hatte es nicht den allergeringsten Sinn, sich auch nur ein Quäntchen Mühe zu geben, dem entgegenzutreten. Die Botschaft lautete: Füge dich. Akzeptiere, was du ohnehin nicht ändern kannst. Wenn alle Arschlöcher sind und nur du nicht, bist du zwar kein Arschloch, aber ein Idiot. Ein Idiot und ein Opfer.

Mein Telefon brummte und zeigte mir anschließend eine Kurznachricht, die offenbar von Dr. Peter stammte: «Die meisten Krankheiten sind selbst nur Symptome. Geben Sie mir nicht die Schuld dafür, dass die Welt ist, wie sie ist. H. P.» Er hatte sich sieben Mal vertippt, und ich tippte jetzt zweimal, um erst die Kurznachricht und dann den Kontakt zu löschen.

Ich öffnete die knarrende Tür, schlurfte dem Stapel entgegen, der unter den Briefkästen lag, und suchte nach Post an mich. Doch da war keine, nur ein Hochglanzprospekt, auf dem eine Haftnotiz klebte: «Für Fiedler».

Ein Prospekt von einer Firma mit dem Namen «Modern Berlin Investment». Auf dem Cover war das Haus zu sehen, das mir bald gehören würde. Eine aufwendige Graphik, die das Gebäude im sanft schimmernden Sonnenlicht zeigte, mit dezent beigefarbener Fassade, grundrenovierten Fenstern und zwei anheimelnden Dachterrassen. Fehlte nur noch die akkurat gekleidete Akademikerfamilie, die fröhlich von einem Balkon winkte. Unter der Objektadresse stand «In Vorbereitung/In Preparation».

Mein Telefon brummte wieder. Es war Pocke.

«Dominik Matuschek, richtig?», fragte er, ohne meine Begrüßung abzuwarten. «Im Investmentgeschäft tätig?»

«Exakt.»

«Das war nicht leicht, aber mein Detektiv ist ein As – und schnell fündig geworden. Dein Matuschek. Den gibt's nämlich überhaupt nicht.»

NEUN

Kurz nachdem sich herumgesprochen hatte, was wir mit Nette's Ecke planten, und das war sehr schnell gegangen, standen die Berater auf der Matte, erwünschte – die Minderheit – wie ungebetene. Innerhalb dieser Teilgruppe bildeten die ehemaligen Stammgäste die Mehrheit; fast täglich fanden sich einige von ihnen um kurz nach sechs am Nachmittag vor der Tür ein, an der ein Schild verkündete, dass die Kneipe «wegen Umbauarbeiten geschlossen» wäre, was keinen von ihnen daran hinderte, sie vorsichtig aufzuziehen und anschließend den Stand der Arbeiten kritisch zu würdigen. Die von ihnen vertretene Meinung ließ sich knapp mit «Bitte, *bitte* nichts ändern» zusammenfassen, was einerseits liebenswürdig und verständlich, andererseits auf unrealistische Weise fundamentalistisch war, weshalb ich sie für mich «Ecke-Fundis» nannte. Die Ecke-Fundis, die im gleißenden Licht von Werners Arbeitslampen wie stark verspätete Weltkriegsrückkehrer aussahen, wollten weiterhin im dichten Bodennebel hocken, Ritas schlechte Zähne kaum erkennen und ihren stinkenden Hund nicht riechen. Wie die Wirtin das finanziell bewerkstelligen sollte, war ihnen schlicht egal. Vor allem aber waren sie wenig an drastisch geänderten Getränkepreisen interessiert, noch weniger jedoch daran, sich für den Kneipenbesuch etwas angemessener kleiden oder wenigstens reinigen zu müssen. Es dauerte allerdings keine zwei Wochen, bis sich die Herrengedeck-Extremisten auf die verbliebenen Gardinenkneipen verteilt hatten, die es in der Gegend vorläufig noch im Überangebot gab. Den Weg dorthin versüßten wir ihnen mit Freibieren, die sie skeptisch schlürften, wenn sie nicht gerade Tapetenpeter mit Tipps versorgten, die er grinsend ignorierte, wobei er den bohrhammergroßen Profi-Akkuschrauber wie der Trapper die Flinte auf der Schulter ablegte und ohne Ausnahme an einer soeben neu entzündeten Zigarette zog, die von selbst den Weg in seinen Mund gefunden hatte. Der Zeitpunkt, als das Fass zur Neige ging, fiel mit jenem zusammen, als der letzte Ecke-Fundi eine neue Heimat in irgendeinem Schuppen mit dem Präfix «Bier» im Namen gefunden hatte, wobei es die stärksten Wanderungsbewegungen hin zur «Bierwolke» in der Allerstraße gab, wo der halbe Liter Billiggesöff noch unter zwei Euro kostete. Die Ehemaligen hatten mein Mitgefühl, denn sie waren gleichsam zu Heimatvertriebenen und irgendwie auch Gentrifizierungsopfern geworden, allerdings auf akzeptablem Niveau und hoffentlich ohne Traumatisierungen. Die Umwandlung von Nette's Ecke hingegen war alternativlos. Anette hatte mir die Bücher gezeigt, wobei sogar ich, für den solche Unterlagen satanische Schriften waren, erkennen musste, dass der richtige Zeitpunkt, einen Ausweg zu suchen, eigentlich schon Monate, genau genommen Jahre zurücklag. Das war die Krux mit uns Veränderungsscheuen: Wir vermieden zwar, dass das Ungewisse dem Halbguten folgte, aber nicht, dass das Halbgute zum Unguten wurde. Andererseits hatte die Haltung auch etwas mit Hoffnung zu tun, denn wir alle, und nicht nur die notorischen Veränderungsverweigerer, hofften immer darauf, dass der unvermeidliche Absturz durch irgendein Wunder im letzten Moment abgefedert wurde, was wir dadurch in positiver Weise zu befördern glaubten, dass wir die unausweichliche Entwicklung geflissentlich ignorierten. In der Realität klappte das zwar praktisch nie, aber das hinderte uns nicht daran, auch beim nächsten Mal wieder das Augen-zu-und-durch-Prinzip anzuwenden. Schon eine seltsame Spezies, wir.

Werner arbeitete auch ohne heimliche Sonderzulagen fast

pausenlos, meistens unterstützt von zwei Spezis, die beinahe noch schneller rauchten als er, dafür aber ganzen Wänden in der Zeit, die sie für eine Fluppe benötigten, einen neuen Anstrich verpassten. Die Kneipe, die bald keine mehr sein würde, bekam neuen Fußbodenbelag, eine neue Bar, einen lässig in den Raum hineingeschwungenen Tresen, eine winzige Bühne, ein Klavier, ein Bücherregal und auf zweckmäßige Weise elegante Möbel. Wir kauften eine unfassbar teure Espressomaschine und ließen eine livetaugliche Beschallung installieren. Der Tapetenpeter verringerte seine Schlagzahl deutlich, als die Renovierung der Toiletten anstand, weil dort – vor allem bei den Männern – Zustände herrschten, die selbst im tiefsten Mittelalter zu Arbeitsverweigerung geführt hätten. Anette war aufs Äußerste peinlich berührt, als Werner von der ersten Besichtigungstour in den Schankraum zurückkehrte, schnaufte, sich eine Zigarette anzündete, an ihr vorbei eine Halbliterflasche Bier in seinen Hals ausleerte und anschließend erklärte: «Diesen Saustall kannst du selbst umbauen.» Immerhin lieferte sie eine halbwegs plausible Begründung. Nachdem sie die Reinigungskräfte nicht mehr bezahlen konnte, hatte sie den Laden selbst sauber gemacht, aber der Bogen um die Klos war immer größer geworden. Der von dort in den Container auf der Straße verklappte Schutt verursachte ein sehr kneipenuntypisches Phänomen: Wenn die Tür geöffnet war, stank es von draußen.

Der Einfachheit halber, aber gegen meinen anfangs energischen Widerstand war ich zum Anteilseigner der Bar ohne Namen geworden, wobei ich den Widerstand nur aufgab, weil es erstens tatsächlich vieles vereinfachte und zweitens kaum noch einen Unterschied machte. Immerhin war ich zu diesem Zeitpunkt bereits seit drei Wochen offizieller Hausbesitzer, tingelte einmal pro Woche zu einem über Pocke akquirierten Steuerberater und hatte schon eine sehr originelle Mieterversammlung hinter mir, bei der man mich skeptisch beäugt und nach meinem Dafürhalten keinem meiner – überwiegend gestammelten – Worte auch nur den geringsten Glauben geschenkt hatte. Nur Anette, die in der Drei-Zimmer-Wohnung über der Bar lebte, war nicht anwesend, weil sie seit meinem Erbantritt nur noch eine symbolische Miete zahlte. Höhepunkt dieser Versammlung war der Überraschungsauftritt von Frau Doktor Christiane Filz gewesen, die den Raum – natürlich das Hinterzimmer des Trutzburg – faktisch stürmte, auf die Bühne sprang, mich – im Moment des Wiedererkennens offensichtlich irritiert – zur Seite schob und mit der Hochglanzbroschüre von «Modern Berlin Investments» herumwedelte, um noch in dieser Bewegung alle Anwesenden dazu aufzufordern, keinem wie auch immer gearteten Angebot zuzustimmen. Ich musste aus zwei Gründen grinsen. Der eine war, dass mich diese Begegnung, die noch vor einem halben Jahr mindestens zu einem Migräneanfall geführt hätte (ich nannte das inzwischen «Pseudomigräne»), inzwischen völlig kaltließ, und der zweite lautete schlicht: Es gab keine «Angebote», und es würde in der absehbaren Zukunft auch keine geben. Ich ließ meinen Exschwarm dennoch ausreden und erläuterte ihr anschließend, wie sich die Faktenlage präsentierte. Christiane Filz setzte sich zu Herrn Kauzig, den ich als Verwalter engagiert hatte, ins Publikum und lauschte den Plänen, die ich skizzierte. Sie waren nicht sehr umfangreich. Was getan werden müsste, würde getan werden, und ansonsten würde alles ganz gepflegt beim Alten bleiben. Wenigstens in diesem Segment, fügte ich gedanklich hinzu.

Tatsächlich befand sich, mein eigenes Leben anbetreffend, sprichwörtlich kein Stein mehr auf dem anderen.

Unmittelbar nach dem bislang ungeklärten Lieferwagen-Attentat war Ulrike dazu übergegangen, mir, vorsichtig ausgedrückt, nachzustellen, was sich konkret darin äußerte, dass sie mich mindestens zweimal am Tag anrief, mir ständig Treffen anbot, im Stundentakt irgendwelche Mails oder Kurznachrichten schickte und mich online nachgerade stalkte – es gab faktisch nichts, was ich dort tat, ohne sofort einen Kommentar oder wenigstens ein «Gefällt mir» von Rieke zu erhalten – dabei tat ich «online» wenig, aber selbst dieses Wenige fand sie Mikrosekunden später. Tatsächlich ging, wie ich aus erster, also ihrer Hand wusste, die Familienplanung mit dem Unterhaltungsmusiker voran, der ihr inzwischen einen vergleichsweise romantischen Heiratsantrag gemacht hatte, nämlich während eines Promo-Auftritts irgendwo in Prenzlauer Berg, wo er vor den Zugaben auf der Bühne in die Knie gegangen war und ihr seine Liebe erklärt hatte, umrahmt von seinen Backlinern, die sechs beschriftete A4-Bögen hochhielten, aus denen sich der Satz «Ulrike – willst Du meine Frau werden?» ergab. Ulrike hatte den Antrag angenommen, die Hochzeitsvorbereitungen liefen bereits, der Sänger suchte nach einem Häuschen irgendwo im Speckgürtel, groß genug für Nachwuchs auch in zweistelliger Größenordnung, aber das hielt meine ehemalige Langzeitfreundin nicht davon ab, ganz offensiv mit der Option zu spielen, ein Remake des Double-Yous zu inszenieren, ohne allerdings die Genehmigung aller ehemaligen Mitwirkenden einzuholen oder gar den aktuellen Nebendarsteller über seine Position zu informieren. Diese fixe Idee kam mir so idiotisch vor wie der Versuch, die Zeit zurückzudrehen, indem man eine Uhr manipulierte: Sie würde anschließend zwar die falsche Zeit richtig anzeigen, aber es bliebe die falsche. Das Kapitel Ulrike war aus meiner Sicht abgehakt, und eigentlich wäre es mir lieber gewesen, wir hätten seinerzeit, was noch nicht so lange her war, einen deutlicheren Haken gesetzt als diesen halbherzigen, der offenbar zu Optionen verleitete. Andererseits fand ich Riekes Offensive, um ehrlich zu sein, auch ein wenig charmant, verstand sie als Kompliment dafür, was in letzter Zeit mit mir geschehen war. Uwe Fiedler, der etwas farblose Typ mit dem erhabenen Leberfleck, hatte sich zu Uwe Fiedler entwickelt, dem Typen, der zwar immer noch eher reagierte als zu agieren, das jedoch mit einer gewissen, manchmal unbedarften Verve, wie Pocke das nannte.

Nur der Leberfleck, der existierte nach wie vor. Die sehr abrupte Beendigung des Gesprächs mit Dr. Peter und die Verhinderung meiner Frage, ob er einen Dermatologen wüsste, hatte mich von der Entscheidung abgebracht, mich mit diesem kleinen körperlichen Makel auseinanderzusetzen. Tatsächlich neigte ich inzwischen zu der Auffassung, dass ein Uwe Fiedler ohne diese dunkelbraune warzenartige Wucherung nicht mehr Uwe Fiedler wäre, aber meistens, wenn ich das Ding sah, tat ich einfach so, als wäre es nicht vorhanden. Wenn man sich zu sehr auf solche Aspekte konzentriert, vergisst man, dass der Rest ziemlich in Ordnung ist.

Nach dem Bühnenschubser im Trutzburg und dem Ende meiner ersten Mieterversammlung hatte ich mich an den Tresen gesetzt, mir ein großes Bier bestellt und das in wohldosierten, vergleichsweise langsamen Schlucken geschlürft, jeden davon genießend, auch, um mein stark nachhallendes Lampenfieber zu besänftigen – weshalb ich das Brummen meines Telefons erst bemerkte, als der Anrufer einen zweiten Versuch gestartet hatte. Das Display zeigte mir einen Anruf in Abwesenheit vor einer Minute an. Die Rufnummer war mir und dem Telefonspeicher unbekannt.

«Fiedler», sagte ich laut genug, damit es vor dem punkigen Hintergrund zu hören wäre.

«Uwe Fiedler?», fragte ein Mann, dessen Stimme ich nicht zuordnen konnte.

«Genau der.»

«Der Sohn von Jochen Fiedler?»

«Exakt.»

Eine kurze Pause, dann: «Hier ist Bruno. Dein Onkel Bruno.»

Ich dachte «Ach du Scheiße», zugleich überrascht, ein wenig beglückt und deutlich irritiert. Von Onkel Bruno hatte ich seit Jahren nichts mehr gehört, nur hin und wieder Postkarten aus allen Ecken der Welt bekommen, im Schnitt eine pro Halbjahr.

«Woher hast du meine Telefonnummer?», fragte ich stattdessen.

«Von deiner Freundin.»

«Ex», präzisierte ich.

«Ich wollte mal hören, wie's dir so geht.»

Ich sah zur Tür und erwog, nach draußen zu gehen, um meinem Onkel Bruno, der mir mal viel bedeutet hatte, aus meinem Leben zu erzählen, seine Meinung zu hören, die eines Filous, Lebemanns und Genießers. Noch während ich das tat, hörte ich, wie er die Hand vors Mikrophon hielt und zu jemandem in einer Sprache, die ich für Spanisch hielt, etwas sagte – es klang genervt, ungeduldig. So hatte ich ihn nicht in Erinnerung.

«Sehr gut. Und dir?», antwortete ich.

Er lachte, aber es klang nicht sehr fröhlich. «Geht so», sagte er. «Ich bin in Florida.»

Anschließend plapperte er ein bisschen, aber ich verstand nicht alles, weil es im Trutzburg wieder lauter geworden war. Dann beendete er das Gespräch plötzlich ziemlich abrupt mit den Worten: «Schön, dass es dir gutgeht. Wir hören voneinander.» Wie Bekannte, die sich auf der Straße treffen und ohne Begeisterung ein wenig unterhalten.

«Tschüs, Onkel Bruno», sagte ich noch, war aber nicht sicher, dass er das auch gehört hatte.

Ein paar Minuten später hatte sich Christiane Filz neben mich gesetzt, sich eine Weinschorle bestellt, den Ellenbogen auf den Tresen gestützt und mich nachdenklich angeschaut. Offensichtlich hatte sie an diesem Tag, knapp eine Woche vor Weihnachten, keine Termine mehr.

«Uwe Fiedler», sagte sie nach einer Weile, etwa der Länge von zwei hektischen Punksongs aus dem örtlichen Angebot.

«Christiane Filz», entgegnete ich. Es klang seltsam, den Namen auszusprechen. Ihre Augen wirkten noch immer faszinierend, aber damit hatte es sich auch schon. Nicht, dass sie unattraktiv gewesen wäre, ganz im Gegenteil. Nur waren Uwe Fiedlers Antennen nicht mehr damit kompatibel. Die wiesen einzig in eine ganz bestimmte Richtung, wo das Signal jedoch ignoriert wurde.

«Damals», sagte sie, ließ den angefangenen Satz aber gleich wieder enden und legte den Kopf in den Nacken. «Wie lange ist das her?» Ihr Blick wanderte über die Mischung aus vom eigenen Mut überraschten Provinztouristen, ewigen Stammgästen, plappernden Studenten und pragmatischen Biertrinkern, die uns umgab. Es war ziemlich laut im Trutzburg, aber man konnte sich trotzdem prima unterhalten.

«Knapp fünfundzwanzig Jahre», verkündete ich das Ergebnis meines Nachrechnens.

«Fünfundzwanzig Jahre», wiederholte sie. «Damals. Damals fand ich dich süß.»

«Nicht dein Ernst», ploppte aus einem verblüfften Uwe Fiedler heraus.

Sie richtete sich auf und lächelte. «Ganz ehrlich.»

«Ganz ehrlich», sagte ich, mir wohl der Tatsache bewusst,

dass ich immer noch vom Adrenalinschub gesteuert wurde, der mich vor gut einer Stunde, also kurz vor dem Auftritt erreicht hatte. «Ganz ehrlich warst du damals meine absolute Traumfrau und bist es noch für ziemlich viele Jahre geblieben.»

«Echt?», fragte sie, als wäre sie keine Doktorin der Jurisprudenz, sondern ein Backfisch in engen Jeans, der seine erste Valentinskarte bekommt.

«Echt», bestätigte ich, völlig konsterniert von der eigenen Courage, die sich vortrefflich anfühlte.

«Und warum hast du nie etwas gesagt?»

«Oh. Ich habe ziemlich viel *getan*. Hast du das nicht bemerkt?»

Sie lächelte entspannt. «Ich habe zur Kenntnis genommen, dass du dich originell verhalten hast, aber ich habe das seinerzeit nicht auf mich bezogen. Die Jungs, die etwas von mir wollten, haben mir Zettelchen in die Schultasche gesteckt oder mich auf dem Schulhof angequatscht. Ein paar haben schlicht und ganz direkt gefragt, ob ich mit ihnen gehen wollte.» Ihre Mimik offenbarte, dass ein Teil von ihr soeben die Vergangenheit durchreiste.

«So einfach war das also?»

«Meistens hat es nicht funktioniert.»

«Es gab ziemlich viele Gerüchte über dich», sagte ich vorsichtig.

Christiane Filz nickte. «Die Menschen sind gut darin, Märchen zu erfinden. Selbst Jugendliche beherrschen das schon. Vor allem solche, deren Mut nicht belohnt wird.»

«Hattest du etwas mit Ingo aus der Neunten? Oder Norbert aus der Nebenklasse?»

«Ich erinnere mich an keinen Ingo oder Norbert», antwortete sie nach kurzem Überlegen. «Ich hatte» – sie sprach das Verb verächtlich aus – «tatsächlich mit keinem Mitschüler etwas.

Meinen ersten Freund habe ich an der Uni kennengelernt.» Sie zwinkerte, nippte an der Weinschorle. «Aber hättest du mich damals gefragt – vielleicht hätte ich ja gesagt.»

«Wow.»

«Heute allerdings nicht mehr», erklärte sie dann, wobei sie ihre rechte Hand freundschaftlich auf meine legte. «Mein Geschmack hat sich geändert.»

Ich betrachtete das Bierglas und lauschte dem Trommler, der einen äußerst rasanten Song zu begleiten versuchte. «Meiner auch», sagte ich.

«Konkret oder eher allgemein?»

Es beanspruchte eine Getränkelänge, die traurige Geschichte von der Jessicasache zu erzählen.

«Hört sich nicht gut an», kommentierte Christiane Filz, die dabei auf die Uhr sah. Also doch noch Termine. Oder ich langweilte sie inzwischen.

«Ist es auch nicht», bestätigte ich.

«Manchmal lohnt es sich, zu kämpfen.»

«Mmh. Eigentlich missfällt mir der Begriff in diesem Zusammenhang. Das sollte kein Kampf sein.»

«Nenn mir irgendwas, das kein Kampf ist», sagte sie und stand auf. Danach umarmte sie mich, wodurch ihr wie gehabt leicht überdosiertes Parfüm den Kampf gegen die Hintergrundaromen im Trutzburg vorübergehend gewann.

Jessica verwendete keine Duftstoffe und kein Make-up, sie trug immerzu die gleiche Kleidung. Es gefiel mir nicht, warum das so war, aber es gefiel mir, dass es so war. Die Ablenkung, die ich durch all die Dinge erlebte, die ich seit ein paar Wochen zu erledigen genötigt war, tat mir zwar gut, aber sie hielt mich nicht davon ab, in jedem Augenblick zwischen all diesen Dingen an Jessy zu denken. An den originellen Erstkontakt in der Ecke. An diese etwas absurde, aber wunderschöne Nacht in ihrer Wohnung. An die Fahrt in ihrem Smart, bei der sie mir auf zaghafte Jessicaart ihre Zuneigung gestanden hatte. Nein, das hörte sich wahrlich nicht gut an, wie sich das entwickelt hatte. Steuerte ich in die zweite aussichtslose Langzeitverliebtheit meines Lebens? Uwe Fiedler – auf ewig im emotionalen Hamsterrad, weil er sich ausschließlich für unerreichbare Frauen entschied? War das mein ganz persönliches Schicksal?

Die besondere Härte der Situation bestand darin, dass ich sie fast täglich sah, seitdem die Planungen für die Renovierung der Kneipe Gestalt angenommen hatten. Wir saßen einander gegenüber, in Jessicas Wohnung, und diskutierten mit Anette die Planung, wobei deren Tochter mit mir umging, als wäre ich eine Art sprechendes Möbelstück. Wir trafen uns in der Kneipe, die bald keine mehr sein würde, nicht selten auf der Straße, manchmal sogar im Späti gegenüber, den ich allerdings nur noch selten aufsuchte, obwohl es zwischen mir und Beatrice ein Moratorium gab, seitdem sie mich auf der Weisestraße abgefangen und sich stammelnd bei mir entschuldigt hatte. Auch so ein seltsames Wort: Entschuldigung. Als wäre es so einfach, eine Schuld, eine Verantwortung loszuwerden, indem man sich schlicht *ent*-schuldigte. Die Zufallsbegegnungen mit Jessica verliefen immer gleich. Sie sagte «Uwe Fiedler», und ich nickte oder antwortete «Jessica».

Meinen Versuch, Bestandteil der weltweiten sozialen Netze zu werden, hatte ich am Neujahrstag wieder aufgegeben. Tatsächlich handelte es sich nicht um Netze im positiven Sinn, sondern um solche, mit denen man Gefangene machte. Die dort verbreiteten Lebenszeichen glichen Kapitulationssignalen. Es mochte so sein, dass es die Menschen davon abhielt, Schlimmeres zu tun, als Katzenfotos hochzuladen, per Software ermitteln zu lassen, welcher Kräutersorte sie charakterlich entsprachen oder den eigenen letzten Sex auf einer Skala von eins bis zehn zu bewerten, aber es führte zugleich zu einer Abstumpfung gegenüber der Nachhaltigkeit des eigenen Daseins, weil die irrwitzig kleine Halbwertszeit der Statusmeldungen daraus eine Sucht generierte, die sich das Wesen der Existenz unterordnete. Ganze Hundertschaften boten mir ihre digitale Freundschaft an, nur um die eigene Reichweite zu erhöhen, und unaufhörlich Zustimmung zu stumpfsinnigen Meldungen einzuholen, oder, was mich in besonderer Weise ärgerte, mir unweise Weisheiten von Laienpsychologen zu präsentieren, Kalendersprüche und, natürlich, Katzenfotos. Ich wollte kein Teil von etwas werden, das kein Ganzes bildete, sondern nur eine Illusion, die Zeit und Energie verschluckte. Gleich im Anschluss löschte ich meinen Mailaccount beim vermeintlich kostenlosen Anbieter, weil ich von dort ausschließlich dumpfe Werbebotschaften, digitale Attacken und elektronischen Müll aller Art erhielt. Für meinen Vater, an den ich nicht selten denken musste, wenn ich «online» war und zur Kenntnis nahm, was das bedeutete – nämlich: Nichts –, wäre der Siegeszug dieser digitalen Pilzkultur nicht weniger als ein manifestierter Albtraum gewesen, eine Erfüllung aller negativen Prophezeiungen, originellerweise auf freiwilliger Basis: Die Menschen kauften etwas ein, dessen Wirkung sie abzuschätzen nicht in der Lage waren, das sie auch noch für gratis hielten, und bezahlten mit vollständiger Entleibung. Die substanzielle Freiheit, Geheimnisse zu haben, sollte man nicht so leichtfertig für ein wenig anonymen Applaus opfern, für etwas Bequemlichkeit und einen vermeintlich großen Freundeskreis, der nichts weiter als eine Einbildung war. Gut, im Ergebnis war ich vom einen Tag auf den anderen wie abgeschnitten, nahm die Welt nur noch durch die Fenster meiner Wohnung wahr, in den zwei Nächten an der neuen Tankstelle, wo es mir nicht sehr gefiel, oder bei den fünf, sechs Besuchen an der Uni, bei denen ich – bisher erfolglos – versuchte, mein

Studentendasein neu zu organisieren, die bescheuerte Kunstpädagogik loszuwerden und das Psychologiestudium wieder in Angriff zu nehmen.

Eine der letzten Statusmeldungen, die ich bei Facebook las, stammte von Stefan Friedrichs, also Pocke, meinem Anwalt, Freund und ehemaligem Bandleader. Er hatte dort nur zwei Dutzend virtueller Freunde, die also wahrscheinlich echte waren. Die Nachricht lautete: «Komme gerade vom Arzt. Es ist bösartig.»

Der Abend war vorbereitet, und ich hatte das getan, was mir zugedacht gewesen war, also mich in erster Linie herausgehalten, während Anette Häppchen drapierte, das vorläufig nicht sehr bekannte Jazztrio auf der Bühne den Sound checkte und Jessica Tische abwischte, Kerzen entzündete und frisch gedruckte Getränkekarten in Halter sortierte. Es war schön, sie dabei zu beobachten, weil sie äußerst konzentriert vorging und die Tätigkeit allein dadurch aufwertete, dass sie es war, die diese Dinge tat. Aber es schmerzte zugleich, ihr zuzuschauen, also hauchte ich ein leises, wahrscheinlich ungehörtes «Bis gleich» in die Runde, ging aus der Tür und kehrte durch eine andere, keine fünf Meter entfernt, gleich wieder in das Haus zurück, dessen Eigentümer ich inzwischen war. Kauzig hatte mich vor ein paar Tagen durch das Gebäude geführt, weshalb ich wusste, dass sich die Tür zum Dachboden auch ohne Schlüssel – den ich besaß, aber er lag irgendwo in meiner Wohnung – öffnen ließ und dass man über eine knarrige, merkwürdig feuchte Leiter auf das im mittleren Bereich abgeflachte Dach gelangen konnte. Seit ich diese Möglichkeit kannte, war ich schon einige Male hier oben gewesen. Ich stieg bis zur Klappe, schob sie beiseite und hievte mich aufs Dach. Es war seltsam still dort, wie in jenem Moment vor ein paar Wochen, als mich der Auftritt mit Lädsda

Ville und die anschließende Überdosis Wattestäbchen hatten ertauben lassen, wobei die örtliche Stille jetzt über einem Geräuschbett lag, das vom winterlichen Neukölln verursacht wurde – Autohupen, Sirenen, hineingetupfte Schreie, diffuse, kaum erklärliche Laute und das Grundbrummen des Bezirks, der sich für die Nacht wappnete. Es war nicht zuletzt deshalb etwas leiser als sonst, weil es vor anderthalb Stunden zu schneien begonnen hatte. Ich mochte Schnee nicht sehr, aber ich mochte diese Übergangszeit zwischen den ersten Flocken und dem Moment, in dem die Menschen der neuen Weißheit ihre Jungfräulichkeit nahmen. Also wischte ich den kalten Flaum von einem kleinen Mauervorsprung, setzte mich und schaute über die Dächer, beobachtete meinen Atem, der sich ob der Windstille lange beobachten ließ, und wehrte die Gedanken ab, die sich aufdrängten. Es war so viel geschehen, aber das Gefühl, dass ich letztlich nicht vorankam, war dennoch omnipräsent. Nicht dass ich mich nicht darüber freute, was alles geschah, wie ich zumindest technisch vorankam, aber die reine Freude wurde behindert durch das Fehlen des entscheidenden Aspekts. Jede Kette ist eben tatsächlich nur so stark wie ihr schwächstes Glied, und dieses schwache Glied war meine hoffnungslose Verliebtheit in die Frau, die fünf Stockwerke tiefer Getränkekarten einsortierte. Ich überlegte, ob es angebracht wäre, loszuheulen, und stellte verblüfft fest, dass ich zum ersten Mal in meinem Leben ganz bewusst die Entscheidung treffen könnte, zu weinen oder nicht zu weinen. Ich entschied mich dagegen, weil hinter mir ein Geräusch zu hören war.

Jessys Kopf erschien in der Luke.

«Hallo, Uwe Fiedler», sagte sie.

«Hallo, Jessica.»

«Ist es okay, wenn ich hochkomme?»

«Du redest mit mir?» Ich war ehrlich überrascht. In den

vergangenen Wochen hatten wir nur miteinander gesprochen, wenn das aus logistischen Gründen unvermeidlich gewesen war.

«Natürlich rede ich mit dir, Uwe Fiedler. Warum sollte ich das nicht tun?»

«Weil du wütend auf mich bist?», schlug ich vor.

«Wütend ist das falsche Wort», sagte sie und zog sich hoch. «Würdest du bitte meine Frage beantworten?»

«Es ist okay, wenn du hochkommst», antwortete ich brav.

«Danke.»

«Gerne.»

Ich erhob mich und wischte ein bisschen mehr Mauervorsprung frei. Jessica setzte sich und blickte in Richtung Flughafen Tempelhof. Das warme, leicht hellbräunliche Licht, das von den tiefhängenden Wolken ausging, stand in starkem Kontrast zur Umgebungstemperatur. Vom Flughafen war nichts zu sehen. In einigen hundert Metern Entfernung verschwand alles im aquarellartigen Niederschlag.

«Ich habe mir gedacht, dass du hier bist», sagte sie, bevor ich die entsprechende Frage stellen konnte. «Du warst schon einige Male auf dem Dach, in den letzten Tagen.»

«Du hast mich gesehen?»

«Ja.»

«Es ist schön hier. Kaum zu glauben, dass man sich immer noch mitten in Neukölln befindet.»

«Viele Dinge sind kaum zu glauben. Bis man sie ausprobiert hat.»

Ich nickte und lauschte auf das Gefühl, das die kalte Luft in meinen Atemwegen verursachte. Es lenkte von dem anderen Gefühl ab, das dadurch verursachte wurde, dass Jessica nur ein paar Zentimeter von mir entfernt saß, die Hände zwischen die Oberschenkel geklemmt – so nah bei mir hatte sie sich zuletzt aufgehalten, als sie mich in ihrem Auto zur Tankstelle gefahren hatte. Vor ein paar Wochen. Damals.

Ich wollte etwas sagen, wusste aber nicht, was ich sagen wollte, also sagte ich: «Deine Störung.» Der Satz endete gleich wieder, weil mir sein Anfang missfiel, und ich bereute, ihn ausgesprochen zu haben. Jessica reagierte erst nicht.

«Ich habe keine *Störung*», sagte sie nach einer Weile, vielleicht Sekunden, möglicherweise auch Minuten. «Eine Störung bezeichnet vom ursprünglichen Verhalten abweichendes. Ein technisches Gerät ist gestört, wenn es nicht mehr das leistet, wozu es bestimmt war, was es anfangs konnte. Ich demgegenüber bin schon immer so, und ich wäre gestört, wäre das nicht mehr der Fall. Auch die Kategorisierung als Kranke missfällt mir übrigens. Ich empfinde mich nicht als krank, obwohl es so sein mag, dass ich Merkmale aufweise, die die meisten, fast alle Menschen nicht besitzen, und ich andere habe, über die nahezu niemand verfügt. Meine Andersartigkeit gehört zu mir wie meine Haar- und Augenfarbe, wie mein Geruch und meine Art zu gehen. Ich kenne mich nicht anders. Würde ich das als Störung oder gar als Krankheit wahrnehmen, wäre es mir unmöglich, mit mir selbst zu leben. Manchmal gerate ich auf diese Gedankenstraße, und dann fällt es mir schwer, sie wieder zu verlassen. Das an dem Abend, als wir uns im Krankenhaus getroffen haben, war so eine Situation.»

Ich schwieg, nickte vielleicht und dachte über ihre Worte nach. Sie ähnelten meinen Gedanken nach jener Nacht in ihrer Wohnung, was mich auf sehr *weiche* Art freute.

«Hast du je darüber nachgedacht, eine Therapie zu machen?»

Wieder schwieg sie erst.

«Warum sollte ich etwas tun, mir etwas antrainieren, was denjenigen, die ich kurz treffe, vorübergehend ein bisschen hilft, während es mich selbst permanent unglücklich macht?», antwortete sie dann, aber so leise, dass ich mich enorm konzentrieren musste, um die Antwort zu verstehen. «Ich habe nicht das Gefühl, an mir etwas ändern zu müssen. Geändert werden müsste die Erwartungshaltung, nur Menschen zu begegnen, die dem jeweiligen Verständnis von Normalität entsprechen. Ich muss nicht in Therapie, um gegen die Berührungsängste und Vorurteile anderer anzukämpfen. *Die* müssten das tun.»

«Meinst du, dass es dich wirklich unglücklich machen würde, ein paar Schritte auf andere zuzugehen?»

«Tue ich das nicht ohnehin?»

«Ich weiß nicht», sagte ich ehrlich. Ich wusste so wenig über sie, aber ich hätte gerne alles über sie gewusst, von jenen Dingen abgesehen, die jeder Mensch besser für sich behalten sollte.

«Du weißt *nicht*?»

«Nein. Ich bin in einem Rätsel. Ich spekuliere, probiere aus, bin auf die Nase gefallen, was immer noch weh tut, obwohl es Wochen zurückliegt. Ich möchte dich verstehen, und ich möchte, dass du mich verstehst, aber ich ...» – ich verschluckte das Wort «glaube» – «... ich meine auch, dass eine Haltung, so richtig sie einem auch vorkommt, immer zur Disposition stehen sollte, wenn es um Fragen geht, die so elementar sind wie ... ach, Scheiße.»

«Wie Scheiße?»

«Wie Gefühle.»

«Gefühle sind ein chemischer Prozess.»

«Das», polterte ich, «glaubst du nicht wirklich.»

Jessica neigte den Kopf. «Letztlich schon, aber ich weiß, was du meinst.»

«Aber wenn du keine Therapie machen willst und zugleich erwartest, dass man dir auf jene Weise begegnet, die du verlangst ...»

Jessica sagte nichts, obwohl ich darauf wartete, dass sie «Ja?» fragte und das so offensichtlich war, dass es jeder Mensch auf dem Planeten verstanden hätte.

«Machst du es dir dadurch nicht ein bisschen zu einfach?», fragte ich leise, weil die Frage gefährlich war, aber nach meinem Gefühl unausweichlich.

«Ich bin ich», antwortete sie, nicht viel lauter.

«Ja, und das ist ja auch in Ordnung. Mehr als das.» Die Kraft, die ich aufbringen musste, um sie nicht einfach zu umarmen, war enorm. «Aber du musst den anderen Menschen auch die Chance geben, das zu erkennen, es zu verstehen und damit umzugehen. Sonst lernen sie nicht, dass du du bist – und was das bedeutet.» Tatsächlich galt all das auch für mich selbst, wie ich in diesem Moment erkannte.

Sie hob eine Hand, drehte die Handfläche nach oben. Es dauerte nur ein paar Sekundenbruchteile, bis die ersten Schneeflocken darauf landeten. Und nur wenige weitere, bis die Erstlandenden wieder geschmolzen waren.

«So», sagte sie, offenkundig die Schneeflocken meinend, «ist das Leben. Es ist nicht mehr und nicht weniger als das. Die Zeit, die wir dafür aufbringen, das Schmelzen zu verhindern, ist verschenkte Zeit. Wir verpassen währenddessen, den kristallinen Zustand auszukosten.»

«Du bist kein Kristall», sagte ich. «Ich meine ...» Ich hob die Hände. Eigentlich hatte ich sagen wollen, dass sie *natürlich* ein Kristall war, ein strahlend schöner, der das Licht brach und dabei in allen Farben schimmerte, jedenfalls, wenn ich sie ansah, ansehen durfte. «Du bist keine Schneeflocke, die bei der ersten Berührung schmilzt. Es ist möglich, dass dich andere berühren, ohne dass aus dem Kristall sofort ein Wassertropfen wird. Vielleicht verändert er sich ein wenig, weil es das ist, was unser Leben tatsächlich ausmacht: Sich durch Kontakte in positiver Weise zu verändern. Aber niemand will, dass der Kristall vergeht.» Sie setzte zu einer Antwort an, doch ich war schneller. «Vor allem ich nicht.»

«Es kam mir anders vor.»

«Ich sage ja nicht, dass ich kein Idiot bin. Ich habe Fehler gemacht.» Ich ersparte uns, von Missverständnissen zu plappern oder die Rolle von Beatrice zu bewerten – ein Abend, an den ich mich nicht gerne erinnerte. «Aber du hast die Brücke wieder eingerissen, als ich nur einen Fuß auf ihr hatte und noch nicht einmal verstanden hatte, dass sich überhaupt eine Brücke unter mir befand.»

Die Metapher war schwach, aber mir fielen keine besseren Worte ein. Außerdem wurde mir langsam kalt, weshalb ich annahm, dass Jessica auch fror, die über ihrer üblichen Kleidung nur eine Windjacke trug. Aber sie hielt weiter die Handfläche in den weißen Niederschlag und sah den Flocken dabei zu, wie sie auf der Handfläche eine kleine Pfütze in Form eines leicht schrägen Herzens wachsen ließen.

«Keine sehr schöne Metapher», sagte sie leise, aber ich nahm wahr, dass sich ihre Mimik veränderte, beinahe zu einem angedeuteten Lächeln.

«Schneeflocken sind auch nicht viel besser.»

Sie wischte die Hand am Rock ab. «Wir sollten nach unten gehen. Es geht gleich los.»

Nichts ginge gleich los. Es endete hier und jetzt. Wir saßen nebeneinander, nur die Breite einer BVG-Fahrkarte voneinander entfernt, und vielleicht stand in diesem Augenblick eine Tür offen, die sich für immer schließen würde, wenn wir nun aufstehen und nach unten in die Bar gehen würden. Aber Jessica erhob sich, drehte sich zur Dachluke, verharrte. Dann drehte sie sich wieder zu mir um, als wäre ihr etwas eingefallen. Sie sah in meine Richtung. Nein, sie sah mich tatsächlich an.

«Es tut noch immer weh?»

«Sehr», gab ich zu.

«Ich bedeute dir etwas.»

«*Etwas* ist das falsche Wort.» Ich schluckte trocken.

Sie reichte mir die Hand, die ich ergriff. Die Hand war kalt und unendlich warm zugleich.

«Gehen wir feiern, Uwe Fiedler.»

Ich wollte antworten, wurde aber vom Summen meines Telefons abgelenkt. Die Nummer war mir und dem Telefon unbekannt.

«Fiedler?»

«KHK Kaufmann, LKA», sagte der Polizist am anderen Ende. «Erinnern Sie sich?»

«Durchaus.»

«Ich stehe vor Ihrer Haustür. Sind Sie in der Nähe?»

Ich blickte zu Jessica, die elegant auf die Leiter kletterte. Sekunden später war sie verschwunden.

«Kann man so sagen. Ich komme runter.»

Im Treppenhaus hörte ich noch, wie sie unten die Tür schloss, was die Erinnerung an jenen Nachmittag wachrief, als mich meine Mutter heimgesucht hatte, die inzwischen gegen mich klagte. Das war so absurd, dass es nicht einmal Gefühle in mir auslöste.

Er stand vor der Haustür und rauchte – dieses Mal eine echte Zigarette.

«Ich war in der Nähe», sagte der Kommissar und reichte mir die Hand.

«Und ich bin leider ein bisschen in Eile.» Ich wies auf die Nebentür, das neue, wirklich schöne Schild über der Bar, die inzwischen einen Namen hatte: «Vollweise». Eine Idee von Jessica, die wir lange diskutiert hatten, aber letztlich hatte uns das Wortspiel mit dem Straßennamen überzeugt. Außerdem –

es war nur ein Name, nichts weiter. «Wir eröffnen gleich», erklärte ich.

«Dauert nur einen Moment.» Er zog sein Smartphone aus der Tasche, wischte darauf herum und präsentierte mir schließlich ein Foto. Es zeigte einen weißen Lieferwagen.

«Kommt Ihnen der bekannt vor?»

Ich nickte.

«Walter Grabowski. Betreibt einen Schrottplatz.»

«Der Kumpel von Dietrich Langmann.»

«Korrekt. Ein Wespennest. Gemeinsame Vergangenheit beim MfS.»

«Ach.» Genau, wie ich vermutet hatte.

«Sie sind beide auf der Flucht. Wir denken, dass sie sich in Osteuropa aufhalten.»

«Ich dachte, Langmann wäre in U-Haft.» Ich sah den Mann vor mir, das Muttermal in der Form von Albanien zum Anfassen nahe. Wobei es mich schüttelte.

«Seit zehn Tagen nicht mehr.»

«Ach du je.» Vermutlich hätte ich Furcht verspüren müssen.

KHK Kaufmann zündete sich eine weitere Zigarette an.

«Haben Sie etwas vor? Oder darf ich Sie auf einen Drink einladen? In meine neue Bar?»

Er schaute mich kurz an, nickte, trat die Zigarette gleich wieder aus und ging voran ins «Vollweise». Ich wollte ihm eigentlich folgen, wurde aber abgelenkt, weil eine weibliche, nicht sehr große Person zögerlich auf mich zukam. Sie war noch zwei Hauseingänge entfernt, trug offenbar ein blaurotes Abendkleid, darüber ein kesses Lederjäckchen, das in den Achtzigern schick gewesen sein mochte, und unter dem linken Arm eine paillettenbesetzte Handtasche. Weil der Hund nicht dabei war, hatte ich Rita nicht sofort erkannt. In diesem Augenblick sah sie mich an und blieb stehen. Ich nickte auffordernd. Rita gehörte zu den ehemaligen Stammgästen, die sich während des Umbaus nie hatten sehen lassen, und ich freute mich, dass sie kam, sich sogar herausgeputzt hatte.

Wir sahen uns für ein paar Sekunden an, dann schüttelte sie langsam den Kopf, drehte sich um und machte Anstalten, davonzugehen.

«Rita!», rief ich.

Aber sie hob nur kurz die rechte Hand und ging weiter.

Es wurde sehr schnell sehr voll. Die meisten Gäste kannte ich nicht, und vermutlich waren sie vorher nie auch nur in der Nähe der Weisestraße gewesen, würden möglicherweise auch nach diesem Abend, an dem es immerhin Freigetränke gab, nicht zurückkehren, was in Ordnung war, denn dies sollte keine Bar nur für Touristen und Trendjogger werden, sondern etwas, das weiterhin zu Neukölln gehörte. Aber es kamen auch andere, darunter Pocke, dessen OP in der kommenden Woche stattfinden sollte, Janine, natürlich Werner – in Begleitung der Alten Falte Monika, die trotz eines halben Kubikmeters Schminke noch faltiger wirkte –, Rieke nebst Bräutigam, Kauzig, Beatrice und ein paar Leute, die ich inzwischen aus dem Kiez kannte, ohne mehr über sie zu wissen, als dass sie eben hier lebten. Einige meiner Mieter begrüßten mich herzlich, was mich rührte. Ich bezog meine Position hinter dem Tresen, half Anette beim Zapfen, Milchaufschäumen und Flaschenöffnen. Das Jazztrio – drei Musikstudenten – begann sein erstes Set. Als es direkt vor mir blitzte, während ich versuchte, Weizenbier in das dazugehörige Glas zu füllen, erkannte ich Kevin, den Boulevard-Journalisten, der mich nach dem Tankstellenbrand interviewt hatte. Er lächelte, nickte und verschwand wieder in der nicht eben kleinen Menschenmenge. Kurz darauf tauchte Marcel auf, mein belgischstämmiger Physiotherapeut, mit dem ich seit einiger Zeit trainierte, Kopf und Oberkörper so zu halten, dass es meiner Wirbelsäule half, störungsfrei zu arbeiten. Das Projekt befand sich nach Marcels Einschätzung in Phase drei von insgesamt zehn. Der Trainer wurde nahtlos von Freddy Runkelmann abgelöst, der in Begleitung eines auf dezente Weise elegant gekleideten Herrn erschien, der ein paar Jahre älter als Freddy war und dessen Schläfenhaare graue Strähnchen aufwiesen. Während wir freundliche Begrüßungsformeln austauschten, bemerkte ich, dass sich die beiden an den Händen hielten. Ich war kurz sehr überrascht und hatte eine Bemerkung auf den Lippen, verkniff sie mir aber und nickte nur lächelnd. Dann mixte ich ihnen Champagnercocktails.

Anschließend spürte ich kaum, wie die Zeit verging, weil es sehr angenehm war, unter vielen Menschen zu sein, ohne von ihnen genötigt zu werden, ein bestimmtes Verhalten an den Tag zu legen. Jessica tauchte immer wieder in meinem Blickfeld auf, holte Getränke und brachte leere Gläser, und nach einer Weile entdeckte ich, dass sie sich offensichtlich bemühte, auf die Leute zuzugehen, lässiger zu wirken, Nähe zuzulassen und tatsächlich ein wenig zu *feiern* – ein Verb, das vorhin, auf dem Dach, aus ihrem Mund noch sehr seltsam geklungen hatte. Manchmal sah sie mich an, vielleicht nachdenklich, möglicherweise sogar amüsiert, aber es war tatsächlich so, als versuchte sie, diese Trennwand zwischen sich und den anderen, nun, vielleicht nicht zu beseitigen, aber immerhin etwas transparenter zu machen.

Am Ende des zweiten Sets der Jazzband, gegen elf, kletterte Pocke auf die kleine Bühne, montierte seine Gitarre an den Mixer und baute einen seiner Edel-Laptops auf. Ich stutzte, aber immerhin war da kein Schlagzeug – und auch keine Spur von Hinrich. Stefan Friedrichs wirkte etwas schmaler als noch vor zwei Monaten, was an den Medikamenten lag, die er in Vorbereitung der Operation zu schlucken hatte. Er stieg wieder vom Podest, kam auf mich zu, nahm mir ein Glas Mineralwasser aus der Hand und sagte: «Keine Sorge, du musst nicht trommeln.» Ich wollte antworten, dass es etwas anderes war, das mir, ihn betreffend, Sorgen bereitete, aber der Zeitpunkt war falsch, und außerdem wusste er das. Es gab keine Prognose, weil die Ärzte immer noch nicht verstanden, was genau das war, was da bei Pocke wuchs, und deshalb Anlass für Hoffnung.

Die Drums kamen vom Rechner, wie auch die Bassbegleitung. Und Pocke sang nicht selbst, sondern spielte nur Gitarre, doch es waren die alten Songs von Lädsda Ville, die die Gäste zu hören bekamen – gesungen von Beatrice, der Späti-Verkäuferin mit ehemaliger Gesangskarriere. Erst hörte es sich für mich falsch an, was aber vor allem daran lag, dass ich die Band zum ersten Mal live erlebte, ohne selbst Bestandteil der Darbietung zu sein. Aber es dauerte nur ein paar Augenblicke, bis mich der Reiz dieses Arrangements erreichte, denn Beatrice hatte die passende Stimme, dazu jene Ausstrahlung, die den kompakten Rechtsanwalt auch ein wenig glänzen ließ. Es war gut. So gut, dass beim zweiten Stück der gesamte Laden tanzte, während Anette und ich hinter dem Tresen standen und uns ansahen.

«In Neukölln», sagte sie, «ist alles möglich.»

Wie zur Bestätigung stand plötzlich Jessy neben mir.

«Darf ich bitten?», fragte sie.

ZEHN

Die chronische Erkrankung, mit der wir alle zur Welt kommen, besitzt keine Symptome, die sich nach einem ICD-Schlüssel kategorisieren lassen. Sie wird sehr selten, genauer genommen niemals diagnostiziert, und es gibt keine Therapie abseits der natürlichen, die darin besteht, das Leben zu beenden, indem man schlicht stirbt. Zwischen der Geburt und dem Ableben jedoch müssen wir versuchen, die Symptome zu unterdrücken, uns anzupassen, die Krankheit zu verheimlichen. Sie hat keinen Namen, es gibt lediglich ein unscheinbares Adjektiv, das sie bezeichnet. Wir alle, jeder Einzelne von uns, wir sind *unnormal*. Letztlich besteht die Erkrankung nur darin, dass der Störungsbegriff zu eng oder zu weit gefasst ist, je nachdem, welche Perspektive man einnimmt. Wir versuchen lebenslang, uns nicht innerhalb dieser Definition wiederzufinden, nehmen mit einer gewissen Schadenfreude zur Kenntnis, wenn anderen dieser Versuch misslingt, oder bemitleiden sie, was nicht viel besser ist. Was uns krank macht, unsere Krankheit definiert, das ist der Anspruch, *normal* zu sein. Damit verleugnen wir nicht nur uns selbst, sondern lassen auch eine Art von Gemeinschaft zu, die keine ist, weil ihr Fundament in Ausgrenzung besteht. Daran ändern auch dummkluge, gönnerhafte Modeworte wie «Inklusion» nichts, weil sie und diejenigen, die nach ihnen handeln oder wenigstens schwätzen, vom fundamentalen Missverständnis ausgehen, dass es Menschen gibt, die inkludieren können und andere, die das mit sich machen lassen. Damit wird die Unterscheidung nur zementiert, und es lenkt höchstens vorübergehend davon ab, dass die Kranken genauso gesund wie die Gesunden sind – und umgekehrt. Menschen sind Menschen, nichts weiter, und es ist meistens ziemlich normal, auf die eine oder andere Art krank zu sein, ob nun akut, chronisch, eingebildet, faktisch, wissenschaftlich, emotional, physisch, psychisch oder vielleicht nach der Auffassung irgendeiner außerirdischen Lebensform, der wir erst in fünf Jahrtausenden begegnen werden. Die Idiotie, der wir alle aufgesessen sind und die uns krank macht, besteht darin, dass wir irgendwann auf die Idee gekommen sind, eine Norm zu erfinden. Das Leben aber lässt sich nicht nach DIN oder ISO beschreiben. Es ist ganz einfach: Das Leben. Immer und ohne jede Ausnahme.

Die drei Monate, die dem Eröffnungsabend des Vollweise folgten, gehörten zu den schönsten, überraschendsten, anstrengendsten und, ja, glücklichsten meines bisherigen Lebens. Tatsächlich hatte ich meine persönliche Glücksdefinition inzwischen revidiert. Glück lässt sich anfassen, hatte ich gelernt, und obwohl mir Jessica das in körperlicher Form nach wie vor überwiegend verweigerte, fühlte ich mich ihr so nahe wie davor nicht einmal mir selbst. Das lag vor allem, aber längst nicht nur an der rührenden Art und Weise, wie sie seither versuchte, sich auf mich zuzubewegen, ohne dabei das aufzugeben, was sie ausmachte, *auszeichnete*. Jede Minute, die ich mit ihr verbrachte, hielt neue Erfahrungen für mich bereit, und als ich nach ein paar Wochen damit aufgehört hatte, ihr jederzeit übervorsichtig zu begegnen, mich ständig in einer – liebevollen – Defensive zu befinden, und vor allem den Versuch aufgegeben hatte, meine bisherigen Erfahrungen auf die neue Partnerschaft zu adaptieren, war es wie die Reise in ein völlig anderes Universum. Jessica war so aufmerksam wie kein anderer Mensch, den ich je getroffen hatte, dabei aber nie versucht, sich dem unterzuordnen, denn ihre oberste Maxime bestand darin, Jessica zu *sein*. Die Jessica, die mich, Uwe Fiedler, sehr mochte, und wahrscheinlich sogar weit mehr als das, obwohl sie mit diesbezüglichen Versprechungen mehr als vorsichtig war. Die Jessy, die sich oft, eigentlich sogar permanent sehr eigenartig verhielt, und mich dadurch dazu brachte, Uwe Fiedler als jenen zu akzeptieren, der er war, nämlich ein recht lässiger Typ, der es geschafft hatte, diese wunderbare Frau an seine Seite zu bringen.

Faktisch bedeutete das, dass wir jeden freien Moment miteinander verbrachten, und zwar zu von ihr genau errechneten Anteilen in ihrer Wohnung, in meiner Wohnung und draußen, was meistens bedeutete, dass wir Spaziergänge machten, in ihrem Smart durch die Gegend fuhren, an Ufern saßen, auf Parkbänken in Brandenburger Wäldern, manchmal in Restaurants und, sobald das Wetter das zuließ, in den Biergärten. Jessica mochte Räume nicht sehr, in denen sich viele Menschen befanden, aber sie tat mir hin und wieder den Gefallen, solche aufzusuchen. Letztlich deckten sich unsere diesbezüglichen Abneigungen, aber mein Wunsch, mich mit ihr in der sogenannten Öffentlichkeit zu zeigen, war manchmal stärker. Während sie dann neben mir saß und in Sekundenbruchteilen errechnete, wie hoch das Kartenhaus werden würde, das man aus den Bierdeckeln, die auf dem Tisch lagen, bauen könnte, genoss ich es, wie Menschen unsere liebevolle Vertrautheit beobachteten, nicht notwendigerweise neidvoll, sondern eher auf eine Art melancholisch, die ich als allgemeinmenschliche Verletzlichkeit erkannte und die mich einerseits schmerzte, andererseits mein Glücksgefühl noch verstärkte.

Ich liebte sie wirklich.

Und sie mich.

Wahrscheinlich.

Tatsächlich dachte sie nicht in solchen Kategorien, und möglicherweise fühlte sie auch nicht so. Das war das Rätsel, das bleiben, die Aufgabe, die auf ewig ungelöst sein würde:

Ich würde mich damit abfinden müssen, dass mir Jessica ihre Liebe vielleicht niemals erklären würde. Aber letztlich war das okay, denn ich erkaufte diesen geringen Nachteil über viele andere Vorteile, von denen die nicht eben geringsten umfassende Ehrlichkeit und grenzenloses Vertrauen waren. Ihr Leben war sehr ritualisiert, auf eine mir nicht immer verständliche Weise geordnet, was sowohl zeitliche Abläufe, als auch Gegenständliches anbetraf.

Als ich an einem Morgen in ihr Badezimmer kam, was mir ohnehin erst seit ein paar Wochen gestattet war, denn es kostete sie gehörige Überwindung, mich in ihrem Bett übernachten und in ihre äußerst scharf konturierte Intimsphäre eindringen zu lassen, war das kleine Bord über dem Waschbecken in Unordnung. Die wenigen Gegenstände, die sich dort befanden, immer an den exakt gleichen Stellen, die jederzeit von allen Resten befreite Haarbürste nach links ausgerichtet auf dem Rücken liegend, der Seifenspender blitzblank geputzt und im rechten Winkel zum Waschbecken angeordnet, hatten leicht geänderte Positionen angenommen. Zwischen ihrem Zahnputzbecher und dem Tiegel Niveacreme stand jetzt ein weiterer Becher, der aussah wie ein Zwilling des Bechers in meiner Wohnung, darin eine Zahnbürste, die ebenfalls meiner glich. Beides war neu. Ich stand minutenlang davor, vor Rührung zitternd, und empfand zugleich eine diffuse Sorge, weil der blaue Becher und die gelbgrüne Bürste darin für die Verantwortung standen, die mir in dieser merkwürdigen, faszinierenden Beziehung zukam. Eine Verantwortung, die ich aber überwiegend genoss, denn das Zusammensein mit Jessica brachte mir mehr über das Leben bei – meines, das ihre, allgemein – als die gesamten knapp vierzig Jahre davor. Außerdem war es einfach *geil*. Wir hatten ziemlich viel Sex auf Jessicaart, der mir mit der Zeit so natürlich und normal vorkam wie die Erfahrungen, die ich vorher gemacht hatte, und als der Punkt erreicht war, als ich ihn auf diese Weise akzeptierte, klickten auch ein paar andere Schalter in meinem Gehirn in die korrekte Stellung. Wenn ich hin und wieder an die Zeit vorher dachte, an Ulrike und unsere gemeinsamen Bemühungen, die beiderseits unerwünschte regelmäßige Begattung noch irgendwie durchzuziehen, ohne dabei die Würde zu verlieren, kam mir das wie die Erzählung eines Fremden vor.

Nachdem sie sich dafür entschieden hatte, mir einen weiteren Versuch zu ermöglichen, hatte sie mir erklärt und gezeigt, was das bedeutete, und das war nichts weniger als alles. Wenn es Gewissheit gibt, ist es nicht mehr nötig, dass der Drei-Worte-Satz ausgesprochen und unaufhörlich wiederholt wird, was seine Bedeutung ohnehin ziemlich schnell relativiert.

Nach zwei Monaten zeichnete sich ab, dass das Vollweise nicht funktionieren würde – in den ersten paar Wochen brannte das Interesse, aber danach flaute es spürbar und *mifri* nachhaltig ab; der Neukölln-Hype war längst nicht verlässlich. Ich kam mit Anette überein, den Laden schnellstmöglich anzubieten, solange die Bücher noch präsentabel waren. Verblüffenderweise standen ziemlich schnell ziemlich viele potenzielle Käufer auf der Matte, und wir pickten einen heraus, der an die Sache zu glauben schien, ohne dabei all sein Hab und Gut zu riskieren, konstruierten mit Pockes Hilfe einen fairen Übernahmevertrag und beendeten das Projekt, das mir ohnehin nicht sehr behagt hatte. Anettes Schulden waren danach zwar so gut wie getilgt, aber für den ersehnten Ruhestand würde sie noch zwei, drei Jährchen arbeiten müssen. Jessica, die inzwischen Klavier und Saxophon an einer Musikschule erlernte, während sie parallel den Abschluss ihres Studiums vorbereitete, arbeitete längst nicht mehr dort, weil sich in Windeseile ziemlich viele gutaussehende Tresenkräfte gefunden hatten, die mehr als bevorzugt in der neuen Szenebar im Boombezirk arbeiten wollten, gerne auch zum Mindestlohn und überwiegend am Finanzamt vorbei.

Dass es diesen Boom oder eine Boomverschwörung gab, bekam ich deutlich zu spüren, seit ich Besitzer des Wohnhauses war. Alle paar Tage stand irgendein Typ vor der Tür, meistens im Nadelstreifenanzug, der mir dann Offerten unterbreitete, und die Typen waren exzellent informiert, wenn auch deutlich weniger gut als Dominik Matuschek in meinem Edelbordelltraum. Es ging ihnen nicht immer darum, mich sofort zum Verkauf zu bewegen, man bot mir «Beratungen» an, «Vermögensmanagement» und solchen Kokolores, aber meistens wollte man ganz einfach über kurz oder lang an das Haus. Die anderen privaten Eigentümer aus der Umgebung, die ich inzwischen über Kauzig kennengelernt hatte, berichteten von ganz ähnlichen Erfahrungen: Die Investmentbuden, Bauunternehmen und Anlageberater umkreisten den Kiez wie Geier, die jedoch nicht flogen, sondern in Daimler-Coupés, BMW-Cabrios oder teureren Schüsseln herumfuhren, die sie ausnahmslos in zweiter Reihe abstellten. Einer von ihnen, ein eher untypischer, etwas rundlicher, zu kurz geratener Mittvierziger, der mir sogar sympathisch war, sagte: «Das hier ist erst der Anfang. Fahren Sie mal nach London. In der gesamten Innenstadt wohnt kein einziger normaler Mensch mehr. Wir haben ein Büro dort, ganze zehn Quadratmeter, nicht einmal in der besten Gegend, und in einem dieser einfachen Wohnhäuser, in denen früher mittelständische Kleinfamilien gelebt haben. Wir zahlen tausendfünfhundert Pfund Miete. Pro *Woche*. Obwohl wir uns das Büro mit zwei anderen Firmen teilen. Wirklich, das hier ist nur ein Sandkastenspiel, vorläufig. In den nächsten vier, fünf Jahren wird die Rendite dieser Objekte moderat steigen, aber danach. So in zehn, vielleicht zwanzig Jahren. Da können

Sie alles, was hier an Geld fließt, mit dem Faktor zehn multiplizieren. Mindestens.»

Ich nickte nur, nahm seine auf edle Weise schlichte Visitenkarte entgegen, um sie anschließend zum Mülleimer zu tragen. Gut möglich, dass sich das so entwickeln würde, wie er das skizzierte, wie er und seine Geierkumpels das prognostizierten und erhofften, aber solange es eine Frau Doktor Christiane Filz und, ja, einen Uwe Fiedler und andere Leute wie uns gab, würde es zumindest nicht ohne Schwierigkeiten vonstattengehen. Es war nicht richtig, wenn Menschen ausgelagert wurden, um Platz für jene zu schaffen, die in noch einem Rolex-Porsche-Disneyland leben wollten.

Pocke wurde im Frühjahr operiert, überstand den Eingriff gut und baute im Anschluss relativ schnell wieder die Substanz auf, die er zuvor verloren hatte. Was er ersatzlos verlor, das war seine Ehefrau Silke, die auf den Balearen einen Mann aus Schottland getroffen hatte, der sie von Pocke abwarb, was diesen aber nur in eine mittelschwere Krise stürzte. Natürlich schmerzte ihn der Aspekt, Lili nicht mehr so häufig zu sehen, seine kleine Fee, die er sehr liebte, aber nicht um den Preis, eine Ehe weiterzuführen, die offenbar schon seit längerer Zeit keine Zukunft mehr hatte. Das Töchterchen würde insgesamt drei Monate des Jahres bei ihm verbringen, was letztlich keine sehr große Veränderung war, weil Stefan Friedrichs vorher so viel gearbeitet hatte, dass er Lili sowieso nicht viel häufiger gesehen hatte. Das neue Kind, inzwischen auf der Welt, war, wie er im Verlauf des recht wilden Abschiedsgesprächs erfahren hatte, Ergebnis eines Seitensprungs. Seine Kanzlei schloss er vom Krankenbett aus, bis auf die offenen Vorgänge, die mich betrafen – etwa die anhängige Klage meiner Mutter und Bleulichs sehr ähnliche Versuche, beides mit hoher Wahrscheinlichkeit aussichtslos –, und keine drei Wochen nach der Entlassung ging er mit Beatrice ins Studio, um eine neue Platte aufzunehmen. Wie es zu diesem Entschluss gekommen war, verriet er mir nicht, aber er weigerte sich auch, über die Pocke zu sprechen, ihre Ursachen und Folgen, weshalb ich annahm, dass beides etwas miteinander zu tun hatte. Das gefiel mir nicht, aber ich respektierte seine Entscheidung, es für sich zu behalten.

Ulrike und der Unterhaltungsmusiker hatten geheiratet, Ende Februar und bereits auf dem kleinen Hof, den er gekauft hatte. Das vor kurzem sanierte und wirklich hübsche Anwesen befand sich in einem Ort nordwestlich von Berlin, der so klein war, dass man ihn nicht bemerkte, wenn man zu schnell hindurchfuhr. Rieke arbeitete seitdem in der Praxis eines dort ansässigen Allgemeinmediziners, den ich bei der Feier kennenlernte. Der Mann ähnelte in gewisser Weise Monika, der Alten Falte von Tapetenpeter, denn auch er schien in einer Haut zu stecken, die deutlich zu groß für ihn war: Mit dem Alter war er quasi innen geschrumpft. Rieke hoffte, die Praxis innerhalb der nächsten zwei, drei Jahre übernehmen zu können. Außerdem war sie schwanger. Das erzählte sie mir, als wir uns am Tag der Hochzeit in der riesigen, sehr gemütlichen Küche trafen, wo sie Mixed Pickles aus dem Glas fischte, während ich mich nur auf der Suche nach der Toilette verirrt hatte.

«Schwanger?», wiederholte ich ungläubig. Der Zustand passte nicht zu der Ulrike, die ich gekannt hatte. Es irritierte mich, die beiden Wörter in einem Satz zu vereinen: «Ulrike ist schwanger.» Genauso gut hätte ich meinen Namen an dieser Stelle ausprobieren können.

«Mmh», machte sie, eine Silberzwiebel ableckend. «Vierter Monat.»

«Glückwunsch.»

«Mmh», machte sie abermals. Sie sah mich an, fixierte mich.

«Dir geht es sehr gut, oder?», fragte sie dann.

Ich nickte.

«Das freut mich. Einerseits.»

Ich wollte das Andererseits nicht hören. Immerhin hatte sie damit aufgehört, mir nachzustellen, aber ohne die Sache offiziell zu einem Ende zu bringen – es war einfach versandet, vor ein paar Wochen. «Ulrike, es ist gut. Leb du dein Leben und lass mich das mit meinem anstellen, okay?»

«Mmh.»

Wir tanzten später am Abend, wobei wir schwiegen. Das war der schönste Moment mit ihr seit über acht Jahren.

Dominik Matuschek traf ich an einem warmen Frühlingstag, in einer Nebenstraße der Hermannstraße, ausgerechnet vor einem Süßwarengeschäft, vor dessen Schaufenster er stand, das Smartphone am Ohr und die Pralinen in der Auslage betrachtend. Sein tatsächlicher Name lautete Jens Berger, das Pseudonym hatte er sich aus verschiedenen Gründen zugelegt, die mit seiner jüngeren Vergangenheit zu tun hatten, aber auch mit der Tatsache, dass er es einfach schick fand. Berger alias Matuschek wies eine bemerkenswerte Historie auf, zu der unter anderem einige kurze Gefängnisaufenthalte gehörten, Verwicklungen in internationale Finanzaffären und die Beteiligung an einem äußerst diffusen Firmengeflecht, zu dem auch «Modern Berlin Investments» gehörte, eine Limited mit Sitz in Manchester, wo es zwanzig weitere Unternehmen mit ähnlichen Bezeichnungen gab, jeweils ein anderer Städtename in der Mitte, aber mit gleichlautender Postanschrift. Seit jener Nacht im Krankenhaus und anschließend in meiner Wohnung war er von der Bildfläche verschwunden. Pockes Bericht über Matuschek hatte ich mir nur mit einem Ohr angehört und ihn irgendwann gebeten, ihn zu beenden.

«Fiedler», sagte er grinsend, während er das Telefon wegsteckte. Sein Porsche stand direkt vor uns, natürlich in der zweiten Reihe.

«Matuschek.» Ich wusste nicht, ob ich wütend sein oder mich freuen sollte. «Du warst sehr plötzlich verschwunden.»

Er lächelte. «Es deutete sich an, dass meine Bemühungen fruchtlos bleiben würden.»

«Du hast das Interesse verloren.»

«Meine Interessen hatten sich verlagert.»

Ich bemerkte, dass ich ihn immer noch sympathisch fand, obwohl er mich nach Strich und Faden veralbert hatte. «Interessen», wiederholte ich nur.

«Du bist jetzt mit Jessica zusammen, habe ich gehört.»

«Bin ich.» Ich konnte nicht verhindern, dass ich grinste.

«Klasse.»

«Auf Objektbesichtigung?»

Er legte den Kopf in den Nacken und sah am Gebäude hoch, in dessen Parterre der Süßwarenladen logierte.

«Zwanziger Jahre. Achthundert Quadratmeter Wohnfläche. Bringt derzeit knappe sechs Riesen im Monat. Aber das Fundament sackt ab. Fast einen Zentimeter pro Jahr.»

«Und?»

«Ich kaufe es morgen. Bis zum Jahresende haben wir die Hälfte der Mieter draußen, und die anderen werden schon verschwinden, wenn wir ihnen weitere Angebote machen und die Sanierungsarbeiten beginnen. In achtzehn Monaten wird es zwanzig Riesen pro Monat abwerfen. Und in drei Jahren wird es zum dreifachen Preis weiterverkauft. Ich habe derzeit neun Objekte dieser Art im Portfolio, davon drei allein in dieser Straße.» Er grinste.

«Du bist ein Arschloch, Dominik Matuschek.»

Er nickte. «Ja, das mag stimmen.»

Ich wollte das nicht wissen, aber die Frage entwich mir, bevor ich sie daran hindern konnte. «Damals, an diesem Nachmittag, da waren wir tatsächlich in diesem Nobelpuff, oder? Du hast mir K.-o.-Tropfen verabreicht oder so etwas, richtig?»

Matuschek zog den Autoschlüssel aus der Hosentasche und öffnete seinen Porsche per Knopfdruck. «Warum willst du das wissen?»

Ich zuckte die Schultern.

«Ich sage jetzt mal die Wahrheit. Einfach die Wahrheit, wirklich. Es gibt da draußen» – er hob die Hände – «sehr viele unschöne Dinge, von denen nur wenige Menschen wissen. Ich behaupte nicht, dass ich von allem Kenntnis habe, was so abgeht, aber du kannst mir glauben, dass unser kleines Spielchen um dein Haus reiner Firlefanz war, im Vergleich. Fiedler, du bist ein netter Typ, aber ich will dich nicht unglücklich machen.»

«Das ist keine Antwort auf meine Frage.»

«Beantworte sie dir selbst», sagte er. «Du kannst es allein entscheiden. Die rote Pille oder die blaue Pille, wie in diesem Film.»

«Matrix», soufflierte ich selbstbewusst, was mich immer noch etwas überraschte, wenn es geschah: Der Auftritt des selbstbewussten Uwe Fiedler.

Matuschek nickte.

«Das glaubst du doch selbst nicht», murrte ich. «Dass es so simpel schwarzweiß ist. Es gibt Pillen in Millionen Farben, dazu grün-pink gestreifte mit angeklebten Feenflügeln und Grinsesmileys. Und ich kann alle zugleich nehmen, wenn ich möchte. Oder keine.»

«Du Träumer.»

Er legte kurz eine Hand auf meine Schulter, schlenderte dann zu seinem Auto, stieg ein und ließ das Fenster auf der Beifahrerseite hinab. «Und grüß Jessica von mir», rief er, aus dem Fenster winkend, fast nicht mehr zu hören vor dem Hintergrund des genervt-energischen Bollern des Motors. Als der Wagen anfuhr, kam es mir vor, als würde er noch etwas rufen. Ich blinzelte irritiert, denn ich hatte «Zahnputzbecher» verstanden.

THANKS

Dank an: Stefan «Steve» Lange, den besten Wirt der Welt, für die Erlaubnis, den Kneipennamen «Vollweise» zu verwenden, den er ursprünglich für seinen eigenen Laden («Lange Nacht», Weisestraße 8, Neukölln) geplant hatte. Alexander, den besten Literaturagenten der Welt. Meine Frau, die beste (und geduldigste) der Welt. Rowohlt, einen der besten Verlage der Welt. Und Euch, die besten Leser der Welt. *Thank you for waiting.*

Liedzeile auf Seite 256 aus «Zu spät» von «Die Ärzte«, auf «Debil» (1984), Text und Musik: Farin Urlaub
Liedzeile auf Seite 334 aus «Deine Schuld» von «Die Ärzte», auf «Geräusch» (2003), Text und Musik: Farin Urlaub

MIX
Papier aus verantwortungsvollen Quellen
FSC® C083411

Das für dieses Buch verwendete FSC®-zertifizierte Papier *Lux Cream* liefert Stora Enso, Finnland.